ハヤカワ文庫SF

〈SF2437〉

デューン 砂丘の子供たち

〔新訳版〕

〔上〕

フランク・ハーバート

酒井昭伸訳

早川書房

9039

CHILDREN OF DUNE

by

Frank Herbert

Translated by

Akinobu Sakai

Published 2024 in Japan by

HAYAKAWA PUBLISHING, INC.

This book is published in Japan by

arrangement with

HERBERT PROPERTIES LLC

c/o TRIDENT MEDIA GROUP, LLC

through THE ENGLISH AGENCY (JAPAN) LTD.

ＢＥＶに
われらが愛情の産物に対する感動的な思い入れから
その美と英知を注ぎこみ、本書を真に息づかせてくれたことを謝して

デューン　砂丘の子供たち〔新訳版〕〔上〕

登場人物

レト……………………………先帝ポール・アトレイデスの息子
ガニーマ…………………………レトの双子の妹
ジェシカ…………………………ポールの母
イルーラン………………………先帝妃
アリア……………………………双子の摂政。ポールの妹
ダンカン・アイダホ………演算能力者《メンタート》。アリアの夫
スティルガー……………………タブールの群居洞《シエチ》の指導者《ナイーブ》
ガーニー・ハレック………ジェシカの右腕
ウェンシシア……………………故シャッダム四世の娘、イルーランの妹
ファラッディーン…………コリノ家次期当主。ウェンシシアの息子
ティエカニック…………………コリノ家当主付き上級大佐《バシャール》
ジャヴィード……………………アリア配下の司祭
ムリーズ…………………………フレメンの〈棄民《きみん》〉
アサーン・タリーク………〈伝道者〉の道導者《どうどうしゃ》。ムリーズの息子
〈伝道者〉…………………………謎の辻説法者

序文

ブライアン・ハーバート

フランク・ハーバートは驚異的な創意の才と独創的な精神の持ち主だった。処女長篇、『21世紀潜水艦』（一九五六年刊）で提示したコンテナによる海上輸送の概念は、のちに日本が商業化し、多大な成功を収めている。ようやく上梓した第二長篇『デューン　砂の惑星』（以下『デューン』）の刊行は、処女長篇から十年ちかくを経た一九六五年のこと。複雑で革新的なこの作品は、英雄ポール・アトレイデスを中心とする叙事詩的物語の下に、生態学、哲学、歴史、宗教、政治という、多重の層構造を持つものだった。

一九六八年の時点で、フランク・ハーバートが書いた長篇はもう五冊が刊行されている。『ボイド―星の方舟』、*The Eyes of Heisenberg*、*The Green Brain*、*The Heaven Makers*、*The Santaroga Barrier* の五冊である。そのあいだも『デューン』の人気は高まるいっぽうで、とりわけ大学の研究者や学生のあいだで支持を集めた。彼らは大冒険物語に織りこまれた複雑なメッセージに感銘を受けたのである。その結果、『デューン』はいくつもの講義で教科書として使われるようになった。『全地球カタログ』では環境ハンドブックとしても奨揚されている。

　父がどれほどのものを創りあげたのかを、フランク・ハーバートの長男であるわたしはまるで理解していなかった。一九六六年、カリフォルニア州カーメル付近でヒッチハイクしていたときのこと、あるヒッピーの若いカップルが、フォルクスワーゲンのビートルに乗せてくれた。のんびりと進む小型車の後部座席にすわって、ふたりとおしゃべりをしているうちに、わたしは父がサンフランシスコ・イグザミナー紙で記者をしており、小説を二冊出していると話した。

「へえ？」若い男のほうがいった。「なんて本？」

「『デューン』っていうんだ」

「『デューン』！」男は興奮した口調になり、車を路肩に寄せて停めた。「親父さんって、フランク・ハーバート？」

　わたしはおずおずと答えた。

「うん」

「『デューン』かあ！　あれ、すっげえ好きなんだ！　大学のツレが読め読めってんで、読んだんだけどさ。ワァオ！　信じらんねえや！」

わたしはただ呆然とするばかりだった。父の伝記、***Dreamer of Dune***（『〈デューン〉を夢見た者』）にも書いたとおり、そのころのわたしは、たっぷりの顎鬚《あごひげ》をたくわえた父とあまりうまくいっていなかった。反抗的なティーンエイジャーだったという事情もあって、父と怒鳴りあいの喧嘩をしたこともある。当時、父との関係は絶望的なものに思えていた。が、この若い男の話からすると、父はなにかすごい作品を書いたらしい。それはさておき、父はあまり稼ぎのいいほうではなかった。小説方面でも、新聞社の仕事でもだ。わが家は平均よりも貧しいほうで、親戚のなかには、父のことをはみだし者の類《たぐ》いだと思っている者たちもおり、そんな親戚たちにいわせると、父はエキセントリックで、自儘《じまま》にわが道をいく変人でしかなかった。父を理解していないにもほどがあるが……かくいうわたしも、親戚のことはいえない。なにしろ、まだ『デューン』を読んでさえいなかったのだから。

『デューン　砂漠の救世主』は、フランク・ハーバートがものした〈デューン〉シリーズ初の続篇である。刊行は一九六九年。この本で父は、自身のいう〝英雄神話〟をひっくり返し、ポール・アトレイデスの暗黒面を描いてみせた。なかには、それを諾《だく》としなかった読者もいる。なぜ著者が、自分の創りだした偉大なヒーローにそんなまねをするのか？

それから何年にもわたり、父はさまざまなインタビュアーに対してその理由をくりかえし説明することになる。理由自体は明快そのものだ。カリスマ的な指導者は危険になりうる、なぜなら信奉者たちを破滅に導くからである――これが父の考えだった。

だが、反発があるいっぽうで、宇宙を別の角度からとらえる父のものの見方は、とにもかくにもおおぜいの読者を魅了し、父が〈デューン〉シリーズをどのような方向へ持っていこうとしているかを待ちきれない思いで見まもる人が増えてきた。父はコアな読者層を獲得しつつあったのである。一九七〇年代初頭には、フランク・ハーバートは環境運動に関わった。おりからうなぎのぼりとなっていた〈デューン〉人気にともなってのことだ。国じゅうの大学のキャンパスで講演をしてまわりもした。読者たちは、早くつぎの続篇を読みたいと熱望していたが、父はシリーズ第三作に能《あと》うかぎりの技巧をもって臨むべく、たっぷり時間をかけており、当分、刊行は見こめない状態だった。第一回〈地球の日《アースディ》〉と連動して編集し、寄稿したのは、環境保護の重要性を訴える書、*New World or No World* だ。そのあとにもう二冊の長篇、*Soul Catcher* と *The Godmakers* を上梓し、さらにもう一作、*Hellstrom's Hive* という長篇も発表した。これは映画とのタイアップ作品である。*Threshold: The Blue Angels Experience* も同タイトルのドキュメンタリー映画（LD版の邦題『ブルーエンジェルズ』）に関連する書籍として刊行したものだった。

そして一九七六年、父はついに待望の〈デューン〉第三作を発表するにいたる。題名は『デューン砂丘の子供たち』。同年のアナログ誌一月号〜四月号に四分載された同作は大反響を呼び、掲載誌は毎号、ニューススタンドというニューススタンドで売り切れて、この物語に惚れこんだファンたちによる興奮ぎみのファンレターが、まさに怒濤《どとう》の勢いで押しよせる結果をもたらした。

当時、G・P・パトナムズ・サンズ社で父を担当していた敏腕編集者、デイヴィッド・ハートウェルは、社の上層部に初版部数がすくなすぎる、もっと刷り部数を増やすべきだ、『砂丘の子供たち』はハードカバーでも全米ベストセラーになる、買ってくれる読者層はサイエンス・フィクションのファンだけにはとどまらないからだ、と説得にこれ努めた。『デューン』同様、第三作はジャンルの枠に収まらぬ大ヒットまちがいなし、というのがハートウェルの主張だった。

じっさいには、『デューン』はさほど多くのベストセラーリストに載ったことがない。その人気の盛りあがりはゆるやかなものだった。たしかに、初版刊行時からの累計部数は莫大な数に達していたし、『砂漠の救世主』も比較的良好な成績をあげてはいた。しかし、『砂漠の救世主』に関しては書評者の評価がかんばしくなく、それなりに売れているのは『デューン』の続篇だからにすぎないとの見解が大勢を占めていたのである。もしそうであれば、『砂丘の子供たち』は『砂漠の救世主』よりも、はるかに破滅的な大失望を招く可能性があるのではないか。

それまで、ハードカバーのサイエンス・フィクションがベストセラーに名を連ねた例はない。そのため、パトナムの上層部はきわめて慎重な姿勢をとっていた。ところがそこへ、アナログ誌の売り切れ続出である。デイヴィッド・ハートウェルにとって、これは強力な追い風となり、パトナムは初版の部数を七万五千部にまで積みあげた。これはそれまでにハードカバーで刊行されたどのサイエンス・フィクションをも上まわる初版部数である。書籍刊行はアナログ誌の分載が完了後、同年中に行なわれる運びとなった。

一九七六年、ハードカバーで世に出るや、『砂丘の子供たち』はたちまちベストセラーリストに躍り出た。デイヴィッド・ハートウェルの読みどおり、そして父も予感していたとおり、同長篇はそれまでのサイエンス・フィクション史上、最高のハードカバー部数を記録する。数カ月間でじつに十万部を売り上げたのだ。翌年、バークリー・ブックスからペーパーバックで刊行されたさいの初版部数にいたっては、なんと七十五万部。それでも需要の半分にも満たず、大増刷がかかった。父によれば、ペーパーバック版が刊行されて半年後、累積発行部数は二百万部に近づこうとしていたという。

「空前絶後のベストセラーだな」電話口の向こうで、父がそういったことを憶えている。

父はこの表現がお気に入りで、それからの年月、何冊ものベストセラーに言及するさい、よくこのフレーズを口にしたものだった。

五十五歳という年齢で、父ははじめて販促《ブック》ツアーに出かけた。三十日間で二十一都市をまわるという、大がかりなツアーだった。ツアーの予定には、サイエンス・フィクション作家仲間であるフレデリック・ポールやレスター・デル・レイとともに、ニューヨーク・シティで『ザ・トゥデイ・ショー』に出演する予定も組みこまれていた。これに合わせて、書籍廉価頒布《ブック》クラブの〈リタラリー・ギルド〉が、〈デューン〉シリーズの既刊三部作をハードカバーのボックス・セットにしてくれている。

爆発的なセールスを記録するサイエンス・フィクション作家の先駆けとして、フランク・ハーバートは同ジャンルの他の作家たちに輝かしい足跡を残してみせた。アイザック・アジモフ、アーサー・Ｃ・クラーク、ロバート・Ａ・ハインライン、レイ・ブラッドベリほかによるハードカバーのＳＦ作品が全米ベストセラーに名を連ねるようになったのは、〈デューン〉シリーズが社会現象的な成功を収めたのちのことである。

『砂丘の子供たち』は、エキサイティングで鮮烈なイマジネーションあふれる小説である。

そこには作家フランク・ハーバートの技巧の粋が凝らされている。

ワシントン州シアトルにて
二〇〇八年一月十一日

ブライアン・ハーバート

ムアッディブの教えは学者たちの遊び場に――そして迷信深い者たち、堕落した者たちの遊び場と化した。しかし、ムアッディブが教えたものは均衡のとれた生き方、人間がいかにすれば絶えず転変する宇宙から連綿と投げかけられる問題に対処できるのかという哲学である。ムアッディブはいった――人類はけっして終わらぬ過程の中でいまも進化しているのだと。ムアッディブはいった――その進化は変わりゆく諸法則の――どう変わりゆくかは永遠だけしか知りえない諸法則の――上で動くと。それほど深い本質を、堕落した理論ごときに、どうやってもてあそべるというのだろう。

――演算能力者《メンタート》ダンカン・アイダホのことば

岩屋の荒い床に敷かれた深紅のラグに、ぽつんとひとつ、光の円が現われた。光の円は光源もはっきりしないまま、香料《スパイス》入り繊維で編んだ紅《あか》いラグの表面だけを照らしている。直径約二センチの光の円は、なにかを探るようにうろうろと動きまわり——ラグの起伏に合わせて、長円になったり卵形になったりと変化した。ほどなく、深緑色をした上掛けの側面に遭遇した光の円はぴょんと飛びあがり、形状を変えながら、ベッドの表面をよぎりはじめた。

深緑色の上掛けの下には、錆色の髪を持つ子供が横たわっていた。顔はいまだに幼児の丸みを帯びて、唇もふっくらとしている。フレメンの伝統に見合った痩せぎすの体格ではないが、外星人のようにたっぷりの水分を含んでいるわけでもない。閉じられたまぶたの上を光の円がよぎりはじめると、小柄な子供は身じろぎした。たちどころに、光はふっと消えうせた。

いまはもう、すこやかな寝息と、その音にまぎれた心安らぐ音——ピチョン、ピチョン、ピチョンという水音しか聞こえない。この水音は、洞窟のはるか上方にある導風器で結露した水が貯水槽にしたたり落ちる音だ。

ふたたび、岩窟内にあの光の円が現われた。さきほどよりもわずかに大きく、わずかに明るくなっている。今回は光源の位置もうかがえるし、光源が動いていることもわかる。岩屋の一端にはアーチ形の戸口があり、それを塞ぐようにして、フードをかぶった人物が立っていた。光源を手にしているのもその人物だ。光の円が、またも岩窟内を探るように、調べるように動きまわりだす。その動きには、脅威を感じているのか、でなければ絶えず不安に苛《さいな》まれているかのような節《ふし》があった。光の円は眠っている子供を迂回《うかい》して、天井の一角にある格子のはまった換気孔にとまったのち、岩屋の窮屈さをやわらげるため岩壁に掛けてある布――緑と金の垂れ布の、一カ所に突き出た突起を探った。

ほどなくして、光の円は消えた。フードをかぶった人物は、衣ずれの音を抑えようともせずに動き、岩屋の中に入ると、戸口のすぐ横で足をとめた。タブールの群居洞《シエチ》における日常生活に馴じみのある人間であれば、この人物が同群居洞《シエチ》の指導者《ナイーブ》であり、双子の――すでにもう両親を亡くしており、いつの日か父ポール・ムアッディブのマントをまとうと目されている双子の――保護者を務める男、スティルガーであるとすぐにわかっただろう。スティルガーはしじゅう、双子の区画へようすを見にきているからだ。先に確認するのは決まってガニーマが眠る岩屋のほうで、つづいて隣接するこの岩屋を覗き、レトに脅威がおよんでいないことをたしかめて安堵する。

（おれは年古《としふ》りた愚か者だ）とスティルガーは思った。

ビーム投射器《プロジェクター》の冷たい表面をまさぐってから、腰帯のループにひっかけ、しまいこむ。このプロジェクターにはいつもいらいらさせられる。使わざるをえない場面であってもだ。この道具は帝国の繊細な装置で、大きな生体の存在を探知するときに用いられる。しかし、光の円がとらえるのは、帝室区画の寝室で眠る子供たちでしかない。

　スティルガーとても、自分の思考と感情があの光の円に似ていることはわかっていた。絶え間なく動く、内なる光の円——それをどうしても静止させることができない。なにかもっと大きな力がその動きを司《つかさど》っている。それがスティルガーをして、危機の高まりを感じさせるこの瞬間に投射させるのだ。ここには既知の宇宙全体を通じてあまたの壮大な夢を引きよせる、いわば磁石のような存在が横たわっている。ここに横たわっているもの、それは世俗の富、世俗の権威、すべての神秘的な護符のなかでもとびきり強力なもの——ムアッディブの宗教的遺産という聖なる権威だ。別々の岩屋で眠る双子は——レトと妹のガニーマは——圧倒的な力の焦点にほかならない。この双子が生きているうちは、死んでしまったムアッディブもまた、ふたりの中に生きているといえる。

　ここにいるのは、たんなる九歳の子供ではない。自然の力であり、崇拝と畏怖の対象だ。なにしろふたりは、ポール・アトレイデスの子供たち——フレメン全体の救世主《マフディー》となったムアッディブの子供たちなのだから。ムアッディブは人類世界を爆発させる導火線に火をつけた。その指示のもとに、フレメンはこの惑星から聖戦《ジハード》を推し進め、宗教政治の波濤《はとう》となって人類宇宙を席巻し、宗教的情熱をふりまいたのである。宗教政府の方針と遍在的な権威は、いまやあらゆる惑星に爪跡を残している。

（しかし、ムアッディブのこの子供たちは血肉でできている）とスティルガーは思った。（おれがナイフをふた突きするだけで、ふたりの心臓をとめてしまえる。ふたりの水分は部族に還《かえ》ることになる）

そんなことを考えるたびに、スティルガーの心は混迷に陥る。

（ムアッディブの子らを殺すだと！）

だが、内省を通じて、年月は指導者《ナイーブ》を賢明にしていた。この恐ろしい考えの出どころはわかっている。清らかな右手ではなく、忌まわしい左手だ。生物の生命徴候《アヤート》と生命の証《ブルハーン》について知らないことは、もはやほとんどない。かつてスティルガーは、自分がフレメンであると思うことに——砂漠を友と考えることに——自分の惑星を〈砂の惑星《デューン》〉だと考えることに——帝国のどの星図にもアラキスと表示されているにもかかわらず、アラキスではなく、〈デューン〉と考えることに——誇りをいだいていた。

（われらの救世主《マフディー》がただの夢であったころ、ものごとはなんと単純明快であったことか。だが、現実に救世主を見いだしたことで、われらは宇宙に救世主を待ち望む夢をいくつも

ばらまいてしまった。いまや聖戦《ジハード》で征服されたあらゆる民族が、偉大な新指導者の登場を夢見ている）

　スティルガーは明かりを落とした寝室の岩屋に目をやった。

（おれのこのナイフが、そんな民族を迷妄から解放してやったら……おれは救世主として祭りあげられるのか？）

　レトがベッドで、もぞもぞと寝返りを打つ音が聞こえた。

　スティルガーは吐息をついた。この子が名前をいただいたアトレイデス家の祖父とは、ほとんど接点がなかった。だが、ムアッディブの強固な倫理観念が父親譲りだとする者は多い。あの圧倒的正義感が、この子の世代には発現しない——そんなことがあるだろうか。それに対する答えを、スティルガーはいまだ見つけられずにいる。

（タブールの群居洞《シエチ》はおれのもの。ここはおれが治めている。おれはフレメンの指導者《ナイーブ》だ。このおれがここにいなければ、ムアッディブが世に出ることはなかっただろう。そして、この双子には——ふたりの母であり、おれの又姪《まためい》であったチェイニーが産んだ以上、このふたりには——おれと同じ血が流れている。ムアッディブ、チェイニー、その他のみなとともに、おれは聖戦《ジハード》に身を投じた。おれたちはこの宇宙になにをしでかしたんだ？）

　この晩にかぎって、なぜこんなことを思うのか、なぜこうも罪の意識に苛まれるのか、いくら考えても、スティルガーには説明できなかった。ローブのフードをかぶったまま、床にしゃがみこむ。現実は夢とまったく異なる。友なる砂漠――そのむかしは極から極に広がっていた砂漠は、いまはもう本来の半分の大きさに縮んでしまっている。広がりゆく緑化が生んだ神秘の楽園を思い浮かべると、気持ちが沈む。あれは夢に見たものではない。そして、自分の惑星が変わりゆくにつれて、自分もまた変わってしまったことがわかる。自分はかつての自分、一介の群居洞《シエチ》の族長であったころの自分よりずっと狡猾《こうかつ》になった。いまではいろいろなことに目端がきく。政治手法も、ごく些細な決定が招く深刻な結果も、馴じみ深いものになっている。とはいえ、こうした知識や狡猾さは、もっと素朴でもっと決定論的な意識を包みこむ薄膜のようなもの――鉄芯にかぶせた薄板のようなものにしか思えない。そして、その古くから在《あ》りつづける鉄芯が、いまは自分に呼びかけている――よりわかりやすい価値観に戻れと嘆願している。

おりしも、群居洞《シエチ》が朝の活動を迎える音がスティルガーの思考に侵入してきた。住民が洞窟系の内部で動きだしている。頬に風を感じた。住民が気密扉から屋外へ、暁闇《ぎょうあん》の中へ出ていこうとしているのだ。風は人の出入りにともなう不注意さを物語っており、それは時代の変化を痛感させた。閉じた洞窟系内に住む昨今の住民は、もはや昔日の厳格な水の規律を維持しようとはしない。どうしてそんなことをする必要があるだろう。もうだいぶ前から、この惑星では雨が降り、雲が空に浮かび、かつては涸《か》れ谷だった場所で発生した鉄砲水で八人ものフレメンが押し流されて死ぬ、などという事件さえ起きるようになっているのだから。その事件が起きるまで、〈デューン〉のことばに〝溺死《できし》〟なる語彙《ごい》は存在しなかった。しかし、ここはもう〈デューン〉ではない。アラキスだ。そしてもうじき、波乱の一日が朝を迎えようとしている。

スティルガーは思った。

（ジェシカ――ムアッディブの母親であり、亡き皇帝の子である双子の祖母が、きょうのこの日、この惑星に帰ってくる。ジェシカはなぜ、いまになって、みずから進んで送っていた隠遁生活を切りあげてくるのか。ジェシカはなぜ、気候温順で安全も保障されているカラダンをあとにしたのか）

ほかにも心配ごとはいろいろあった。はたしてジェシカはおれの疑念を悟るだろうか。あの女はベネ・ゲセリットの魔女だ。修女会《シスターフッド》でもっとも厳しい修行を施された女であり、自力で教母になった女でもある。ああいった女は勘が鋭く、危険きわまりない。はたしてジェシカは命じるだろうか――自分の胸にナイフの尖端を当て、そのまま前に倒れろと。かつて〝年かさのほうのリエト《ウリエト》〟に対し、預言者に準ずる存在、ウンマだったパードット・カインズが――リエト＝カインズの父親が――そう命じたように。

（その場合、おれはジェシカにしたがうだろうか）

　この自問には答えようがないが、これを機に、思いはリエト＝カインズのことに移った。この人物は、はじめて〈デューン〉全体に広がる砂漠の環境改造を夢想し、人間が暮らしやすいよう、惑星の緑化を夢見た惑星学者である。そして、この惑星ではいま、その夢が実現しつつあった。リエト＝カインズはチェイニーの父親だった男だ。あの男なかりせば、緑化が実現することはなく、チェイニーも、皇帝の血を引く双子も、この世に生まれ出ることはなかった。スティルガーにはこの連鎖の儚《はかな》さが不安でしかたない。

（おれたちはこの場所でどうやって出会った？）スティルガーは自問した。（どうやって手を取りあうにいたった？　その目的は？　このすべてを終わらせること、この大いなる連鎖を打ち砕くことは、おれの務めなのか？）

　いまの自分の心には、そのような思いきったまねをうながす声がある。それは否めない。じっさい、その道を選ぶこともできる。愛情と家族を捨てて、この場合に指導者《ナイーブ》が果たすべき務めを果たすことも――部族のために恐るべき決断を下すことも――できる。見方によっては、この殺人は最低最悪の裏切り行為であり、暴虐行為だ。いたいけな子供たちを殺すのだから！　とはいえ、この双子はただの子供ではない。すでにもう香料《メランジ》を摂取して、群居洞《シェチ》の同心《タウ》饗宴に参加し、砂漠で砂鱒《すなマス》狩りに興じ、フレメンの他の子供たちとまた別のゲームにふけってもいる。そのうえふたりは、帝国枢密院の一員だ。年端もいかぬのに、この子たちは枢密院に席を与えられるほど賢いのである。体格こそ子供のそれではあるが、経験は老練な識者のそれにも匹敵する。まだ胎内にいるうちに先人たちの記憶を受け継ぎ、畏《おそ》るべき意識に覚醒して生まれたからだ。それこそは、双子の叔母であるアリアと双子を――この三人を――他のすべての生ある人間と隔てる決定的な要素だった。

幾夜となく、幾度となく、気がつくとスティルガーは、双子と叔母を他者と隔てるこの差異について考えをめぐらせてきた。夢の中でもその類いの考えに悩まされ、はっと目を覚まし、見果てぬ夢を引きずったまま、こうして双子の寝屋まで訪ねてきたことも何度となくある。そんな彼の疑念は、いま、焦点を結んだ。なかなか決断できないことは、それ自体がひとつの決断といっていい。それはわかっている。双子と叔母は子宮の中で覚醒し、代々の先人たちに継承されてきた記憶のすべてをわがものとした。それをもたらしたのは香料《スパイス》の大量摂取――母親たち、つまりレディ・ジェシカとチェイニーによる大量摂取だ。レディ・ジェシカが息子ムアッディブを産んだのは大量摂取の前、娘アリアを産んだのは摂取のあとだった。顧みれば、その点はまちがいない。ベネ・ゲセリットの数えきれない世代におよぶ選択的な配偶によって、ついにムアッディブは誕生した。しかし、修女会の計画のどこにもメランジを許容する要素はなかった。いや、修女会もその可能性は知っていただろうが、メランジによる覚醒を警戒し、そういう形で産まれた赤子を〝忌み子〟と呼んでいた。これはひときわ気の滅入る事実だ。忌み子――。修女会がそのような呼称をするには、それなりの理由があるにちがいない。そして、アリアを忌み子と呼ぶのなら、この双子のことも同様に呼ぶはずだ。チェイニーも大量摂取で香料《スパイス》漬けになっていたから、当人の遺伝子も――どのようにしてか――ムアッディブのそれを補完したにちがいない。スティルガーはいっそう深く考えをめぐらせた。この双子が父親を超えることに疑念の余地はない。だが、どの方向へ？　男子のほうは父親に成りかわる能力があると広言し、じっさいにそれを証明してもいる。レトは幼児のころから、ムアッディブしか知りえないことを口にしてみせた。その膨大かつ多様な記憶の内には、ムアッディブのほかにどんな先人が潜んでいるかわかったものではない。もしやその先人のなかには、信仰や習慣から、現世の人類に空前の危険をおよぼしかねない人物もいるのではないか。

忌み子――と、ベネ・ゲセリットの聖なる魔女どもはいう。それでいて、修女会はこの子たちの遺伝子相《ジェノフェイズ》を切望している。ただし、魔女どもは精子と卵子にしか興味がない――それらを内包する肉体は無用の長物だ。いまこのときレディ・ジェシカが帰ってくるのもそのためか？　夫である公爵を支えるために、一度は修女会と袂《たもと》を分かったジェシカだが、うわさによれば、ベネ・ゲセリットの道に復帰したともいう。

（こんな夢は、どれもこれも、おれならけりをつけてしまえる）とスティルガーは思った。

（いとも簡単に）

だが、そこでふたたび、自分にそんな選択ができるだろうかと思い悩んだ。おおぜいの夢を消し去った現実。その責任はムアッディブの双子にあるのか？　そんなことはない。ふたりはただのレンズ――宇宙の新たな形を照らしだす光、それを導くレンズにすぎない。

苦悩の中で、スティルガーの心は原初のフレメン信仰に回帰し、こう思った。

（いずれ神命は下る。であれば、早めることはない。道を示すことが神命ならば、それを回避する道もあるだろう）

なによりスティルガーをとまどわせているのは、ムアッディブ信仰だった。われわれはなぜ、ムアッディブを神に仕立てあげたのか？　明らかに肉体を持っている人間を、なぜ神格化したのか？　ムアッディブの創始した〈生命の黄金の霊薬《エリクシル》教〉は官僚機構の怪物を創りあげ、それは人の営みを圧迫した。政治と宗教は一体化し、法を破ることは宗教上の禁忌を犯すことと同義になった。政府の命令にすこしでも疑念を呈すれば、すぐに冒瀆《ぼうとく》の嫌疑がかかる。叛逆《はんぎゃく》者は徹底的に断罪されるが、量刑は独善的判断によってなされる。

　だが、そんな政府の命令を作りだしたのは、当の人間なのである。

　スティルガーは悲しい思いで左右に首をふった。朝の勤めに従事するため、侍従たちが帝室区画の控えの間に入ってきたが、そちらには目もくれない。

　腰の結晶質《クリス》ナイフをまさぐり、それが象徴する過去を顧みて、折々の気持ちを思い返す。自分の命令で失敗におわらせた謀叛《むほん》の首謀者たちには、一再ならず同情をおぼえたものだ。混乱に心を乱されたスティルガーは、そんな過去を忘れてしまう方法があれば……過去を忘れてこのナイフが体現する素朴な時代に戻れれば、と願った。しかし宇宙は、けっして遡行《そこう》してはくれない。それは実在しない灰色の虚無に投影された巨大駆動機構《エンジン》なのである。自分のナイフは、たとえ双子に死をもたらしたとしても、たんにその虚無を反響させて、人類史全体に響く新たな複雑さを編みこみ、新たなる混沌を波打たせ、人類をそれまでと異なる形の秩序と無秩序へ誘《いざな》おうとするだけだ。

　スティルガーは嘆息した。そろそろ周囲の活動を無視できなくなってきている。そう、この侍従たちはムアッディブの双子にかしずき、ある種の秩序を体現する者たちだ。全員、あちらへこちらへと動きまわり、その場その場で必要な処置を講じている。

　スティルガーは自分に語りかけた。

（この者たちに倣《なら》うのがいちばんだ。その場に応じて適切な対処をするにしくはない）

　そして、こうも思った。

（おれもまた侍従なのだから。ただし、おれのあるじは慈悲深い神、情け深い神だ）

そこでスティルガーは、心の中で引用した。

(〝しかり、われら彼《か》の者どもの顎下《がっか》まで食いこむ首枷《くびかせ》をかけたるは、頭《こうべ》をあげさせんがためなり。しかしてわれら、彼の者どもの前に柵を立て、うしろに柵を立て、上も左右も囲いこみたるゆえは、彼の者どもになにも見えぬようにせんがためなり〟)

これはフレメンの古い経文にある一節である。

スティルガーは自分にうなずきかけた。

ムアッディブが恐るべき未来の幻視を通じてしてみせたように、つぎの瞬間に発生する事態を観ること、予測することは、未来に対抗する力を人間の営みに付加した。そして、意思決定するための新たな場所を創りだした。首枷をはずされること。そう、それもまた、神の気まぐれを示すものかもしれない。それは並の人間には手のとどかぬ新たな複雑さだ。

スティルガーはナイフの柄《つか》から手を放した。馴じみ深い感触に指先が疼《うず》いている。だが、命ある砂蟲《サンドワーム》の口中できらめいていた歯、結晶質の歯から削りだした刃は、鞘《さや》に収まったままだった。自分がいまこの刃を抜き、双子を殺すことはない。スティルガーにはそれがわかっている。彼はひとつの決断を下した。この場はいまも胸に宿る、古くからの美徳を貫いたほうがいい。その美徳とは、つまり忠誠だ。同じ複雑さなら、理解を絶する複雑さより、指導者《ナイーブ》なら知っていると周囲からも思われる複雑さのほうがいい。夢の未来より、現在のほうがいい。口の中の苦い味は告げていた——さまざまな夢のなかには、はなはだむなしく、胸の悪くなる種類のものがあることを。

(もういい! もう夢はたくさんだ!)

問い「〈伝道者〉を見たことはあるか？」
答え「砂蟲《サンドワーム》なら見たことがある」
問い「砂蟲《サンドワーム》のなにを知っている？」
答え「われわれが呼吸する空気を作っていること」
問い「ではなぜ、われわれは砂蟲《サンドワーム》の土地を荒らす？」
答え「シャイー＝フルード（砂蟲《サンドワーム》の神格化）が命じるからさ」

――『アラキスなぞかけ集』
ハルク・アル＝アーダ著

フレメンの習慣にしたがって、アトレイデス家の双子は夜が明ける一時間前に起床した。となりあう双方の寝屋で、ふたりは余人に知られることなく、同時にあくびをし、のびをした。周囲の洞窟系全体に、朝の活動の気配が感じられる。控えの間からは、侍従たちが朝食の用意をする音が聞こえた。朝食は質素な薄粥《うすがゆ》に、ナツメ椰子《ヤシ》とナッツを半醗酵《はっこう》した香料《スパイス》の上澄み液で和えたものだ。控えの間には複数の発光球があり、ふたつの寝屋に口をあけるアーチ形戸口からは、それぞれに黄色いおだやかな光が射しこむようになっている。そのおだやかな光のもとで、双子はたがいが隣室で動く音を耳にしつつ、手早く服を着た。ふたりがそろって着用したのは、砂漠の乾いた風に備えての保水《スティル》スーツだ。

　ほどなく、帝家の嫡子である双子は控えの間で顔を合わせた。そのとたん、侍従たちがいっせいに黙りこんだ。保水スーツはともに光沢のあるグレイだが、レトはその上から、黒い縁どりのある黄褐色のケープをはおっており、妹のほうはといえば、緑色のケープをはおっていたのである。双方ともに、ケープの襟元を留めているのは、アトレイデス家のタカ紋を象《かたど》った留め具で、タカ自体は黄金製、目には赤い宝石を嵌《は》めこんである。一同が沈黙に陥ったのは、みごとな出でたちに感心したからだった。

　ふたりの正装を見て、スティルガーの妻のひとり、ハラーがいった。

「おばあさまの栄誉を讃えて、おめかししたんですね」

　レトは朝食のボウルを手にとってから、ハラーの浅黒く、風焼けでしわだらけになった顔を見やり、ひとつかぶりをふって、こう答えた。

「自分たちの栄誉を讃えるためじゃないと、どうしてわかるの？」

ハラーは怯《ひる》むことなく、なじるふりの視線を受けとめて、

「わたしの目だって、あなたの目と同じくらい青に染まっているからですよ！」

ガニーマが声をたてて笑った。フレメン流にことばの応酬をするゲームをやらせれば、ハラーはかなりの達人だ。いまのひとことでハラーが切り返したのは、こんな意味だった。

〝ナマいってんじゃないの、ガキんちょ。あんたは皇帝のお子さまかもしれないけどね、あたしにだってあんたに劣らずメランジ中毒の跡があるんだよ、白目のない青い目がね。フレメンにとって、これに勝るおめかしも栄誉もないでしょ？〟

レトはほほえみ、残念そうにかぶりをふった。

「愛しいハラー、ハラーがもっと若くて、スティルガーの奥さんになっていなかったら、ぼくのものにしていたところだよ」

ハラーはレトのことばを受け流し、ささやかな勝利を胸に収めると、侍従たちに本日の重要事に備え、室内装飾の準備をつづけるよう合図してから、

「とにかく、朝ごはんを食べてしまいなさい」といった。「きょうはエネルギーが必要になるんだから」

「着替えなさいといわれないからには、わたしたち、おばあさまを迎えるのにおめかしの

しすぎじゃないということよね」

粥をほおばりながらそういったのは、ガニーマだった。

「べつに、あの方を怖がらなくてもいいんですよ、ガニー」ハラーが答えた。

レトは口いっぱいの粥を嚥《の》みこむと、ハラーに探るような視線を投げかけた。恐ろしいほど世知に長《た》けたハラーは、正装の意味を即座に看破したらしい。

レトはたずねた。

「ぼくらが怖がっていると、おばあさまは思うかな」

「たぶんね」とハラーは答えた。「ともあれ、あの方はわたしたちの教母さまなんです。そうでしょ？　あの方の考え方はようく知っていますとも」

「アリアはどんな服装をしていたの？」ガニーマがたずねた。

「さあ、まだ見ていなくて」ハラーはそっけなく答え、視線をそらした。

レトとガニーマは視線を交わしあい、ひそかに意思を疎通しあってから、急いで朝食を食べおえた。ほどなくふたりは、控えの間をあとにし、大きな中央通路に出た。

そこでガニーマは、遺伝的記憶で共有する古代言語のひとつを使い、兄に語りかけた。

「きょうはいよいよ、おばあさまと縁ができる日ね」

「アリアはずいぶんいやがっているみたいだけどな」

「あれほどの権威に触れる機会をいやがる人なんて、いるものかしらね」

レトは静かに笑い、子供の肉体から出るにしては奇妙なほどおとなびた声で答えた。

「そういう次元の問題じゃないんだよ」

「母親から見ても、アリアはわたしたちの目に映るのと同じように見えるかしら」

「見えないはずがないだろう？」

「そうね……アリアが恐れているのはそれね」

「忌み子以上に忌み子を知る者がいるかい？」

「でも、わたしたちの見こみちがいかもしれないでしょ？」

「いや、その線はないかな」レトはそういって、ベネ・ゲセリットの『アズハルの書』を引用してみせた。「〝忌み子〟――出産前に覚醒した子供をわれわれがそう呼ぶ背景には、それなりの理由と恐怖の経験がある。人類の昏《くら》き過去において喪《うしな》われた忌まわしき人格が復活し、生ける肉体を心の中から乗っとる――もう二度とそんなことが起こりはせぬと、だれに断言できよう」

「それに関する歴史は知ってるわ」ガニーマはいった。「でも、その歴史が事実だったとしたら、どうしてわたしたち、心の中の人格群から襲撃を受けずにいるのかしら」

「ぼくらの両親がぼくらの中で護ってくれてるんだよ、きっと」

「じゃあ、アリアの両親があのひとを護っていないのはなぜ？」

「それはぼくにもわからない。アリアの親の片方が健在だからかもしれないし。単純に、ぼくらが若くて精神力が強いからかもしれない。もしかすると、ぼくらが年齢を重ねて、もっとシニカルになったら……」

「おばあさまに対しては、重々注意して臨まないといけないわね」

「それじゃあ、ぼくらの惑星を放浪して異端を説いてまわっている〈伝道者〉、あの男については注意して臨まなくてもいいのかい？」

「まさか本気で思っているわけじゃないわよね――〈伝道者〉がとうさまだなんて！」

「それについては、判断を留保しよう。ただ、アリアはあの男を恐れている」

ガニーマは鋭くかぶりをふった。

「忌み子うんぬんのたわごとなんて、信じないわ！」

「きみもぼくと同一の記憶を持っているわけだからさ」レトは答えた。「信じたいことを信じればいいよ」

「わたしたちとアリアとの相違点は、わたしたちが香料《スパイス》の大量摂取によるトランス状態をあえて経験しないのに対して、アリアは経験している――そこに由来すると思う？」

「まさしく、そう思うね」

　ふたりはしばし黙りこみ、中央通路を進む人の流れに加わった。タブールの群居洞《シエチ》内はひんやりとしているが、保水スーツの中は暖かいので、双子は水分凝集フードをうしろに落とし、赤毛を露出させている。ふたりの顔には共通する遺伝子の表われが見てとれた。高貴な印象を与える口元、間隔の離れた目。ただし、その両目は香料《スパイス》中毒を示す青の中の青に染まっている。

　近づいてくる叔母のアリアに気づいたのは、レトのほうだった。

「おでましだ」

　アトレイデス家の戦闘語は最古のチャコブサ語がベースになっている。ここであえて、戦闘語に切り替えてガニーマに告げたのは、警戒をうながすためだった。

　アリアがふたりの目の前まできて足をとめると、ガニーマは会釈し、こういった。

「〝戦利品〟より、高貴なるおばさまにごあいさつを」

　レトと同じく戦闘語を用いて、ガニーマは自分の名前を強調してみせた。ガニーマとはチャコブサ語で〝戦利品〟の意味なのである。

「見てのとおりだよ、愛しいおばさま」レトがいった。「きょうはおばさまの母上さまにお目通りする日だからね、こうして正装してきたんだ」

　おおぜいの人間が詰める帝室内でも、この双子のおとなびたふるまいにわずかたりとも驚きを示さない人物――それがアリアだった。

アリアは険しい眼差しで双子を交互に見やった。それから、

「口をつつしみなさい、ふたりとも！」と叱責した。

アリアは赤褐色の髪を引っつめて、うしろに垂らし、黄金の計水環ふたつで束ねている。卵形の顔には渋面が浮かび、引き結んで口角を下げた大きな口には放縦な性格がかすかにうかがえた。目は青の中の青だが、両の目尻には不安そうなしわが寄っていた。

「前にも諭したわね、きょうはどんなふうにふるまうべきかを」アリアはいった。「その理由はあなたたちにもわかっているはずよ、わたしと同じように」

ガニーマが答えた。

「おばさまの理由は知っているわ、でも、わたしたちの理由は知らないでしょう？」

「ガニー！」アリアがきつい声を出した。

レトは叔母に険しい視線を返して、

「きょうという日はとくに、にこにこしているだけの幼子《おさなご》を装う気はないよ！」

「にこにこしていなさいなんて、だれも思ってないわよ。けれど、母の前で危険な考えをひけらかすのは賢いことじゃないわ。それはだれもが思っているはず。イルーランも同じ考えよ。レディ・ジェシカがこの惑星でどんな役目を選ぶ気か、わかったものじゃない。

つまるところ、あのひとはベネ・ゲセリットなんだから」

　レトは左右に首をふった。

（どうしてアリアには、ぼくらに見えていることが見えないんだろう。メランジの影響を強く受けすぎているんだろうか）

　見あげれば、アリアの顔に表われた微妙な遺伝的特徴には、母方の祖父の――つまり、レディ・ジェシカの父親であるウラディーミル・ハルコンネン男爵の面影がうかがえた。あれはけっして好ましい人物ではなかった。叔母の特徴に気づいたレトは、心中に漠然とした不安をいだき、思った。

（ぼくもあの男の血を引いているんだったな）

　そして、声に出してこういった。

「レディ・ジェシカは統治の手法を身につけているからね、おばさま」

　ガニーマがうなずき、疑問を口にした。

「でも、どうしてわざわざ、いまこのときを選んで帰ってくるのかしら」

　アリアが眉根を寄せた。それから、

「ただ孫たちに会いたいだけかもしれないわよ」と答えた。

　それを聞いて、ガニーマは思った。

（あなたの願望ね、それは、愛しいおばさま。でも、そういうことじゃないわ、絶対に）

「母がここを統治できるはずなどないわ」アリアはつづけた。「すでにもう、カラダンを領有しているんだもの。あそこだけで充分でしょう」

ガニーマがなだめるようにいった。

「とうさまが砂漠へ死の旅立ちに出たさい、おばさまを摂政に指名していったでしょう。あれは……」

「なにか文句でもあるのかしら？」アリアがふたたび、きつい声を出した。

「あれは順当な選択だったよ」レトが妹をフォローした。「ぼくたちのような生まれ方がどういうものか、身をもって知っているのは、おばさまだけだからね」

「うわさによると、母は修女会に復帰したそうだけれど」アリアはいった。「ふたりとも、ベネ・ゲセリットにどう見られているかは知っているでしょう、わたしたちを……」

「忌み子と見ている？」先まわりして、レトはいった。

「そうよ！」アリアは吐き捨てるように答えた。

「魔女になったら、ずっと魔女――そういうわよね」これはガニーマだ。

（妹よ、きみは危険なゲームを仕掛けているぞ）

レトはそう思ったものの、ガニーマのことばを受け、ふたたびフォローにまわった。

「われらがおばあさまは、同類の魔女たちよりもずっと素朴な心をお持ちの女《ひと》だからね。アリアおばあさまだって、おばあさまの記憶は分かちあっているはず。だったら、どういう展開になるかはわかるよね？」

「素朴ですって！」アリアはかぶりをふり、横を通っていく住民の列を見まわすと、また双子に視線をもどした。「母の精神がああも複雑でなければ、あなたたちは産まれてさえいなかったのよ——かくいうわたしの状況だって、一変していたでしょう。母の初子《ういご》にはわたしがなっていただろうし、そうなっていたら、こんな事態には……」

アリアは肩をすくめた。すくめるというより、なかば身ぶるいするようなしぐさだった。

「とにかく、警告しておくわ、きょうのふるまいには厳重に注意なさい」そこでアリアは顔をあげて、「ああ、わたしの護衛がきた」

レトはたずねた。

「やはり、おばさまにくっついて宇宙港にいくと、ぼくらの安全が脅かされかねない——そう思っているんだね？」

「群居洞《シエチ》で待っていなさい」アリアは指示した。「わたしが母をここに連れてくるから」

レトは妹と目を見交わした。それから、

「おばさまからは何度となく、ぼくらが受け継いだ歴代先人たちの記憶は実用にならない、それを自分の肉体で再体験し、現実の経験にしないかぎりは——そういわれてきたよね。ぼくも妹もそれは信じる。けれど、おばあさまがここへくることで、そこに危険な変化が起こるような気がするんだ」

「そのまま信じておくことよ」

アリアはそう言い残して背を向け、衛士たちに囲まれて通路を足早に歩み去っていった。向かう先は政府用のエントランスだ。そこには何機もの羽ばたき飛行機《オーニソプター》が待機している。

ガニーマが右目の涙をぬぐった。

「それ、死者を悼む水？」レトはささやきかけ、妹の腕をとった。

ガニーマは大きくためいきをつき、いまの会話のあいだに、先人たちが蓄積した経験上、最良とわかっている手法を用いて観察した叔母の状態を思い返した。そして、レトがどう答えるかを承知のうえで、こう問いかけた。

「やっぱりあれは、香料《スパイス》トランスのせいかしら？」

「それよりも説得力ある可能性があるかい？」

「純粋に議論のためにたずねるけれど、どうしてとうさまは……おばあさまでさえも……誘惑に負けなかったの？」

レトはしばし、妹のようすを観察した。それから、

「答えはぼくと同様、きみにもわかっているだろう？　ふたりとも、アラキスにきた時点で確固たる人格ができていた。だから香料《スパイス》トランスには——つまりだね……」レトは肩をすくめた。「あのふたりはこの惑星で産まれたわけじゃない、産まれ出ないうちから先人たちに取り憑《つ》かれていたわけでもない。しかしアリアは……」

「なぜアリアは、ベネ・ゲセリットが警告していた薬物耽溺《たんでき》の危険を信じなかったの？」ガニーマはそういって下唇を噛んだ。「アリアだって、先人の記憶からわたしたちと同じ情報を引きだせたはずなのに」

「アリアははじめから、ベネ・ゲセリットに忌み子呼ばわりをされていたからね。そんなあつかいをされれば、あの連中のだれより強いことを証明してやりたい誘惑に駆られてもしかたないさ」

「しかたなくないわ。わたしはそんなふうにならない！」

ガニーマは兄の探るような視線から目をそらし、身ぶるいした。遺伝的記憶に照らしてみれば、修女会の警告は明確な意味を持つ。客観的に見て、胎内覚醒者はねじけた性向を持つ成人になりやすい。そして、たいていは深刻な……。ふたたび、ガニーマは身ぶるいした。

「残念だよ、われらが先人に胎内覚醒者がひとりもいないのは」レトがいった。

「いたかもしれないわよ」

「でも、ぼくらは……ああ、そうか、〝いまだ答えの得られない古き疑問〟か。ぼくらはほんとうに、すべての先人のすべての経験にアクセスできるのか——だね？」

　心中のざわめきから、このやりとりが妹を動揺させていることがわかった。この疑問はふたりで何度も検討してきたが、ついぞ結論に達したことがない。レトはいった。

「アリアが香料《スパイス》トランスを持ちかけてくるたびに、ぼくらは先延ばしにしなきゃならない。何度でも、何度でも、何度でも。香料《スパイス》の過量摂取には慎重の上にも慎重を期して取り組む必要がある。ぼくらにとっては、そうするのがいちばんいいんだ」

「わたしたちにとっての過量摂取となると、そうとう大量になるわね」ガニーマがいった。

「そうだな、ぼくらの許容量はたぶん高い」レトはうなずいた。「アリアでもあれだけの量を必要とするんだから」

「かわいそうなアリア。香料《スパイス》トランスの誘惑は、よほど強力で潜行性の強いものなのね。じわじわとからだを蝕《むしば》んでいって、ついには……」

「アリアは犠牲者なんだ、たしかに。忌み子化しているのはまちがいない」

「わたしたちの読みちがいかもしれないでしょう」

「それはないよ」

「いつも思うの」ガニーマは考えこんだ口調で、「このつぎにアクセスする先人の記憶が、もし忌み子の……」

「悠久の過去は、きみの枕よりも遠くにあるわけじゃないしな」

「この件、おばあさまとじっくり話しあう機会を設けないといけないわね」

「〝ぼくの中にいるおばあさま〟もそううながしている」とレトは答えた。

ガニーマはレトの視線を受けとめた。そして、いった。

「あまりにも知識が多いと、単純な意思決定はしにくいものなのね」

砂漠の縁の群居洞《シエチ》には
リエト＝カインズしろしめし、
スティルガーが引き継いで、ムアッディブに引きわたし、
またもや引き継ぐスティルガー。
指導者《ナイーブ》たちはひとりずつ、砂中の眠りにつくけれど、
群居洞《シエチ》はその後も在《あ》りつづける。

――フレメンの戯《ざ》れ歌より

双子から離れて通路を歩きだしたアリアは、心臓が早鐘のように鳴るのをおぼえていた。ひどく動悸が打つなかで、数秒ほどとはいえ、あやうく双子のそばにとどまり、ふたりに助けを請いたいとの強い衝動に駆られたのである。なんと愚かな、なんという弱さか！

あの数秒のことを思うと、全身が硬直しそうになる。あの双子、予知に踏みこむつもりはないのだろうか。双子の父親を呑みこんだ道はふたりを魅了しているにちがいない。香料《スパイス》トランスと未来の幻視は、気まぐれな風に舞う薄物のようにふたりを誘《いざな》っているはずだ。（なぜわたしには未来が観《み》えないの？）アリアは思った。（どれだけがんばってみても、幻視はするりと逃げてしまう。それはなぜ？）

双子にも香料《スパイス》トランスを経験させなければ——と、アリアは自分にそう言い聞かせた。ひとたび経験させてしまえば、あの子たちはきっと夢中になる。ふたりとも、子供特有の好奇心は持っているし、香料《スパイス》トランスは一千年にわたって連綿と積み重なってきた記憶と結びついたものだ。

（わたしと同じようにね）

衛士たちが群居洞《シエチ》の政府用エントランスに到達し、水分保持用の気密扉を開いたのち、アリアが発着棚へ出るあいだ、脇に立って控えた。発着棚には何機もの羽ばたき飛行機《オーニソプター》が待機している。砂漠から吹いてくる風に乗り、砂塵《さじん》が天を舞っているが、外光は明るい。発光球の照らす群居洞《シエチ》から陽光のもとに出たことで、アリアの思考は前向きになった。

どうしてレディ・ジェシカはこんなときに帰ってきたのだろう？　カラダンにうわさが伝わったのだろうか、摂政政治の実態が伝わったのだろうか……。

「お急ぎいただきませんと、わが君《マイ・レディ》」

衛士のひとりがうながした。風音に負けまいと声を張りあげている。

アリアは衛士が差しだした手につかまってオーニソプターに乗りこみ、シートベルトを締めた。が、心ではいままでの思案をめぐらせつづけた。

(なぜいまになって?)

オーニソプターの両翼が沈みこみ、機体が空中へすべりでていく。そのさいアリアは、自分の立場の華々しさと権力を物理的な力として実感した。とはいえ、その立場のなんと脆弱《ぜいじゃく》なことか。ああ、なんと脆弱なことか!

なぜいまになって?　まだ計画が完了していないこのときに?

砂塵の雲がうねり、舞いあがる屋外で、明るい陽光のもと、変わりゆく惑星のようすが一望できた。かつて乾ききった砂漠が支配していた大地には、広大な緑の植栽が広がっている。

(未来を観《み》られずにいれば、わたしは失敗しかねない。ああ、ポールと同じように未来を観ることさえできたら、どんなにかすばらしい成果をあげられたことだろう!　しかし、苦悩をともなう予知の幻視は、わたしには降りてこない)

予知能力に対する狂おしいまでの餓《かつ》えが身内を走りぬけ、アリアは思った。そんな力がなくてもやっていければよかったのに。じっさい、一般人と同じように生きる道もある。一寸先の未来も見えぬ安穏のなか、出生時のショックでたいていの人間が陥る半睡状態のように、ぼやけた生を送るのもいいだろう。だが、だめだ！　わたしはアトレイデス家の一員として生まれ、母の香料《スパイス》中毒により、長い長い時を閲《けみ》する意識の系譜に取り憑かれた犠牲者なのだから。

(母上はなぜ、きょう、この日に戻ってくるの?)

ガーニー・ハレックも同行してくるだろう。献身的な従者にして、物腰粗暴な殺し屋、忠実で率直、錐剣《すいけん》による殺しの技もみごとなら、九弦楽器《バリセット》の弾きこなしもみごと、演奏で人を娯《たの》しませることに長《た》けたあの男もだ。レディ・ジェシカの愛人になったとのうわさもある。この点は裏をとっておいたほうがいい。事実であれば、つけこむ隙として重宝する。

一般人と同じでありたいという願望は影をひそめた。

(やはりレトには、香料《スパイス》トランスに耽溺してもらわなくては)

それで思いだしたのは、レトにガーニー・ハレックをどうあつかうかとたずねたときのことだった。あのときレトは、この問いがほのめかす含みを察知して、こう答えた——。

〝ガーニーは極端すぎるほどに忠実だからね〟。さらにつづけて、〝あの人物は崇拝していたんだよ……とうさまのことを〟

そのときアリアは、レトが微妙なためらいを見せたことに気がついた。〝とうさま〟というかわりに、〝ぼく〟といいそうになったのである。たしかに、生命ある肉体の記憶と遺伝的記憶を区別するのは、ときにむずかしいことがある。対象がガーニー・ハレックとなれば、レトにとって、その区別がたやすくなることはないだろう。

冷たい笑みがアリアの唇に宿った。

ポールの死後、ガーニーはレディ・ジェシカに同行してカラダンに帰ることを選んだ。そのガーニーがここへ戻ってくるとなると、事態はなにかと複雑になる。アラキスに戻ることで、ただでさえさまざまな要素が複雑に絡みあっている現状に対し、さらに複雑さを重ねることになるだろう。ガーニーはポールの父に仕えていた。また公爵位の代替わりに合わせて、仕える相手も替えてきた。レト一世からポールを経て、レト二世へ。代替わりしたのはベネ・ゲセリットの人類血統改良計画に関係する女たちも同様だ。ジェシカからアリアを経て、ガニーマへ――アトレイデスの男系と並行して、女系も代替わりしており、ガーニーはどちらの系統にも馴じみがある。胎内覚醒者がかかえる混乱――自己の記憶と先人たちの記憶との混同を考えれば、ガーニーの存在は役に立つかもしれない。

（わたしたちがハルコンネンの血を引いていると知ったら、あの男はどうするだろう）

アリアの口元に浮かぶ薄笑いが内省的なものになった。結局のところ、あの双子はまだ子供でしかない。数えきれない親を持ち、おびただしい先人たちの記憶と自分の記憶とを兼ねそなえた子供でしかない。ふたりとも、もうじきタブールの群居洞《シエチ》の中腹出口に立ち、アラキーン砂盆《さぼん》に降りてくる祖母の船とその航跡を眺めやる頃合いだろう。空に尾を引くひとすじの炎――それは双子にとって、祖母の到着をいっそうリアルに感じさせるものにちがいない。

(母上はわたしに、双子にどんな修行をさせているかとたずねるはず。神経と筋肉組織《プラーナ＝ビンドゥー》の鍛錬は塩梅《あんばい》よく施しているとでも答えておけば無難かしら。あとは、わたしがそうだったように、ふたりが自主的に修行しているとでも答えておこう。孫息子のことばを引用してみせてもいいわ。たとえば――。

〝指導者の責任のなかには懲罰を下す必要も含まれる……ただし、じっさいに罰するのは、被害者がそれを求めたときだけだ〟)

そこでアリアは、レディ・ジェシカの関心を双子だけに向けさせておくことができれば、ほかのことについてはあまり注意を向けられずにすむのではないかと考えた。

それならなんとかなるだろう。レトは驚くほどポールによく似ている。それも道理で、その気になりさえすれば、レトはいつでもポールになることを選べるのだ。この驚異的な能力はガニーマも持ち合わせている。

（わたしと同じようにしてね。わたしだってなれるもの――母上なり、記憶を分かちあうほかの先人のだれかなりに、いつの時代の先人であれ）

アリアは物思いを中断し、下方をすべりゆく〈防嵐壁《ぼうらんへき》〉を眺めながら、思った。

（温暖で安全な惑星、水の豊富なカラダン。そんなところをあとにして、アラキスへ――夫であった公爵が殺され、息子が殉教した砂漠の惑星へ帰ってくるのは、どんな気持ちがするものだろう）

レディ・ジェシカはなぜ、いまこのときに帰ってくるのか？

アリアにはわからない。確実にいえることはなにもなかった。先人たちと自我＝意識は共有できても、各人の経験しだいで、推測できる動機はおのずと多様になる。意思決定の過程は、各人固有の行動に根差すものだからだ。胎内覚醒者――すなわち、無数の先人の記憶、存命中の記憶を持つアトレイデス家の者にとって、これはつねに変わらぬ厳然たる事実だった。そのような覚醒者の誕生は、通常の誕生とまったく性質を異にする。それは生きて新たに空気を呼吸する肉体と、無数の先人意識でその肉体を苦しめていた子宮との、絶対的な訣別《けつべつ》なのである。

自分の母親を愛すると同時に憎むことを、アリアはおかしいとは思っていない。むしろ必然――バランスをとるうえで必要なことだ。罪の意識も非難の気持ちも、そこには介在する余地がない。愛と憎しみを隔てる線をどこで引けるというのか。ベネ・ゲセリットがレディ・ジェシカに特定の目的を担わせたことをだれに責められよう。何千年にもおよぶ先人たちの記憶の前では、罪の意識も非難の気持ちもぼやけてしまう。修女会はたんに、〈クウィサッツ・ハデラック〉を血統的に生みだそうとしたにすぎない。〈クウィサッツ・ハデラック〉を――つまり大悟《たいご》した教母に相当する男性を……いや、それ以上の存在を――超越的な知覚力と意識とを併せ持ち、時空の多くの瞬間に遍在できる人間を――生みだそうとしたにすぎない。だが、その血統計画における一介の駒でしかなかったレディ・ジェシカは、自分が割りふられた子作りの相手と恋に落ちるという失態を演じた。そして、最愛の公爵の望みに応えるべく、修女会が初子《ういご》として産むようにと命じた女子ではなく、男子を出産した。

(わたしをあとまわしにしたあげく、産んだのは香料《スパイス》中毒になってから！　いまはもう、修女会はわたしを求めていない。むしろ恐れている！　それも由《よし》なきことではない……)

修女会はポールを――自分たちの〈クウィサッツ・ハデラック〉を手に入れた。ただし、完成形には人ひとりの一生ぶん早すぎた。計画のわずかなほころびがそこまで傷を広げてしまったのである。そして、いまや修女会は新たな問題をかかえている。忌み子問題だ。

それは修女会が何百世代ものあいだ希求してきた貴重な遺伝子を持つ存在でもあった。

顔を影がよぎったのに気づき、アリアは機窓から上を見あげた。着陸するのに先だって、直衛機が上方警戒の位置に占位したのだ。なんと取りとめのない考えにふけっていたことだろう。あきれてかぶりをふる。過去を思い起こし、母のミスをあげつらったところで、なんになるというのか。これは新しい生なのに。

ジェシカはなぜ、いまさら帰ってくるのか。ダンカン・アイダホはその疑問と取り組み、新生後に得た演算能力者《メンタート》としての力を用いて検討を加えた。その結果、導きだされたのは、ジェシカが双子を修女会に引きわたすために帰ってくるのではないかという推測だった。事実、双子もかけがえのない遺伝子を持っている。ダンカンのいうとおりかもしれない。そのような事情なら、レディ・ジェシカとしても、カラダンでの自主的な隠遁生活を切りあげる理由になる。もしも修女会がそう命じたのなら……いや、そう命じたのでなければ、どうしてこの惑星に帰ってくるはずがあろう——当人にしてみれば、なにもかもが強烈な苦痛しかもたらさないこの惑星に。

「じきにわかるわ」とアリアはつぶやいた。

そのとき、オーニソプターがアリアの統《す》べる〈大天守《キープ》〉の屋上にタッチダウンするのを感じた。それがひとつの歴然たる不調和区切りとなり、心を不穏な予感で満たした。

【メランジ】（発音 メ・ランジまたはム・ランジュ）実名詞。語源不詳（古代地球のフランス語に由来すると思われる）。a 香料《スパイス》混合物。b アラキス（デューン）産の香料《スパイス》。その抗老化作用にはじめて着目したのは、シャッハード英明帝の治世中に帝立研究院の化学者であったヤンシュフ・アシュココである。アラキスに固有のメランジは、同惑星の奥砂漠にのみ産し、フレメン最初の救世主《マフディー》、ポール・ムアッディブ（アトレイデス）の予言的幻視と深い関係を持つ。航宙ギルドの航宙士やベネ・ゲセリットも、この香料《スパイス》に負うところが大きい。

——『欽定辞書 第五版』

暁光《ぎょうこう》のもと、ネコ科の大型獣が二頭、岩がちの尾根を軽々と躍り越えた。二頭は本気で狩りをしているわけではない。ただ自分たちの縄張りを見まわっているだけだ。大型獣の種名は人狩り虎《レイザ・タイガー》という。八千年ほど前、ここ惑星サルーサ・セクンドゥスに運びこまれた特殊な種で、古代地球に生息していた原種に遺伝子操作を行ない、トラが本来持つ特徴の一部を消し去って、別の特徴を強化したものである。二本の牙は原種と同じように長い。頭部は横に広く、目は油断のない光をたたえ、知性を帯びる。足趾《そくし》を原種よりも長くしてあるのは、不整地での行動を助け、十センチもある鉤爪を収納できるようにするためだ。鉤爪の先端は剃刀《かみそり》のように鋭く、足趾に出し入れするたびに摩擦で鋭利に研ぎ澄まされる構造になっている。体毛は短く、体表はなめらかで、体色はむらのない淡褐色一色のため、砂上でそう簡単に視認されることはない。

人狩り虎《レイザ・タイガー》が原種と異なる特徴はもうひとつあった。幼獣のうちに脳へサーボ刺激装置《スティミュレーター》を埋めこんであることだ。だれであれ、制御トランスミッターを使える者であれば、思いのままに人狩り虎《レイザ・タイガー》を操ることができる。

外気は寒く、地形の状態を探るために足をとめた人狩り虎《レイザ・タイガー》たちの鼻孔からは、白い息が立ち昇っていた。周囲に広がるのはサルーサ・セクンドゥスでも荒涼とした不毛の一帯だ。ここではアラキスから密輸されてきたごく少数の砂鱒《すなマス》が養殖され、細々と生を保っている。その目的は、メランジの独占を崩す可能性を探ることにあった。二頭が立っている地形は、淡褐色の岩場とまばらに点在する茂みが特徴で、朝陽が投げかける長い影のもと、茂みは銀緑色に見えている。

ごくかすかな反応から、二頭が急に警戒したのがわかった。目をゆっくりと左に向け、ついで頭をそちらにめぐらせる。荒涼たる丘のはるか下で、ふたりの子供が手を取りあい、水の涸れた川床づたいに、斜面を懸命に登ろうとしていた。ふたりとも齢格好は同じほど——おそらく、標準年で九歳か十歳だろう。どちらも赤毛で保水《スティル》スーツを身につけており、スーツは上等な白いフード付きの外衣《ブルカ》で部分的におおわれている。ブルカの縁とフードの額に刺繍《ししゅう》してあるのはアトレイデス家のタカの紋章、刺繍に使われている糸は炎玉糸《えんぎょくし》だ。子供たちは歩きながら楽しげにおしゃべりをしており、その声は狩りを開始しようとしている人狩り虎《レイザ・タイガー》たちの耳にもはっきりと聞こえていた。二頭のトラはこの獲物のことをよく知っている。以前も狩ったことがあるからだ。しかし二頭とも、じっと動かずに凝固したまま、サーボ・スティミュレーターからの追跡信号がくるのを待っている。

おりしも、二頭の背後の尾根にひとりの男が現われた。男は足をとめ、状況を観察した。二頭のトラとふたりの子供たちが見える。男が着ているのはグレイと黒の軍用作業服だ。これはサーダカーの制服で、襟章はこの男が操獣士《レーフンブレヒ》であり、上級大佐《バシャール》の副官であることを示していた。首から左右の脇に走るハーネスは、薄い使役ボックスを胸に固定するもので、こうして吊っておけば、使役ボックス——すなわちサーボ・トランスミッターの操作を、左右どちらの手でも簡単に行なえる。

男が近づきだしても、トラたちはふりかえらない。二頭とも男の足音とにおいを知っているからである。男は用心深く斜面を降りていき、トラたちの二歩手前で立ちどまると、額の汗をぬぐった。空気は冷たいが、斜面を下るのはそれなりに骨が折れる。ふたたび、男が薄い青の目で状況を観察しなおした。人狩り虎《レイザ・タイガー》二頭と、子供がふたり。確認がすむと、汗で濡れたひとふさの金髪を黒い作業ヘルメットに押しこみ、喉に移植したマイクに手を触れた。

「ネコどもが獲物を捕捉しました」

左右の耳のうしろに埋めこまれたレシーバーから、声が応答した。

「見えている」

「今回はどうします？」

「ネコども、追跡命令なしにやれそうか？」

「準備万端です」

「よし。条件づけセッションが四つだけでいけるか、見てみるとしよう」

「そちらの準備ができしだい、合図をください」

「いつでもいい」

「了解、すぐにかかります」

操獣士《レーフンブレヒ》はサーボ・トランスミッターの右側面にある赤いキーに手を伸ばし、保護バーをはずしてキーを押した。これで二頭はトランスミッターの制御から解放されたことになる。ついで、赤いキーの下にある黒いキーに指先を近づけた。二頭が自分に向かってきた場合、このキーを押せば即座に動きを封じることができる。だが、二頭は操獣士《レーフンブレヒ》に目もくれず、体高を低くし、子供たちめざして斜面をそっと下りだした。大きく長い足趾をなめらかに動かして、すべるように山肌を這いおりていく。

操獣士《レーフンブレヒ》はうずくまり、首尾を見まもった。この付近のどこかに観察アイが隠してあり、ここで展開される状況を秘密のモニターに転送しているはずだ。そのモニターが設置してある場所は、主君の公子《プリンス》が住まうコリノ城の天守にほかならない。

ほどなく、二頭がかろやかに駆けだしたと思うと、全力疾走に移った。

岩がちの坂を登ることに集中している子供たちは、迫りくる危険にまだ気づいていない。ひとりが笑い、かんだかい声を澄明な空気に響かせた。もうひとりがつんのめり、体勢を立てなおすさい、坂を見あげ——人狩り虎《レイザ・タイガー》に気づいた。その子が上を指さし、叫ぶ。

「見て！」

ふたりの子供は動きをとめると、二頭の闖入《ちんにゅう》者を興味深そうに見つめた——その二頭が自分たちの命を奪おうとしているとは知りもせず、じっと立ったままだ。そんなふたりのそれぞれに、二頭が猛然と襲いかかった。子供たちは瞬時に首の骨をへし折られ、なにが起きたか気づきもしないうちに即死した。トラたちががつがつと死体を貪《むさぼ》りだす。

「呼びもどしますか？」操獣士《レーフンブレヒ》が問いかけた。

「好きなだけ喰わせてやれ。上出来だ。うまくやることはわかっていたがな。その二頭は格別に筋がいい」

「いままでのなかで最高ですね」操獣士《レーフンブレヒ》も同意した。

「よし。では迎えの機を送る。通信、以上」

操獣士《レーフンブレヒ》は立ちあがり、のびをした。左手の高所はじかに見ないように努める。機械的なきらめきからして、あそこには観察アイが設置してあると見ていい。あれははるか遠く、緑豊かな首都にいる上級大佐《バシャール》のもとへ、ここでの働きぶりを中継していたにちがいない。操獣士《レーフンブレヒ》は薄く笑った。きょうの成果は評価されて、昇進に結びつくだろう。すでに襟元につけられた少佐《バトール》の徽章が感じられるほどだ。いずれは上級大佐《バシャール》に……さらには将軍《バーセグ》にさえなってやるつもりだった。故シャッダム四世のご令孫であられるファラッディーンさまのもと、軍団の一員として忠勤に励む者には、順調な昇進が約束されている。いつの日か、プリンスが本来ならご自分のものである帝位につかれたさいには、いっそう大きな栄達が期待できるだろう。上級大佐《バシャール》などで終わりはしない。その先には男爵位や伯爵位、そして帝国版図《はんと》における多数の惑星領有が待っている……あのアトレイデス家の双子を排除してしまいさえすれば。

フレメンは本来の信仰に復帰せねばならぬ、人間のコミュニティを形成する才を取りもどさねばならぬ。フレメンはみな過去に立ちもどるべし、過去では生存のための知恵がアラキスとの戦いにおいて身についていた。フレメンが唯一なすべきことは、内なる教えに対して心を開放することだ。帝国傘下の諸惑星も、領主会議《ラーンスロード》やCHOAM《チョーム》連合体も、フレメンに与えるメッセージなど持ち合わせてはおらぬ。あの者どもはただフレメンの魂を盗むのみと知れ。

――アラキーンの〈伝道者〉

レディ・ジェシカを乗せ、灰褐色の広々としたアラキーン宇宙港に屹立《きつりつ》する連絡船は、彼方まで広がる人の大海に囲まれていた。人波が押しよせてきたのは、軌道から大気圏に突入した連絡船が着陸した直後——まだ船殻の冷める音やシューッという排気音を放っているうちのことだった。ジェシカが見積もったところ、詰めかけた人数は五十万人というところか。おそらく、そのうちに三分の一は巡礼だろう。人波は不気味な沈黙をたもち、連絡船の下船プラットフォームを凝視している。ジェシカはいまのところ、随員ともども、影になったハッチウェイの中にいるので、人目には触れていない。

正午まで二時間はあるというのに、群衆の頭上によどむ空気は砂塵を含んできらめき、真昼の熱暑を予感させていた。

教母らしく寛衣ローブ《アバー》に身を包み、フードをかぶったジェシカは、そのフードの下で、卵形の顔を縁どるちらほらと銀髪《はくはつ》の混じった銅《あかがね》色の髪をかきあげた。長い航宙のあととあって、万全の外見でないことは承知している。教母特有の黒いアバーも、もう着たくはない。とはいえ、以前ここにいたときにはこの装束を着ていたし、黒いアバーの意義は、フレメンのあいだでは忘れられていない。

ジェシカはためいきをついた。宇宙旅行はどうにも性に合わないうえ、かつての記憶も重くのしかかっている。前回、カラダンからアラキスへきたのは、夫の公爵が意に反し、この領星へ強制的に転封させられたときだったのである。

ベネ・ゲセリットで鍛えた、重要な細部を見きわめる能力を用いて、ゆっくりと人波を走査した。保水《スティル》スーツのフードがくすんだ灰色なのは、奥砂漠出身のフレメンに見られる特徴だ。白いローブを着ているのは巡礼で、肩に悔悛《かいしゅん》の標章をつけている。そこここには裕福な商人の集団も点在していた。商人たちがこれみよがしにフードをかぶらず、軽装をひけらかしているのは、アラキーンの乾燥しきった空気と水分の不足を小馬鹿にしているからだろう。そのほかには……〈篤信会《とくしんかい》〉の代表団もきていた。緑色のローブを身につけ、部厚いフードをかぶり、ほかの集団からやや離れたところに立って、自分たちだけで作る聖域に閉じこもっている。

視線を群衆以外に向けたとき、やっとのことで、最愛の公爵とはじめてこの惑星に降り立ち、現地の風景に迎えられたときの感慨が甦《よみがえ》ってきた。あれはいつのことだったろう。そう、二十年以上もむかしの話だ。あのときと現在のあいだに横たわる長い年月のことは考えたくもない。時間は不可触の重しとなって身内に沈潜し、この惑星を離れていた年月など存在しなかったような気持ちをいだかせる。

(ふたたび〝竜のあぎとへ〟というわけね)とジェシカは思った。

ここで——宇宙港を擁するこの砂原《すなばら》で、息子は故シャッダム四世から帝国をもぎとった。歴史を震撼《しんかん》させたあの大事件は、人々の心と信仰にこの場所を強く焼きつけたものだ。うしろに控える随員たちが落ちつかなげにざわめくのを耳にして、ジェシカはまたもや嘆息した。到着の遅れていたアリアの歓迎団一行が、ようやくのことで現われたのである。歓迎団は群衆の外縁に姿を見せており、衛士隊が人波にくさびをうがって道をあけさせている。

ジェシカはふたたび周囲を見まわした。前に見たときとはずいぶんさまがわりしていた。発着場の管制塔には祈禱《きとう》用バルコニーが増設されている。左の彼方には、砂原《すなばら》の向こうにそそりたつ、威圧的な繊維強化鋼鉄《プラスティール》の巨山が見えた。あれはポールが建設した自分の要塞――〝砂上の群居洞《シエチ》〟だ。人の手で創られた単一の集約型建造物として、もっとも巨大なものがあの大要塞だった。高い城壁の内側には、ひとつの都市をすっぽりと収めてもなお余裕がある。そして、いまあの要塞をわがものにしているのは、帝国でもとりわけ強力な統制機関――アリアが兄の遺構の上に築いた〈篤信会〉にほかならない。

（あんな要塞、撤去してしまわなくては）とジェシカは思った。

アリアの歓迎団はすでに搭乗傾斜路《ランプ》の基部に達して、なにかを待つように立っている。歓迎団のなかにはスティルガーのいかつい顔もあった。それに、なんということだろう！スティルガーのそばに立っているのは――蠱惑《こわく》的な肉体に残酷な本性を隠し、気まぐれな風でフードをはがされ、金髪を露出させているあの女は――プリンセス・イルーランではないか。イルーランはほとんど齢をとっているようには見えない。これもまた癪《しゃく》にさわる点だった。そして、あそこ、くさびの先端に立つ人物。あれこそはアリアにほかならない。容貌はいまいましいほど若々しかった。その目はここへ、ハッチの奥の影へと向けられている。ジェシカは唇を引き結び、自分の娘を走査した。たちまち、からだの中で重苦しい感覚が脈打ち、耳に自分自身の生命の潮騒《しおさい》が響いた。では、風聞はほんとうだったのだ！　なんと忌まわしい！　なんと忌まわしい！　アリアは禁断の道に堕落してしまっている。この道を極めた者には明らかだ。あれは忌み子にまちがいない！

立ちなおるのに要した数瞬のあいだに、ジェシカは知った――風聞がまちがいであってほしいと祈るような思いでいたことを。

（では、双子のほうは？）ジェシカは自問した。（あの子たちも忌み子に？）

ゆっくりと、神の母にふさわしい堂々たる物腰で、ジェシカは影の中から歩み出ていき、ランプの上端に立った。指示しておいたとおり、随員たちはまだ影の中で待機している。今後を決定づけるのは、これからの展開だ。ジェシカはたったひとりで、歓迎団の全員を見わたせる位置に立っている。背後でガーニー・ハレックが不安げに咳ばらいをするのが聞こえた。ガーニーはこの対面方式に反対していた。その言いぐさはこうだ。

「防御場《シールド》すらも張っていかないですと？　地下なる神々《じょうだんじゃない》よ！　女の身で、正気の沙汰じゃありません！」

だが、ガーニーの数ある美徳のなかには、絶対の忠誠心が含まれている。口ではいくら文句をいおうと、命令にはかならずしたがう。事実、いまも命令をまもってくれている。

ジェシカが姿を見せたとたん、人の海から大きなどよめきがあがった。大型砂蟲《サンドワーム》から発せられたかのようなすさまじい音だった。ジェシカは両手を高くかかげ、聖職者たちが帝国全域に条件づけた祝福のしぐさをしてみせた。そここに、腹に一物ありげな動きの鈍いグループはいたものの、それでも群衆は一個の巨大な生きもののように動き、全員が地にひざをついた。公式の歓迎団でさえ同じくひざをついている。

ジェシカは反応の鈍かったグループの位置を頭の中に書きつけた。背後の随員たちも、群衆に忍ばせておいた手の者たちも、やはり脳内の一時的なマップにその者たちの位置を記しているはずだ。それを手がかりに、まずは不穏分子の排除にかかる。

ジェシカが両手をかかげたままでいるうちに、ガーニーほかの随員が陽のもとに現われ、すみやかにジェシカの横をかすめてランプを駆け降りていき、唖然としている歓迎団には目もくれず、手信号で身元を明かす先行のエージェントたちと合流した。一行はそのまま展開して人の海に飛びこみ、ひざまずく者たちを躍り越え、せまい隙間をすりぬけていく。目をつけられたグループのうち、一部が危険を察知し、逃げだしにかかった。逃げる者はいちばん対処しやすい。ナイフを投げるか、背後から首に腕をかけて絞殺すれば片がつく。

逃げなかった者たちは群衆の外に追いたてられ、両手を縛られ、足縄をつけられた。

その間《かん》ずっと、ジェシカは両手を高くあげつづけ、自分の存在によって群衆を祝福し、反抗的な行動に出る者が出ないよう抑制していた。そのあいだにも、声を殺してことばが交わされ、伝聞が広がっていくのがわかった。ひときわ大きな声は、あらかじめ手の者に仕込ませておいた、こんな声だ。

「教母さまは怠惰な者を除きに戻ってこられた。われらが神の母上さまに幸いあれ！」

不穏分子の始末がつくと——死体がいくつか砂地に転がっており、捕縛された者たちが管制塔の下にある監房へ連行されていく——ジェシカは両手を下におろした。経過時間は三分ほどだろう。ガーニーとその部下のことだ、首謀者クラスを——とくに危険な潜在的脅威を——ひとりとして捕縛しそこねてはいない。それは確信している。放置しておけば、目端の利く聡《さと》い連中は面倒な存在になっていただろう。もっとも、捕縛した者のなかには、思慮を欠いた間抜けだけでなく、格好のカモに仕立てあげられる者もいるはずだ。

ジェシカが両手を降ろすとともに、群衆は歓声をあげていっせいに立ちあがった。

騒ぎなどなかったかのように、ジェシカはひとりで悠然とランプを降りていき、大地に立った。娘には目もくれず、スティルガーにだけ注意を集中する。保水スーツのフードに収まりきらず、首元にはみだした逆デルタ形の猛々《たけだけ》しい顎鬚《あごひげ》は、かつては黒々としていたものだが、いまは半白になってしまっている。ただし、白目のない青一色の眼《まなこ》は、砂漠で最初に遭遇したときそのままに、なおも力強さを宿していた。スティルガーのことだから、いましがたの顚末《てんまつ》の意味はちゃんと理解し、評価していることだろう。なんといっても、目の前に立っているのはフレメンの指導者《ナイーブ》であり、行政府の長であるうえ、血なまぐさい決断をいくつも下してきた男なのだから。開口一番、口にしたことばも、スティルガーの性格をよく表わすものだった。

「よくお帰りになられました、ご母堂さま《マイ・レディ》。直接的にして果断なる行ないは、いつ見ても気持ちのよいもので」

ジェシカは微笑を浮かべてみせた。

「宇宙港を封鎖してちょうだい、スティル。逮捕者全員を訊問するまで、だれひとり外に出してはだめですよ」

「すでに手配ずみです、マイ・レディ」スティルガーは答えた。「この一幕はガーニーの部下とわたしで仕組んだものですので」

「では、あれはあなたの手下《てか》の者たちだったの？　逮捕に協力してくれたのは？」

「一部は、マイ・レディ」

表には出せない含みを読みとって、ジェシカはうなずいた。

「昔日《せきじつ》のわが流儀からおおいに学んだようね、スティル」

「そのむかし、苦労しつつお手本を見せてくださったように、マイ・レディ、生き残りに長《た》けた者を観察すれば、おのずとその流儀が学べるものです」

　このときアリアが進み出てきたので、ジェシカが娘と相対できるよう、スティルガーは脇にどいた。

　自分が娘の忌み子化を知ってしまったことは隠しようがない。そうとわかっている以上、ジェシカはもう隠そうとしなかった。必要とあらば、アリアは修女会のどんな熟達者にも劣らず、相手の微妙な表情を読みとれるからだ。これまでのジェシカのふるまいからして、アリアはすでにジェシカがなにを読みとり、どう解釈したかを悟っているにちがいない。〝定命《じょうみょう》〟ということばに縛られない者にとって、表情は敵なのだ。

　アリアは内心の怒りを、きわめて単純かつ適切な表現で示すことを選んだらしい。

「わたしにひとことの相談もなく、このようなまねを企てるとは、ずいぶんですね」

　そういって、自分の顔をジェシカの顔にぐっと近づけてきた。

　ジェシカはおだやかな口調で答えた。

「いましがた、あなたも聞いていたでしょう？　ガーニーはすこしもわたしに関与させてくれなかったわ。どうやらわたしは……」

「おまえもおまえよ、スティルガー!」フレメンにくるりと向きなおり、アリアはいった。「おまえが忠誠を捧げるべき相手はだれ?」

「わたしが忠誠を誓った相手はムアッディブのお子たちです」スティルガーは頑《かたくな》な声で答えた。「われらはお子たちの脅威を取りはらったまで」

「それなのに、どうしてあまりうれしそうではないの?……娘よ?」ジェシカはいった。

アリアは目をしばたたき、母親をちらりと見て、心中に荒れ狂う嵐を抑えつけたうえで、にこやかな笑みさえ浮かべてみせた。

「いいえ、おおいに喜んでいますとも……おかあさま」

自分でも意外なことに、アリアはいまのこの状況を喜んでいた。自分と母親との確執が、ここにおいてとうとう公然たるものになり、そのことに背筋がぞくぞくするような愉悦をおぼえたのである。母を恐れる気持ちはもはやない。それに、力関係がそれほど母の側にかたむいたわけでもない。

アリアはいった。

「この件、あとで余裕ができたときに、もっとつっこんで話しあうとしましょう」

語りかけた相手は、母親とスティルガーの両方だった。

「ええ、そうね」

ジェシカは答え、それではあとで、というしぐさをしてみせてから、つぎにプリンセス・イルーランと向きあった。

鼓動いくつかの短い時間、ジェシカとプリンセスはその場に佇立《ちょりつ》したまま、双方無言で相手を値踏みしあった。ふたりのベネ・ゲセリットは、ともに同じ理由で修女会に背《そむ》いた。愛である。ふたりとも、もはや故人となった男を愛した。プリンセスはひそかにポールを愛していたが、妃にはなったものの、ついに心を許されることはなかった。そしていまは、フレメンの愛妾《あいしょう》チェイニーが産んだポールの子供たちだけのために生きている。

先に口を開いたのはジェシカのほうだった。

「わたしの孫たちはどこ？」

「タブールの群居洞《シエチ》に」

「あの子たちにとっては、ここは危険すぎるものね。了解したわ」

イルーランはごくわずかにうなずいてみせた。ジェシカとアリアのやりとりは観察していたが、その解釈の基準には、アリアから吹きこまれたこのような前提がある。

〝ジェシカは修女会に復帰したの、おたがい、ポールの子供たちに対する修女会の計画はよく知っているはずね〟

イルーランは、ベネ・ゲセリットで格別に優秀な修女だったわけではない。その価値はなににも増して、シャッダム四世の皇女だった点にある。自尊心が強すぎ、能力を伸ばすじゃまになったこともしばしばだった。いきなり〝敵方〟に鞍替《くらが》えしたことも、修行への疑念をかきたてることになった。

「実際問題として、ジェシカ」イルーランはいった。「枢密院にはひとこと相談があってしかるべきでしたね。予告もなくあのような行動に踏みきるのはまちがっていると——」

「そういうからには、あなたがたはだれひとりとしてスティルガーを信用していない——そういうことかしら？」

　イルーランは、こうした問いかけには答えようがないと気づくだけの分別を持っていた。ここにおいて、しびれを切らした聖職者の代表たちが進み出てきたことは、彼女にすれば救いだったといえる。イルーランはアリアと視線を交わしあい、思った。

（あいかわらず、ジェシカは傲慢で自信たっぷり！）

しかし、ここで心に浮かんできたのは、ベネ・ゲセリットのこの格言だった。

〝傲慢さとは、内なる疑念と恐怖を隠すための城壁にほかならぬ〟

　ジェシカの場合もそうなのだろうか？　十中八九、ちがうだろう。だとすれば、これはポーズにちがいない。しかし、なんのための？　この疑問はイルーランを悩ませた。聖職者たちはムアッディブの母の関心を引こうとかまびすしい。ジェシカの腕に触れるだけの者も多少はいるが、ほとんどの者は低頭して歓迎のことばを述べている。やっとのことで至聖の教母さまにあいさつする順番がまわってきた聖職者筆頭の二名は——両人の順番が最後になったのは、その立場に求められる役割、〝最初の者は最後になるべし〟にしたがったためである——ものなれたようすで愛想笑いを浮かべ、ポールの要塞＝居城であった〈大天守〉で公式に浄化の儀式を開く準備ができている旨を伝えた。

　ジェシカは両者を観察し、どちらにも不快感をいだいた。ジャヴィードと呼ばれる若い男は基本的に仏頂面で、頬は丸く、陰になった目はジェシカへの深い不信感を隠しきれていない。もうひとりは名をゼバタレフといい、フレメン時代に知り合った指導者《ナイーブ》の次男で、父親の面影がある男だった。この男を分類するのはたやすい。陽気さと冷酷さを併せ持ち、細面《ほそおもて》にブロンドの顎鬚、身にまとう雰囲気に秘めた熱情と該博な知識を感じさせる男だ。ふたりのうちでより危険なのはジャヴィードのほうね、とジェシカは判断した。この男は確固たる指針を持つと同時に、人を魅きつける魅力も持つが——どうにもいけすかない。ほかに表現のしようがなかった。独特の訛《なま》りがあって、フレメンのなかでも古風な発音を多用する。まるで、どこかの孤立した部族からきたかのように。

「ひとつききたいのだけれど、ジャヴィード。あなたはどこの出身？」

「わたしは一介の、砂漠住みのフレメンでございます」

そう答えたジャヴィードの音節ひとつひとつが、それは嘘だと告げていた。

ここでゼバタレフが、敬意を表しつつも上から見くだすような、ややもすると小馬鹿にしているような口調で会話に口をはさんだ。

「昔日のことどもにつきましては、話しあうべきことも多々ございます、マイ・レディ、このわたしは、ご承知のように、ご子息さまの使命の聖性を最初に看破した者のひとりでございますれば」

「それなのに、あなたはフェダイキンではなかった――」

「さようでございます、マイ・レディ。わたしはむしろ、哲学的な面に向いておりまして。聖職者になるべく研鑽《けんさん》を重ねておりました」

（そしてぬくぬくと生きてきたというわけね）とジェシカは思った。

ジャヴィードがうながした。

「一同、〈大天守〉でわれわれを待っております、マイ・レディ」

ジェシカはふたたび、この男の奇妙な訛りが気にかかった。この疑問には答えを出しておかなくてはならない。

「待っている者とは？」

「聖職総会の者――聖なるご子息さまの御名《みな》と偉業を讃えつづける者たちでございます」

ジェシカは首をめぐらし、アリアがジャヴィードにほほえみかけているのを目にとめ、たずねた。

「この者はあなたが任命したの？　わが娘よ」

アリアはうなずいた。

「いずれ偉業を立てる人物です」

だが、そのように高い評価を受けても、ジャヴィードには喜んでいるふしがなかった。あとでガーニーにこの男の身元を検《あらた》めさせるよう、ジェシカは心に書きとめた。おりしも、当のガーニーが近づいてきた。信頼の厚い部下を五人連れている。送ってきた手信号は、〝疑わしい間抜けどもを訊問中〟との報告だった。屈強なガーニーは足運びもなめらかで、左、右、全周と、あらゆる方向に気を配り、悠然として見えるようでも警戒は怠りなく、全身の筋肉を駆使する動作と心構えは、ベネ・ゲセリットが神経と筋肉《プラーナ＝ビンドゥー》組織の鍛練に使う教本に基づき、ジェシカが教えこんだものだ。いまのガーニーは、鍛練で研ぎ澄まされた恐るべき反射神経の塊であり、殺しのプロであり、総じて恐怖の対象と見なされているが、ジェシカはこの男を気にいっていて、いま生きているどんな人間よりも高く評価していた。あごにはインク蔦《づた》の鞭で打たれた波線状の傷痕が走り、それでいっそう強面《こわもて》の度が増しているが、笑うとけっこう柔和な顔になる。

その柔和な顔をスティルガーに向けて、ガーニーはいった。

「よくやってくれたな、スティル」

そして、スティルガーと腕を交差させ、フレメン流のあいさつを交わした。

「さ、浄化の儀式へ」ジャヴィードがうながし、ジェシカの腕に手を触れた。

ジェシカは腕を引き、ジャヴィードとゼバタレフの感情に〈操《からく》り声〉を最適化させつつ、注意深くことばを選び、適切に計算した声色と話法で語りかけた。

「わたしが〈デューン〉に帰ってきたのは、孫たちに会うためですよ。聖職者のばかげた儀式のために時間をむだにせねばならないのかしら？」

ゼバタレフが愕然とした顔になり、口をあんぐりとあけ、声がとどく範囲にいる聖職者全員に警戒の目を向けた。その目がひとりひとりの表情を探っている。聖職者のばかげた儀式！　救世主の母からこんなことばを聞かせられては、どういう影響が出るかわかったものではない！

対照的に、ジャヴィードのほうはジェシカの冷徹な評価を受け入れ、いったんは口元をこわばらせたものの、すぐに薄笑いを浮かべた。目こそ笑っていないが、周囲の者たちの反応を探ろうともしていない。ジャヴィードはすでに、聖職者代表たち全員の人となりを把握していたからである。ジェシカのことばが聞こえた者のうち、これよりのち、だれの行動に格別の注意を払っておくべきかもわかっている。そこで急に口元を引き締めたのは、薄笑いを浮かべたことで、ジェシカに本性を知られたと気づいたからだ。ジャヴィードはしっかりと下調べをしてきていた。レディ・ジェシカが持つという観察力は尋常ではない。この人物と相対するさい、できるだけ小さく、簡潔にうなずくように心がけているのは、その観察力を警戒していたためだった。

ごくごく短い一瞬のうちに、ジェシカは最適な選択を検討した。たとえば、はたからは意味のわからない手信号をガーニーに送り、ジャヴィードを処刑せよと指示する手もある。見せしめのため、いまここで処刑させてもいいし、あとで暗殺してもいい。事故を装って消えてもらってもいい。

ジェシカは思った。

（心の奥に秘めた思惑を隠そうとすれば、人は全身で叛意《はんい》を叫ぶもの）

ベネ・ゲセリットの修行のなかには、その点に着目したものもある。自分自身は真意を読みとられぬ方法を身につけるいっぽうで、他者の肉体に浮かびあがる真意は読みとれるよう、修行するのだ。ジャヴィードの才知は有用で、この地での力関係を左右しかねない。この男を籠絡《ろうらく》することができれば、必要なつて、アラキスの司祭たちとのコネも手に入る。それに、この男はアリアの手駒でもある。

ジェシカはいった。

「わたしの公式訪問団は小規模でなくてはならないの。ただし、あとひとりくらいなら、人員を追加する余裕があります。ジャヴィード、あなたはわたしたちとともにきなさい。ゼバタレフ、気の毒だけれど、あなたには外れてもらいましょう。それからジャヴィード……参加してもいいわよ、その……儀式とやらに。あなたがどうしてもというのなら」

ジャヴィードはわれにもなく深々と安堵の吐息をつき、低い声で答えた。

「ムアッディブのご母堂さまのお命じになるままに」ついで、ちらとアリアに目をやり、ゼバタレフを見てから、改めてジェシカに視線をもどして、「ご令孫さまがたとお会いになるのが遅れますのは、当方としても本意ではございませんが、その、国家の体裁というものもございまして……」

ジェシカは思った。

(けっこう。この男はなによりもまず実務家ということね。適切な見返りを与えてやれば味方につけられる)

それに、司祭が儀式にこだわる事実にもいたく興味をそそられた。至聖教母に働きかけ、儀式へ出ることを承諾させたというささやかな勝利は、仲間内におけるこの男の影響力を増大させるだろう。おたがい、それを承知してもいる。この男による浄化を受けることで、今後に支払う代価はかえって低く抑えられるはずだ。

「送迎の足は用意してあるのでしょうね」とジェシカはいった。

砂漠カメレオンを与えてやろう。背景に融けこむその能力は、生態学のルーツと個人が個人たるアイデンティティの基盤について、おまえが知る必要のあることをすべて教えてくれる。

――「罵倒編」
『ヘイト年代記』より

レトは腰をすえて、小型の九弦楽器《バリセット》を弾いていた。これは五歳の誕生日に、この楽器の名手であるガーニー・ハレックが贈ってくれたものだ。それ以来、練習をすること四年間、レトもそれなりに弾きこなせるようにはなってきた。とはいえ、低音側の二弦はいまだにうまく鳴らせないこともある。九弦楽器《バリセット》を弾いていると、特定の心の動揺を静めてくれる効果があり、その事実にはガニーマも気づいていた。薄暮《はくぼ》のもとで、いまレトが腰かけているのは、タブールの群居洞《シエチ》入口を隠してそびえる岩の露頭の、南端にある岩棚の上だ。そこでレトは、静かに楽器をつまびきつづけている。

いっぽう、レトの背後に立つガニーマは、小さなからだに不満と焦燥をにじませていた。祖母がアラキーンで足どめを食っている——その話をスティルガーから知らされて以来、ガニーマは群居洞《シエチ》の外へ出ることにずっと難色を示してきた。とりわけ、日暮れもちかいこの時間帯にここへくることには反対だった。早く兄に演奏を切りあげさせようとして、ガニーマはたずねた。

「ねえ、それ、なんの曲？」

答えるかわりに、レトは別の曲を弾きはじめた。

この九弦楽器《バリセット》を贈られて以来、これがカラダンの名工の手になるものであることを実感するのははじめてだ。レトは無数の内なる先人が持つ膨大な記憶にアクセスでき、それがかつてアトレイデス家の領地だった美しい惑星への強い郷愁をかきたててやまない。この楽器の音色を聴いていると、心の内に立てた障壁をゆるめさえすれば、ガーニーが友人として指導責任を持っていたポール・アトレイデスを元気づけるため、この九弦楽器《バリセット》を演奏していたときの調べが聞こえてくる。その同じ楽器を使い、自分の手で楽の音《ね》を奏でれば奏でるほど、自分がますます精神の中に住む父親に縛られていくのを感じた。それでも、この楽器を弾けば弾くほど、一秒ごとに愛着が深まっていくこともまた事実ではあった。自分の精神の中には、この楽器を理想的に弾きこなす技法を知りつくした、このうえなく造詣《ぞうけい》の深い意識も感じられる。とはいえ、いまだ九歳の筋肉とあって、内なる意識の理想どおりに弾きこなすことはできない。

ガニーマが爪先でじれったそうに岩棚を打ちはじめた。だが、自分の足がひとりでに、兄の演奏に合わせてリズムを刻んでいることには気づいていない。

レトは集中するため、口を引き結び、耳に馴じんだ曲をやめて、ガーニーすら演奏したことのない、ずっと古い曲目に挑戦した。フレメンが強制移住させられた惑星が五つめを数えた当時の、古い古い楽曲だ。歌詞は禅スンニ派の宗旨を反映させたもので、その節を記憶から聞きとり、つたないながらも再現していく。

えもいわれぬ自然の美
そのすばらしき本質を
腐朽と唱える者もいる。
このすばらしき本質で
不朽の生の緞帳《まく》があく

涙はあふれて音もなく
それはまさしく魂の水、
新たな生を呼び起こす。
生あることに苦しむは——
真理を未《いま》だ知らぬから
死がすべてを創るとの

最後の節を鳴らしたとき、ガニーマが背後からいった。

「どうしようもなく古い歌ね。どうしてその歌なの？」

「情景にふさわしいからだよ」

「ガーニーの前で弾くわけ？」

「たぶん」

「情緒過多の寝言っていわれるのが落ちよ」

「知ってる」

　レトは肩ごしにガニーマをふりかえった。妹がこの曲と歌詞を知っていること自体には驚かないが、特異な双子同士の持つ驚異的な一体感に対し、唐突に畏怖をおぼえたのだ。

もしひとりが死んでも、そのひとりはもうひとりの意識内で生きつづけ、すべての記憶を共有できる。ふたりはそれほどに親密なのである。その親密さが構築する、時を超越した精神の網に恐怖を感じ、レトは妹から目をそらした。その精神の網にはいくつもの空白がある。恐怖を感じるのは、そうした空隙《くうげき》のうち、最新のものからだった。自分たちの生がその部分で分かたれているような気がしてならず、レトは思った。

（ぼくだけが感じるこのことを、ガニーマにどう説明できるだろう）

眼前に広がる砂漠を見やり、無数のバルハンが落とす深い影に目をこらした。バルハン――アラキスの地表を波濤のように移動する、高い三日月形砂丘のことだ。ここはカダム、奥砂漠。しかし、昨今、一帯の砂丘が大型蟲《ワーム》の進行で不規則に乱れることはめったにない。重畳《ちょうじょう》する砂丘の波濤《はとう》には、落日の投げかける血の色をした光の箭《や》が幾条《いくすじ》も降りそそぎ、影になった砂丘の縁を赤く燃えたたせている。一羽のタカが真紅に染まる夕空から急降下してきて、レトの視線をとらえたかと思うと、低空を飛んでいた灰色岩鷓鴣《ハイイロイワシャコ》を捕捉した。

真下を見れば、岩場に近い砂面一帯に緑の植物が生い茂っている。水を供給するのは、一部は掩蓋《えんがい》がなく、一部は暗渠《あんきょ》になった灌漑用水《カナート》路で、その水源はレトのうしろ側、岩の露頭の頂上に設置された巨大な導風結露器だ。そこにはアトレイデス家の緑の旗が翩翻《へんぽん》と翻っていた。

(水と、緑)

それはアラキスを象徴する新たな要素だ。水と、緑。

高い岩棚の下方には、いくつもの砂丘に植物を植えつけたダイヤモンド形のオアシスが広がっており、レトはそこにフレメンならではの鋭敏な意識を集中させた。一羽の夜禽《やきん》が下の絶壁で雌鳥を呼ぶ声をあげた。それにはレトが波乱の過去ではなく、いまこの瞬間に生きているという感覚を増幅させる効果があった。

(ヌ・ザヴォン・シャンジェ・トゥ・スラ)

これは古代言語のひとつだが、いつもガニーマと私的に使っているので簡単に出てくる。意味は、〝われわれはすべてを変えてしまった〟だ。ためいきをつき、また思う。

(ウーブリエ・ジュ・ヌ・ピュイ)――〝忘れられない〟

薄れゆく光のもと、オアシスの向こうには、フレメンが空無地帯と呼ぶ領域が広がっている。いかなる植物も育たない土地、肥沃であった例《ためし》のない土地のことだが、水の供給と大規模な環境改造により、その状況は変わりつつあった。いまではアラキスにも、植林の進んだ丘々に緑豊かな森が見られる。アラキスに、森！ 新しい世代のなかには、豊かな緑したたる丘の下にあった砂丘を想像できない者も出てきている始末だ。そうした若者の目には、多雨林産植物の平たい葉も衝撃的なものとしては映らないという。しかしレトは、ふと気がつくと、古いフレメンの流儀でものを考え、変化を危惧し、新しいものの存在に恐怖をおぼえていた。

　レトはいった。

「子供たちがいうんだ、このあたりではもう、砂表を掘ってもめったに砂鱒《すなマス》が見られなくなったって」

「それはなにを意味すると思う?」ガニーマがたずねた。どこか不機嫌な口調だった。

「状況があまりにも急速に変化しているということだよ」

　ふたたび絶壁で夜禽が鳴いた。と同時に、さっきイワシャコに急降下したタカのように、夜が一気に砂漠の上へ落ちてきた。夜はしばしば、内なる先人記憶の壮絶な氾濫《はんらん》を招き、レトを憔悴させる。内なる先人がこぞって表にあふれだそうと騒ぎだすのだ。ガニーマのほうは、レトとは異なり、この現象に強い不快感を示すことはない。ただし、レトが急に黙りこんだ背景には気づいており、同情するように、そっと肩に手をかけてきた。

　レトは荒々しく九弦楽器《バリセット》をかき鳴らした。

　自分の身になにが起こりつつあるのかを、どうすれば妹に理解させられるだろう。

　頭の中ではおびただしい記憶が鬩《せめ》ぎあっている。数かぎりない先人の意識が、てんでに太古の記憶をふりかざしているのだ。凄惨な事故の記憶、恋の病の記憶、たくさんの場所、たくさんの顔の色……無数の埋もれた悲しみと、はちきれんほどの歓び。もう存在しない惑星の春を悼む哀歌、緑の舞と炉火の光、嘆きの声と歓喜の叫び、数知れない会話からの実り――。

　夜の訪れが契機となって起こる記憶の氾濫は、始まったときがもっとも耐えがたい。

「もう中に入ったほうがいいんじゃない？」ガニーマがうながした。

　レトはかぶりをふった。肩にかけた手の平に伝わる動きの荒さから、ガニーマもやっと気がついた――レトがいまかかえている悩みは、思っていたよりも深刻なことに。

　レトは自問した。

（ぼくはよく、ここで夜を迎える。それはなぜなんだろう）

　ガニーマが肩から手をはずしたが、それには気づかなかった。

「どうしてそんなふうに自分を追いこむの？」ガニーマがたずねた。

　やさしく叱るような声だった。そう、理由はわかっている。答えが自分の意識内にあることは明らかだ。

（心の中に住みついた先人たち、そこに存在していることがわかっている大いなる未知の存在たちが、ぼくを波のように揺り動かしている）

　あたかもサーフボードに乗っているかのように、自分が過去という大浪の波頭に乗って進んでいるのが感じられた。父親の予知で得た記憶、悠久の時間にまたがる無数の記憶が、他のすべての記憶と重なりあった状態でそこにある。それでもレトは、先人たちの過去の、そのすべてがほしかった。ぜがひでもほしかった。しかし、先人たちの過去はみなひどく危険でもある。ここで得た新たな知識に照らしても、それは十二分によくわかっていた。それについては、いずれガニーマにも話さなくてはならないだろう。

昇りゆく第一の月の白光《びゃっこう》を浴びて、砂漠がほんのりと光って見えはじめた。レトは一見、不動に見える砂の荒野が、無限の彼方へ広がっていくさまを眺めやった。左方向、比較的近い場所には、〈随伴巌《ずいはんいわ》〉が見える。これは一連の岩の露頭が砂混じりの風に侵蝕され、いくつもの砂丘を貫く黒い蟲《ワーム》のように、低く禍々《まがまが》しい形状に削られたものだ。いつの日か、いまレトがすわっているこの露頭も風蝕されてあのような姿になり、タブールの群居洞《シエチ》ももはや存在せず、自分のような人間の記憶に残るのみとなるだろう。そのうちまた自分のような人間が現われることには疑いを持っていない。

「どうして〈随伴巌〉を見つめているの？」ガニーマがたずねた。

レトは肩をすくめた。衛士たちには厳禁されているにもかかわらず、レトとガニーマはよく〈随伴巌〉を訪ねる。あの露頭群にひそやかな隠れ場所を見つけたからだ。それに、レトはいま、自分たちがあの露頭にこうも魅かれる理由を知ってしまった。

レトたちがいる露頭の麓《ふもと》には、夜闇《やあん》のせいで距離が近く見えるが、月の光に照らされて、無蓋の灌漑用水路《カナート》が延びている。水面《みなも》が波だっているのは、肉食魚が活動しているからだ。フレメンはいつも、一定量以上の水塊には肉食魚を放つ。砂鱒を遠ざけるためである。

「ぼくが立っているのは――魚と蟲《ワーム》のあいだなんだな」と、レトはつぶやいた。

「なんていったの？」

レトは同じことを、もっと大きな声でくりかえした。

ガニーマは手を口にあて、レトの心中の動きを推し量ろうとした。これは記憶の中で、父ポールがよくするしぐさだった。もっともガニーマとしては、自分の内面を覗きこみ、比較することしかできないのだが。

レトはぶるっと震えた。先人たちの記憶が、存在することすらも知らない数々の場所と自分の肉体を関連させる――自分がたずねたことすらもない問いに対する答えとともに。無数の相互関係が見えた。巨大な内なるスクリーンにつぎつぎと事象が映しだされていく。〈デューン〉の砂蟲《サンドワーム》は絶対に水域を越えようとしない。蟲《ワーム》にとって、水は猛毒だからだ。だが、この惑星には有史前に水が存在していたことが知られている。あちこちに点在する白亜の皿状窪地は、かつて湖や海があったことの証拠だった。井戸を深く掘れば、砂鱒にはばまれた帯水層から水が湧いてくる。レトにはかつてこの惑星に起きた変化の過程が、あたかも自分の目で見てきたかのようにはっきり見えたし、それによって、人間の干渉がもたらしつつある変化が、いずれは決定的なものになることも予見できた。

ささやきとさほど変わらない声で、レトはいった。

「ぼくは知っているんだ、なにが起こったのかをね。なあ、ガニーマ」

ガニーマが腰をかがめ、顔を近づけてきた。

「なあに？」

「砂鱒は……」

そこまでいって、黙りこんだ。

ガニーマはいぶかしんだ。レトはなぜ、この惑星に棲む大型砂蟲《サンドワーム》の幼生体について、いつまでもこだわりを見せるのだろう。しかし、それはあえてたずねないことにした。

「砂鱒はね」レトは改めて言いなおした。「どこかよそからこの惑星に持ちこまれたものなんだ。かつてここは水の豊かな惑星だった。ところが砂鱒は、既存の生態系に受け入れられる限度を超えて大増殖してしまい、地表層の水という水を包嚢《ほうのう》に包みこんで、ここを砂漠の惑星にしてしまった……自分たちが生存するために。充分に乾燥した惑星上では、砂鱒は砂蟲《サンドワーム》相に成長できるからだよ」

「砂鱒が？」

ガニーマはかぶりをふった。兄のことばが信じられなかったからではない。レトがこの情報を集めた深みの記憶を探りたくなかったからである。ただし、こうは思った。

(砂鱒?)

このからだでも先人たちの記憶の中でも、ガニーマは何度となく棹で砂鱒を追いたて、薄膜に延ばし、手袋のように手にはめてから、それを死骸取水器に放りこむという子供の遊びにふけったことがある。あのちっぽけな生きものが壮大な生活環の始点にいるとは、とても信じがたいことだった。

レトは自分自身にうなずいた。フレメンは大むかしから、貯水池に肉食魚を放つだけの知恵を持っていた。幼生体である砂鱒は、惑星の地表付近に大規模な水塊が溜まることを積極的に妨げる。下方を流れる灌漑用水路《カナート》に肉食魚がいまも泳いでいるのは、その砂鱒を寄せつけないためだ。砂鱒の最終形態たる砂蟲《サンドワーム》も、多少の水なら触れて問題はない——たとえば、人体の細胞中に含まれる程度の水分なら対処できる。しかし、大規模な水塊に接すると、代謝が異常をきたし、致死性の変形を生じさせ、巨体が爆裂して、危険なほど濃縮された香料《メランジ》をばらまく。その一部を希釈したものが、群居洞《シエチタウ》の同心饗宴で摂取される究極の意識覚醒ドラッグである。ポール・ムアッディブは、薄める前の高純度メランジを摂取することで〈時〉の壁を破り、かつていかなる男性も挑んだことのない、めくるめく混沌の井戸の深みへと入りこんだ。

ガニーマは目の前にすわる兄が震えているのを感じとり、

「いったいなにをしているの？」とたずねた。

しかしレトは、自身の中で展開される啓示の連鎖から離れようとしなかった。

「砂鱒が減少すれば――この惑星の生態学的な変容を招き……」

「もちろん、砂鱒も抵抗しているでしょう？」

このあたりでガニーマも、兄の声ににじむ恐怖を理解しはじめていた。それとともに、自分の意志に反して、この思考に引きずりこまれるのをおぼえた。

「砂鱒がいなくなれば、蟲《ワーム》も残らずいなくなってしまう」レトはいった。「このことは、全部族に警告しないといけない」

「香料《スパイス》も穫れなくなるものね」

人間は太古からつづく〈デューン〉の多様な相互関係に干渉してきた。それによって、いまや生態系全体が危険にさらされている。しかし、たんにことばだけでは、その危険の上っ面しか伝えることができない。

「アリアもそのことを見ぬいている」レトはいった。「アリアがほくそえんでいるのは、そのためなんだ」

「どうしてそんなにきっぱりと断言できるの？」

「確信があるからだよ」

ここにおいてガニーマは、兄がなにに狼狽しているのかに気づき、背筋が寒くなるのをおぼえた。

「どの部族もぼくらを信じはしない――アリアに否定されればね」

レトのことばはふたりの存在に関する主要な問題を孕んでいた。いまだ九歳の子供に、フレメンがいかなる英知を期待するというのか。内なる共有記憶から日々遠ざかっていくアリアは、こと世間の信頼度にかけては、ふたりのおよぶところではない。

「スティルガーを納得させなきゃ」ガニーマがいった。

まるで一体であるかのように、ふたりは同時にこうべをめぐらし、月の光に照らされた砂漠を眺めやった。ここはもう、かつてと同じあの砂漠ではない。意識のほんのわずかなモーメントによって変えられてしまっている。双子にとって、ここの環境に対する人間の干渉がいまほど鮮明であったことはない。双子がいま感じているのは、絶妙なバランスで維持されている秩序の動的系において、自分たちが必要不可欠な要素であるということだ。この新しい視点は意識の変革をもたらし、ふたりの意識を多様な観察結果であふれさせた。かつてリエト＝カインズが述べたように、宇宙は動物種同士が絶えず会話を交わしている場所にほかならない。アラキスの場合は、幼生体である砂鱒という動物種が、人間という動物種であるふたりに語りかけていることになる。

「各部族も、水がもたらす脅威を理解はするだろうけれどね」とレトはいった。

「でもこれは、水がもたらす脅威以上の問題よ。これは——」

途中までいいかけて、ガニーマが口をつぐんだのは、兄のことばが含む意味、表面的に見えるよりも深い意味を理解したからである。水はアラキスにおける絶対的権力の象徴だ。フレメンはその本質において、いまなお特殊化した動物であり、砂漠での生存に特化した存在であり、負荷の大きな環境下での統制に長《た》けた民族のままでいる。だが、水が豊富になるにつれ、新たに奇妙な象徴が台頭してきた。だれもが古くからつづく習慣の必要性を理解しているというのにだ。

ガニーマは兄の真意を汲みとり、語をついだ。

「——権力がもたらす脅威といいたいのね」

「もちろん」

「でも、みんな信じてくれるかしら」

「現実に起こっていることを見さえすれば——アンバランスに気づきさえすれば」

「バランスとは」ガニーマはずっとむかし、父親が口にしたことばを引用した。「民衆を烏合《うごう》の衆と区別するものである」

そのことばで、心の中に住む父親が顔を出すのをおぼえながら、レトはいった。

「経済をとるか、美女をとるか——シバの女王の時代よりも古い物語だな」レトは嘆息し、肩ごしに妹をふりかえった。「じつは、予知夢を見るようになっているんだよ、ガニー」

鋭く息を呑む音がした。

レトはつづけた。

「おばあさまの到着が遅れるとスティルガーから聞かされたとき——すでにそういわれることがわかっていた。いま気がかりなのは、ほかの予知夢だ」

「レト……」ガニーマは目を潤ませ、かぶりをふった。「とうさまが予知夢を見るようになったのは、もっと齢を重ねてからよ。その予知夢は、じつは——」

「その夢の中で、ぼくは鎧《よろい》に身を固めて砂丘のあいだを疾走していた。向かっていた先はジャクルートゥーだ」

「ジャク……」ガニーマは咳ばらいをした。「古い神話に出てくる、あれ！」

「これはいまも実在する場所なんだよ、ガニー！　ぼくはそこの住民が〈伝道者〉と呼ぶ男を見つけないといけない。その男を見つけて、問うてみなくてはならない」

「その男が……とうさまだと思うの？」

「その問いは自分に向けることだね」

「とうさまとしか思えないわ」ガニーマは認めた。「でも……」

「自分がやろうとしていることに気は進まない――けれど、生まれてはじめてとうさまのことが理解できた気がする」

　自分が兄の思考から除外されている気がして、ガニーマはいった。

「〈伝道者〉はただの年取った神秘主義者かもしれないでしょう」

「そう願ってはいる」レトはささやき声で答えた。「ああ、ほんとうにそうであれば！」

　レトは前のめりになり、はずみをつけて立ちあがった。その動きに合わせて、手にした九弦楽器《バリセット》の弦が鳴った。レトはことばをつづけた。

「大天使ガブリエルは角笛を吹き鳴らして最後の審判を告げた。せめてこの〈伝道者〉が角笛を持っていないことを祈るよ」

　そして口をつぐみ、月明かりに照らされた砂漠を見つめた。

　ガニーマはこうべをめぐらし、兄が見つめているものを眺めやった。群居洞《シエチ》を縁どった植栽の外縁でぼうっと光るのは発光菌の狐火、その向こうに広がる空白帯が融けこむのは重畳《ちょうじょう》する砂丘の連なりだ。砂丘には生命が息づいている。砂漠が眠っているときでさえ、なにかが目覚めている。ガニーマはその目覚めているものの気配を感じとり、動物たちが下方の灌漑用水路《カナート》で水を飲む音に耳をすませた。レトの啓示はこの夜を変えてしまった。この夜は生に満ちた瞬間だ。絶えざる変化に調和を見いだす時――地球の過去から連綿とつづく活動の連鎖を感じるべき一瞬だ。そのすべては先人たちの記憶に内包されている。

「なぜジャクルートゥーなの？」ガニーマはたずねた。

自分の淡々とした口調が、雰囲気をだいなしにしたことはわかっている。

「なぜかは……わからない。はじめてスティルガーから、あの話、〝ジャクルートゥーの民を皆殺しにして、あそこを禁断の地にした〟という話を聞いたとき、ぼくが思ったのは……きみと同じことだよ。だけど、危険はいま、確実にあそこからやってくる……そして、〈伝道者〉も」

ガニーマは返事をしなかった。予知夢の内容をもっと共有したい、ともいわなかった。こうして黙っていれば、自分が恐怖をいだいていることがレトにはむしろ鮮明に伝わるとわかっているからだ。予知は忌み子への一里塚。そのことを知らない双子ではない。口にされぬまま、ガニーマのことばがふたりのあいだにたゆたうなか、レトは砂丘に背を向け、先に立って群居洞《シエチ》の入口がある岩場に戻りだした。

そして、思った。

（忌み子、か……）

宇宙は神のもの。それは単一の全体であり、その前にあってはすべての分離が分明となる。儚き生命には、自意識と理性を持つ生命といえども、全体のごくわずかな一部を薄弱な信託統治することしかできない。

——CET(全聖典統合翻訳委員会)註解より

ガーニー・ハレックは、口ではあたりさわりない話をしながら、手信号を使って本心を伝えていた。司祭たちが報告の場として用意した小さな控えの間はどうにも気にいらない。隠しカメラや盗聴器だらけだとわかっているからだ。もっとも、このささやかな手信号を解読できるものならやってみるがいい、という思いもあった。アトレイデス家はこの意思疎通手段を何世紀も使いつづけてきたが、一度も上手《うわて》をいかれたことはないのである。

屋外には夜のとばりが降りているが、室内に窓はなく、外の暗さはわからない。光源は天井の各隅に浮かぶ発光球だけだ。

〔逮捕者のうち、相当数がアリアの手の者でした〕

ガーニーはジェシカの顔を見つめたまま、口では別の話題をあげながら手信号をつづけ、いまも訊問が継続中であることを報告した。

〔あなたの読みどおりだったわね〕とジェシカは答えた。指を微妙に動かしての返答だ。

そこでうなずき、こんどは口に出して、

「得心がいくまで調べたら、完全な報告書を出してちょうだい、ガーニー」

「もちろんでございます、マイ・レディ」

ガーニーは口ではそう答え、手信号で報告をつづけた。

〔ほかにもひとつ、少々やっかいな問題が。深掘りドラッグで訊問したところ、逮捕者の数名がジャクルートゥーの名を口にしたのですが、そのとたん、絶命しました〕

〔心停止の条件づけ？〕ジェシカは手信号でたずねた。それから口頭で、

「逮捕者をすこしは解放したの？」

「少数ですが、マイ・レディ——まごうかたなき半端者ばかりです」

手信号で伝えた内容はこうだ。

〔強制心停止と見ていますが、いまだ確証はありません。検屍が完了していませんので。

ただ、くだんのジャクルートゥーとやらのことはご承知かと思い、急ぎご報告にまいったしだい〕

〔公爵さまとわたしは、ジャクルートゥーが興味深い伝説の場所だけれど、同時に事実に基づいた場所とも考えていたわ〕

ジェシカはふだん、亡くなってひさしい夫、心から愛していた夫に言及するときには、かならず悲しみの符号を付加するが、この手信号ではあえてつけなかった。

「これからいかがいたしましょう？」ハレックが口に出してたずねた。

ジェシカはおだやかな口調で、とりあえず宇宙港に引き返し、重要な情報が得られたら報告するようにと指示したが、手信号ではこう伝えた。

〔密輸業者の友人たちと改めて接触なさい。ジャクルートゥーが実在するのなら、そこの住民は香料《スパイス》の密売で糧《かて》を得ているはず。密売の相手は密輸業者以外に考えられないわ〕

ハレックは会釈し、手信号でこう答えた。

〔すでにもう、その線で動いております、マイ・レディ〕ついで、長年の訓練で培われた警戒心を抑えきれず、こう付言した。〔この〈大天守〉では十二分にお気をつけください。アリアはあなたさまの敵です。そして、司祭どもの大半はアリアに与《くみ》しております〕

〔ジャヴィードは例外よ〕ジェシカは手信号で、〔あの男はね、アリア・アトレイデスを憎んでいるの。ベネ・ゲセリットの修行を積んだ者でなければわからないでしょうけれど、これはたしかだわ。あの男は腹に一物あって、アリアはそれに気づいていない」

「御身《おんみ》の身辺警護を強化します」ハレックは口で答え、ジェシカの目に浮かんだ不快感の火花を受け流した。「危険があることは断言します。今夜はこちらへお泊まりに？」

「のちほど、タブールの群居洞《シエチ》に出発するわ」そこまでいって、ジェシカはためらった。もうすこしで〝警護の者は増やさなくてもいい〟と指示しそうになったからだ。が、結局、その指示は呑みこむことにした。ガーニーの本能は尊重すべきだ。身をもってそのことを思い知ったアトレイデスの者は、ひとりだけではない。その事実は、ガーニーにとっては誇るべきことでもあり、悲しむべきことでもあった。

「あとひとつ、会談があるの――こんどの相手は修練院長」ジェシカはいった。「それがすんだら、喜んでこの場所から退散しましょう」

我また一つの獣《けもの》の砂より上《のぼ》るを見たり。之《これ》に二つの角あり、そは仔羊の角に似たれども、大きなる口は竜の顎《あぎと》の如く、歯列鋭《するど》にして烈火に満てり。偉躯《いく》は極熱《ごくねつ》を纏《まと》いて燦然《さんぜん》と燃え、猛き息吹は蛇《くちなわ》の怒声を放てり。

――『オレンジ・カトリック聖典　改訂版』

男はみずからを〈伝道者〉と名乗った。そしてアラキスに住む民衆の多くは、男が砂漠から帰ってきたムアッディブではないのか、ムアッディブは死んではいなかったのだと、畏怖をもって語りあうようになった。いわく、ムアッディブが生きている可能性はある、だれか遺体を見た者がいるか？　いいや、それをいうなら、そもそも砂漠に呑まれた者の遺体を見た者がいるか？　しかし、そうはいっても――ムアッディブだぞ？

あちこちで似たような議論が交わされはしたが、昔日《せきじつ》を知る者が名乗り出て、〝おお、あれこそはまぎれもなくムアッディブだ、おれは本人を知っている〟と言うことはついぞなかった。

　とはいえ……ムアッディブと同じように、〈伝道者〉もまた盲目であり、黒々と抉《えぐ》れた眼窩《がんか》は岩石昇華発破《ストーン・バーナー》でやられたとしか思えないものだった。説教する声もムアッディブのそれと同じようによく通る雷声《らいせい》で、これもムアッディブと同じく、聞く者の心を奥底から揺さぶり、魅きつける磁力も備えており、その点において大多数の見解は一致していた。この〈伝道者〉、体格は細身で、皮革のような質感の顔には皺が刻まれ、頭髪は半白だ。だが、奥砂漠に住んでいれば、こうした外見になる者は多い。周囲を見まわしさえすれば、それは一目瞭然だろう。加えて、ほかにもムアッディブではないことをほのめかす事実があった。〈伝道者〉は例外なく、若い男のフレメンに誘導されていたのである。いずれの群居洞《シェチ》の出かは不明だが、その若い男が問われて返す答えは決まって、〝おれは道導者《どうどうしゃ》として雇われている〟だった。それを受けて、ムアッディブは未来が観えているのだから、道導者などいらないはずだ、もし必要なときがあるとすれば、それは悲嘆のあまり生きる気力をなくしたときだろうという声が出てきた。いずれにしても、〈伝道者〉が道導者を必要としていることは事実だ。それはだれもが知っている。

〈伝道者〉がはじめてアラキーンに姿を現わしたのは、ある冬の朝だった。〈伝道者〉は濃い茶色に陽灼《や》けして血管の浮き出た片手を、若い道導者の肩にかけていた。アサーン・タリークと名乗ったその若者は、人込みに揉まれて育ちでもしたものか、朝の雑踏で立つ燧石《すいせき》のにおいを含んだ砂塵のなか、慣れたようすで機敏に〈伝道者〉を誘導していった。肩の手が一度たりとも離れないよう、充分に気を配ってもいた。

　盲者は伝統的な長い外衣《ブルカ》の下に保水《スティル》スーツを着用していることが見てとれた。スーツの識別マークからすると、それはかつて最奥砂漠の群居洞《シエチ》でのみ作成されていたタイプだ。昨今のやわなスーツとはものがちがう。呼気から水分を回収し、ブルカの下の再処理層にまわす鼻孔《ノーズ》チューブは、全体を組み紐でくるんであった。それも、昨今はめったにお目にかかれない、黒蔦《クロヅタ》を編んだ紐でだ。吹きつける砂塵で削られたのか、顔の下半分をおおうマスクには、あちこちに緑色のパッチがあてられている。総じて〈デューン〉の過去から抜け出てきたような人物——それがこの〈伝道者〉だった。

くだんの冬の日、朝の雑踏のなかで〈伝道者〉の姿に気がついた者はすくなくなかった。なんといっても、盲目のフレメンはめずらしい。フレメンの掟によれば、盲者はシャイー＝フルードに捧げられるからである。掟の文言は、水の豊富な現代にあってはかつてほど尊重されなくなっているものの、それでも最初期から変わってはいない。盲者はシャイー＝フルードへの贈り物に捧げられる。開けた砂床《さしょう》に置き去りにされ、そのまま大型の蟲《ワーム》に喰われてしまうのだ。放置される場所は——これはそのたびに、各市街にも話が伝わってくるのでわかるのだが、〈砂漠の主《オールドマン》〉と呼ばれる最大級の蟲《ワーム》たちがいまも統べる地にほかならない。そういう事情から、盲《めし》いたフレメン自体が興味をそそられる存在とあって、道ゆく人々は足をとめ、奇妙なふたり組に好奇の視線をそそいだ。

若者は標準年で十四歳くらいに見える。軽装型の保水スーツを着ていることからして、新世代のひとりであることはまちがいない。このスーツにはマスクがなく、水分を奪っていく空気に顔をさらけだす仕様になっていた。若者の体形はほっそりとして、目は全体が香料《スパイス》中毒による青に染まり、鼻は小さく、顔立ちは人畜無害の無難なものだが、えてしてこうした顔の裏には、シニカルな知識が隠れているものだ。

若者とは対照的に、盲者のほうは過ぎ去った遠い時代を思いださせた。大股の足運び、しなやかで力強い脚は、この男が長年、砂上を自分の足で、またはつかまえた蟲《ワーム》に乗って移動していたことをうかがわせる。首を硬直させた独特の姿勢は、盲いてから身についたものだろう。フードをかぶった頭を動かすのは、なにか気になる音を聞きつけ、そちらに耳をかたむけるときだけだ。

徐々に人が増えていく朝の雑踏をぬって、奇妙なペアは広大な広場を横切り、ようやく目的の石段にたどりついた。石段といっても、面積は何ヘクタールもあり、幅広の階段が延々とつづくもので、それを昇りつめた先に高くそそりたつのは〈アリアの大聖堂〉——ポールの〈大天守〉と対をなす巨大建築である。〈伝道者〉は道導者とともに階段を昇り、三つめの広い踊り場に達したところで足をとめた。そこに待機していたのは、おおぜいの巡礼《ハッジュ》だった。朝の拝礼のため、〈大聖堂〉の巨大な両開きの扉が開くのを待っているのだ。扉はとてつもなく大きくて、古代宗教のひとつが建設した大聖堂《カテドラル》をまるごと通せるほどのサイズがある。あの扉の内側へ入れば、巡礼の魂は浄化され、〝微塵魂《みじんこん》〟に——すなわち針の穴をくぐれるほどの小ささとなり、天国へいけるとされている。

三つめの踊り場の縁で、〈伝道者〉は広場側に向きなおり、下方を見まわすかのようにこうべをめぐらした。あたかも、空洞の眼窩に視力が備わっていて、めかしこんだ帝都の住民たちが（なかにはフレメンたちもいたが、一見、保水スーツのようでいて、そのじつ形だけをまねた装いの者しかいない）見えているかのように——はたまた、航宙ギルドの軌道連絡船から降りてきたばかりで、楽園での居場所を保証してくれる信仰の場へ一刻も早く足を踏み入れたくてうずうずしている、熱心な巡礼たちが見えているかのように。

踊り場は騒々しい場所だった。緑のローブをまとう〈救世主《マフディー》の魂礼讃教団〉は、生きたタカに〝天国への呼び声〟を叫ばせている。食べものを呼び売りする行商人たちもいた。ほかにも多彩な品が売られており、競いあう呼び売りの声はにぎやかなことこのうえない。

売り物のなかには〈デューン・タロット〉もあった。細線記憶媒体《シガワイヤー》に記録された使用法の小冊子もついている。ある売り子が売っているのは外星風の布きれで、呼び売りの文句は「正真正銘、ムアッディブそのひとがお手を触れた布地だよ！」だった。ほかの売り子は水を詰めた瓶をふりたてて、「ムアッディブが住んでいたタブールの群居洞《シエチ》特産だ！」と叫んでいる。そういった呼び売り声が飛びかうなかで、ギャラック語の百以上もの方言に混じり、耳に刺激的な喉音《こうおん》の多い言語や、かんだかい音で構成された言語など、神聖なる帝国の傘下に収められた辺境のことばでも会話が交わされていた。派手ないでたちをして、巡礼たちのあいだを跳ね飛び、くるくると舞い踊っているのは、トレイラクス会《トレイラクスー》が治める胡乱《うろん》な技工系惑星群からきた踊面術士《フェイスダンサー》や矮人《こびと》たちだ。巡礼のなかには、細面の者もいれば、水分をたっぷり含んで太った顔の者もいる。繊維強化鋼鉄《プラスティール》でできた、左右に長々と広がる模造石段からは、薄く積もった砂塵を踏む落ちつかなげな足音が聞こえていた。ときおり、喧噪を切り裂き、哀調を帯びた祈りの声があがることもあった。「ムアーッディーブ！　ムアーッディーブ！　わが魂の願いをなにとぞ聞きとどけたまえ！　汝、聖油で神に聖別されし者よ、わが魂に応えたまえ！　ムアーッディーブ！」

　巡礼たちの付近にはふたりの役者がいて、コイン数枚の見物料を取り、いま流行の演劇『アーミステッドとリーンドグラフの論争』より、いくつかのせりふを詠じてみせていた。

〈伝道者〉は首をかしげ、そのせりふに耳をそばだてた。

役者たちは街住みの中年男で、どちらの声にも覇気が感じられなかった。〈伝道者〉の問いを受け、若い道導者はふたりの外見を説明して聞かせた。ふたりともゆったりとしたローブを身にまとい、水分の豊富なからだには保水スーツもどきの扮装すら着ていない。アサーン・タリークはこれをおもしろがったが、〈伝道者〉は若者を叱りつけた。

リーンドグラフ役を演じる役者は、まさに長ぜりふを締めくくるところだった。

「ははん！　宇宙は知性ある手によってのみ理解しうる。その手はおまえの大事な脳髄を働かせ、その脳髄は脳髄以外に由来するすべてのものを働かせる。見るがいい、おまえが創りだしたものを。手が働いてはじめて、おまえは知性ある存在となるのだ！」

役者の演技に対して、まばらな拍手が起こった。

〈伝道者〉は鼻をひくつかせた。鼻孔がとらえたのは、この場にあふれるさまざまな臭気だった。調整の悪い保水スーツから漏れるエステル臭、体臭をごまかすためのさまざまな香油のにおい、どこにいってもつきまとう砂塵の燧石《すいせき》臭、数かぎりない異星の食べものと結びついた呼気のにおい、すでに〈アリアの大聖堂〉内で焚《た》かれはじめ、あふれる芳香を巧妙に誘導して石段を流れ落ちるようにしむけられた、稀少な香の香り。周囲のにおいを嗅ぐにつれ、〈伝道者〉の心情は表情に反映されていった。

（ここまで堕ちおったか、われらフレメンは！）

　そのとき――突如として、踊り場の巡礼たちのあいだをどよめきが走りぬけた。石段の昇り口にある広場に〈熱砂の舞踏〉を狂舞する集団が現われたのだ。人数は総勢五十人、ひとりひとりがとなりの者とエラッカ木《ぼく》の繊維を編んだロープでからだをつないでいる。狂舞者の集団が法悦境を求め、何日もこの状態で踊り狂っていたことは一目瞭然だった。みな自分だけに聞こえる調べに髪を振り乱し、足を踏み鳴らし、口から泡を吹いており、ゆうに三分の一の者は意識がなく、ロープでからだを支えられ、意識ある者たちの動きにより、糸操《いとあやつ》り人形のごとく、右へ左へと揺れ動いている。そんな人形のひとりが、はっと意識を取りもどした。同様の光景を何度も見てきた見物人たちは、その男がどうするかを知っているようだった。

「おれは観た！」目覚めた舞踏者はかんだかい声で叫んだ。「おれは観た、この目で！」

　ほかの舞踏者たちの動きに抗《あらが》って、男は血走った目を鋭く左右に向けた。

「この帝都がある場所は、未来にはもう砂しかない！　おれは観たんだあアァァ！」

　見物人たちがどっと笑った。着いたばかりの巡礼たちもそれに加わった。

　これはもはや、〈伝道者〉に耐えられる限界を超えていた。〈伝道者〉は高々と両手をかかげ、かつて蟲《ワーム》乗りたちに何度も命令を怒鳴っていたにちがいないと思わせる大音声で一喝した。

「静まれ！」

猛将の号令を思わせる雷声に、広場じゅうがしーんと静まり返った。

ここで〈伝道者〉は、枯れ枝のような手をすっと舞踏者たちに突きつけた。その動きは目が見えているかのような錯覚をもたらし、巡礼たちに不気味な思いをいだかせた。

「あの男の言が聞こえなんだか？　罰《ばち》あたりの偶像崇拝者どもめ！　おまえたちみんながそうだ！　ムアッディブをありがたがる宗教は、すなわちムアッディブそのひとにあらず。ムアッディブはそのような宗教を足蹴《あしげ》にする。足蹴にするのはおまえたちのこともだ！　砂はやがてこの地を覆いつくす。そして砂は、おまえたちをも覆いつくすであろう」

いいおえると、〈伝道者〉は両手を降ろし、片手を若き道導者の肩にかけ、指示した。

「われをこの場から連れだせ」

おそらく、〈伝道者〉の選んだことば、〝ムアッディブはそのような宗教を足蹴にする。足蹴にするのはおまえたちのこともだ！〟が効いたのだろう。あるいは、その口調が――およそ常人のものとは思えない発声、ベネ・ゲセリットの〈操《からく》り声〉という、ごく微妙な抑揚の変化で他者を意のままに動かせる技能を磨きあげたとおぼしき、特殊な発声が功を奏したのだろうか。さもなければ、ムアッディブが暮らし、闊歩《かっぽ》し、統治したこの場所に内在する神秘主義が作用したのかもしれない。それというのも、踊り場にいただれかが、去ってゆく〈伝道者〉の背中を見つめ、宗教的畏怖にわななく声でこう叫んだからである。

「あれはムアッディブじゃないか？　ムアッディブが戻ってきたんじゃないか？」

〈伝道者〉はぴたりと立ちどまり、ブルカの下の物入れに手を差し入れると、付近にいる者にしかわからない物体を取りだした。それは砂漠の熱暑でミイラ化した人間の手だった。ミイラ化した手はこの惑星が寿命に限りある人間に対して仕掛けるジョークのひとつで、広くシャイー＝フルードの意志を示すものと見なされている。干からびきった手はぐっとこぶしを握っており、末端は砂混じりの風に削られて白骨が露出していた。

「われは〈神の手〉を持ち歩く者。われが持ち歩くのは、この手のみぞ」と〈伝道者〉はいった。「われは〈神の手〉を代弁する者。〈伝道者〉と見知りおけ」

その手をムアッディブのものと解釈した者もいたが、他の者たちは、その命令しなれた存在感と恐るべき雷声から、これはムアッディブそのひとにちがいないと考えた。

以上が、アラキスで〈伝道者〉の名が知られるようになった端緒である。しかし、〈伝道者〉の声が聞かれるのは、このときが最後ではなかった。

一般に報告されている例を是とするならば、わが愛しきジーアラッドよ、メランジの経験にはきわめて自然な正の効果が得られる。おそらくそれは真実なのだろう。しかしながら、わたしの中には、メランジを服用すれば例外なく正の効果が得られるということに対し、深刻な疑問が宿っている。思うに、一部の者は、メランジを堕落した形で使用し、神を冒瀆してきた。統合派にいわせれば、その者たちの行為は魂の毀損にほかならない。その者たちはメランジ効果の表層のみを掬《すく》いとり、それによる美を得られると信じている。そして他の服用者たちを嘲笑し、信仰心に害悪をもたらし、このかけがえなき賜物《たまもの》の意義を悪意で歪め、人知を超えた延命効果のみを切りとって利用しようとする。真剣にこの香料の美点を把握し、すべての腐敗を退け、高邁《こうまい》な志に満ちた人間たらんと欲するなら、人はみずからの言行を一致させねばならない。その者の行ないが悪しき結果を生む流れをもたらすのであれば、その者は動機を語ることばではなく、その行ないが招く結果によって判断されるべきであろう。だからこそ、われわれはその基準をもってムアッディブを判断すべきなのだ。

――『衒学的《げんがくてき》なる異端』

小部屋にはうっすらとオゾンのにおいがただよっていた。発光球は光量を落としてあり、部屋の中が陰りを帯びた灰色に沈むなか、観察アイからの映像を映しだすモニター画面はメタリックブルーの光を放っている。モニターは幅が約一メートル、高さはその三分の二ほどだ。克明に映しだされているのは荒涼とした岩谷で、その焦点には、殺してまもない血まみれの獲物を喰らう二頭の人狩り虎《レイザ・タイガー》が映っていた。トラたちがいる斜面の上方には、サーダカーの軍用作業服を着た細身の男がひとりいる。襟の徽章が示す兵科は操獣士《レーフンブレヒ》だ。胸にはいくつかのキーがついたサーボ制御の使役ボックスを吊っていた。

モニターの手前には一脚の浮揚椅子があり、そこに年齢不詳の金髪女性が座していた。ハート形の顔をしたその女性は、椅子の肘かけに指の細い手をかけ、画面を見つめている。金糸の縁どりがあるゆったりとした白いローブをまとっているため、体形はわからない。

椅子から一歩右側には、大柄でずんぐりとした男が立っていた。赤褐色と金色の軍服は、この男が旧帝国サーダカーに所属する当主付き上級大佐《バシャール》であることを示している。半白の頭髪はきちんと刈りこんであった。顔は四角く、いっさいの感情を浮かべていない。

女性が咳ばらいをし、いった。

「おまえの予想したとおりになったわね、ティエカニック」

「こうなることは確実でした、わが公女《プリンセス》さま」上級大佐《バシャール》はしわがれた声で答えた。

相手の声に緊張を聞きとって、女性はほほえみ、問いかけた。

「意見を聞かせてちょうだいな、ティエカニック。わが息子は〝ファラッディーン帝〟の響きを気にいるかしら？」

「ご子息にふさわしい称号とぞんじます、プリンセス」

「そんなことをきいているんじゃないの」

「ご子息をその……称号、におつけするために〝なされたこと〟につきましては、一部、よい顔をなさらないかと」

「それと、もうひとつ……」女性は横に向きなおり、薄闇ごしに上級大佐《バシャール》の顔を見つめた。「おまえは父によく仕えてくれました。父が帝座をアトレイデスに奪われたのは、断じておまえの過失ではないわ。けれど、あの敗北の苦さをだれよりも強く味わって――」

「プリンセス・ウェンシシアにおかれましては、わたしに特殊な任務をお望みで？」

ティエカニックの声はしわがれたままだが、さっきまではなかった鋭さを帯びていた。

「おまえの悪いくせね、わたしのことばをさえぎるのは」

それを受けて、ティエカニックはにんまりと笑った。がっしりした歯がモニターからの光を受けて淡く光った。

「折にふれて思います。プリンセスはお父上によく似ておいでだ。とりわけ、繊細な……その、役割、を命じられるにあたって、迂遠《うえん》な言いまわしをなさるときには」

プリンセスは視線をそらした。これは怒りを隠すためだ。そして、問いかけた。

「あの人狩り虎《レイザ・タイガー》で息子を帝座につけられると、本気で思っているのね？」

「自信を持って断言できます、プリンセス。これはお認めいただきたいのですが、ポール・アトレイデスが愛妾に産ませた非嫡出子など、あの二頭にかかれば、汁気がたっぷりの肉片にすぎません。そして、あの双子さえいなくなれば……」

ティエカニックは肩をすくめてみせた。

「シャッダム四世の孫息子が合法的な後継者になるわけね」プリンセスはあとを受けた。

「ただし——フレメン、領主会議《ラーンスロード》、CHOAM《チョーム》の——公正なる高度貿易振興財団《コンビネ・オネト・オーバー・アドヴァンセー・メルカンティル》の——反対を退けられればだけれど。いうまでもなく、存命中のアトレイデスも——」

「それにつきましては、ジャヴィードから確約を得ております、あの者の一派でアリアを始末するのは造作もないとのこと。レディ・ジェシカのことはアトレイデスの一員として数えておりません。となれば、あとにだれが残りましょう？」

「領主会議《ラーンスロード》とCHOAM《チョーム》は利益になるほうになびくでしょう。でも、フレメンは？」

「やつらの〝ムアッディブの宗教〟なる泥沼に沈めてみせます！」

「言うは易く、行なうは難しよ、愛しいティエカニック」

「そうしますと――以前からの議論のむしかえしになりますな」

「コリノ家は権力を得るために、もっとひどいことをしてきたわ」

「ですが、あの……あの救世主《マフディー》の宗教を受け入れるというのは、さすがに！」

「息子はあなたを尊敬しているわ」

「プリンセス、わたしはコリノ家が本来あるべき権力の座に返り咲く日を待望する者です。このサルーサに残る全サーダカーも同じ気持ちでおります。しかし、もしもプリンセスが――」

「ティエカニック！　ここの名称は〝惑星サルーサ・セクンドゥス〟よ。われらが帝国に蔓延《まんえん》する怠惰に倣《なら》ってはだめ。名称は略さずに、称号もきちんとつけなさい――あらゆる細部まで気を配るように。そのような配慮に欠けていたからこそ、アトレイデスの一族はアラキスの砂漠送りになったのでしょう。細部をおろそかにしないよう気を配ることよ、ティエカニック！」

ティエカニックには、なぜプリンセスがこんなにも細部を強要するのかわかっていた。これは長姉イルーランから学んだ狡猾な交渉術の一環なのだ。そうとわかってはいても、自分の旗色が悪いことはたしかだった。

「聞いているのかしら、ティエカニック」

「聞いております、プリンセス」

「あなたにはあのムアッディブの宗教を受け入れてほしいの」

「プリンセス、あなたさまのためなら、火中にも飛びこむ覚悟ですが、それだけは……」

「これは命令よ、ティエカニック！」

ティエカニックはごくりとつばを呑みこみ、モニターに目をやった。二頭の人狩り虎《レイザ・タイガー》は獲物を喰らいおえ、砂の上に寝そべって身づくろいにかかっており、長い舌で前肢《ぜんし》の趾《ゆび》を舐めている。

「命令よ、ティエカニック——よろしくて？」

「拝命いたしました、ご指示どおりに、プリンセス」だが、口調は変わっていない。

プリンセスはためいきをついた。

「ああ、おとうさまが生きていてくだされば……」

「まことに、プリンセス」

「侮《あなど》らないでちょうだい、ティエカニック。おまえがいかにこの命令をいやがっているか、ようくわかっているのよ。でも、おまえが範を垂れさえすれば……」

「あの方は、あとにつづかれないでしょう、プリンセス」

「いいえ、つづきますとも」そこでプリンセスは、モニターを指し示して、「ところで、ふと思ったのだけれど……あそこの操獣士《レーフンブレヒ》、問題になりかねないわね」

「問題に？　どこがです？」

「トラの件、どれほどの人数が知っているの？」

「トラのトレーナーを務めるあの操獣士《レーフンブレヒ》以外には……輸送機のパイロット、プリンセス、そしてもちろん……」

ティエカニックは、とん、と自分の胸をたたいた。

「人買い商人たちは？」

「あれらはなにも知りません。なにをそう恐れておいでなのです、プリンセス」

「わが息子は……いろいろ気にするたちなのよ」

「サーダカーが秘密を洩らすことはありえません」

「秘密を洩らさないのは……死人もよね？」

プリンセスは手を伸ばし、発光するモニターの下にある赤いキーを押した。

だしぬけに、二頭の人狩り虎《レイザ・タイガー》が頭をもたげた。立ちあがり、丘の上の操獣士《レーフンブレヒ》を見あげる。ついで、そろって向きを変え、丘の斜面を駆け登りはじめた。

最初のうちは、操獣士《レーフンブレヒ》も冷静な表情で胸の使役ボックスに片手をあてがい、黒いキーを押した。自信に満ちたしぐさだったが、二頭がなおも自分に向かって駆け登ってくるのを見てすこしあせった顔になり、いっそう指に力をこめ、同じキーを何度も押しつづけた。それでも二頭はとまらない。ただごとではない、と気づいた操獣士《レーフンブレヒ》は驚愕の表情になり、片手を腰の作業ナイフに持っていった。が、時すでに遅く、操獣士《レーフンブレヒ》は鋭い鉤爪を伸ばしたトラの前肢《ぜんし》で胸を強打され、うしろに倒れこんだ。そこへすかさずもう一頭が襲いかかり、喉笛に巨大な牙を突きたて、操獣士《レーフンブレヒ》を荒々しくふりまわし、はげしく地面にたたきつけた。ひとたまりもなく、操獣士《レーフンブレヒ》の背骨が折れた。

「細部までよく検《あらた》めることよ」

プリンセスはそういいながら、ティエカニックに向きなおり——ぎょっとした顔で身をこわばらせた。上級大佐《バシャール》が目の前でナイフを引きぬいたからだ。しかし、抜いたナイフの刃を持ち、柄《つか》をプリンセスに差しだして、ティエカニックはこういった。

「ほかの細部をお検めになるために、わたしのナイフをお使いになりたいのではないかと愚考しまして」

「それは鞘におしまいなさい。こんな馬鹿げた真似はもうしないように！」プリンセスは険しい声を出した。「ときどき、ティエカニック、あなたはわたくしの忍耐を――」

「あそこで命を落としたのは有能な男でした、プリンセス。わたしの部下でも、最優秀の利《き》け者のひとりでした」

「わたくしの、よ」

ティエカニックは身をわななかせて深々と息を吸いこみ、ナイフをしまった。

「では、輸送機のパイロットはいかがしましょう」

「事故ということで処理なさい。パイロットには最大限の注意を払ってトラたちをここへ連れてくるよう、指示を。そしてもちろん、わたくしたちのペットを二頭とも、輸送船で待つジャヴィードの手の者に引きわたしたあとは……」

プリンセスは相手のナイフにちらと目をやった。

「それはご命令ですか、プリンセス」

「ご命令よ」

「そのつぎは、このわたしがナイフの刃先を胸に当てて、そのまま前に倒れる番ですか。

それとも、みずからお手を？　その……細部まで？」

　プリンセスは平静を装っているものの、その声には強い不快感がにじんでいた。

「ティエカニック。あなたはわたくしの命令ひとつで、ナイフを胸に当てて前に倒れる男。そうと確信していなければ、あなたがそこに立っていることはなかったでしょう。武器を携えたままではね」

　当主付きの上級大佐《バシャール》はごくりとつばを呑みこむと、モニターを見つめた。二頭のトラは饗宴を再開している。

　プリンセスはその光景から目をそむけ、ティエカニックに視線をすえて、語をついだ。

「人買いたちにお伝えなさい、必要な条件に見あうふたりの子供はもう連れてこなくともよろしいと」

「ご命令のままに、プリンセスさま」

「わたしに向かってその口調はおやめ、ティエカニック」

「御意、プリンセスさま」

　プリンセスは口をぐっと引き結んだ。それから、

「一対ずつの衣装は、あとどのくらいあるの？」

「ローブが六組、それぞれ保水スーツと砂漠用ブーツもセットにしてあります。いずれも

アトレイデス家の紋章を縫い取りずみです」

　プリンセスはモニターにあごをしゃくった。

「生地はあのふたりのものと同等に上等なものでしょうね」

「帝族にふさわしいものです、プリンセス」

「細部までよく検めることよ。衣類はアラキスに送りなさい、わが息子から帝室の従弟妹《いとこ》たちに対する贈り物とするの、心得ているわね、ティエカニック？」

「完璧に、プリンセス」

「息子にはしかるべき書状をしたためさせるように。アトレイデス家への忠誠の証として、些少ながら粗末な品をお贈り申しあげます――そういったていの書状をね」

「送るのはどの機会に？」

「誕生日なり聖日なり、適当な機会があるでしょう。それは一任するわ。おまえのことは信用していますからね、わが友ティエカニック」

　当主付きの上級大佐《バシャール》は、無言でプリンセスを凝視した。

　プリンセスは顔をこわばらせた。

「それはおまえも知っているでしょう？　夫が亡くなってから、わたくしがほかのだれをあてにできるというの？」

ティエカニックは肩をすくめ、腹の中で思った。

（役目がすめば殺してしまう。交尾のあとでオスを喰い殺すという一部のクモ顔負けに。この女と懇《ねんご》ろになるのはまずい。もしやあの操獣士《レーフンブレヒ》とも関係があったのではないか？）

「それからね、ティエカニック。もうひとつ細部があるの」

「なんでしょう、プリンセス」

「息子には帝王学を学ばせているところなのだけれど、やがて自分の手で剣をふるわねばならないときがくるでしょう。そのときがくれば、おまえの立場ならそれとわかるはず。わかりしだい、ただちに教えてちょうだい」

「ご命令のままに、プリンセス」

プリンセスは椅子の背にもたれかかり、わけ知り顔でティエカニックを見すえた。

「おまえはわたくしのことをよく思っていない。それは知っているわ。でも、そんなこと、どうでもいいのよ——おまえが操獣士《レーフンブレヒ》の教訓を憶えているかぎりはね」

「あれはきわめて動物のあつかいに長《た》けた男でしたが、そんな男であれ、用済みになればいつでも捨てられる——そういうことですな。よくわかりました、プリンセス」

「そんなことをいっているんじゃないの！」

「そうではない？　はて……となると、理解いたしかねますが」

「軍隊というものはね――使い捨てにできる人員、完全に交換可能なパーツで構成されているものなのよ。それがあの操獣士《レーフンブレヒ》の教訓」

「交換可能なパーツ。それは最高司令官もですか？」

「最高司令官なくしては、軍隊そのものの存在意義がなくなるでしょう、ティエカニック。だからこそ、ただちに救世主《マフディー》の宗教を受け入れて、同時にわが息子が〝改宗する〟ための準備を進めなさいといっているの」

「ただちに、プリンセス。しかし、そちらの準備に力を割かれますと、各種武術の指導がおろそかになってしまいますが、その点はよろしいのですね？」

プリンセスは浮揚椅子から勢いよく立ちあがり、当主付き上級大佐《バシャール》の横をまわりこんでいくと、戸口でぴたりと立ちどまり、ふりかえりもせずにこういった。

「いつの日か、わたしの我慢の限界を超えるまで、おまえはわたしの忍耐を試しつづけるようね、ティエカニック」

そう言い残して、部屋を出ていった。

「要は、長らく尊重されてきた相対性理論を捨てるか、でなければ未来の連続した事象を予知できると信じることをやめるか、この二択なのです。じっさい、〝未来を知ること〟には、旧来の仮定では答えられない無数の疑問がつきまとう。それらの疑問が出ないようにするには、まず〈時〉の埒外に〈観測者〉を置き、つぎにあらゆる動きを無効にする必要がある。相対性理論を受け入れるのであれば、〈時〉と〈観測者〉は相互に対して両竦《すく》みにならざるをえません。その場合、不正確さの介入を招いてしまう。このことは、未来の正確な予知が不可能であることを示唆しているように思われます。では、権威ある科学者たちがいまなお未来予知という目標を追い求めていることを、いかに説明できるのか？　では、ムアッディブが実現した未来予知をいかに説明できるのか？」

――『予知に関する講演録』
ハルク・アル＝アーダ著

「話しておかねばならないことがあります」ジェシカはいった。「これから話すことは、おたがいが共有する過去の経験をいろいろと思いださせることになるし、そうすることであなたを危地にさらすことにもなるわ。それを承知で、話しておかなくてはならないの」

　ジェシカはことばを切り、ガニーマがこの前置きをどう受けとったかをたしかめた。

　ジェシカとガニーマは室内にふたりだけですわっている。ふたりがいるのはタブールの群居洞《シエチ》にある岩屋で、室内には低いクッションがたくさん置いてあった。この話しあいを適切に導くためには、とてつもない技倆《ぎりょう》を必要とする。そして、その技倆を持つのが自分だけだとは、ジェシカはけっして思っていない。ガニーマは話しあいのステップをすべて事前に予期し、意図を読みとれるらしい。

　日が暮れてから二時間、歓迎会の興奮も冷めて、みなひととおり旧交を温めおえていた。ジェシカは意識して脈拍を平常ペースに戻し、岩壁で囲まれたこの部屋に、そして壁面をおおう暗色の掛け布、黄色いクッションに注意を集中した。高まった緊張に対処するため、心の中で反射的にベネ・ゲセリットの〈恐怖を退ける連禱《れんとう》〉を唱える。これを唱えるのは何年ぶりだろう。

（われ恐れず。恐怖は心を殺すもの。恐怖は全き抹消をもたらす小さな死。われは恐怖に立ち向かう。われは恐怖が身内を通りぬけ、通過するを許す。しかして恐怖が通りぬけしのちは、内なる目をその通り道に向けん。恐怖の通過せし跡にはなにものもなかるべし。そこに残るはただ自分のみ）

無言で唱えおえると、心を落ちつかせるため、大きく深呼吸をした。

「ときどきは役にたつものですね」ガニーマがいった。「連禱のことですよ、もちろん」

心の中を見透かされたショックを隠すため、ジェシカは目をつむった。これほど的確に心の中を読みとれる相手に出会うのはひさしぶりのことで、その事実に狼狽をおぼえた。狼狽させた相手が子供の顔に隠れた知性とあってはなおさらだった。

だが、ジェシカは恐怖と向きあい、目を開いた。狼狽の原因はわかっている。

（わたしは孫たちを恐れているんだわ）

双子のどちらにも、アリアを蝕む忌み子の徴候は現われていない。とはいえ、レトにはなにか恐ろしいことを隠しているふしがいろいろとうかがえる。あの子をこの話しあいの場からていよく締めだしたのはそのためだ。

衝動的に、ジェシカは長いあいだかぶりつづけていた感情隠しの〝仮面〟をはずした。

そんなものは、この場ではなんの役にもたたない。むしろ意思疎通の障壁になるだけだ。愛しい公爵と睦まじい時を過ごしたあのころ以降、ジェシカはこの障壁を降ろしたことがなかったが、いざ降ろしてみると、安堵とともに苦痛をもおぼえた。あとに残ったのは、いかなる悪態、祈り、連禱でも消し去ることのできない事実だった。逃避しようとしても、この手の事実からは逃れられない。無視することができない。ポールの幻視のさまざまな要素は再編され、無数の時がポールの子供たちに追いついた。ふたりは虚空の中の磁石だ。邪悪なもの、権力の悲しむべき濫用《らんよう》のすべてが、双子のまわりに引きよせられている。ジェシカの顔をよぎるさまざまな感情の舞踏を見つめていたガニーマは、祖母が自制の仮面をはずしたことに驚きをおぼえた。

相互に驚くほどそろった動きで、ふたりはまったく同時に顔を見合わせ、視線を交わし、たがいの心の奥底を覗きこんだ。ことばに出されない思念が交わされた。

ジェシカ：（あなたにはわたしの恐怖を見てほしいの）

ガニーマ：（おばあさまがわたしを愛してくださっていることはわかったわ）

かくして、一瞬のうちに、相互の信頼は確立した。

ジェシカはいった。

「あなたのおとうさんが十五歳のころ、わたしはある教母をカラダンに招いて、あの子に試練を受けさせたのよ」

ガニーマはうなずいた。そのときの父の記憶はきわめて鮮明に残っている。

「わたしたちベネ・ゲセリットは、当時すでに、自分たちが育てているのが人間であって動物ではないことを自覚するよう、みずからを律していたの。人はかならずしも外見から判断できるものではないから」

「おばあさまたちは、そのように訓練されてきたんですものね」とガニーマはいった。

そう口にすると同時に、ガニーマの心に当時の記憶がどっと流れこんできた。ガイウス・ヘレネ・モヒアム。カラダン城を訪ねてきたあの教母は、毒針のゴム・ジャッバールと、焼けつくような痛みを与える箱を携えていた。その箱がもたらす激痛によって、ポールの手が（共有された記憶の中で、その手はガニーマの手となった）激痛にさらされるなか、老女は淡々と、激痛に耐えかねて箱から手を抜けばただちに殺す、と告げた。じっさい、首筋に突きつけられた毒針が刺されば、ポール少年が即死していたことはまちがいない。その状態で、老女はしわがれた声で、その試練を受けさせる理由を説明した。

〝罠にかかった動物が、逃げようとして自分の脚を噛みちぎる。そんな話を聞いたことがおありじゃろ？　この逃げ方は、あわれな動物の域を出ぬ。助かるのは自分だけじゃでな。しかし人間ならば、痛くとも罠にかかったまま、死んだふりをするのではないか？　罠を仕掛けた者がきたら殺せるように。そうすれば、もはや同族には危害がおよばぬ道理〟
ガニーマはかぶりをふった。思いだした苦痛をふりはらうためだ。あの焼けつく激痛！　あの焼けつく激痛！　あのときポールは、手が箱の中で焼かれて皮膚が黒焦げになった、肉が焼け落ちてあとに炭化した骨だけが残ったと思った。しかし、それはトリックだった。手はまったく無傷だったのだ。それでも、あのときのことを思いだすにつけ、ガニーマの額には玉の汗が浮かんだ。

　ジェシカがいった。

「あなたは当然、わたしには不可能な形であのことを思いだせるはずね」

　記憶に取り憑かれたガニーマには、つかのま、祖母がまったく別の観点から見えていた。ベネ・ゲセリットの教育機関で受けた初期の条件づけを考慮すれば、必要と判断したとき、この女性がどのような手段に出るかわからない！　それを思うと、ジェシカがアラキスに帰ってきた理由について、いろいろと新たな疑念が湧いてきた。

「あなたにもあなたのおにいさんにも、そんな試練をくりかえすのは馬鹿げたことだわ」

　ジェシカはいった。「あなたがたはすでに、その実態を知っているわけだしね。だから、わたしとしては、あなたがたが人間である、受け継いだ自分の力を濫用したりはしないと想定するほかないの」

「でも、じっさいには、そんな想定などしていないのでしょう？」

ジェシカは目をしばたたいた。心の内を読まれないための障壁がひとりでに忍びより、ふたたび展開されるのをおぼえた。

「あなたを愛していることは信じてもらえるかしら？」

「ええ」だが、ジェシカが先をつづけようとしたとたん、ガニーマはさっと片手で制した。

「でも、愛しているからといって、わたしたちを処分しないわけではないわよね？　ああ、理屈はわかりますよ、〝本質が動物の人間は死なせてしまうほうがいい、生かしておいて子孫を残されるよりは〟という理屈はね。本質が動物である人間がアトレイデスの名前を持つとなれば、とくにそう」

「すくなくとも、あなたは人間よ」ジェシカはつい反射的に本音を口にした。「その点については、自分の本能を信じているわ」

ガニーマはそれがたしかに真実だと見てとった。

「けれど、レトについては確信が持てずにいる――」

「ええ、たしかに」

「忌み子化の疑惑？」

ジェシカにはうなずくことしかできなかった。

ガニーマはいった。

「まだです。すくなくとも、いまはまだ。けれど、わたしもレトもその危険性は承知しています。忌み子化すればどうなるかは、アリアの例で見ているから」

ジェシカは両手で目をおおい、思った。

（愛情でさえ、望まぬ事実からわたしたちを護ることはできないのね）

自分がいまでも娘を愛していることをジェシカは知っている。そして、心の中で運命を責めてもいた。

（アリア！　ああ、アリア！　あなたが破滅に向かうのは、わたしのせいでもある）

ガニーマがわざと大きな音を立てて咳ばらいをした。

ジェシカは両手をおろし、思った。

（ええ、かわいそうな娘のことを嘆くのはいいけれど、いまはほかに喫緊《きっきん》の問題がある）

そして、ガニーマにいった。

「では、アリアになにが起こったのか、あなたたちは認識しているのね」

「レトとわたしは忌み子化の過程を見ていたので。忌み子化を阻止する力まではなかったけれど、いろいろな可能性を検討してきました」

「おにいさんが忌み子の道に堕ちていないことはたしか？」

「たしかです」

そのことばに静かな確信がこめられていることは否定のしようがなかった。ジェシカは疑うことなく、それを受け入れた。それから、

「あなたがたが忌み子化を避けられた理由はわかっている？」

ガニーマは自分とレトが到達した仮説——自分たちは香料《スパイス》トランスを避けてきたのに、アリアは頻繁にトランス状態に入っていたため、それが明暗を分けたのだろうという説を披露した。さらにガニーマは、レトが見た予知夢や、ふたりで話しあってきたさまざまな計画のこと——さらにはジャクルートゥーのことまでも打ち明けた。

ジェシカはうなずいて、

「それでもアリアは、アトレイデスの一員。そのことは膨大な問題を孕んでいるわ」

ガニーマは黙りこんだ。ジェシカがいまもなお夫の公爵を愛していて、亡くなったのがついきのうであるかのように夫を悼んでいること、公爵の名と記憶をいかなる脅威からも護りぬく覚悟でいることを、唐突に認識したからだ。公爵自身が持っていた半生の記憶がガニーマの意識を駆けめぐり、その認識を補強するとともに、そう理解することによって警戒心がやわらいだ。

「ところで」ジェシカは感情を殺した声でたずねた。「〈伝道者〉のことをどう思う？

きのう、あのろくでもない浄化の儀式のあと、いろいろと不穏な報告を聞かされてね」

ガニーマは肩をすくめ、いいかけた。

「あの人物は、もしかすると――」

「ポール？」

「ええ、でも、本人を見ていないので、なんともいえません」

「ジャヴィードは一笑に付したわ、そんなのはうわさにすぎないと」

ガニーマはためらったのち、こうたずねた。

「ジャヴィードという男、おばあさまは信用しています？」

剣呑な微笑がジェシカの唇に宿った。

「いませんとも。あなたが信用していないのと同じくらいにね」

「レトがいうには、ジャヴィードはいつも一笑に付す対象が妙なんですって」

「ジャヴィードがなにを笑うかはさておき」ジェシカはいった。「わたしの息子がいまも生きていて、〈伝道者〉の扮装をして戻ってきたという話、あなたは受け入れられる？」

「可能性はあると思います。それに、レトは……」

いいかけて、ガニーマは口の中が急に乾くのをおぼえた。胸を締めつける数々の恐怖を思いだしたのだ。みずからに強いて恐怖を克服し、レトが明かしたほかの予知夢のことを、ひとつひとつ説明していった。

　ジェシカは傷ついたかのように、左右に首をふった。

　ガニーマはつづけた。

「レトはいうんです、この〈伝道者〉を見つけて、とうさまかどうか確認しなくてはと」

「ええ……もちろん、そうね。そこは放置しておくわけにはいかないわ。わたしときたら、なにを怯《ひる》んでいるのかしら」

「どうして自分を責めるんですか？　おばあさまはもう限界に達しているのでしょう？　わたしはそれを知っている。レトも知っている。アリアでさえ知っているかもしれない」

　ジェシカは自分の喉に手をあてがい、そっとさすった。それから、

「そうね、アリアの問題があったわね」

「レトはアリアのことが妙に気になるらしくて」ガニーマはいった。「だからこうして、おばあさまとふたりだけで会う話を呑むよう、わたしからも働きかけたんです。アリアがもう救いようのないことは、レトもわかっているのに、どうにかしていっしょにいたいと思っているみたいで……研究するために。それに……とてもあつかいにくくなるんですよ。アリアには関わらないほうがいいと説得しようとすると、いつも眠ってしまって。レトは――」

「まさか、香料《スパイス》ドラッグを盛られているの？」

「それはありません、絶対に」ガニーマは首を左右にふった。「ただし、レトがアリアに妙な共感をいだいていることは事実。それから……眠っているとき、ジャクルートゥーの名をよくつぶやくことも」

「またジャクルートゥー！」

ジェシカは反射的に、宇宙港で正体を暴かれた不穏分子たちに関するガーニーの報告を打ち明けた。

「わたし、たまに怖くなることがあるんです。アリアがレトに無数の先人記憶を探らせて、ジャクルートゥーの位置を見つけさせようとしているんじゃないかと」ガニーマはいった。「それに、ジャクルートゥーは伝説の場所でしかない、とずっと思っていたけれど……。もちろん、あの伝説はごぞんじでしょう？」

ジェシカは身ぶるいした。

「恐ろしい伝説だわ。恐ろしい」

「わたしたちがなすべきことはなにかしら？」ガニーマはたずねた。「自分が持つ先人の記憶のすべて、かつて生きた生のすべてを探索するのは怖いですが、でも……」

「ガニー！　そんなことをしてはいけません。そんな危険を冒しては――」

「自主的に危険を冒さなくても、そんな事態になるかもしれないでしょう。アリアの心になにが起こったのかを知るには、そうするしかないんだもの」

「だめ！　それだけは、やってはいけないこと……あんなふうに取り憑かれるのはだめ」

この〝取り憑かれる〟ということばを、ジェシカは吐き捨てるようにいった。「とにかく……ジャクルートゥーね、問題は。すでにガーニーを派遣してその場所を探させているの──もしも実在するのなら、だけれど」

「でも、どうやってガーニーに……ああ！　それはそうね。密輸業者」

ジェシカは絶句した。ガニーマの精神は、内なる先人たちの意識のうち、あるひとつの意識と協調して働いているらしい。

（つまり、わたしの意識と！）

これはなんと奇妙な感覚なのだろう。ガニーマの幼いからだは、ポールの記憶をすべて受け継いでいる。すくなくとも、ポールが生まれて、双子の元となった精子が射出される瞬間までの記憶をすべて持っている。それは究極のプライバシー侵害であり、ジェシカは心の中の根源的な部分で強烈な忌避感をおぼえるとともに、自分がつかのま、絶対的かつ揺るぎなきベネ・ゲセリットの判断にかたむくのを感じた。

（この子はやはり、忌み子なのでは！）

そのいっぽうで、この子にはけなげなところもある。兄のためなら自分を犠牲にしてもいいという意志は否定できない。

（わたしたちは、一寸先も見えない未来へ手を伸ばす、一個の生命）とジェシカは思った。（わたしたちは同じ血を共有する者）

ジェシカは心を引き締めた。自分とガーニー・ハレックが動かしはじめた過程の連鎖を受け入れなくては。レトはやはり、妹から引き離さなくてはならない。そして試練を受けさせる必要がある――修女会の求めにしたがって。

「砂漠を吹きわたる風の音が聞こえる。冬の夜、虚空に昇りゆく巨船にも似た一対の月が見える。あの月に誓おう。わたしはかならずや統治技術を極めてみせる。受け継いだ過去を量り、継承した先人たちの記憶を完璧に宿す宝庫になってみせる。そして、知識よりも恩情で知られる者になろう。温顔で〈時の回廊〉を照らしつづけるのだ——人類が存在するかぎり」

——「レトの誓い」

ハルク・アル＝アーダ記

まだ少女だったころ、アリア・アトレイデスは神経と筋肉組織《プラーナ＝ビンドゥー》の鍛練に何時間もふけり、自身の人格強化に努めていた。心に宿るすべての先人たちの意識——その猛攻から自分の人格を保護するためである。そうするにあたって、ひとつ問題があることはわかっていた。

群居洞《シエチ》の閉じた環境の中では、メランジから逃れようがないことだ。メランジはあらゆるものに染みついている——食物にも、飲み水にも、空気にも、そして、夜ごと握りしめて涙を流す夜具にも。まだ幼いうちから、アリアは群居洞《シエチ》での狂騒的な同心《タウ》饗宴を経験していた。その饗宴のさい、部族の者は〈命の水〉——水に溺れて死にゆく蟲《ワーム》の液体排出物を飲む。そうすることで、フレメンは自身の遺伝的記憶によって蓄積された抑圧を解放し、祖先の記憶を拒否するのである。群居洞《シエチ》に同居していた部族の者たちが、饗宴のさなか、一時的に〝祖先の記憶に取り憑かれた〟状態になるところを、アリアはたびたびその目で見てきた。

しかしアリアには、そういった形で抑圧を解放することはできないし、記憶を拒否することもできない。アリアは産まれ出るずっと前から子宮の中で完全な意識を持っていた。そのうえさらに、自分以外のおびただしい意識の大洪水にさらされてもいた。まだ子宮にいるうちに、香料《スパイス》がもたらす同心《タウ》饗宴において、レディ・ジェシカにより変質させられた〈命の水〉を介し、ジェシカに受け継がれていた歴代の教母全員の人格と記憶にむりやり触れさせられ、強烈な洗礼を受けたのだ。産まれる前から、アリアはベネ・ゲセリットの教母に必要とされる知識をひとつ残らず持っていた。それに重ねて、すべての先祖たちの意識から、教母たちのものよりはるかに膨大な知識をも。

その知識を得たことで、アリアは恐るべき事実を知った。忌み子についての事実である。その全体像を知るや、心がくじけそうになった。逃げたくても、胎児の身ではいかんともしがたい。それでもアリアは、いっそう恐ろしい祖先たちの記憶群に抗《あらが》い、多大な犠牲と引き替えの、いわゆるピュロスの勝利を得て、子供のうちはその勝利状態がつづいていた。その戦いのさなかに、アリアはひとつの記憶人格を知った。しかしその記憶は、アリアの中で往時の生を再現する先人たちからの、いつ始まるかもわからぬ侵攻に対して、なんの助けにもなってはくれなかった。

(いつの日か、わたしもあんな先人のひとりになるんだわ)

そう考えると、慄然《りつぜん》とした。自分が産んだ子供の心の中を、善意を装って歩きまわり、心のひだに踏みこみ、その子の意識を呪縛して、膨大な量の経験を押しつけるなんて。

子供時代はいつも、恐怖がわがもの顔で心の中を闊歩していた。その恐怖は、思春期になってもなお執拗にいすわりつづけた。それは孤独な戦いだった。だれかに助けを求めたことはない。自分が求める助けをだれに理解できるというのだろう。断じて母親ではない。母親はとうとう、ベネ・ゲセリットのあの恐ろしい判断——胎内で覚醒した子は忌み子になるという判断を、完全に払拭することはできなかったのだから。

やがて思いは、あの晩のことに——兄ポールが死を求め、単身で砂漠の奥地へ歩み去り、盲目のフレメンがみなそうするように、みずからをシャイー＝フルードに捧げたあの晩のことに移り変わった。あの月のうちに、アリアはポールに仕える剣聖ダンカン・アイダホ――トレイラクス会《トレイラクスー》の生体技術で死から蘇った演算能力者《メンタート》と結婚した。そして、一時的にアラキスに滞在していた母親はカラダンへと帰還し、ポールの遺児である双子はアリアが後見することになった。

それとともにアリアがついたのが、摂政の地位である。

その結果、責任の重圧でかつての恐怖は押しやられ、むしろ心に宿る先人たちに門戸を開放し、その助言を求めるようになった。先行きを照らす幻視を欲して、香料《スパイス》トランスに耽溺するようにもなった。

危機が訪れたのは、春を迎えたラーブ月の、ふだんと変わらない日のことだった。よく晴れたその朝、ムアッディブの〈大天守〉には北極からの寒風が吹いていた。そのころ、アリアはまだ兄の喪に服し、大地を不毛にする太陽の色、黄色の衣服を身につけていた。そこにいたる数週間で、心に宿った内なる母ジェシカの声を、アリアはますます拒絶する傾向を強めていた。きたるべき聖日の準備を〈大聖堂〉が中心となって行なうことに対し、内なる母が冷笑の度を深めていたからである。

そのため、心の中のジェシカ意識は薄れていき、薄れていき……ついにはほかの意識に埋没して、〃アトレイデス家の法に則《のっと》った行動をとれ〃とうながす顔なき要求となりはて、やがてそれさえもが消え失せた。ところが——ジェシカがいなくなると、ほかの意識群が主導権を握ろうとして騒ぎだした。そして、あたかも底知れぬ大坑《おおあな》の口を開いてしまったかのように、おびただしい先人の顔が飛蝗《イナゴ》の大群のように飛びだしてきた。ほどなくして、アリア個人の意識はけだもののごとき某意識に焦点を結んだ。老ハルコンネン男爵である。そのときアリアは、恐慌をきたしつつも激烈な怒りをいだき、絶叫を発して内なる狂騒をことごとく黙らせ、一時的に静寂を取りもどしたのだった。

　そして、今朝——。朝食前の散策で〈大天守〉の屋上にある庭園を歩きながら、内なる戦いに勝つための新たな方策として、アリアは自分の意識全体に、〈禅スンニ派に対するチョーダの訓戒〉を適用しようと試みた。その訓戒とはこうだ。

〈はしごを離れよ、上に向かって落ちるやもしれぬ！〉

　だが、〈防嵐壁《ぼうらんへき》〉の絶壁を明々と輝かせている朝陽は、アリアの気を散らしつづけた。屋上庭園の散策路は、広い範囲に植えられた、しなやかな柔毛草《ニコゲソウ》のあいだを縫っている。〈防嵐壁〉に背を向ければ、柔毛草が結ぶ朝露が見える。夜のうちに植栽を通る空気から、柔毛《にこげ》がすべての水分を結露させているのだ。無数の朝露は、自分に進める無数の道を反映しているかのようだった。

朝露も進む道も、その数の膨大さに目がくらむ。ひとつひとつの水滴は、内なる無数の意識が持つ顔のひとつひとつを反映させているように思えてならない。

無数の草が暗示するものに対して精神を凝らそうとした。おびただしい朝露の存在は、アラキスにおいてどれほど環境改造が進んでいるものかを如実に反映している。北半球の高緯度地方では気候が温暖化しつつあった。大気中の二酸化炭素が増加しているためだ。今後一年間に予定されている緑地化の地域が何ヘクタールにおよぶか、それを思いだすと唖然とする。なにしろ、たった一ヘクタールの緑地を維持するだけでも、じつに一〇四七立方メートルもの水が必要になるのである。

日常的なことを考えようといろいろ試みたものの、自分の心の中でサメの群れのように周囲を泳ぎまわる内なる先人たちの意識を退けることはできなかった。

両手を額にあてがい、ぐっと押しつける。

昨夜《ゆうべ》の日暮れどきには、〈大聖堂〉の警固司祭たちが摂政の処断を仰ごうと、ひとりの囚人を審判の間に連れてきた。囚人はエッサス・ペイモンという名の、肌の浅黒い小柄な男で、表向きはネビロス家に――これはアラキスに聖具や装飾用のこまごました工芸品を納入している小領家《しょうりょうけ》だ――雇われていることになっているが、じっさいにはＣＨＯＡＭ《チョーム》が送りこんできたスパイで、その役割はアラキスの年次香料《スパイス》産出量を見積もることにあった。

アリアがいまにも地下牢送りの裁断を下そうとしたそのとき、ペイモンは急に大声を出し、〝アトレイデス家の不正〟を糾弾しだした。本来ならば、即刻、死の三脚による絞首刑を申しわたすべきケースだったが、アリアは相手の豪胆さが気にかかり、まず審判の座からことばで威《おど》しつけて怯《ひる》ませ、それまでの訊問で絞りだしきれなかった情報を引きだそうと試みた。

「なぜ公正なる財団《コンビネ・オネト》がわれわれの香料《スパイス》産出量などに興味を持つ？」アリアは語気を強めた。

「わけを話せば情状を酌量してやらぬでもないぞ？」

「おれは取引市場のため情報を集めていたにすぎん」ペイモンは答えた。「集めた情報がどう使われるかは知ったことじゃない」

「市場での利益が小さすぎるから、帝国の定めた販売価格に干渉するというのか」

「帝国は適正価格というものを考えもせんだろう？」

アリアはペイモンが見せた捨て鉢の大胆さが気にいり、こういった。

「エッサス・ペイモン。どうだ、わたしの下で働いてみないか」

この問いかけに対して、ペイモンは浅黒い顔に白い歯を覗かせて薄く笑い、こう答えた。

「あんたは容赦なくおれを始末しようとした。そのあんたが一転して手を差しのべるのか。おれにどんな価値を見いだしたというんだ？」

「おまえには単純明快にして実用的な価値がある」アリアは答えた。「おまえは大胆だ。そして自分に最高値をつけた者の仕事しか受けない。わたしなら、帝国のだれよりも高い値をつけてやれるぞ」

これを受けて、ペイモンはとてつもない額の依頼料を口にした。アリアは一笑に付し、もっと適正に思える金額を──ただし、これまでペイモンが受けとったどんな報酬よりもはるかに高いであろう金額を提示し、最後にこう付言した。

「そしてもちろん、この金額におまえの命という特別報酬を上乗せしてやろう。どうやらおまえは自分の命に、適正よりもはるかに法外な価値を置いているようだからな」

「請け負った！」ペイモンが叫んだ。

アリアの合図を受けて、聖堂の聖具局長ジアレンコ・ジャヴィードにより、ペイモンは連れだされていった。

それから一時間弱──アリアが審判の間を出る準備をしていたところ、ジャヴィードが急ぎ足で戻ってきて、ペイモンが『オレンジ・カトリック聖典』の不吉な一節をつぶやくところを耳にしたと報告した。その一節とは──。

〝マレフィコス・ノーン・パティエーリス・ウィーウェレ〟

「魔女を生かしおくべからず……」アリアはラテン語から訳してつぶやいた。

これがあの男の感謝の表明か！　あれは自分の命を狙うやからのひとりだったのか！　かつて経験したことのない憤激に突き動かされ、アリアはペイモンを即刻処刑し、亡骸を〈大聖堂〉の遺体取水器にかけるよう命じた。せめてその程度には司祭会の財源を潤してもらわねば。

　その晩ずっと、ペイモンの浅黒い顔はまぶたの裏にちらつきつづけた。執拗に自分をなじりつづけるイメージを拭《ぬぐ》い去るため、知っているあらゆる手管を用い、フレメンの『クレオスの書』から無事《ブジ》の経文を唱えたりもした。

「大事にいたらず！　大事にいたらず！」

だが、ペイモンの顔は夜どおしまといつき、アリアは憔悴の朝を迎えることになった。宝石のような朝露の数々に映りこんだ自分の顔を見ると、げっそりしているのがわかる。

　ミモザの低い生垣の陰には屋内への出入口があり、そこから女性衛士が〝朝食です〟と呼びかけてきた。アリアはためいきをついた。ふたつの地獄のうち、どちらを取るかで、ささやかな選択をせねばならない。心の中の叫び声を取るか、従者たちの叫び声を取るか。あっちもこっちも無意味なことしかいわないのに、執拗に要求をいいつのる。絶え間ない砂時計のようなこのノイズを、できることならナイフの刃で打ち壊し、黙らせてやりたい。衛士を無視し、アリアは屋上庭園の彼方にそびえたつ〈防嵐壁《ぼうらんへき》〉を眺めやった。絶壁の基部には土砂が堆積し、絶壁で護られたアリアの直轄地に扇状地《バハーダ》を形成している。朝陽のもとで、砂の三角州は輪郭が鮮明に浮かびあがって見えた。事情に明るくない者が見れば、あの広大な扇状地は川の名残《なごり》に思えるかもしれない。じっさいには、あれは兄のポールがアトレイデス家の保有する核爆弾を使用し、〈防嵐壁〉の一部を破壊した跡でしかない。そうして穿《うが》った突破口ごしに、ポールは砂漠からフレメン部隊を満載した砂蟲《サンドワーム》の大群を突入させ、当時の皇帝シャッダム四世を相手に劇的な勝利をあげたのである。いまでは、〈防嵐壁〉の裂け目の向こう側に幅の広い灌漑用水路《カナート》が設けられ、砂蟲《サンドワーム》の進入を防いでいる。砂蟲《サンドワーム》が用水路を越えてくることはない。あの生物にとっては、水は猛毒だからだ。

(心の中にもそんな障壁があればよかったのに)とアリアは思った。

そう思うにつけ、自分が現実から切り離されているという気の滅入る感覚が強くなった。

(砂蟲《サンドワーム》！　砂蟲《サンドワーム》！)

記憶からさまざまな砂蟲《サンドワーム》のイメージがあふれだしてくる。強大なシャイー＝フルード、フレメン神話の造物主《デミウルゴス》、砂漠の奥地に棲息し、その排出物に貴重このうえない香料《スパイス》を含む恐るべき魔獣。そんな砂蟲《サンドワーム》が、平たくて皮革質の砂鱒《すなマス》が成長しきった姿だというのは、なんと奇妙な話だろう。砂蟲《サンドワーム》の生活環には、アリアの自意識内部にひしめく先人意識の多様性と共通する部分がある。この惑星の床岩《しょうがん》付近にまんべんなく棲息している砂鱒は、生きた帯水層を形成する。そこから上へ水があがってこないよう、この帯水層が抑制しているからこそ、砂鱒の媒介動物でもあり、最終形態でもある砂蟲《サンドワーム》は、砂の中での生存が可能となるのだ。アリアはそんな砂鱒と心の中の多様な意識群との共通点を強く感じた。事実、心の中に住む先人意識には、アリアを破滅させかねない危険な意識を押しとどめてくれている意識群も存在する。

ふたたび、同じ女性衛士が〝朝食です〟と呼びかけてきた。今回は、じれているような響きが聞きとれた。

アリアは憤然と戸口に向きなおり、下がれ、と合図を送った。

衛士は指示にしたがったものの、たたきつけるようにしてドアを閉めた。

その荒々しい響きから、アリアは感じとった——必死に拒絶しようとしているすべてのことがらに、自分が搦《から》めとられようとしていることを。有無をいわさぬ上げ潮となって、先人たちの意識が心の中にあふれだしてくる。その意識のひとつひとつが、アリアの視覚中枢に貪婪《どんらん》な顔を押しつけてきた。雲霞《うんか》のごとき顔の数々——。疥癬《かいせん》だらけの顔もあれば、硬い肥厚《ひこう》だらけの顔、すすけた影だらけの顔もある。濡れぬれとした菱形の口を持つ顔もあった。そうした顔の大群は、奔流となってアリアの心中を駆けめぐり、その奔流に身を委《ゆだ》ねろ、飛びこんでこいとせきたてている。

「いやよ」とつぶやいた。「いやよ……いや……いや……」

どうかすると、そのまま散策路に倒れこんでしまいかねないところだったが、さいわい、そばにベンチがあり、へたりこむようにして腰を落とした。できうればふつうにすわっていたいが、とても上体を支えていられず、冷たい繊維強化鋼鉄《プラスティール》の座面にからだを横たえる。そのあいだも、口はずっと拒絶のことばをつぶやきつづけていた。

先人意識群の上げ潮は、なおも収まる気配がない。

自分がごくささやかな注意喚起の声にも敏感になっていることがわかる。その危険性も承知してはいた。それでも、身内で騒ぐ用心深い口の数々、そこから発せられる叫び声のひとつひとつに、どうしても注意を削《そ》がれずにはいられなかった。アリアの気を引こうと叫ぶおびただしい声の不協和音――。

「こっちだ！　こっちだ！」

「ちがう、こっちを見ろ！」

一瞬でもそちらに注意を向ければ、完全に呪縛され、心を奪われることはわかっている。無数の顔のうち、ひとつでも見ようものなら――その顔が発する声に耳を貸そうものなら――自分と精神を分かちあう意識の自己中心性に引きずりこまれてしまうだろう。それはよくわかっている。

声のひとつがささやいた。

「これも予知能力の運命だ」

アリアは両手で耳をふさぎ、思った。

(わたしは予知能力者じゃない！ 予知のトランスは働かないのよ、わたしには！)

だが、声はゆずらなかった。

「働くかもしれないぞ、助けさえあればな」

「いやよ……いや」声に出してつぶやいた。

ほかにいくつもの声が心の周囲に渦巻きだす。

「われはアガメムノーン、汝の祖先なるぞ。わがことばを聞け！」

「いやよ……いや」

両手をいっそう強く耳に押しあてた。耳が痛みに音《ね》をあげるほど強く。

こんどは狂気を孕むかんだかい声が頭の中で問いかけてきた。

「オウィディウスはどうなった？ 簡単だ。ジョン・バートレットの編んだ引用句辞典を見ろ！」

この窮状にあっては、どの名前も意味を持たない。周囲でてんでに騒ぎたてる声を――すべての先人たちの意識を――怒鳴りつけて黙らせたいのに、自分の声を見つけられない。

このとき、上級の侍従たちからもういちどお呼びしてこいといわれてきた例の衛士が、ミモザの陰にある戸口から顔を出し、アリアがベンチに横たわっているのを見て、連れの衛士にいった。

「ああ、お寝《やす》みね。ゆうべはあまりお眠りになってないことは知ってるでしょう。いまは朝寝《ザーハ》をさせてさしあげたほうがいいわ」

アリアには衛士の声が聞こえなかった。意識をかんだかい歌声に奪われていたからだ。

「わしら陽気な老いぼれ鳥さ、ヒャッホウ!」

いくつもの声が脳内に交錯するなかで、アリアは思った。

(わたしはおかしくなりかけている。正気を失いかけている)

横たわった状態で、足が逃げようとするかのように、力なくベンチを蹴った。からだに〝走れ〟と命じることさえできれば、逃げられそうな感触はある。ここは逃げなくては。内なる満ち潮の一部によって沈黙に追いこまれれば、永遠に魂を汚染されてしまう。だが、からだがいうことをきかない。帝国宇宙最強の軍隊さえアリアのちょっとした気まぐれにしたがうというのに、自分の肉体が自分の意志にしたがおうとしない。

内なる声のひとつが喉を鳴らして笑った。それから、

「ものの見方しだいでは、愛し子や、創造時の偶発的なできごと、そのひとつひとつが、

惨事につながるともいえるぞ」

深く響くバスの声はアリアの眼球を振動させた。自身のもったいぶった物言いを嘲笑うかのごとく、ふたたび喉を鳴らすような声で笑ったのち、声はつづけた。

「わが愛し子よ、わしが力を貸してやろうではないか。引き替えに、おまえもわしに力を貸してもらわねばならんがな」

バスの声の背後でひときわ大きく膨れあがりだした喧噪を押して、アリアはガチガチと鳴る歯を食いしばり、声に問いかけた。

「あなたは……あなたは……」

ひとつの顔がアリアの意識の上に出現した。笑みを含んで丸々と肥えたその顔は、一瞬、赤ん坊のそれのような錯覚をもたらしたものの、双眸《そうぼう》に燃えるぎらぎらした光は、断じて赤子のものではなかった。目をそらそうとしたアリアは、逆にしげしげと見つめる結果になった。なぜなら、その顔に突然、肉体が生えたからである。とてつもなく巨大に膨れた肥満体だった。男がまとうローブのそこここに突き出ている微妙な突起は、この肥満漢が携帯型浮揚装置の支えなくして立つこともままならないことを示している。

「見てのとおり」深く響くバスの声が答えた。「わしはたんなる、母方の祖父にすぎん。わしのことは知っておるな？　かつてのウラディーミル・ハルコンネン男爵だよ」

「あなたは……あなたは死んだはずよ！」

「あたりまえではないか、愛し子よ！　おまえの中にいる者は、わずかな例外を除けば、みな死んでおる。しかしだ、ここにいる者で、おまえの助けになりたいと心から願う者は、わしのほかにはおらんぞ？　あやつらにはおまえのことが理解できんのだ」

「消えて」アリアは懇願した。「消えて、お願いだから」

男爵の声は引きさがらなかった。

「そうはいうが、おまえは助けを必要としておるのだろう、孫娘や？」

閉じたまぶたの裏に映る男爵の姿を見つめたまま、アリアは思った。

（なんと存在感のある姿だろう）

「わしはな、おまえを助けてやりたいのだ」男爵は甘言を弄した。「ここに群がるほかの意識どもは、おまえの意識全体を乗っとってやろうと手ぐすね引いておる。どの意識も、かならずおまえ固有の意識を追いだしにかかるだろう。しかしだ、このわしは……ほんの片隅に居場所を提供してくれさえすればそれでよい」

またしても、心に宿るほかの意識たちが騒ぎはじめた。満ち寄せる上げ潮が、ふたたびアリアの意識を呑みこもうと脅《おびや》かしだす。そのなかには母ジェシカの叫び声もあった。

アリアはけげんに思った。

（あのひとは死んでいないのに）

「静まれ！」男爵が一喝した。

アリアは自分自身の気持ちがその一喝の効果を強めるのを感じた。自身の思いが意識に広がっていく。

じきに意識は、内なる静寂に包みこまれた。浴槽に張った、ひんやりと心地のよい水につかっているかのようだった。激しく鳴っていた鼓動が、通常のペースに戻っていくのがわかる。その静寂の中に、慰めるような口調で、男爵の声が侵入してきた。

「そうら、な？　ふたりで力を合わせれば、われわれは無敵だ。おまえはわしに力を貸す。わしはおまえに力を貸す」

「なにが……なにが望みなの」アリアはつぶやいた。

閉じたまぶたの裏で、丸々とした顔に憂いの表情が浮かんだ。

「おうおう、わが愛しの孫娘や。わしが望むのは、ごくわずかでささやかな歓びのみだ。ときおりでよい、おまえの五感に接触する機会を与えてやってくれんか。わしの存在など、余人に教えなくともよい。おまえの生のうち、わずかな一部を感じさせてくれ。たとえば、おまえが愛する者の腕に抱かれているときなどにな。その程度の代償、じつにささやかなものではないか？」

「え、ええ」

「よしよし、よしよし」男爵は悦に入った顔で答えた。「見返りに、わが愛しき孫娘よ、このわしがなにかと力になってやろう。いろいろと助言も与えてやる。相談ごとがあれば知恵を貸してもやろう。おまえは無敵になると思ってよい、心の中でも、対外的にもな。いかなる抵抗も、今後は一掃してしまえる。歴史はおまえの兄など忘却し、おまえだけを誉め讃えるだろう。未来はおまえのものになるのだ」

「あの……先人たちの意識に……わたしを……乗っとらせないように……できる？」

「あやつらなど、われらの敵ではない！　おまえもわしも、別個になら遅れも取ろうが、ふたりで力を合わせれば、牛耳るのはこちらだ。実地に見せてやろう。聞くがいい」

それとともに男爵は沈黙し、イメージも消え、内なる存在たちも感じられなくなった。消えたのは男爵だけではない。他の先人たちの意識は、記憶のひとつ、顔のひとつ、声のひとつすらも侵入してきていない。

アリアはわななくように吐息をついた。

その吐息にともなって、ひとつの思考が出現した。それはアリアの意識内に、あたかもアリア自身の思考であるかのように押し入ってきたが、その陰に声なき声が感じとれた。

「老男爵は邪悪よ。あれはあなたの父親を殺した男。あなたとポールをも殺していたかもしれない。事実、殺そうとしたの、失敗しただけで」

それを受けて、顔はないままに、男爵の声が頭に響いた。

「むろんのこと、殺していただろうとも。わが行く手に立ちはだかったのだからな。だが、あの件には片がついた。勝ったのはおまえだ、愛し子よ！　いまはおまえこそ、新たなる真実にほかならん」

アリアはひとりでにうなずいていた。ベンチの硬い表面に頬がこすれるのが感じられた。男爵のいうことには道理があるわ、とアリアは思った。ベネ・ゲセリットの教えには、その道理の正しさを裏づける、こんな格言がある。

〝議論の目的とは、真実の性質を変えるところにある〟

（そう……いかにもベネ・ゲセリットが肯定しそうな理屈だわ）

「そのとおり！」男爵がいった。「わしは死んでいるのに対して、おまえは生きている。わしなどは儚《はかな》い存在だ。おまえの心の片隅に宿った記憶の自我にすぎん。わしはおまえの意のままに動く。わしが求めるささやかな代償と引き替えに、おまえはわが深慮に満ちた助言を受けられるのだ」

「では、いまこのとき、どんな助言があるの？」アリアは試みに問いかけた。

「おまえはいま、ゆうべの裁断のことで思い悩んでいるな」男爵は答えた。「ペイモンが不吉な一節をつぶやいたとの報告、あれは捏造《ねつぞう》ではないかと疑っているのだろう。もしやジャヴィードは、あのペイモンが自分の立場を脅かす存在になると見たのではないか――おまえを悩ませている疑念はそれだろう？」

「え、ええ」

「そして、おまえの疑念は的確なる観察に基づいている。そうだろう？　ジャヴィードのおまえ個人に対するふるまいは親密の度を増してきている。ダンカンでさえも、それには気づいているはずだ。ちがうか？」

「知っているでしょう、あのひとが気づいていることは」

「よろしい、では。このさいだ、ジャヴィードをおまえの愛人にして――」

「いや！」

「ダンカンのことが心配かな？　しかし、おまえの夫は演算能力者《メンタート》の神秘家ではないか。肉欲に根差した妻の行為に、心を痛めることも傷つくこともなかろうさ。ときどき、あの男と心の距離が大きく開いていると感じはせんか？」

「で、でも、ダンカンは……」

「ダンカンの演算能力者《メンタート》の部分は、事情を聞けば、おまえが必要な措置をとっただけだと理解するだろうて――ジャヴィードを破滅させるためにな」

「破滅……」

「いかにも！　危険な道具は使い道があるかもしれんが、危険が大きくなりすぎた道具は始末してしまうにかぎる」

「でも……なぜわたしが……つまり……」

「おうおう、血のめぐりの悪い愛し子よな！　この教訓がもたらすのは、道具の価値をどう見きわめるかに尽きる」

「わけがわからない」

「道具の価値とは、わが愛しき孫娘よ、自分の成功にとってどれほど貢献するかで決まる。おまえに対するジャヴィードの服従は、無条件のものでなければならん。おまえの権威に対するやつの心服は、絶対的なものでなくてはならんのだ。それに――」

「その教訓とやらの道徳性は、どこに――」

「寝ぼけたことをいってくれるでない、孫娘よ！　道徳などというものは実利のうわべを飾る虚飾にすぎん。カエサルのものはカエサルに？　そんな道徳のたわごとは放っておけ。勝利とは、おまえのもっとも深い望みを反映したものでないかぎり、なんの意味もない。おまえはいちどたりともジャヴィードの男ぶりに好感を持ったことがないのか？　そんなことはないとはいいきれまい？」

アリアはごくりとつばを呑みこんだ。そんなことは認めたくない。だが、内なる意識に注視され、心の中が丸はだかの状態では、しらを切りようがなかった。

「え、ええ」

「よろしい！」頭の中に響いた男爵のことばの、なんとうれしそうなことか。「これにておたがいを理解する下地はととのった。では、ジャヴィードをベッドに引きずりこんで、骨ぬきにしてだな、おまえがやつの女になったと思いこませたら、おもむろにペイモンのことを切りだせ。冗談めかしてきくのだぞ。他愛ない睦言《むつごと》のような感じでな。そうして、やつが裏切りを認めたそのときには――結晶質《クリス》ナイフを肋骨のあいだに突きたててやれ。ああ、あふれる血潮を見れば、どんなにか胸のつかえがおりることか――」

「いやよ」アリアはつぶやいた。口の中が恐怖でからからになっている。「いや……いや……いや」

「それならば、わしが代わりにやってやろう」男爵は説得にかかった。「これはなさねばならんことなのだ。それはおまえにもわかるだろう？　おまえが耐えられないというのであれば、わしが一時的におまえの五感を支配して……」

「だめ！」

「おまえの恐怖が手にとるようにわかるぞ、孫娘や。なあに、おまえの五感を支配するといっても一時的に借りるにすぎん。ただし……これだけは肝に銘じておいてくれ。内なる意識のなかには、いまや完璧におまえを演じられる者もいるが……わしが演じるとなると、その、たちどころにわしの存在を見破られてしまう。取り憑かれた者に対するフレメンの掟はおまえも知っておろう。問答無用で始末されるのだ。さよう――たとえおまえでもな。そのような事態は望むところではない。それもまた、おまえは知っていよう。そこでだ。ジャヴィードの始末はこのわしがつける。それさえすめば、すぐに心の表から引っこもう。おまえはただ……」

「これのどこが役にたつ助言なの？」

「おまえを危険な道具から解放してやれるではないか。それに愛し子よ、そうすることで、われわれのあいだには有用な関係が確立する。この関係は先々の裁断において、おまえに役だつ指針を与えてくれると――」

「役だつ指針を？　わたしに？」

「むろんだとも！」

アリアは両の手の平を目の上にあてがい、考えようとした。自分がなにを考えようとも、心の中に居つくこの存在に筒抜けであることはわかっている。それに、この存在が考えたことが、あたかも自分独自の思考であるかのように、意識に入ってくることも。

「悩まんでもよいことに、くよくよ悩む必要はない」男爵が猫なで声でいった。「さて、あのペイモンという男だが、あやつは――」

「わたしの裁断がまちがっていたわ！　あのときは疲れていて、性急に判断してしまった。ほんとうにあの男があんなことをつぶやいたのか、真偽をたしかめてから――」

「いやいや、まちがってはおらんとも！　おまえの裁断の基準となるべきは、愚劣な抽象概念などではない。そう、あのアトレイデスの平等主義のごときものであってはならん。おまえを眠れなくさせているのは、ペイモンの処刑ではなく、判断基準への不安なのだ。だが、おまえは正しい判断を下した！　あれもまた別の危険な道具であったのだからな。おまえはおまえの社会秩序を維持するためにふるまった。それは裁断にあたっての優れた根拠といってよい。公平さなどという寝言とはわけがちがう！　平等や公平などといったものはどこにもありはせん。そういうまやかしの均衡を確立しようとすれば、社会を乱す結果を招く」

ペイモンに対する自分の裁断を肯定する理屈を与えられて、アリアは安堵したものの、この理屈の根底にある道徳無用の観念にはショックを受けた。

「平等と公平は、アトレイデスの……アトレイデスの……」

目の上から手を離す。だが、まぶたは閉じられたままだ。

「おまえが統べる司祭会の審問官どもには、この過ちを改めるよう警告しておくべきだ」

男爵はいった。「意思決定は、秩序ある社会を維持するメリットにのみ照らして下さねばならん。過去を顧みれば、平等と公平なる荒野の上になんと多くの文明が築かれたことか。その種の愚かしさは、自然に生まれる序列——平等と公平などよりはるかに重要な序列を破壊する。いかなる個人も、重要性を持ちうるのは、社会全体との関係性においてのみだ。その社会が論理的手順を踏まえて秩序を打ち立てていないかぎり、何人《なんびと》もそこに居場所を見いだすことはできん——最底辺の者も、最上位の者もな。さあ、自覚せよ、孫娘よ！　おまえはおまえが統治する民草の厳格な母にならねばならん。秩序の維持こそはおまえの責務と知れ」

「ポールがしたことはすべて……」

「おまえの兄は死んだ、失敗したがために！」

「それはあなたも同じでしょう！」

「いかにも……だが、わしの場合、予期せぬ横死であったともいえる。さあ、愛し子よ、いましがた説明した段どりでジャヴィードを始末してしまおうではないか」

その過程を考えただけで、ひとりでにからだが火照り、アリアは口早に答えた。

「考えてみなくてはならないわ」

そして、こう思った。

(あの注進が捏造であったとしても、それはジャヴィードの立場を強化するためのものでしかない。なにも殺すほどのことではないわ。それに、あの愚か者のことだから、自分で打ち明けるかもしれない……そう、わたしのベッドの上で)

「だれに話しかけておいでです、マイ・レディ?」ふいに、男爵とは別の声がたずねた。

混乱に満ちた一瞬、アリアはてっきり、心中で騒ぎたてるおびただしい意識のひとつが新たに自意識の中へ侵入してきたのかと思った。だが、この声は知っている。目を開き、声の主を見あげた。アリアを警護する女性衛士隊の長、ジアレンカ・ヴァレフォルだった。ベンチのそばに立ち、年季を経たフレメンの顔に心配そうな表情を刻んでいる。

「わが内なる声にね」アリアは答え、ベンチの上で上体を起こした。

ずいぶん気分が楽になっていた。あの騒々しい内なる声の波乱が静まったためだ。

「内なる声ですか、マイ・レディ。なるほど」

アリアの答えに、ジアレンカの双眸がきらめいた。聖なるアリアが余人には接触不能な内なる意識から知恵を授かることを知らぬ者はない。

「わたしの私用区画にジャヴィードを連れていらっしゃい」アリアは命じた。「あの者と内々に話しあわなければならない、重要な問題があるの」

「私用区画に、ですか、マイ・レディ」

「そうよ！　わたしの私室によ」

「マイ・レディの命じられるままに」指示にしたがおうと、衛士長は背を向けた。

「ちょっと待って」アリアはその背中に呼びかけた。「アイダホ師範はもう、タブールの群居洞《シエチ》に出かけてしまった？」

「はい、マイ・レディ。ご指示のとおり、夜明け前に出発なさいました。呼びもどせとのおおせでしたら……」

「いいえ。この件は自力で処理するわ。それとね、ジア、ジャヴィードがわたしの私室に連れてこられたことはだれにも知られぬように。あなたが自分で連れてきなさい。これはきわめて深刻な問題なの」

ジアレンカは腰の結晶質《クリス》ナイフに手をかけた。

「マイ・レディ、もしもなんらかの脅威が――」

「ええ、脅威はあるわ、そして、その中心にいるのはジャヴィードかもしれない」

「なんということです、マイ・レディ、でしたら、あの男は連れてこないほうが――」

「ジア！　このわたしがあんな男に後《おく》れをとるとでも思うの？」

衛士長の顔に獰猛な笑みが浮かんだ。

「お赦しを、マイ・レディ。ただちにあの男をお部屋へ連れてまいります。ただ……もしご許可をいただけるようでしたら、お部屋の外に警護の者を配したくぞんじます」

「おまえひとりだけならいいわ」

「かしこまりました、マイ・レディ。では、さっそく」

アリアは自分自身にうなずき、去ってゆくジアレンカの背中を見送った。あの反応からすると、ジャヴィードはけっして衛士隊での評判がよくないらしい。これもまたあの男に対するマイナス点だ。だが、あの男にはまだ利用価値があった——かなり大きな価値が。ジャヴィードはジャクルートゥーとあの場所の裏事情に関する切札なのだ。ゆえに……。

「もしかすると、あなたは正しかったのかもしれないわね、男爵」とつぶやいた。

「やっとわかってくれたか!」頭の中で喉を鳴らすような声が響きわたった。「うむうむ、おまえに仕えれば楽しいことになりそうだぞ、愛し子や、そしてわれわれの関係は、まだ始まったばかりだ……」

宗教が成功するには、大衆受けする歴史幻想を奨励せねばならぬ。

悪の栄えた例《ためし》なし。

美姫《びき》に値するは勇者のみ。

最良の布教方針は廉直たることにある。

行動はことばよりものをいう。

美徳はつねに勝利する。

良き行ないの見返りはその行ないそのもの。

いかなる悪人であれ改心させることができる。

宗教の護符は悪霊憑きから人を護る。

太古の神秘を理解するのは女性のみ。

富める者は不幸になる定め……。

——保護伝道団《ミッショナーリア・プロテークティウァ》の
『伝道の手引』より

「おれはムリーズと呼ばれている」皮革のような肌のフレメンがいった。

フレメンがすわっているのは、岩屋の中に突き出た岩の上だ。近くに灯る香料《スパイス》ランプのちらつく光を受けて、周囲の湿った岩壁と、黒々と口をあける複数の穴が浮かびあがっている。穴はこの岩屋に出入りする洞穴の入口で、その洞穴のひとつからは、水のしたたる音が聞こえていた。水音がする以上は、フレメンの楽園にとって必要不可欠の水があるということだが、ムリーズに向きあった形で縛られている六人の男は、リズミカルな水音を聞いても深刻な表情を崩していない。岩屋内には、遺体から水分を回収する取水器特有の饐《す》えたにおいがただよっている。

洞穴のひとつから、標準年で十四歳くらいの少年が現われ、ムリーズの左側に立った。手にした抜き身の結晶質《クリス》ナイフが、香料《スパイス》ランプの黄色い光を反射して光っている。やおら、そのナイフを持ちあげ、縛られている男のひとりひとりに刃先を突きつけた。

少年を指し示して、ムリーズがいった。

「息子だ。道導者《タリーク》——アサーン・タリークという。これから成人の試練を受けさせる」

　ムリーズは咳ばらいをすると、改めて六人の男を順番に見まわした。六人はゆるやかな半円形をなし、ムリーズに面と向かう形で床にすわらされている。両脚は香料《スパイス》入り繊維の縄できつく縛られ、両手もうしろ手に縛りあげてあった。縄の結び目は各人の喉元にある。保水《スティル》スーツは首のところで切り裂かれた状態だ。

　縛られた六人は、怯《ひる》むことなくムリーズを見返している。そのうちふたりはゆったりとした外星風の服を着ており、アラキスのいずれかの都市からきた裕福な住民と見ていい。このふたりは、ほかの四人よりも肌がなめらかで、陽灼けの色もさほど濃くはなかった。四人のほうは、潤いのないかさかさの痩せ顔といい、骨ばった体格といい、砂漠生まれであることは一目瞭然だ。

　ムリーズも砂漠の民に似たところはあったが、双眸はもっと深く窪み、白目も見えない漆黒の孔と化していて、香料《スパイス》ランプの光も届かない。父親をうんと若くしたような息子は、同じく扁平な顔の持ち主ながら、心中で渦巻く興奮を隠しきれていなかった。

「おれたち〈棄民《きみん》〉には、成人するにあたって特殊な試練があってな」ムリーズはいった。「いつの日か、息子はシュロックで裁定者となる。その日に備え、為《な》さねばならぬ行為を為せるかどうかを、いまのうちにたしかめておかねばならん。われらが裁定者たるもの、ジャクルートゥーのことを——われらが絶望にくれる日々のことを忘れてはなるまいぞ。

クラリゼックは――来《きた》るべき〈終滅の戦嵐《タイフーン・ストラグル》〉は、いつもわれらが胸の内にある」

儀式特有の、淡々と詠誦するような口調だった。

ムリーズの向かいにすわらされている軟弱な顔の都市住民のうち、片方が身じろぎした。

「われわれをつかまえて縛りあげたあげく、こうして威すのはどんな了見だ。われわれは共同体《ウンマ》の務めを果たすため、平和裡にきたのだぞ」

ムリーズはうなずいた。

「おまえ個人の宗教的覚醒を求めてきたというのか。よかろう。その覚醒とやらを与えてやろう」

軟弱な顔の男がいいかけた。

「もしわれわれが――」

そのとなりの、ずっと肌色の濃い砂漠住みのフレメンが一喝した。

「だまれ、阿呆！　ここにいるのは水盗みどもだ。われわれが一掃したと思いこんでいたあの連中なのだぞ」

「そんなものは古い作り話でしかない」軟弱な顔の男が切り返した。

「ジャクルートゥーはただの作り話とはちがう」ムリーズが口をはさみ、ふたたび自分の息子を指し示した。「アサーン・タリークをこの場に呼んだのは、ほかでもない。ここにおけるアリーフは――裁定者は――このおれだが、わが息子にも悪霊を見きわめる修行を積ませてやらねばならん。それには古式に則《のっと》るのがいちばんいい」

「そのためにこそ、われわれは砂漠の奥地までやってきたのだ」軟弱な顔の男が抗議した。

「われわれは古式に則り、はるばる砂漠を越えて――」

「ガイドを雇ってか」ムリーズはそういって、陽灼けの度合いが濃い男たちを指さした。

「天国への道もカネで買うつもりか」

そこでムリーズは、となりの息子を見あげた。

「アサーン、準備はいいか？」

「男たち来《きた》りてわが部族の民を虐殺せし晩のことは、片時も忘れじ」アサーンは答えた。

その声には不安混じりの緊張がにじんでいた。「彼《か》の者ども、われらに水の債務を負う」

「汝が父は、その者どものうち、六人を汝に授けん」ムリーズが儀式的な口調でいった。

「この者らの水はわれらの水。この者らの影は、爾今《じこん》以後、汝の影となり、汝の守護者となるべし。この者らの影は汝に悪霊の警告を発する。汝が神秘界《アラム・ル＝ミサール》へと渡るとき、この者ども、永遠に汝の奴隷と化さん。返答やいかに、わが息子よ」

「わが父に謝意を」アサーンは一歩前に進み出た。「われ〈棄民〉たる試練を受け入れん。この水はわれらの水なり」

いいおえるや、少年は虜囚に歩みよった。手はじめはいちばん左の男だ。男の髪の毛をむずとつかみ、結晶質《クリス》ナイフの切っ先をあごの下にあてがって、さっくりと上へ、脳へと突きたてる。鮮やかなナイフさばきによって、血は最小限しか流れなかった。少年に髪をつかまれたとたん、哀れな声で抗議したのは、軟弱な顔をした都市住みのフレメンひとりだけだった。ほかの者たちはむかしながらのやりかたでアサーン・タリークにつばを吐き、こういって罵倒した。

「わが水分を恵んでやるが、これにはなんの価値もない。相手がけだものではな！」

ことがおわると、ムリーズは一回、両手をパンとたたいた。手下《てか》の者たちがやってきて、遺体取水器へ死体を収めにかかった。ムリーズは腰をあげ、息子を見つめた。息子は荒い息をして立ったまま、死体を運ぶ従者たちを凝視している。

「これにておまえは、一人前の男となった」ムリーズはいった。「おれたちの敵の水は、奴隷どもにくれてやれ。さて、わが息子よ……」

アサーン・タリークは鋭く顔を動かし、ぎらついた目を父親に向けた。少年の唇は固く引き結ばれて、引きつった笑みを形作っている。

「このことを〈伝道者〉に知られてはならんぞ」

「わかっている、親父どの」

「おまえはよくやった。このシュロックに入りこんだ者を生かしてはおけんからな」

「同感だ、親父どの」

「おまえは重要な責務を担えることを証明した。おまえを誇りに思うぞ」

文明によって洗練された人間も始原の素朴に還りうる。このことが真に意味するのは、人間の生活様式が変化しうるということだ。古い価値観も変化して、植物と動物の双方を含めた環境に関連づけられる。この新たな在り方には、複合的かつ交差的に関連しあう事象群——通常は〝自然〟と呼ばれるものについての実用的な知識が欠かせない。それにはこういった自然の系に内在する慣性的な力に対して、ある程度の敬意が必要となる。人がこの実用的な知識と敬意を身につけたとき、それを〝始原の素朴〟という。その逆もまた同様に真なり。始原の素朴も洗練にいたりうるのだ。ただしそのさいには、かならず深刻な精神的ダメージを受けることになる。

——「レトの所見」

ハルク・アル＝アーダ記

「だいじょうぶだ、という保証がどこにあるの？」ガニーマはたずねた。「これはとても危険なことなのよ」

「前にもやったことじゃないか」レトは反論した。

「今回は事情がちがうわ。もしも——」

「ぼくらに選べる道はこれしかない。香料《スパイス》の道を選べないことにはきみも同意したろう」

ガニーマはためいきをついた。こうやってことばで斬り結ぶのは好きではない。だが、兄を駆りたてるものの必要性はわかっている。それに、なにが怖くて気が進まないのか、その理由もわかっていた。じっさい、アリアの実態を正視し、その内面世界にわだかまる危険を把握しなければならないのはたしかだ。

「いいね？」レトが念を押した。

ガニーマはふたたび、ためいきをついた。

ふたりが蓮華座を組んですわっているのは、ふたりだけのひそやかな場所のひとつ——絶壁の高みに口をあけるせまい開口部だった。この奥は群居洞《シエチ》につながっている。父母はよく、ここから大砂原《おおすなばら》の彼方に沈む夕陽を眺めていたものだった。いまは夕食をすませて二時間後。双子の肉体と精神の鍛練に割りあてられている時間帯だ。ふたりが選んだのは精神を鍛える修行だった。

「手伝うのがいやなら、ぼくひとりでやる」レトがいった。

ガニーマは兄から視線をそらし、開口部のすこし奥にかかっている黒い膜に——洞窟の水分が漏れることを防ぐ気密膜に目をやった。レトはあいかわらず、砂漠の彼方に視線を注いでいる。

ふたりが最前から話しあいに用いているのは、もう名称さえわからなくなっている古い言語だ。この言語を使っているかぎり、どんな人間にも会話の内容をうかがい知ることはできない。アリアでさえ、自己の内面世界が複雑になるのをきらい、当時の先人たちとは精神的な絆を持とうとしないため、ところどころ単語を拾える程度でしかない。

レトは大きく深呼吸をして、風のない開口部に濃くよどむ臭気——フレメンの群居洞《シエチ》に特有の強烈な臭気を吸いこんだ。ただし、群居洞《シエチ》の奥にあふれているざわめきも、多湿でむっと暑い空気も、ここにはない。それがふたりにはありがたかった。

「導き手が必要だという点には同意したけれど」ガニーマはいった。「もしわたしたちが——」

「ガニー！　ぼくらに必要なのはたんなる導き手じゃない。保護者なんだ」

「保護してくれる先人なんているのかしら」

ガニーマは兄の顔を正面から見つめた。自分を見返していたのは、獲物を狙う捕食獣のそれのような目だった。おだやかな顔立ちに、その目はまったくそぐわない。

「とにかく、なんとしても憑依《ひょうい》は避けないといけない」

レトが用いたのは古い言語の特殊な不定詞で、声も口調もきわめて平板ながら、いまの主張を強く強調するものだった。

ガニーマはその主張を正しく解釈し、詠誦するように答えた。

「メフウ・プウイウム・ドミ・ヒシュ・パシュ・モウム・エン・カ」

〝わたしの心をつかむもの、千の心をつかむもの〟

「もっともっとたくさんの心だよ」レトは否定した。

「どんなに危険かはわかっている、とあなたはいうわよね？」

ガニーマのことばは問いかけではなく、言明だった。

「ウェベンク・ウェベンティ！」

〝立て、汝よ、立て！〟

レトは自分が明白な必然にしたがい、この道を選んだと感じていた。この道を選ぶなら、積極的に取り組むにしくはない。ふたりとしては、過去という長い糸を現在に巻きとって、未来に垂らさざるをえないのだから。

「メリトゥ」低い声で、ガニーマは受け入れた。

〝やるなら手ぎわよくね〟

「もちろんさ」レトは片手で〝わかっている、まかせておけ〟というしぐさをしてみせた。

「ことがすんだら相談しよう。とうさまとかあさまが相談したように」

ガニーマは返事をせず、喉に詰まった塊を呑みこもうとして苦労しながら、南に広がる大砂海《エルグ》を本能的に眺めやった。きょうという日のわずかな残照のもと、重畳《ちょうじょう》する砂丘が淡い灰色の波模様を織りなしている。あの彼方に向かって父ポールは行ってしまった――最後の砂歩きをするために。

レトは開口部の縁から群居洞《シエチ》のオアシスが作る緑地の広がりを見おろした。いまはもう、夕闇に呑まれてはっきりとは見えないが、緑地帯の形状は克明に憶えている。色彩もだ。咲き誇る銅色、金色、赤色、黄色、錆色、朽葉色の花々が、灌漑用水路《カナート》で水を供給される緑地帯の外縁まで広がっている。外縁を示すのは岩を連ねた境界だ。その向こう側の悪臭ただよう荒涼とした一帯は、外来植物と多すぎる水とで殺されたアラキス本来の生態系で、いまは砂漠を食いとめる防砂帯を形成していた。

ややあって、ガニーマはいった。

「心の準備はできたわ。はじめましょう」

「ようし、見ていろ！」レトは手を伸ばし、いまの雄叫びが与える印象をやわらげるため、ガニーマの腕にそっと触れた。「さあ、ガニー……あの唄を歌ってくれ。あの唄があると楽にやれる」

ガニーマはレトに寄りそい、左腕を兄の腰にまわした。そして二度、大きく息を吸うと、咳ばらいをし、笛の音《ね》のように澄んだ声で、母がよく父に歌っていた唄を歌いだした。

われは汝の誓いに応え、
汝に甘《うま》き水を注《つ》ぐ。
生命《いのち》は風なきこの地に満てん。
愛する人よ、汝、宮殿に住まうべし、
汝が敵はことごとく、空無の中に沈ましめ、
われら共にこの道を往かん
愛が汝のためにとて、敷設したりしその道を。
われは示さん、かならずや、汝が往くべきその道を、
わが愛こそは永遠《とこしえ》に、汝の住まう宮殿なれば……。

砂漠の静寂はささやき声にすら破られるほど静かだった。その静寂の海に、ガニーマの声が沈んでいく。レトは自身も心の奥地に没入するのを感じた。沈んでいく、沈んでいく——沈むうちに、いつしか自分が父親と化した。直近の過去の遺伝子に重なる層となって、父親の記憶が覆いかぶさり、広がっていく。

（これからの短い時間、ぼくはポールにならないといけない）レトは自分に言い聞かせた。（となりにいるのはガニーマではなく、愛しいチェイニーだ。賢明な助言によって何度もぼくたち夫婦を窮地から救ってくれたチェイニーだ）

ガニーマはガニーマで、驚くほどあっさりと母親の人格＝記憶内にすべりこんでいた。もっとも、すんなりいくことはわかっていた。この過程は女のほうがはるかにうまくいく。それはわかっているし、はるかに危険であることもわかっている。

急にハスキーになった声で、ガニーマがいった。

「あそこを見て、愛しいあなた！」指さした夜空の一角に、第一の月が昇っていた。その冷たい白光《びゃっこう》を背に、オレンジ色の炎が弧を描きながら、上へ、宇宙空間へと落ちていく。レディ・ジェシカを乗せてきた連絡船が香料《スパイス》を満載し、軌道の母船集団に戻っていくのだ。

そのときレトの心の中では、きわめて精力的な追想のもと、明瞭に鳴りわたる鐘の音《ね》のように、ひとつの記憶人格が鮮明な形をとろうとしていた。記憶の揺らぎを経て、レトはもうひとりのレトに変わっていた。ジェシカの公爵さまのレトである。しかし、圧倒的な愛情と苦痛が心に刺さるのをおぼえながらも、必要に迫られるままに、祖父の記憶は脇に押しのける。

（いまはポールにならなくてはいけない）改めて自分に言い聞かせた。

変質は驚異的な二重性をともなって訪れた。まるで自分自身が黒いスクリーンとなり、そこに父が投射されているような感じだった。自分の肉体と父の肉体とを同時に感じる。相互の肉体がめまぐるしく揺らいで入れ替わり、いまにも圧倒されてしまいそうだ。

「力を貸してほしいんだ、とうさま」レトはささやきかけた。

めまぐるしい揺らぎは通りすぎ、自分の意識の上に異なる型がはめられ、レトとしてのアイデンティティは傍観者として脇に押しやられた。

「最後の幻視は、いまだ現実に追いついていない」口から声がいった。その声はポールのものだった。そこで、横に立つ女性に顔を向けて、「ぼくが観《み》たものはわかるね？」

女性は右の手でポールの頬に触れた。

「あなたは死ぬために砂漠へ歩いていったのでしょう、愛しいあなた？　あなたがとった行動はそれね？」

「とった行動はそれかもしれないが、あの幻視は……。あれはまだぼくが生き延びていることの理由にならないかい？」

「でも、目が見えないのに？」

「いくあてはあるの？」

彼は深々と、きれぎれに吐息をついた。

「ジャクルートゥーだ」

「そんな！」女性の頬をつーっと涙がつたい落ちた。

「英雄としてのムアッディブ像は完膚なきまでに破壊されなければならない」彼はいった。

「そうしないと、この子がぼくらを混沌から引きもどせなくなる」

「〈黄金の道〉――それはよい幻視ではないわ」

「とはいえ、見こみのある幻視は、唯一、あれしかない」

「では、アリアは失敗したと……」

「救いようもないほどにね。その記録は見ただろう」

「あなたのおかあさまは、帰ってくるのが遅すぎたのよ」女性はうなずいた。ガニーマの女の子らしい顔に浮かんでいるのは、賢明なチェイニーに特有の表情だった。「ほかに、脈のありそうな幻視はないの？　もしかすると――」

「ないんだ、愛するチェイニー。いまはまだない。この子にはまだ、未来を覗いて安全に戻ってくるすべがない」

そういって、もういちど上体をわななかせ、ためいきをついた。傍観者であるレトは、〝もういちど血の通う肉体で生きたい、生きて重要な決断を下したい〟との、父の切実な願いを感じとった。さらに、過去の過ちの数々を修正したいとの強い欲求も。

「とうさま！」レトは呼びかけた。自分の叫び声が頭蓋の中で反響するように感じられた。

そこでレトが感じたのは、強烈な意志力に基づく、深い配慮にあふれたふるまいだった。ゆっくりと去りがてに、後ろ髪を引かれるようにして、父の内的存在が意識の外へ退いていこうとしている。レトの感覚と筋肉は解放されつつあった。

「愛しいあなた」すぐとなりで、チェイニーの声がいった。父の意識の退潮速度が落ちた。

「なにが起きようとしているの？」

「まだいかないで！」レトは呼びかけた。それは自分自身の声だった。不安でかすれてはいたものの、それでも自分自身の声だった。つづけてレトは母に向かって、「かあさま、教えてほしい。どうすれば破滅を避けられるかを……アリアになにが起こったのかを」

しかし、問いかけに答えたのは内なるポールの声だった。レトの内なる耳に、長い間《ま》をともなう切れぎれのことばとなって聞こえたのは——。

「確実なことはなにもない。おまえも……見ただろう……わたしの身に……起こりかけた……ことを」

「けれど、アリアは……」

「取り憑かれたんだ！　極悪の男爵に！」

レトは喉の奥まで焼けつきそうなほどひどく口中が干あがるのをおぼえた。

「では、男爵は……ぼくの中にも……」

「おまえの中にも……いる……だが……わたしは……われわれは……断じて……ときどき……相互に感じる……相手の存在を……しかし……おまえは……」

「ぼくの心が読めない？」レトはたずねた。「読めさえすれば、わかるはず……あの男が……」

「ときどき……おまえの思考を……感じはする……だが……わたしは……われわれは……おまえの意識の……反響の……中においてのみ……存在する。われわれを……創るものは……おまえの……記憶にほかならない。危険なことに……記憶の人格は……実在の人物と……遜色《そんしょく》がない。そして……われわれの中には……われわれの中には……権力志向が強く……いかなる代償を払ってでも……権力を自分に集中させたい人格がいて……そのような人格は……本物との差異が……より小さくなる」

「より本人らしくなるということ？　それがほかの人格よりも強く表われる？」

「強く表われる」

「とうさまの幻視は知っているけれど」レトはいった。「あんな男に憑かれるくらいなら、とうさまに憑かれたほうがいい」

「だめだ！」

　レトは自分にうなずきかけた。レトの意識から退出していくために、父はとほうもない意志力を必要としているらしい。そのいっぽうで、父による憑依に失敗した場合の代償も強く感じた。どのような形の憑依であれ、憑依された人間は忌み子になってしまうだろう。もっとも、そうと認識したことで新たな力が湧きあがり、自分の肉体を異常なほど鋭敏に感じるとともに、意識の底にわだかまる数々の失敗を見すえることができた。失敗とは、自分の失敗もあれば、父祖の失敗もある。自分を弱気にさせていたものは不確実さだと、やっとそれに気がついた。いまならわかる。つかのま、誘惑が心の中の恐怖と闘《せめ》ぎあった。自分の肉体はメランジを未来の幻視へと変換する力を持っている。香料《スパイス》の助けがあれば、未来を呼吸し、〈時〉のヴェールを引き裂くことができる。そういう誘惑を退けることははなはだむずかしく、レトは両手をぎゅっと握りしめ、神経と筋肉組織《プラーナ＝ビンドゥー》で制御した意識に沈潜した。結果として、自分の肉体に誘惑を拒絶させることができた。それというのも、ポールが身をもって学んだ知識が肉体の深い場所に残留していたからだ。未来を覗く者は、明日のレースは勝てるとあてこみがちだが、いざ覗いてみれば、自分の人生の全過程を、生きているあいだの鼓動のひとつひとつ、苦悩で流す涙の一滴一滴にいたるまで、詳細に知りつくすという罠にはまってしまう。ポールが最後に観《み》た幻視は、その罠から脱けだすための、いちかばちかの大勝負を賭けたものだった。そしていま、レトは知った。自分もその道をたどるほかに選択肢はない。

「生きることの歓びは——その美しさはひとえに、人生が自分を驚かせうるという事実が源泉なんだ」

レトのつぶやきに応えて、おだやかな声が耳元にささやきかけてきた。

「その美しさを、わたしはずっと知っていたわ」

レトは首をめぐらせ、ガニーマの目を覗きこんだ。妹の瞳は明るい月光を浴びて輝いている。自分を見つめ返しているその目は、しかしチェイニーのものだった。

「かあさま」レトはいった。「そこにいすわってはいけない」

「ああ、なんという誘惑！」女性はそういって、レトにキスをした。

レトはチェイニーを押しやり、語気を強めた。

「娘の生を奪いたいの？」

「そうするのはとても簡単よ……ばかばかしいほどに簡単」

レトは自分がパニックに陥りそうになるのをおぼえた。父の内なる人格が息子の肉体をあきらめるのに、どれほど意志力をふりしぼったことか。ガニーマはあの傍観者の世界に――さっきまでレト自身もいて、はたから父母の意識が対話するのを見聞きし、知るべきことを父から学んだあの世界に――押しこめられているのだろうか。

「このままだと、軽蔑することになるよ、かあさま」レトはいった。

「あなたのほかに、わたしを軽蔑する人などいないわ」女性は答えた。「さあ、わたしの愛する人になりなさい」

「ぼくがあなたを軽蔑すれば……夫婦の関係がどうなるかわかっているよね。とうさまもかあさまを軽蔑する」

「ありえないわ！」

「いや、ありうる！」

レトの意志に関係なく、喉から押しだされてきたその声は、ポールが〝魔女の母親〟に教わった〈操《からく》り声〉に特有の、強力な強制力をともなっていた。

「いわないで、そんなこと」悲しみに満ちた声が答えた。

「いいや、軽蔑する！」

「おねがいよ……おねがいだから、それだけはやめて」

レトは自分の喉をさすり、筋肉がふたたび自分のものになるのをおぼえた。

「とうさまはほんとうに軽蔑するだろうね。かあさまに背を向ける。そしてまた、砂漠に去ってしまう」

「いやよ……いや……」

女性はかぶりをふった。

「だから出ていかなきゃだめなんだ、かあさま」

「いやよ……いや……」だが、その声は本来の力強さを失っていた。

レトは妹の顔を見つめた。筋肉がひどく痙攣《けいれん》している！　心中の鬩《せめ》ぎあいにともなって、感情の嵐が筋肉に反映されているのだ。

「出ていきなさい」レトはささやいた。「出ていって」

「い――や――よ……」

妹の腕をぐっとつかむ。震えが走りぬけていくのが感じられた。筋肉が痙攣し、神経がひくついている。妹は身をもがき、レトの手をふりほどこうとしたが、レトはしっかりと握りしめたまま、ふたたびささやきかけた。

「出ていって……出ていくんだ……」

その間《かん》ずっと、レトは妹を、この降霊ならぬ〝降親《こうしん》ゲーム〟にむりやり引きずりこんだ自分を叱りつづけていた。むかしはよくやっていたこのゲームを、このところガニーマはいやがるようになっていたが、じっさい、女のほうが男よりも内なる攻撃に弱い。それが事実だと、今回、改めて実感した。ベネ・ゲセリットがいだく恐怖の根源もそこにある。

数時間後、ガニーマの肉体はなお、内なる母との戦いでわななき、痙攣していたものの、口から漏れて出ることばには本人のことばが混じるようになってきていた。妹が心の中の〝理想的な母親像《イマーゴ》〟に語りかけ、懇願する声が聞こえた。

「かあさま……おねがい――」そして、こんなことばも。「かあさまだってアリアを見たでしょう！　もうひとりのアリアになりたいの？」

やっとのことで、ガニーマはレトにもたれかかり、ささやいた。

「納得してくれたわ。出ていってくれた」

レトは妹の頭をなでた。

「ごめん。ごめんよ、ガニー。もう二度とこんなまねはさせない。ぼくがわがままだった。赦してくれ」

「赦すも赦さないもないわ」肉体面の負荷も大きかったらしく、ガニーマは荒い息をしていた。「知らなければならないことがたくさんわかったしね」

「かあさまがいろいろと話していってくれたのか。じゃあ、あとでそれを共有――」

「だめ！　いますぐ共有しないと。やっぱり、にいさまのいうとおりだったわ」

「ぼくの〈黄金の道〉のことかい？」

「にいさまのろくでもない〈黄金の道〉のことよ！」

「たしかに、基本的なデータなくして論理は役にたたない。でも、ぼくとしては――」

「おばあさまはね、わたしたちに教育を施すために帰ってきたの。それに、わたしたちが……汚染されていないかをたしかめるために」

「それはダンカンもいっていたじゃないか。とくに目新しいことでもないと――」

「初期の計算ではそうだったわ」ガニーマは同意した。声に力強さがもどってきていた。

　ここでガニーマはレトから身を離し、ひっそりとした砂漠を眺めやった。この静けさは夜明け前に特有のものだ。今回の戦いには……この戦いで貴重な知識が得られるまでには……一夜が費やされたことになる。保水用気密膜の内側に控える帝族警衛の衛士たちは、安否を問う者たちへの対応におおわらわだったろう。何者にも邪魔をさせないようにと、レトからきつく厳命されていたからだ。

「人は齢をとるにつれて老獪《ろうかい》さを身につけていくものだけれど」レトはいった。「老獪な人格を呼びだすことで身につくものとはなんだろう？」

「わたしたちに見えている宇宙はね、物理的な宇宙と完全に一致するものではないのよ」

ガニーマは答えた。「おばあさまについても、ただの祖母として理解できる相手ではないでしょう？」

「たしかに、そう見るのは危険だけれど。ぼくがいっているのは——」

「身につけるべきなのは、老獪さ以上のなにか。わたしたちは自分の意識の中に、予想のつかない事象を理解するための場所を設けなくてはならない。だからこそ……かあさまはしきりにジェシカのことを語って聞かせたのよ。最後の段階で、内なる鬩《せめ》ぎあいをおえて和解したあと、かあさまはいろいろなことを教えてくれたわ」

ガニーマはためいきをついた。

「ジェシカがぼくらの祖母であることは、知識として持っている。きみはきのう何時間もいっしょにいただろう。そのせいできみは——」

「わたしたちが知りうる知識しだいでは、ジェシカにどう対処すべきかが変わってくるの。そこのところを、かあさまは懇々と警告してくれたのよ。おばあさまのことばも引用してくれたわ——」ガニーマはレトの腕をとって、「——いまは心の中に、おばあさまの声がこだましている状態」

「警告、か」

レトはつぶやき、ガニーマのことばに釈然としないものをおぼえた。この世界に頼れるものはなにひとつないんだろうか。

「〝致命的な過ちというものは、ほとんどの場合、時流に遅れた仮定に起因するもの〟」とガニーマはいった。「これが、かあさまが何度も引用してみせたおばあさまのことばよ」

「まごうかたなきベネ・ゲセリットのせりふだな」

「もしも……もしもジェシカが完全に修女会側に戻ってしまったのなら……」

「……ぼくらにとって危険きわまりないことになるな」レトはあとを受けた。「ぼくらは〈クウィサッツ・ハデラック〉の血を継いでいる——修女会の男性版ベネ・ゲセリットの血を」

「修女会がその方面の追求をあきらめることはないと思う。でも、わたしたちについては目こぼしするかもしれない——祖母をもういちど血統改良の道具として使うなら」

「血統を残す方法なら、もうひとつあるぞ」

「ええ——わたしたちふたりを——〝番《つがい》〟にすることね。とはいえ、この組み合わせでは、どういう劣性形質が発現して事態を複雑にするかわかったものじゃない。それは修女会も承知しているでしょう」

「大博打を覚悟で、検討はしたろうけどな」

「わたしたちの祖母とも？　そうだとしたら、好ましい流れではないわね」

「同感だ」

「もっとも、こんどがはじめてではないのよ、帝王家の血統を残すために……」

「虫唾《むしず》が走るな」レトはそういって、ぶるっと震えた。

ガニーマは強烈な忌避感を感じとり、黙りこんだ。

「力、か」とレトはいった。

それを聞いただけで、同質の双子ならではの不思議な繋《つな》がりにより、ガニーマはレトの意図を理解するとともに、同意した。

「〈クウィサッツ・ハデラック〉の力はかならず破綻するわ」

「修女会の使われ方をすればね」

まさにその瞬間、高所から見はるかす砂漠が明け初《そ》めた。たちまち気温があがりだす。絶壁の下の植栽一帯で、豊かな色彩がはじけるように復活した。灰緑色の葉むらが地面にとげとげしい影を落としていく。〈デューン〉の銀色の太陽が、低く鋭角的に投げかけてくる朝の光――それが三方を絶壁で囲まれた一帯に射しこんで、新緑の豊かなオアシスをあらわにしていく。葉むらのあいだには金と紫の色彩があふれている。

レトは立ちあがり、のびをした。

ガニーマがいった。

「やっぱり、〈黄金の道〉をいくしかないのね」

そのことばはレトに対してだけではなく、自分自身にも向けたものだった。なぜなら、父ポールの最後の幻視がレトの予知夢と出会い、融合したことを知っているからだ。

背後の気密膜になにかが触れて、その向こうでささやく声が聞こえた。

レトはふたたび、ふたりだけの秘話用に使う太古の言語に切り替えた。

「イル・イイ・エン・エル・シェメス・シェムクウイ・ウア・セミト・スウト」

ふたりの意識の中で、いまも決断に踏みきれずにいる理由がこれだった。これを訳せば、こういうことになる。

〝ふたりで黄泉路《よみじ》をたどっても、報告しに帰れるのは、どちらかひとりだけとなる〟

ガニーマも立ちあがり、ふたりそろって入口の気密膜を通りぬけ、群居洞《シエチ》の中に入った。洞内で待機していた警衛の衛士たちがさっと姿勢を正し、自分たちの区画へ向かう双子のあとからついてきた。ふたりの行く手で左右に分かれ、道をあける住民たちのようすが、けさはいつもとちがっており、みな衛士たちと視線を交わしあっている。余人を交えず、夜どおし砂漠で過ごすことは、古くからフレメンに伝わる聖者だけの習慣だ。これまでの聖者はひとりの例外もなく、夜《ウマー》を徹してこの行《ぎょう》を行なっている。ポール・ムアッディブも行なったし……アリアもだ。そして今回は、帝家の双子の番だと見なされているのだろう。

　レトは一同の反応がいつもと異なることをガニーマに告げた。

「人類のために、わたしたちがどれほど大きな決断を下してきたのかは、だれも知らないものね」とガニーマは答えた。「知らないし、知ってもわからない」

　なおも秘話用の言語を用いて、レトはいった。

「始めるには、それらしいきっかけが必要だな」

　ガニーマはしばし沈黙し、考えを整理した。それから、

「きっかけとしては、兄か妹、どちらかの哀悼が適当でしょうね。できるだけ本物らしく見せかけないと——墓を立てるところまでいくほどに。心臓は休眠状態にしておかないといけないかな。万一〝遺体〟が目覚めたりしないように」

　古代の言語でこれを表現するには、不定詞から分離した代名詞目的語も用いざるをえず、いやでも複雑きわまりない表現になってしまった。文章に多義性を持つ特殊な文法構造上、ひとつの文章から複数の異なる文意が発生して、それぞれの意味はまったく異なるのに、微妙に共通する部分も持つ。

　ガニーマがいまいったことばの一部についていうなら、〝レトの計画では、ふたりとも死の危険を冒すことになり、その死が現実のものであれシミュレートされたものであれ、

差異はない〟という意味だ。最終的結果は、死でなくとも死と同等のもの——文字どおり〝埋葬という形での抹殺〟なのだから。さらに、全体に付加された意味がひとつあった。報告するために生き残ったどちらかに対し、対格的にうながすその意味とは——〝生者としての役目を果たせ〟だ。一歩でも道を踏みちがえれば、計画全体が水泡に帰し、レトの〈黄金の道〉は行きづまる。

「きわどさここに極まれり、だな」

レトも同意し、自分たちの区画にある控えの間に入ろうとして、入口の掛け布を左右に分けた。

控えの間の侍従たちは、入室してきたふたりを見て動きをとめたが、それも一瞬のことだった。双子は控えの間を進んでいき、アーチ天井の通路に入った。この先にあるのは、レディ・ジェシカに割りあてられた区画だ。

「あなたはオシリスじゃないのよ」ガニーマが釘を刺した。

「オシリスになるつもりはないよ」

太古の神話では、冥界の王オシリスは弟のセトに殺されたが、妹のイシスに蘇らされた。ガニーマはその神話を引きあいに出したのだ。

ガニーマは兄の腕をとり、引きとめ、念を押した。

「アリア・ジェル・セティ・ヘナア・エス・エム・シェムウ」

″アリアの行動は夏の夜の悪臭ふんぷんよ″

レトは妹の目を見つめた。たしかに、アリアの行動が放つ悪臭には祖母も気づいているだろう。さすがだな、という顔で、レトは妹にほほえみかけた。ガニーマがいま、太古の言語を用いて表現してみせたのは、フレメンの迷信においてはごく一般的な兆しのことだ。シェムウ——つまり″夏の夜の悪臭″は、悪霊の手による死の先触れを意味する。そしてイシスは、ふたりがいま使っている古代言語を話していた民族にとり、魔神的な要素をも含む、死者の守護女神だったのである。

「われわれアトレイデスは、断固たる守りに定評があるからな」

「それなら、必要なものを強引にでも確保しないとね」

「でなければ、われらが摂政閣下に泣きつくか。そうすれば、アリアはご満悦だぞ」

「でも、わたしたちの計画では……」ガニーマはその先をいいよどんだ。

(わたしたちの計画、か)とレトは思った。

ガニーマはもう、完全にこの計画を共有している。

ことばに出して、レトはいった。

「ぼくはこの計画をシャドゥートとらえている」

ガニーマがおもむろに、いま通ってきた控えの間をふりかえった。ただよってくるのは、永遠の始まりを思わせる朝の支度のにおいだ。レトが秘話で使ってみせた表現は好ましい。〝農地の整備《シャドゥーフ》〟。これは誓言だ。レトはこの計画をごく単純な農作業——土地を肥やし、灌漑《かんがい》し、雑草を抜き、苗を植え、剪定《せんてい》する作業になぞらえてみせたのである。こういった労働は、フレメン流の考え方によれば、あの世でも同時に行なわれている。ただし、あの世で行なわれる耕作は、魂の豊饒を象徴するものではあるが。

こうして逡巡し、ジェシカの区画に通じる洞穴で立ちどまっているあいだ、ガニーマは兄のようすを観察した。兄には妹に受け入れてもらいたいと願っていることがふたつある。いっそう鮮明になってきたその願いのひとつは、兄の幻視と父親の幻視、この両方が通る〈黄金の道〉を許容することだ。ふたつめは、この計画にともなう創造、このうえもなく危険な神話的創造を、もっぱら自分ひとりにまかせてほしいということだった。これにはガニーマも驚いた。もしや兄が心に秘めた計画には、まだ自分に打ち明けていない部分があるのではないか？　レトは自分のことを、人類を再生に導く潜在的な現人神《あらひとがみ》と見なしているのかもしれない。あの父にしてこの子あり？　ムアッディブを崇める宗教は腐敗した。アリアの運営の悪さに加え、手綱をとる者を失い、フレメンの武力を思いのまま利用する覇権主義的な司祭会の専横が災いして、その腐敗はますます進みつつある。レトは再生を望んでいるのだ。

（にいさまは、わたしになにかを隠している）ガニーマは確信した。

レトが見たという夢について、これまで自分に打ち明けられた内容を見なおしてみた。そこにはどうとでも解釈できるリアルさがあり、レトは目覚めたあと、それまで何時間も茫洋《ぼうよう》と歩きまわっていたような印象をいだいたという。夢の内容はつねに変わらないともいっていた。

〝ぼくは砂の上にいた。明るい黄色の陽が射しているのに、太陽は見えない。そこで気がついたんだ、自分自身が太陽であると。ぼくが放つ光は〈黄金の道〉となって延びていた。それに気がついて、自分の内部から外に出たのは、いまにして思えば、外からなら太陽のように輝く自分が見えると思ったからだ。なのに、そこに見えた自分は太陽ではなかった。子供が描いたような棒人間だった。両目は稲妻のようなジグザグの線、腕も脚もただの棒。左手には帝王笏《しゃく》を持っている。それも、うんとリアルに描写された帝王笏を。笏を持った当の棒人間よりずっとリアルに描きこまれている。その笏が動いた。慄然としたよ。笏が動くにつれて、自分の目が覚めていくのが感じられるんだ。それなのに、自分はまだ夢を見ているとわかっている。そこで気がついた――自分の肌がなにかに包まれていることに。それは鎧だった。ぼくの肌が動くのに合わせて、鎧も動く。鎧そのものは見えなくとも、

そこにあることは感じられる。そう気がついた時点で、恐怖は去った。その鎧が千人力を与えてくれるものだとわかったからだ〃

いま、じっと見つめるガニーマの前で、レトは妹の手をそっと放させ、ジェシカのいる区画へつづく道を進みはじめた。引きとめようとして、ガニーマはいった。

「その〈黄金の道〉がほかの道よりもましだという保証はないのよ？」

レトはふりかえり、足元に——岩の床に視線を落とした。ガニーマの疑念がまたしても強くなってきたことを感じとったからである。

「これは為《な》さねばならないことなんだ」

「アリアは取り憑かれているわ。同じことがわたしたちにも起こるかもしれない。ううん、すでに取り憑かれていて、気づいていないだけかもしれない」

「それはないかな」レトはかぶりをふり、妹の視線を受けとめた。「アリアは先人たちのすべてに抵抗しただろう。そうやって抵抗したがために、さまざまな人格にかえって力を与えるはめになった。その結果、アリアはある意味で、自分自身の力によって圧倒されてしまったんだ。ぼくらはといえば、あらかじめ自分たちの中の豊富な先人記憶を検証して、古い言語や古い知識を発掘してきた。だから、ぼくらはすでに心中で生きる先人たちとの融合体になっている。ぼくらは先人たちに抵抗しない。先人たちとともに生きる。だからこそ、昨夜はとうさまの教えを受けたんだよ。あれはどうしても知っておかねばならないことだったからね」

「わたしの中のとうさまは、なにも教えてくれなかったわ」

「きみはかあさまの声に耳をかたむけていただろう？　だから、ぼくらは——」

「わたしのほうは、もうすこしで押し負けるところだったのよ」

「きみの中のかあさまは、いまもそれほど強力なのかい？」レトの顔に恐怖が宿った。

「ええ……でも、いまでは愛情でもってわたしを保護してくれているみたい。かあさまと論争したときのにいさまの論法は、とても的確だったわ」ガニーマはそこで、自分の心に宿る母親の投影について思いをめぐらしてから、語をついだ。「かあさま、いまはほかの人格たちといっしょに、神秘界《アラム・ル＝ミサール》に存在しているけれど、地獄の底に生える樹《ザックーム》の果実を口に入れもしたの。いまはもう恐怖をいだかずにかあさまの声を聞けるわ。ほかの人格については……」

「そうか。ぼくはとうさまのことばを聞いたけれど、いまこのときは、自分の名の由来になったおじいさまの助言が降ってきているように思う。たぶん、同じ名前だから親和性が高いんだろう」

「おじいさま、おばあさまに〈黄金の道〉のことを相談するよう助言している？」

レトはしばし返事を保留した。侍従のひとりが籠をかかえて通りかかったからである。籠の中身はレディ・ジェシカの朝食だった。侍従が通りすぎていくさい、強烈な香料《スパイス》臭があたりにただよった。

「おばあさまはぼくらの中にもいるし、自分の肉体の中にもいる」レトは問いに答えた。

「記憶の人格とご本人、二重に相談する手もあるけどね」

「わたしはごめんだわ」ガニーマは拒否反応もあらわに否定した。「もう二度と、あんな危険は冒したくない」

「じゃあ、ぼくがやろう」

「おばあさまは修女会に復帰した、というのが共通の結論じゃなかった？」

「たしかに。最初はベネ・ゲセリットで、途中で独自の道を進んだものの、結局はベネ・ゲセリットに復帰した、とぼくも認識している。ただし、これは忘れないようにしないといけない。彼女もハルコンネンの血を受け継いでいて、ぼくらよりもその血は濃い。だとしたら、ぼくらと似た形で、内なる意識の共有を経験していて……その相手はあの男かもしれない」

「似ているといっても、かなり浅い形でしかないでしょう」ガニーマがいった。「それに、わたしの質問には、まだ答えてくれていないじゃない」

「おばあさまの前では、〈黄金の道〉のことを口にしないと思う」

「わたしはするかもよ？」

「ガニー！」

「これ以上、アトレイデスが神として祭りあげられる事態にはうんざり！　わたしたちに必要なものは、人間性を確保することだもの」

「ぼくがそれを否定したことがあったかい？」

「ないわね」

ガニーマは大きく息を吸い、レトから視線をそらした。控えの間を見ると、侍従たちがこちらを見ていた。双子の口調が鋭くなったのを聞きつけて、なにごとかと心配になったらしい。双子が使っているのは古代言語なので、会話の内容まではわかっていないが。

「とにかく、やるしかない」レトがいった。「いま行動に出なければ、ナイフの刃を胸に当てて前に倒れこむのもおんなじだ」

いまレトが使ったナイフの言いまわしは、フレメンにとっては〝部族の貯水池に自身の水分を注ぎこむ〟を意味する。

ガニーマは改めてレトを見た。これには賛同せざるをえないが、いくつもの障壁を持つ構造物に閉じこめられてしまった感があった。ふたりとも、自分たちがなにをしようと、道の果てには付けを清算する日が待っていることを知っている。ガニーマが内なる記憶の人格たちから入手したデータ群もそのことを裏づけていた。しかし、いま恐ろしいのは、内なる人格たちの経験に基づくデータを利用した結果、彼らに力を与えてしまうことだ。内なる人格たちは、心の中に潜む意地汚い怪物《ハルピュイア》のように機会をうかがい、影に潜む悪霊のように隙あらば襲いかかってこようと手ぐすね引いている。

例外は母親だけ——いったんガニーマの肉体を掌握するところまでいきながら、最後は手放してくれたチェイニーだけだ。あの例にしても、けっして平和裡にはいかなかった。あのときの内なる闘いを思いだすと、ぞっとする。レトの説得がなければ、自分は闘いに敗れていただろう。

レトはいう、自分が唱える〈黄金の道〉を進みさえすれば、この陥穽《かんせい》から脱けだせると。レトは自分の観《み》た幻視について、なにかを隠している——そんな危惧をガニーマはつねに引きずっていたが、結局は兄の誠実さを受け入れるしかなかった。計画を充実したものにするうえで、レトは妹の豊かな創造性を必要としているからだ。

ガニーマの懸念が向から先を感じとって、レトがいった。

「ぼくらは試練を受けることになるだろうな」

「たぶん、香料《スパイス》による試練はないわね」ガニーマは答えた。

「いや、その線もありそうだ。砂漠の試練と憑依審問は確実にある」

「憑依審問だなんて、いままでひとこともいわなかったじゃないの！」ガニーマは苦言を呈した。「それも予知夢に出てきたの？」

レトは苦労してつばを呑みこもうとした。黙っていたことがうしろめたかったからだ。

「うん」

「だったら、わたしたちは……憑依されうるの？」

「いや」

ガニーマは憑依審問のことを考えた。古くからフレメンの文化において行なわれているこの審問では、ほとんどの場合、審問にかけられた者が悲惨な死を迎えてきた。それに、レトの計画にはほかにもいろいろと複雑な要素がある。試練と複雑な要素を乗りきるには、鋭くとがった尾根の上でバランスをとりつづけねばならない。尾根の左右、どちらに転げ落ちても、人間の精神は耐えきれず、正常ではいられなくなる。

妹の思考がどちらに向かっているかに気づき、レトはいった。

「権力は異常者を引き寄せる。いつでもね。それはぼくらの意識の中でも変わらないから、異常な人格たちを近づけさせないようにしないといけない」

「ほんとうに、わたしたち……憑依されずにすむの？」

「ぼくらが〈黄金の道〉を創りだせさえすればね」

依然として疑念をぬぐえぬまま、ガニーマはいった。

「わたし、あなたの子供を産むつもりはないわよ、レト」

レトは心の動揺を押し隠し、かぶりをふると、古代言語の王族が使う格式ばった表現で答えた。

「わが愛しき妹よ、余は汝を余自身よりも愛おしく思いおるとはいえ、そのようなことを望んではおらぬぞ」

「ならいいわ。じゃあ、おばあさまの岩屋へいく前に、もうひとつの議論に戻りましょう。アリアの胸にナイフが突き刺さったら——わたしたちの問題はおおむね解決するわよ？」

「そんなことをいうのは、足跡を残さずに泥道を歩けるというのと同じだな。だいいち、アリアがだれかにそんな隙を与えると思うかい？」

「例のジャヴィードのうわさがあるでしょう」

「ダンカン、〝嫉妬の角〟を生やしそうかな？」

ガニーマは肩をすくめた。

「毒の一、二滴ってところね」

これは帝室で用いる独特の表現で、臣下を自分への脅威度で分類するさいの程度を示す。

統治者はどこでも似たような尺度を持っている。

「やっぱり、自分のやりかたでやるしかないな」

「ほかのやりかたのほうがすっきりいくかもしれないけどね」

ガニーマの口調から、レトは妹がとうとう疑念を払拭し、計画に賛同する意志を固めてくれたことを知った。そうと知ったところで、気分が高揚するわけではなかったが。

気がつくと、レトは自分の両手を見おろしていた——砂汚れがこびりついていないかと不安になったからである。

ムアッディブがなしとげたことはこうである。彼は個人個人の意識下に眠る記憶の貯蔵所を、われらが共通の祖先の始原細胞にまでさかのぼる、無意識的記憶が宿るところと見ていた。彼がいうには、われわれのひとりひとりが、共通の起源から彼にいたるまでの距離を測りうる。そういった記憶を目《ま》のあたりにし、それを語ることで、ムアッディブは大胆な飛躍をともなう決断を下した。遺伝的記憶を集約して、継続的に評価する作業、これをみずからに課したのである。こうすることによって、彼は〈時〉のヴェールをかきわけ、未来と過去とを複雑ではないものにいたらしめた。ムアッディブの創したこの手法は、彼の息子と娘の中でも体現されている。

——『アラキスの聖約』
ハルク・アル＝アーダ著

ファラッディーンは、亡き祖父のものだった宮殿の一画にある庭園区画を散策しながら、サルーサ・セクンドゥスの太陽が天頂へ昇っていくにつれ、徐々に短くなっていく自分の影を見つめていた。となりを歩く大柄な上級大佐《バシャール》と歩調を合わせる必要上、すこし大股にならざるをえない。その上級大佐《バシャール》に向かって、ファラッディーンはいった。

「どうも釈然としないな、ティエカニック。ああ、たしかに、皇帝の座に魅力を感じないわけではないさ。しかし――」ここで大きく息を吸って、「――わたしには興味の対象がありすぎるほどある」

ファラッディーンの母親と激論を交わしてきたティエカニックは、公子《プリンス》を横目でちらと見やり、十八歳の誕生日を目前に控えたこの若者の身体がいっそう固く引き締まっていることを確認した。プリンスからは日ごとにウェンシシアの影響が薄れて、シャッダム老の性質が色濃くなりつつある。先帝は皇帝としての責任をはたすことより、個人的な嗜好《しこう》を優先する傾向が強かった。帝座を失うはめになった原因がそこにあったことはいうまでもない。先帝は政務でも軍令でも手ぬるくなっていたのである。

「選択をしていただかねばなりません」ティエカニックはいった。「心配ご無用、数多いご興味の対象に向けていただく時間はお持ちになれます、ただ……」

ファラッディーンは下唇を噛んだ。プリンスとしての務めを果たすべきことは重々承知しているが、もどかしさもつのる。本音をいえば、砂鱒《すなマス》実験が行なわれている場所へ――岩場で囲まれた砂地へいきたくてたまらない。いま現地で進められているプロジェクトは、とてつもなく大きな可能性を秘めている。アトレイデス家から香料《スパイス》独占を奪いとれれば、天地がひっくり返ったような大変革が訪れるはずだ。

「確実なんだろうな、あの双子を……排除できるというのは」

「絶対確実なことなどはありえません、わがプリンス。ですが、成功の公算は高いと見ております」

ファラッディーンは肩をすくめた。暗殺はいまも貴族社会につきものだ。世の中には、重要人物を巧妙に排除する手段の組みあわせが存在し、それぞれを表わす語が多数ある。飲みものに入れる毒か食べものに入れる毒かでも呼称は変わる。アトレイデス家の双子を排除するには毒が使われるのだろうな、とプリンスは想定していた。あまり気持ちのいい考えではなかった。アトレイデス家の双子は、あらゆる点で非常に興味深い存在だからだ。

「やはり、アラキスにいかねばならないのか」ファラッディーンはたずねた。

「それが最良の選択でありましょう」ティエカニックは答えた。「先方をあとへ引けないところまで追いこむ意味がありますので」

ティエカニックの見るところ、ファラッディーンはなんらかの問いを避けているふしがある。それはいったいなんだろう。

「どうにも気になるんだがな、ティエカニック」

ふたりはちょうど生垣の角をまわりこみ、大輪の黒バラに囲まれた噴水に近づいていくところだった。庭師たちが生垣の向こうで、パチン、パチンと剪定している音が聞こえる。

「なにがでしょう？」ティエカニックはたずねた。

「つまり、その、きみが信心を告白したあの宗教についてだが……」

「あの宗教については、なにも妙なところなどありません、わがプリンス」確信を持っていいきったように聞こえればいいがと思いながら、ティエカニックは答えた。「わたしの中の戦士に訴えかけるものがあります。サーダカーにはぴったりの宗教といえましょう」

すくなくとも、この点は真実だ。

「うーん……しかしなあ、母上もいたくお気に召しているようだからな」

（いまいましいウェンシシアめ！）とティエカニックは思った。（息子がこうも懐疑的になるのは、みんなあの女のせいだ）

そして、ことばに出して、こう答えた。

「お母上がどうお考えになろうと、わたしの関知するところではありません。宗教とは、個人個人の信条に基づくものでありますれば。おそらくお母上は、この宗教のどこかに、若を帝座におつけするうえで役だつなにかを見いだされたのでしょう」

「わたしもそう思いはしたがな」

（うむ、やはりこの方は聡明だ！）とティエカニックは思った。それから、

「ご自分でこの宗教を検分なさってはいかがです？　わたしが選んだ理由が、すぐにでもおわかりになると思いますが」

「とはいえ……ムアッディブの説く宗教だからな……。あの男はアトレイデスではないか、つまるところ」

「わたしには、神の示される道は謎に満ちているとしか申しあげられません」

「なるほど。では、これも教えてくれないか、ティエク。なぜこんな時間帯に、わたしを散策につきあわせた？　もうじき正午になる。いつもなら、きみはいまごろ母上の命令にしたがって、どこかへ出向いているころだろう」

ティエカニックは石造りのベンチの前で足をとめた。ベンチは黒バラの茂みをバックに、噴水に面する形で設置してある。水しぶきをあげる水が心を静めてくれた。噴水に注意を向けたまま、ティエカニックは語をついだ。

「わがプリンス、わたしはお母上のご不興を買うことをしてしまいました」

(プリンスがあの宗教を信じれば、あの女のろくでもない目論見はまんまと図にあたる)

ティエカニックとしては、ウェンシシアの計画が失敗することをひそかに祈る気持ちさえあった。(あの忌まわしい〈伝道者〉をここに連れてこいだと? あの女、いかれてる。どれだけコストが嵩《かさ》んだと思ってるんだ!)

ティエカニックが黙りこみ、自分の反応を待つのを見て、ファラッディーンはいった。

「不興を買うこと、か、ティエク。なにをした?」

「夢占《ゆめうら》鑑定士を呼びました。待機させてあります」

ファラッディーンは上級大佐《バシャール》を鋭く一瞥した。古株のサーダカーのなかには、夢解釈のゲームを好む者がおり、とりわけあの〝至高の夢見人《ゆめみびと》〟ムアッディブに敗れて以来、その傾向は強くなっている。自分たちが見る夢のどこかに、権力と栄光の座に返り咲く道筋が見つかるのではないか、とその者たちはいう。だが、ティエカニックはつねに、その手の空頼《そらだの》みを慎んできたはずではなかったか。

「きみらしくないことだな、ティエク」

「それにつきましては、新たに信ずる宗教の観点から、と申しあげるほかありません」

そう答えるあいだ、ティエカニックは噴水に視線を注いでいた。宗教を持ちだしたのは、むろん、危険を冒して〈伝道者〉をここに連れてきた理由を説明するためだ。

「だったら、その宗教の観点から説明してくれ」ファラッディーンはうながした。

「わがプリンスのご命令のままに」ティエカニックは噴水から目を離し、若者を正面から見つめた。この若者は、関係者すべての夢を――コリノ家が進むべき絶対的な道筋として昇華された悲願を、いまや一身に集める身だ。「教会と国家は、わがプリンス――さらにいうならば、信仰と科学的な理知は――もっというならば、伝統と進歩は――これすべて、ムアッディブの宗教によって折り合いがつけられています。ムアッディブの教えにいわく、〝対立する要素同士で妥協の余地がないものなどは存在しない、ただし例外的に、人間の信仰の中にそれはある――そしてときに、人間が見る夢の中にも。人は過去の中に未来を見いだす。過去も未来も、ともに全体の一部だからだ〟」

拭いがたい疑念にとらわれるいっぽうで、ファラッディーンは上級大佐《バシャール》のことばに強い懸念を感じた。ティエカニックのことばには、誠意があるようでいて、やむなく口にしているようなふしがある。あたかも、心の中では自分のことばに反発しているかのように。

「だからわたしをここに連れてきたのか――その……夢の解釈人に会わせるために？」

「そのとおりです、わがプリンス。おそらく、若が見られたという夢は〈時〉を貫くもの。宇宙を整合性ある全体として認識できたときにはじめて、若は内なるご自分の固有意識を取りもどされるのではないかと考えます。若の見られた夢は……その……」

「しかし、きみに話した夢の内容は、漠然としたものでしかないぞ」ファラッディーンは疑念を呈した。「一風変わった夢というだけで、それ以上のものではない。よもやきみは、あの夢が……」

「わがプリンス、若にかかわることで重要でないことなどはありません」

「やけに持ちあげてくれるじゃないか、ティエク。きみは本気で、その解釈人が大いなる謎の核心を覗きこめると思っているのか？」

「思っております、わがプリンス」

「であれば、ここは母上のご不興を買うとするか」

「お会いになっていただけるのですか？」

「もちろんだとも——きみが母上のご不興を買うためにその男を連れてきたからにはな」

（プリンスはおれを馬鹿にしているのか？）

ティエカニックは心の中で首をひねり、口に出してはこういった。

「あらかじめ前置きさせていただかねばなりません。お会いいただく老人は面布《めんぷ》をつけております。これはイクス製の、視力なき者に視力を与える装置です。皮膚を通じて視力を賦与する仕組みとか」

「目が見えないのか？」

「そのとおりです、わがプリンス」

「その男、わたしがだれだか知っているのか？」

「わたしから説明しておきました、わがプリンス」

「よろしい。では、その男のもとへいくとしよう」

「ここでしばしお待ちいただければ、その者を連れてまいります」

ファラッディーンは噴水庭園を見まわし、ほほえんだ。こんな酔狂には最適の場所だ。

「わたしが見た夢の話はしてあるのだな？」

「一般的な内容だけを、わがプリンス。私的なことがらは当人に直接お話しください」

「うむ、了解した。ここで待つ。その者を連れてきてくれ」

ファラッディーンは背を向けた。ティエカニックが急ぎ足で歩いていく音が聞こえた。生垣のすぐ向こうでは庭師が作業しており、茶色い帽子をかぶった頭と、陽光を反射する剪定用の大鋏、それらが植栽ごしに見えている。その動きは眠けをもたらすものだった。

（夢占商売か、ばからしい）とファラッディーンは思った。（おれにひとことも相談なくこんなまねをするとは、ティエクもどうかしている。それに、あの齢で新しい宗教などにかぶれるのも妙な話だ。かてて加えて、この夢判断）

ほどなく、背後からふたつの足音が聞こえてきた。馴じみ深いティエカニックの自信にあふれた足音と、足を引きずるような足音だ。ファラッディーンはうしろをふりかえり、近づいてくる夢の解釈人を見つめた。イクスで造られた面布の生地は黒く、なかば透けており、額からあごの下までおおっている。面布には目穴がなかった。イクスの宣伝文句を信じるなら、この面布全体がひとつの目なのだという。

ティエカニックはファラッディーンの二歩手前で立ちどまった。ところが面布の老人は、一歩手前どころか、さらにそばまで近づいてきた。

「これがくだんの夢解釈人です」ティエカニックが報告した。

ファラッディーンはうなずいた。

面布の老人はいまにも嘔吐するかのような、痰のからんだ音を立てて咳ばらいをした。

ファラッディーンは老人からただよう、饐《す》えたような香料《スパイス》臭をはっきりと嗅ぎとった。臭気を発しているのは、からだをすっぽりと包む長い灰色のローブだ。

ファラッディーンはたずねた。

「その面布がきみの肉体の一部というのはほんとうか？」

ひとまずこうたずねたのは、夢の話題を先延ばしにするためだった。

「いかにも、これをつけておるあいだは」と老人は答えた。くせの強い鼻声で、かすかにフレメン訛《なま》りがある。「さ、夢を。お話しなされ」

　ファラッディーンは肩をすくめた。

（べつに話しても困ることはない）

　なにしろティエクは、そのためにこの老人を連れてきたのだからな。いや、ほんとうにそうか？　疑念が湧いてきて、ファラッディーンは老人にたずねた。

「きみはほんとうに夢占鑑定士なのか？」

「貴殿の夢を解釈すべく呼ばれた者に相違ござらぬよ、高貴なる若君」

　ファラッディーンはふたたび肩をすくめた。この面布の老人と話していると、どうにも落ちつかない。ちらとティエカニックを見た。上級大佐《バシャール》は足をとめた場所にそのまま立ち、腕組みをして噴水を見つめている。

「さあ、夢を」老人がうながした。

　ファラッディーンは大きく息を吸うと、夢の内容を語りだした。いざ詳細に話しだしてみると、すらすらと口をついて出てきた。井戸の底から井筒の上へあふれてくる水のこと、諸惑星が原子となって頭の中で踊っていたこと、蛇が砂蟲《サンドワーム》に変化したかと思うと爆発し、砂塵の雲と化したこと。蛇のくだりを語るさいには、自分でも驚いたことに、いっそうの努力を必要とした。なんらかの恐ろしい制約がしゃべらせまいとしているようで、話しているうちに腹が立ってきた。

　ようやくファラッディーンが夢を語りおえ、沈黙しても、老人は茫乎《ぼうこ》として無言のままだった。紗《しゃ》のように薄い黒面布の生地が、呼吸に合わせてかすかに動いているのがわかる。ファラッディーンは待った。だが、老人はいっこうに口を開こうとしない。

　ややあって、ファラッディーンはたずねた。

「わたしの夢を解釈するつもりはないのか？」

「解釈なら、すでに」と老人は答えた。どこか遠くから聞こえてくるような声だった。

「それで？」

　答えをうながした自分の声は、われながら、うわずって聞こえた。夢語りがもたらした緊張はそれほどに大きかったのだ。

　老人は依然として、茫乎と無言を貫いている。

「解釈がすんでいるなら、話したらどうだ！」こんどの声には歴然と怒りがにじんでいた。

「解釈をいたすとは申しあげたが」老人は答えた。「わが解釈をお話しすると申しあげた憶えはござらぬ」

　さすがにこれには、ティエカニックも黙っておれず、組んでいた腕を両脇におろすと、左右の手をぐっと握りしめ、凄味のある声を出した。

「なんだと？」

「わが解釈をお明かしする——そう申しあげた憶えはござらぬ」

「見料をあげろということか？」これはファラッディーンだ。

「ここへ連れてこられるにあたり、われはいっさい、報酬を求めてはおらぬ」

老人の返答ぶりに宿る、淡々としてはいるが確たる誇りに、ファラッディーンの怒りは和らいだ。すくなくとも、勇敢な老人ではある。不服従が死に直結することを心得ているようだ。

ファラッディーンが口を開こうとしかけたとき、ティエカニックが口をはさんだ。

「発言をお許しください、わがプリンス。鑑定士、なぜ解釈を明かさぬのか、その理由を説明する気はあるか」

「いかにも、ご両人。夢の内容から察するに、解釈をご説明する意味などないのでな」

思わず、ファラッディーンはたずねた。

「それはつまり、わたしがすでに夢の意味を知っているということか？」

「おそらくご承知であろうが、そういう意図で申しあげたのではござない」

ティエカニックはファラッディーンの横に立ち、プリンスとともに老人をにらみつけた。

「ならば、どういう意図か説明しろ」

「同感だな」ファラッディーンもことばを添えた。

「夢の解釈をお話し申しあげねばならぬなら――水と塵《ちり》、ヘビと蟲《ワーム》の暗示を検討し、わが頭の中で踊るのと同じく、御頭《みぐし》の中で踊る原子について分析するのなら――おお高貴なる若君よ、貴殿はわがことばに混乱をきたされ、意味がわからぬとのたまわれるはず」

ファラッディーンは声を怒らせた。

「自分のことばでわたしを怒らせるのが怖いのか？」

「若君！　貴殿はすでに怒っておられるではないか」

「話せないのは、われわれが信用できないからか？」ティエカニックが語気を強めた。

「あたらずとも遠からずというところか、上級大佐《バシャール》どの。われはご両人を信用しておらぬ。そのゆえはひとえに、ご両人がご自身を信用なさっておられぬからにほかならぬ」

「わきまえろ。きさまは一線を越える寸前にある」ティエカニックが怒気をはらんだ声を出した。「もっと不敬の度が軽いふるまいでも、処刑された例は多々あるのだぞ」

ファラッディーンもうなずいて、

「われわれをあまり怒らせぬことだ」

「コリノ家の怒りが招く悲惨な結果のことは、知らぬ者がいるとも思われぬ、サルーサ・セクンドゥスの高貴なる方よ」

ティエカニックはファラッディーンが手をあげぬよう腕を押さえ、老人にたずねた。

「きさま、われわれを怒らせて自分を処刑させようとしているのか？」

ファラッディーンにその発想はなかったが、それがこの男の目的かもしれないと思うと、背筋がぞっとした。みずから〈伝道者〉と名乗るこの老人……見かけよりも大物なのではないか？ この男を死なせたなら、どれほど深刻な結果を招くのだろう。殉教ははなはだ危険な波紋をもたらす。

「われがどのようなお答えをしようと、貴殿らは処刑をなさるまい」〈伝道者〉はいった。

「貴殿はわれの価値を評価しておられるようだがな、上級大佐《バシャール》どの。貴殿のプリンスは、わが価値に疑問をいだいておられるごようす」

「どうあっても、若の夢を解釈せぬというか」

「だから、すでに解釈はしたと申しあげておる」

「その解釈で見えたものを説明する気はないのか？」

「われを糾弾なさるおつもりか、上級大佐《バシャール》どの？」

「きみにどんな価値があるというんだ？」ファラッディーンはたずねた。

〈伝道者〉は高々と右手をかかげて、

「われがこの手で招きさえすれば、たちどころにダンカン・アイダホが駆けつけてきて、わが命にしたがうものと心得られよ」

「その大言、なんの戯《ざ》れごとだ？」ファラッディーンは声を荒《あら》らげた。

だが、ティエカニックはウェンシシアとの議論を思いだし、かぶりをふってこういった。

「わがプリンス、これはほんとうかもしれません。この〈伝道者〉には、〈デューン〉におおぜいの信奉者がいるのです」

ファラッディーンは上級大佐《バシャール》にたずねた。

「この男は〈デューン〉からきたのか？　なぜ事前に説明しなかった？」

ティエカニックが返答するよりも早く、〈伝道者〉が答えた。

「若君よ、アラキスのことでやましさをおぼえられる必要はない。貴殿は新たなる時代のお生まれ。いかなる人間も、罪の意識に苛まれたときには、こたびのように特殊な願いをいだくものなれば」

「罪の意識だと！」ファラッディーンは怒声を発した。

〈伝道者〉は肩をすくめただけだった。

奇妙なことに、このしぐさにより、ファラッディーンの怒りは急に愉悦へと変化した。頭をのけぞらせて笑いだしたプリンスを見て、ティエカニックがぎょっとした顔を向けた。

「気にいったぞ、〈伝道者〉」ファラッディーンはいった。

「それは重畳《ちょうじょう》」

忍び笑いをこらえながら、ファラッディーンはつづけた。

「この宮殿に宿舎を用意してやろう。わが夢の解釈人として公認する——たとえきみが、ひとことも解釈を話さなくともな。〈デューン〉についての助言も許そう。あの惑星にはおおいに興味がある」

「それはいたしかねる、若君」

怒りの片鱗が戻ってきた。黒い面布をにらんで、ファラッディーンは問うた。

「なぜできぬ？　わけをお聞かせねがおうか」

「わがプリンス」またもファラッディーンの腕に触れて、ティエカニックが口をはさんだ。

「なんだ、ティエク」

「われわれはギルドの保証つき確約のもとにこの老人を連れてきました。〈デューン〉へ帰してやらねばなりません」

「アラキスへ戻れ、と命じられていることでもあるゆえ」〈伝道者〉がいった。

「だれがそんな命令を出した？」とファラッディーン。

「貴殿より上位の権威が」

ファラッディーンはティエカニックに難詰の視線を向けた。

「この者、アトレイデスのスパイか？」

「それはありません、わがプリンス。アリアはこの者の首に賞金をかけているほどです」

〈伝道者〉に顔を戻して、ファラッディーンは問いかけた。

「あのアトレイデスでなければ、だれが帰還命令を出したというんだ」

「あのアトレイデスよりも上位の権威が」と〈伝道者〉は答えた。

ファラッディーンの喉から笑い声が漏れた。こいつのことばは神秘主義者のたわごとでしかない。ティエクともあろう者が、こんな詐欺にだまされるとは。〈伝道者〉に戻れと命じたものは――十中八九、夢だ。夢ごときにどれほどの重みがあろう。

「こんなやつの相手をしていても時間の無駄だ、ティエク」ファラッディーンはいった。

「なんのためにわたしをつきあわせた？　こんな……茶番に？」

「じつは、裏取り引きがありまして、わがプリンス」ティエカニックは説明した。「この夢占鑑定士は、ダンカンをコリノ家のエージェントに仕立てる、とわたしに約束しました。その対価として要求したのは、若にお引き合わせし、若の夢を解釈すること――それだけでした」

ティエカニックはそういって、心の中で付言した。

（すくなくとも、この男がウェンシシアにいったかぎりではな！）

そう思うとともに、上級大佐《バシャール》の心に新たな疑念が湧いてきた。

そのかたわらで、ファラッディーンがたずねた。

「きみにとって、わたしの夢のなにがそれほど重要だというんだ、ご老人」

「貴殿の見た夢は、いくつもの重大なできごとが論理的帰結に向かって動いていることを示しておる」〈伝道者〉は答えた。「なればこそ、われは帰還を急がねばならぬ」

嘲笑を浮かべて、ファラッディーンはいった。

「あいもかわらず、謎めかしてばかり――なんの助言もなしか」

「助言とは、若君、本質的に危険なものと思《おぼ》し召せ。とはいえ、二、三、ことばをお贈り申しあげよう。それを助言ととられてもよし、助言以外の好きな形にとられてもよし」

「喜んで承ろう」

〈伝道者〉は面布をつけた顔をひたとファラッディーンの顔に向けた。

「政府とは、重要とも思えぬ理由を機に興隆し、また崩壊するもの。さよう、ささやかなできごとで興隆も崩壊も起こりうる。そのきっかけはふたりの女同士の諍《いさか》いかもしれぬし……ある日の風向きかもしれぬし……くしゃみ、咳、衣服の長さかもしれぬし、たまたま廷臣の目に飛びこんだ一粒の砂かもしれぬ。歴史の道筋を決めるのは、帝国の閣僚たちが関心を向ける重大事のみとはかぎらぬし、神の手をして動かしむるものは、かならずしも司祭たちのもったいぶった祈禱とはかぎらぬ」

気がつくと、ファラッディーンは老人のことばに大きく心を動かされていた。なぜ心を動かされたのかは、自分でも説明がつかない。

いっぽうティエカニックは、老人のひとつのことばがひっかかっていた。〈伝道者〉はなぜことさらに衣服を例にあげたのか？　ティエカニックの精神はアトレイデスの双子に宛てて贈った帝国の正装に思いをめぐらし、双子を襲撃させるため内密に調教した二頭の人狩り虎《レイザ・タイガー》について考えた。この老人、遠まわしに警告しているのか？　いったいどこまで知っている？

「それのどこが助言なんだ？」ファラッディーンはたずねた。

「貴殿が領家《りょうけ》を継がれた暁には」と、〈伝道者〉はいった。「戦略を適用するべき場所を絞りこまねばならぬ。では、どこに戦略を集中するのか？　心に浮かんだ特定の場所と、特定の人物にだ。ただし、細部にどれほど注意を払おうとも、その細部に付随する瑣末なことがらにまでは目配りしがたい。貴殿の戦略は、はてさて、一惑星を統べる領主の妻がいだく野望にまで焦点を絞りこめようか」

冷たい声で話しおって、とティエカニックは思い、口をはさんだ。

「なぜくどくど戦略の講釈をする、〈伝道者〉。わがプリンスがなにをなさるおつもりと思っているのだ」

「若君は帝座を望む道へ誘導されておる」〈伝道者〉は答えた。「われも幸運を祈ってはおるが、帝位に就《つ》かれるには、幸運よりはるかに大きな力のあと押しが必要となろう」

「ずいぶんと危険なことばを並べてくれる」ファラッディーンはいった。「よくもそんなことばを口にできるものだな？」

「野望とは現実に立ちはだかられようとも挫《くじ》けぬもの。われがあえてこのようなことばを口にするそのわけは、貴殿が分岐点に差しかかっておられるがゆえにほかならぬ。貴殿がひとかどの人物になられる道筋もあろう。しかし、いまの貴殿のまわりにひしめくのは、徳義に基づいた正道は求めぬ者ども。戦略しか考えぬ顧問どもばかり。貴殿は若く、強く、したたかながら、貴殿の性質を開花させる高度な修行を受けてはおられぬ。悲しいかな、貴殿はいまわれが申し述べた背景に起因する弱みをかかえておられるのだ」

「どういう意味だ？」ティエカニックが険しい声を出した。

「ことばに気をつけてものをいえよ」ファラッディーンもいった。「なんだ、その弱みというのは」

「貴殿はいかな社会がご自分の好みに合うか、一顧だにされたことがない。貴殿は臣民の希望を考えてはおられぬ。貴殿の求める帝国のありようは、まだ漠とした形さえできてはおらぬ」〈伝道者〉は面布をつけた顔をティエカニックに向けた。だが、説明する相手はプリンスのままだ。「貴殿の眼差しは権力に注がれておるが、権力をふるうことの難しさ、権力の行使にともなう危険に向けられてはおらぬ。貴殿の未来が、未知なる不確定要素に——女同士の諍い、咳と風強き日などにあふれておるのは、それがゆえだ。万事を詳細に見通すことができねば、いかにとて新たな時代を築けようか。貴殿のしたたかなる精神も助けにはならぬ。そこに貴殿の弱みがある」

ファラッディーンは長々と老人を凝視し、その示唆が含むきわめて根の深い問題を——信用するに値しない諸概念にこうも気を引かれる意味を考えた。徳義！　社会的目標！　これらは進化が社会を成熟させるとの思いこみを支える神話にほかならない。

ティエカニックがいった。

「ことばのやりとりはもう充分だ。お引き合わせした条件は守ってもらえるのだろうな、〈伝道者〉？」

「ダンカン・アイダホは貴殿らのものだ」〈伝道者〉はいった。「ただし、あの者を使うさいには重々気をつけられよ。あれはかけがえのない宝石であるゆえ」

「そこは心配ない、あの男にうってつけの仕事を用意してある」そこでティエカニックは、ファラッディーンをちらと見て、「もちろん、仕事を与えるご許可をいただければですが、わがプリンス」

「わたしの気が変わらぬうちにこの者を送り返せ」ファラッディーンはいった。それから、ティエカニックをぐっとにらみつけて、「ただし、わたしをこういう形で利用したことは気にいらないな、ティエク！」

「ここは赦してやりなされ、若君」〈伝道者〉がいった。「貴殿の忠実な上級大佐《バシャール》どのは、当人も知らぬうちに神の意志を代行しているにすぎぬゆえ」

それを最後に、〈伝道者〉は一礼し、背を向けて歩きだした。老人を送りとどけるため、ティエカニックが急いであとを追いかけた。

去っていくふたりの背中を眺めながら、ファラッディーンは思った。

（ティエクが傾倒する宗教のことを調べてみなければなるまい）

そして、苦笑を浮かべた。

（それにしても、どこが夢占鑑定士だ！　まあ、夢の解釈を口にしなかったからといって、かまいはしないが。わたしの見た夢は、たいして重要なものではないのだからな）

そして兄は鎧の幻視を観《み》た。鎧は兄の肌ではない。繊維強化鋼鉄《プラスティール》よりも強靭だ。いかなる物も兄の鎧を冒すことはできない——ナイフも毒も砂も、砂漠の砂塵も乾燥しきった砂漠の熱暑も。右手に宿る力はコリオリの嵐を巻き起こし、大地を揺るがし、侵蝕で大地を無に帰せしめる。眼《まなこ》はひたと〈黄金の道〉にすえ、左手は絶対権力者の笏《しゃく》を持つ。〈黄金の道〉の先に見ていたものは永遠。それが自分の魂の糧《かて》であり、永遠に存続する肉体の糧であることを兄は知っていた。

——「ヘイア、わが兄の夢」
『ガニーマの書』より

レトはいった。

「ぼくにとっては、皇帝にならないほうが都合がいいんですが……ああ、そこに父と同じ過ちを犯したという含みはありませんよ。香料《スパイス》を大量に摂取して未来を観《み》てきたわけじゃない。自分本位の理由からいっているんです。妹もぼくも、ありのままの自分たちとして生きていける方法を学ぶ自由な時間を、深刻に必要としているので」

レトは口を閉じ、反応を待つ顔でレディ・ジェシカを見つめた。いま口にしたことは、ガニーマとの打ち合わせで祖母に話そうと決めたとおりの内容だ。さあ、これに対して、祖母はどんな反応を示すだろう。

ここはタブールの群居洞《シエチ》でジェシカにあてがわれた岩屋である。岩屋を照らす発光球の、照度を絞った光のもとで、ジェシカはじっと孫息子を見つめた。ここにきてまだ二日めの早朝だというのに、すでにもう、双子が群居洞《シエチ》の外で一夜を明かしたという、気がかりな報告がとどいている。ふたりはなにをしていたのだろう？　睡眠が足りておらず、疲労の蓄積したからだは休息を求めている。なにしろ、宇宙港でのきわどいパフォーマンス以降、必要不可欠の処理をこなすため、ずっと精力的に働きどおしだったのだ。ここの群居洞《シエチ》は悪夢の場所でもある。だが、群居洞《シエチ》の外に広がるのは、もう記憶にあるとおりの砂漠ではない。

（咲き誇る無数の花——あれはどこからきたの？）

岩屋の中の空気も湿度が高すぎるように感じられた。保水《スティル》スーツの着用に関する厳格な規律も、若者のあいだではゆるんでいるようだ。

　ジェシカはたずねた。

「そういうあなたは、何者？　自分自身のことを知る時間が必要な子供とは？」

　レトはゆっくりとかぶりをふった。子供の肉体で行なうおとなのしぐさが異様に見えることは心得ていたが、それでもしてみせたのは、つねにこの女性の意表をつく必要があるからだ。

「第一に、ぼくは子供ではありません。むろん……」といいつつ、自分の胸に手をあてて、「このからだは子供のものです。その点に疑いの余地はない。それでもぼくは、子供ではないんです」

　ジェシカは思わず上唇を噛んだ。このしぐさにより、心の内を読まれるかもしれないが、それでも反射的に噛まずにはいられなかった。ジェシカの愛しい公爵さま、二十年ほど前、この忌まわしい惑星で命を落とした公爵さまは、ジェシカが上唇を噛むのを見るたびに、こういって笑ったものだ。

〝それはきみが制御できないくせのひとつだな。それを見るたびに、動揺していることがひと目でわかるから、唇のわななきを鎮めるためにキスをしないといけなくなる〟

そしていま、ジェシカは心の底から驚愕し、はげしく動悸を打たせて身をこわばらせるはめに陥った。愛しい公爵と同じ名前の孫息子が、微笑を浮かべてこういったからである。

「動揺していますね。唇のわななきでわかります」

冷静さを装うためには、ベネ・ゲセリットで積んだもっとも強力な修行の成果を駆使し、自分を律しなければならなかった。どうにか声を絞りだして、ジェシカはいった。

「わたしをからかっているの？」

「からかう？　まさか。ですが、ぼくらがあなたとどれほど異なるのか、はっきりさせておいたほうがいいでしょう。そのむかし、この群居洞《シエチ》で行なわれた同心饗宴《タウ》を思いだしてください。あなたが老教母から、彼女の中にいたおおぜいの生と記憶を受け継いだときのことです。彼女はあなたに同調し、あなたにあの……あの長い長い記憶の連鎖、鎖の環のひとつひとつが人格である連鎖を譲り渡した。あなたはいまも、その記憶の連鎖を持っている。ですから、ガニーマとぼくが経験していることの一端はごぞんじのはずです」

「それはアリアも？」ジェシカがこれをたずねたのは、レトを試すためだった。

「ガニーとその話をしなかったんですか？」

「あなたとその話をしたいのよ」

「いいでしょう。アリアは過去の自分を否定して、なによりも恐れていた存在に変化してしまいました。内なる過去は、もう無意識の中には押しもどせません。どのような人間にとっても、これは危険な状態ですが、われわれ誕生前に覚醒した者にとっては、死よりも悪い状態といえます。アリアについてぼくがいおうと思うのは、これがすべてです」

「では、やはりあなたは、子供ではないのね」

「年齢は百万歳、といったところでしょうか。こうなると、人類がいまだ経験したことのない調整が必要になってきます」

ジェシカはうなずいた。さっきよりも冷静になり、先にガニーマと話をしたときよりも用心深くなっている。それにしても、ガニーマはどこに？　どうしてレトはひとりだけでここにきたの？

「さて、おばあさま」レトはいった。「ぼくらは忌み子ですか、それともアトレイデスの希望ですか？」

ジェシカはこの問いに答えなかった。

「あなたの妹はどこにいるの？」

「妹ならアリアの注意をそらしていますよ――ぼくらの話をじゃましないように。これは必要な措置なんです。もっとも、ガニーはぼくがお話しする以上のことをあなたに話しはしなかったでしょう。きのうの話しあいで、そうは感じませんでしたか？」

「きのうの話しあいでどう感じたかは、わたしの問題。どうしてあなたはむだに忌み子の話題を持ちだすの？」

「むだに？　ぼくを相手にベネ・ゲセリットのはぐらかしは控えていただきたいですね、おばあさま。ぼくの心の中にいるあなた自身の記憶からはぐらかしの技法を引きだして、一言半句たがわず返してあげましょうか？　あなたの唇のわななきよりも意味のある答えなんですよ、ぼくがほしいのは」

　ジェシカはかぶりをふった。この子の冷徹さ……これはまぎれもなく、自分の血を引く者だ。この子が思いのまま使えるリソースの大きさを思うと、怯《ひる》まずにはいられなかった。孫息子の冷たい口調にトーンを合わせるよう努めながら、ジェシカはたずねた。

「わたしの意図のなにを知っているというの？」

　レトは鼻で笑った。

「父が犯したのと同じ過ちを犯したのかと問う必要はありません。安全な〈時の庭園〉を散策するにとどめて、外は観ないでいます――すくなくとも、能動的に観てはいません。絶対確実な未来の確認は、どんな人間も経験する既視感《デジャ・ヴュ》の瞬間にまかせておきましょう。予知に潜む陥穽《かんせい》のことは心得ています。父の人格の記憶が、予知について知っておくべきことを教えてくれますから。いや、ちがうか。絶対確実な未来を知ることは、おばあさま、絶対確実な未来の陥穽に陥るということなんです。未来を知れば時間が崩壊する。現在が未来になってしまう。ぼくに必要なのは、そんなものから解き放たれた自由なんです」

ジェシカは絶句した。切り返したくても舌がひくつくばかりで、ことばが形にならない。相手が知らないことで煙《けむ》に巻こうにも、この子はなんでも知っている。なんと怪物じみた子だろう！

（この子はわたしだ！　わたしの愛しいレト公爵さまでもある！）

衝撃的だった。つかのま、子供の仮面が剝がれ落ちて、蘇った愛しい夫の顔が現われはしないかと……。

（しっかりしなさい！）

レトはうつむきかげんに下を向き、上目づかいにジェシカを観察した。そう、結局は、相手がこの祖母であろうと、心の動揺を誘うことはできるのだ。

レトはいった。

「あなたが予知のことを考えるとき――めったにないことであってほしいものですが――おそらく他のどんな人間とも変わりはありません。ほとんどの人間は、たとえばクジラの毛皮について、あすの取り引き価格がわかればどんなにいいだろうと想像する。あるいは、ハルコンネンの血を引くだれかがふたたび、あの一族の母星であるジエディ・プライムを支配しない保証があればと願う。しかし、予知能力を使うまでもなく、われわれは当然、ハルコンネン一族のことをよく知っている。そうでしょう、おばあさま？」

ジェシカは目の前にぶらさげられた餌に触れまいとした。もちろんレトは、自分自身が、そして父と祖母が、ハルコンネンの忌まわしい血を引くことを知っているのだろう。

「それでは、ハルコンネンの血を引くだれかとは何者です？」レトは追い討ちをかけた。

「新たな〝けだものラッバーン〟とは？　どの子孫でもおかしくない。ああ、話が脇道にそれてしまった。ぼくがいっているのは予知にかかわる民間伝承のことです。予知能力があれば絶対確実な未来を知ることができる！　未来のすべてを！　たしかな未来がわかるなら、どれほどの富がえられることか！――あるいは、失われることか！　凡民はそんなことを信じているんですよ。すこしだけでもありがたいが、もっと多ければもっといい。なんてすばらしい！　そんな凡民のひとりに、以後の人生で交わすことばを、死の瞬間にいたるまで、こと克明に記したシナリオを渡すとしたら――こんなに残酷な贈り物はない。以後の生は退屈きわまりないものになってしまう！　生の一瞬一瞬がすでに〝経験〟していることの退屈なくりかえしになってしまうんです。シナリオからの逸脱などありえない。自分と相手のありとあらゆる反応が、ありとあらゆる会話が、あらかじめわかっている。そして、そのパターンが延々とくりかえされる――何度も何度も何度も何度も……」

レトはことばを切り、左右に首をふった。

「未来を知らないことはメリットなんですよ。驚きに満ちた宇宙こそ、ぼくが願い求めるものなんです！」

長広舌がおわった。聞いているうちに、ジェシカは驚愕した。孫息子の話術は、口調は、この子の父親に——亡くなった自分の息子に——そっくりだったのである。これはもしや、内なるポールがしゃべっているのではないかとさえ思うほどに。

「ポールを髣髴《ほうふつ》させる口ぶりね」

「傷つけてしまいましたか？」

「ある意味で。でも、ポールがあなたの中に生きていると知って力づけられもしたわ」

「父がどんな形でぼくの中に生きているのか、あなたにはすこしもわからないのですね」

レトの声は感情を排したものだったが、ことばの端々には残念な思いがにじんでいた。ジェシカはあごをあげ、正面から孫息子を見つめた。

レトはつづけた。

「それに、あなたの愛しい公爵がどんな形でぼくの中に生きているかもです。おばあさま——ガニーマはあなた自身なんですよ！　ガニーマはあなたそのものであって、あなたがぼくたちの父を産んだその瞬間にいたるまで、あなたの人生でガニーマが知らないこと、秘密にできることはなにもない。それはぼくも同じです。ぼくはおびただしい人生記録の膨大なカタログにほかなりません。耐えがたいほどつらい時も何度となく経験しています。あなたはぼくらを見きわめるためにここへきたという。アリアを見きわめるためにここへきたという。けれど、むしろぼくらがあなたを見きわめる側なんですよ！」

ジェシカは自分自身の中に答えを見いだそうとしたが——見つからなかった。この子はなにをしようとしているのだろう。なぜこうも自分の特異性を強調するのだろう。あえて拒絶されようとしているのだろうか。あるいは、アリアと同じ状態に——忌み子になってしまったのか。

「動揺させてしまいましたね」

「ええ、動揺させられたわ」ジェシカは虚勢を張り、肩をすくめてみせた。「たしかに、動揺させられたわよ——あなたも充分に承知している理由でね。あなたがわたしの受けたベネ・ゲセリットの修行を把握していることはたしかだわ。ガニーマもそうだったしね。それに……アリアもよ。あなたがたは自分の特性が招く結果も知っているんでしょう」

レトはジェシカがたじろぐほどの、下からすくいあげるような視線で祖母を見すえた。

「あらかたは。ただ、まだ知らない部分もあります。ぼくらはまだ、その方面について、あなたの記憶を見ていませんから」その声には、ジェシカ自身の疲労感がにじんでいた。

「ぼくらはあなたの唇がわななく意味を知っている。あなたの愛する人が知っていたのと同じように。あなたの公爵さまが寝室であなたにささやいた睦言《むつごと》も思いのままに呼びだすことができます。あなたも頭では理解しているでしょう。それは疑っていません。しかし、警告しておきますが、頭で理解しているだけではまだ足りないんです。ぼくと妹のうち、どちらかが忌み子化するとしたら——それを誘発するのは、ぼくらの中にいるあなたかもしれないんですよ！　そうでなければ父かもしれないし……母かもしれない！　あるいは、あなたの公爵さまかも！　ぼくらの意識を掌握するのが内なるあなたがたのなかのだれであってもおかしくはないんです。条件はだれの場合も同じでしょうから」

　ジェシカは胸の内に灼熱の塊が宿り、目に熱いものがにじむのをおぼえた。

「レト……」ここにおいて、ジェシカはようやく、孫息子を名前で呼ぶことを自分に許し、声を絞りだした。孫息子を夫と同じ名で呼ぶ苦しみは、想像していたよりも小さかった。「わたしになにを望むの？」

「おばあさまに教えを施す機会を」

「わたしになにを教えるつもり？」

「昨晩、ガニーとぼくは母と父の役割演習を行なって、もうすこしで破滅しかけました。ですが、それで学べたことはたくさんあります。条件にさえ気づけば、人が学べることはたくさんあるんです。行動も予測できます。いまのアリアは――十中八九、あなたを誘拐しようと企んでいます」

ジェシカは目をしばたたいた。突然のアリア批判に、ショックをおぼえたのだ。相手の動揺を誘うこのトリックはよく知っている。自分自身、何度も使ってきた。相手に道理を含ませておいて、まったく異なる角度から予想外の発想を突きつける手法だ。ジェシカは鋭く息を吸いこみ、自分を取りもどした。

「アリアがなにをしてきたかは知っているわ……アリアが何者であるかもね。でも……」

「おばあさま、アリアは気の毒な立場にあります。あなたも頭脳だけでなく、心も使って向きあってください。前にも同じミスを犯したでしょう？　あなたは脅威をちらつかせた。それに対して、アリアは自分の帝国を求めた――すくなくとも、アリアがなってしまったものは帝国を望んでいます」

「そう指摘するのがもうひとりの忌み子ではないと、どうしてわたしにわかるの？」

レトは肩をすくめた。

「心を使って向きあってほしいというのはそこなんですよ。ガニーもぼくも、どのようにしてアリアが堕ちたかを知っている。かまびすしい内なる声の大群をいなすのは、簡単なことではありません。いくら抑制しても、だれかひとりの記憶を呼びだすたびに、内なる声たちはこぞって表に出ようと押しよせてくる。そして、いつの日か――」レトはつばを呑みこんだ。「――内なる声のなかでもひときわ強力な人格が、肉体を分かちあう時間を確保しようと意志を固めるんです」

「それに対して、あなたたちが打てる対策はないの？」

ジェシカはたずねたが、答えをきくのが恐ろしくもあった。

「対策はあると信じてはいます……ええ。香料《スパイス》に頼るわけにはいきません。そこは絶対にゆずれないところです。それに、先人たちを完全に抑制するわけにもいきません。逆に、利用するんです。統合して自分自身に混ぜこんでしまうんです。最終的に、ぼくらはもうオリジナルの自分ではいられなくなってしまう――けれど、そうなれば、もはや何者にも憑依される恐れはなくなります」

「いましがた、わたしを誘拐する計画があるといったわね」

「そんな計画があることは明白でしょう。ウェンシシアは自分の息子を帝位につけようとしている。アリアはアリアで野望をいだいている。それに……」

「アリアとファラッディーンが共謀していると？」

「その徴候は見当たりませんが。いまこのとき、アリアとウェンシシアが並行して、ことを起こそうともくろんでいることはたしかです。ウェンシシアにはアリアの帝室に姉がいる。

帝都に送られてきたメッセージを見れば、それは一目瞭然と――」

「そんなメッセージがきたの？　中身を知っている？」

「知っていますとも――あたかもこの目で見て、一言一句に目を通したかのように」

「でも、メッセージ自体を見てはいないのね？」

「見るまでもありません。アトレイデス家の者全員がここアラキスに集まっているという事実を知れば充分です。すべての水がひとつの貯水池に集められた状態ですから」

　レトはそういって、惑星全体を示すしぐさをしてみせた。

「このアラキスで、コリノ家がわたしたちを襲う挙に出るとは思えないわ！」

「コリノ家がそんな挙に出れば、アリアは得をするだけじゃありませんか」

　レトの声が含む見くだした口調に、ジェシカはいらだった。

「面白くないわね、自分の孫息子に見くだされるのは！」

「やけに瑣末なことにこだわるんだな！　だったら、わたしをきみの孫息子と考えるのはやめたまえ！　きみの愛しいレト公爵と思えばいい！」

　口調や表情はもとより、切れのいい手ぶりすらも完全に夫のそれと同じものだったので、ジェシカは混乱し、黙りこんだ。

　よそよそしい声で、レトはいった。

「ぼくはあなたに誘拐への対策を立ててもらおうと努めてきました。せめて話はちゃんと聞いてください」

「……なんのためにアリアがわたしを誘拐するというの」

「コリノ家に罪をかぶせて糾弾するために決まっているでしょう」

「とても信じられない。いくらアリアでも、そんな……そんな非道なことをするとは！危険すぎるわ！ 人間の心がある者に、どうしたらそんなことができるの……わたしには信じられない！」

「アリアが行動に出れば、いやでも信じることになりますよ。いいですか、おばあさま、ガニーもぼくも、自分の心の中で漏れる先人たちの権謀術数はいやでも耳に入ってしまう。だから、わかっているんです。これは単純な防衛本能の結果にほかなりません。こうでもしないかぎり、どうやって身のまわりで起こる過ちから自衛できるというんです」

「その誘拐計画にアリアが関与しているなんて、とうてい受け入れられない――」

「地下なる神々《あきれたな》よ！ ベネ・ゲセリットともあろう者が、どうしてこんなに鈍いんだろう。あなたがアラキスへなにをしにきたのか、帝国じゅうがうすうす気づいているんですよ。ウェンシシアの宣伝工作員たちは、こぞってあなたの評判を落とそうと画策しています。しかしアリアは、その画策が奏効するまで待ってはいられない。だからあなたを排除するつもりでいる。しかし、ここであなたが表舞台から消えてしまったら、アトレイデス家は致命的なダメージを負うことになる」

「帝国じゅうが、なににうすうす気づいているというの？」

ジェシカはできるかぎり冷たい口調でこの問いを投げかけた。〈操《からく》り声〉の手管では、この子供ならぬ子供から本音を引きだせないことがわかっているからだ。

「レディ・ジェシカが双子同士を交合させて子供を産ませようとしていることですよ！」

レトは吐き捨てるようにいった。「それが修女会の望んでいることだ。近親相姦です！」

ジェシカは目をしばたたき、

「そんなもの、根も葉もないうわさよ」といって、ごくりとつばを呑みこんだ。「ベネ・ゲセリットは、そんなうわさが帝国に流れるのを放置してはおかないわ。わたしたちにはまだ、それなりの影響力があるのよ。そのことを忘れないで」

「うわさ？　どこがうわさなんです。あなたがたはすでに、ぼくらを交配させる選択肢をオープンにしているじゃありませんか」口を開きかけたジェシカに向かって、レトは首を左右にふった。「否定してもむだです。ぼくらは同じ帝室に暮らして、ふつうに思春期を過ごさせてもらいますからね。あなたにも同じ帝室で過ごしていただきますが、あなたの影響力など、砂蟲《サンドワーム》の歯列にひっかかって揺れるぼろきれ程度しかないと思いなさい」

「わたしたちがそれほど馬鹿だと、本気で思っているの？」

「思っていますとも。あなたの修女会は、お大事な人類血統計画のことしか考えられない、愚昧《ぐまい》な悪婆《あくば》の徒党でしかない。ガニーもぼくも、修女会が狙いすます付け目を知っている。あなたこそ、ぼくらがそれほど馬鹿だと思っているんですか？」

「付け目？」

「修女会はあなたがハルコンネンだと知っている！　修女会の血統記録にはこんな記述があるはずです。ジェシカ——ウラディーミル・ハルコンネン男爵がタニディア・ネルスに産ませた娘である。その記録が〝たまたま〟明るみに出れば、あなたはやっかいな立場に追いやられ——」

「修女会が脅迫に走るとでも思うの？」

「走ったことはわかってるんです。なるほど、巧妙なおためごかしで言いくるめようとはしたでしょう。あなたにはご自分の娘に関するうわさを調査してくるよう指示したはずだ。あなたの好奇心と恐怖をあおったんですよ。修女会はあなたの責任感に訴えて、あなたがカラダンに逃げ帰っていたことに罪悪感をいだかせた。そのうえで、この訪問は孫たちを助ける絶好の機会でもあると吹きこんだ」

ジェシカには無言でレトを見つめることしかできなかった。まるで修女会の学監たちの、情に訴える働きかけを盗み聞いていたかのようではないか。いまの指摘に完膚なきまでに圧倒されたジェシカは、レトのことばが真実である可能性を受け入れはじめた。アリアが自分を誘拐しようと企んでいるというのは、では、ほんとうなのかもしれない。

「おわかりでしょう、おばあさま、ぼくが困難な決定を下さねばならないことは」レトは語をついだ。「自分はアトレイデスの神がかった信条を継承すべきなのか。自分の臣民のために生き……臣民のために死ぬべきなのか。その逆に、別の生き方を選び――何千年も生きる道を歩むことを自分に許すべきなのか」

ジェシカは思わず気圧《けお》されるのをおぼえた。レトがいま、さらりと口にした生き方は、修女会ではほぼ禁忌あつかいになっている。その生き方を選ぶことのできた――あるいは、選ぼうと試みることのできた――教母はおおぜいいた。修女会の修行を積んだ者ならば、体内の化学組成を操作できなくはない。そして、ひとたびだれかがこの操作を行なえば、早晩、それに倣《なら》う者がつぎつぎに現われる。そのような流れで齢をとらない女がたびたび現われようものなら、これは隠しようがない。それを危惧してきた修女会は、そういった行為が確実に組織を破滅に導くと知っている。定命《じょうみょう》の人間は、不老不死の者を弾圧するからだ。だから、不老など考えてはいけない――それは禁忌として思慮の埒外にある。

「あなたの考え方、気にいらないわ」とジェシカはいった。

「ぼくの考え方を理解してもいないのに？　ガニーとぼくは……」レトはことばを切り、かぶりをふった。「その問題を、アリアは理解したうえで放り捨ててしまいましたがね」

「それは事実？　わたしはもう、アリアが禁忌を実行に移していると報告してしまったわ。あの子を見てごらんなさい！　前にアラキスを訪ねた日以来、ちっとも変わっては……」

「ああ、そっちの問題！」レトは片手を横にひと薙《な》ぎし、ジェシカのことばを一蹴した。代謝バランスを意識的に調整して若さをたもつベネ・ゲセリットの回春技法など、いまは関係ない。「ぼくがいっているのはそんなくだらない話ではありません――かつて人類が到達した次元をはるかに超えて完璧な存在になること。そういう話をしているんです」

ジェシカは無言をたもった。自分が心に秘していたことをたやすくさらけだされて、慄然とする思いだった。自分は修女会にアリアが禁忌を破ったというメッセージを送った。それはすなわち、アリアに対する死刑宣告を意味する。どう遠まわしに表現しようとも、レトの含みにあるのは、自分が不老の禁忌を破ろうとしているということだ。この発言がどれほど危険なものか、レトにはわかっているのだろうか。

ややあって、ようやくジェシカは口を開いた。

「では、あなたの〝何千年も生きる〟という意味を説明してちょうだい」

「どうやって？　〈時〉が見かけどおりのものではないことを理解してもらえないかぎり、

説明の端緒に立つこともできないのに？　父は多少とも理解していました。すくなくとも、理解のとば口くらいには立っていましたよ。ところが、そこからあとずさってしまった。こんどはガニーとぼくが理解に踏みこむ番です」

「それでも、説明するだけしてみてちょうだい」

ジェシカはそういって、ローブの裏のひだに隠し持っている毒針をまさぐった。これはゴム・ジャッバール——軽くひと刺しするだけで、ものの数秒のうちに人間ひとりの命を奪ってしまえる猛毒の針だ。毒針をまさぐりながら、ジェシカは思った。

（修女会から、これを使う必要に迫られるかもしれないといわれてはいたけれど……）

じっさいにそこまで踏みきる可能性を考えるにつけ、腕の筋肉が間欠的にわなないた。腕がローブで隠れていることがありがたい。

「いいでしょう」レトはためいきをついた。「まず最初に、〈時〉についてです。千年も一年も違いはありません。十万年も鼓動ひとつぶんの時間も違いはありません。まったくないんです。それが〈時〉に関する第一の真実です。そして、第二の真実は——この宇宙全体が、その〈時〉のすべてとともに、ぼくの中にあるということです」

「それはいったい、なんのたわごと？」

「ほうらね？　やはり理解できない。では、別の角度から説明してみましょうか」レトは右手をあげ、空中に線を描きながら語をついだ。「前に進む。うしろに戻る」

「そんなの、なんの説明にもなっていないじゃない！」

「そう。これはことばで説明できることじゃないんです。これを理解するには、ことばを介さずに経験しなくてはならない。しかし、あなたにはそういった経験に挑戦するだけの準備ができていない――ぼくを見るとき、ぼくが見えていないのと同様に」

「なにをいうの……わたしはしっかりとあなたを見ているわ。もちろん、あなたのことはちゃんと見えていますとも！」

ジェシカはレトをにらんだ。レトのことばには、ベネ・ゲセリットの学院で教わった、『禅スンニ派法典』の知識が反映されている。これはことばを弄し、相手の哲学に関する理解を混乱させる手法にちがいない。

「世の中には、あなたの制御がおよばないこともあるんですよ」レトがいった。

「なぜそれが、あなたの……あなたのいう〝かつて人類が到達した次元をはるかに超えて完璧な存在になること〟の説明になるの？」

レトはうなずいた。

「老化や死の到来を多少とも遅らせるためにメランジを用いるにしても、あなたがたベネ・ゲセリットが当然のように恐れている身体バランスの意識的な調整を用いるにしても、そうした遅延は生体を制御しているとの錯覚を誘発するものでしかありません。群居洞《シエチ》の内部を足早に歩こうと、ゆっくり歩こうと、人は群居洞《シエチ》の内部を移動するのみ。そして、それにともなう時間経過は個人的な経験でしかないんです」

「どうしてそう、ことばを玩弄《がんろう》するの？　わたしにはね、あなたのおとうさんが生まれるずっと前に、そんなたわごとを嚙み砕くだけの知恵歯《ふんべつ》があったのよ」

「知恵歯《おやしらず》があったつもりで、じつは生えてなかったようですね」

「またそんな！　ああいえばこういう！」

「惜しい、あと一歩、理解がおよんでいない」

「どこがよ！」

「おばあさま」

「なに？」

　レトは長いあいだ黙していた。それから、

「わかりましたか？　あなたはまだ、呼びかけられて、あなた自身として反応できますが――」そういって、にっこり笑ってみせた。「――影を透かして見ることはできません。ここにいるぼくが見えているだけです」

　そこでまたレトはほほえみ、語をついで、

「父はそうとう近いところまで見えるようになってはいました。父も生きていたときには、しかるべく生きました。しかし、死に方をまちがえてしまった」

「いったいなにをいっているの？」

「父の生《い》き身《み》を見せてください」

「あなた、まさかあの〈伝道者〉が……」

「その可能性はあります。しかし、たとえそうでも、あれは父の生《い》き身《み》ではない」

「それではなんの説明にもなってないじゃないの」ジェシカはなじるようにいった。

「あらかじめいったでしょう、あなたには理解できないと」

「それなら、なぜ……」

「あなたが質問したからですよ。これでわかったでしょう。答えたところで理解できないことが。さあ、アリアと誘拐計画の件に戻りましょう――」

「あなたは禁忌を犯そうともくろんでいるの？」

　ジェシカは語気を強めた。ローブの下では、すぐにでも突き刺せるよう、猛毒のゴム・ジャッバールを握りしめている。

「それでアリアの命を奪うつもりですか？」レトはジェシカの問いには答えずにたずねた。表面上はおだやかに聞こえる声だった。そこでふいに、ローブの下で針を握るジェシカの手に人差し指を突きつけて、「そんなものをふるう隙をアリアが見せると思いますか？　あるいは、ぼくがそんな隙を見せるとでも？」

　ジェシカは息をとめている自分に気がついた。

「ともあれ、あなたの質問には答えましょう」とレトはいった。「禁忌を犯すことなど、もくろんではいません。ぼくはそこまで愚かではありませんよ。しかし、あなたには心底、愕然とさせられました。よくまあアリアを断罪できたものだ。もちろんアリアは、気高いベネ・ゲセリットの戒律を破っていますとも！　なにを期待していたんです？　あなたはアリアから逃げだした——娘を名ばかりの女帝にして、この惑星に置き去りにしたんです、大きすぎる権力の手綱をとるすべも与えずに！　自分はさっさとカラダンに逃げもどり、ガーニーの腕の中でぬくぬくと傷を癒してもらっていた。それはそれでよしとしましょう。しかし、アリアを断罪する資格が、あなたのどこにあるというんです！」

「いっておくけれど、わたしはけっしてアリアを——」

「**黙れ！**」

　レトは嫌悪のあまり、ジェシカから目をそらした。ただし、彼の口から出たことばは、ベネ・ゲセリットの特殊な発声——人を操る〈操《から》り声〉で発せられたものだった。まるで口を荒々しく手で押さえられたかのように、ジェシカはまったく口がきけなくなった。

ジェシカは思った。

（このわたしを、これ以上みごとに〈操り声〉で御せる者などいはしない――）

その思いは、傷ついた気持ちをなだめる役にたってくれた。これまで何度となく他者に〈操り声〉を使ってきたジェシカだが、よもや自分が〈操り声〉で操られる側にまわろうとは……こうもあっさりと操られた最後の例は……学院時代、尊師に……。

レトがジェシカに視線を戻した。

「失礼。まさかあなたが、あんなにも直情的な反応を示すとは、思いも――」

「直情的？　このわたしが？」

巧みな〈操り声〉で黙らされたことよりも、この侮辱のほうにずっと腹が立った。

「あなたが、ですよ」レトは答えた。「直情的なのはね。あなたの中に多少とも誠実さが残っていれば、ご自分がどのような反応をしたかが認識できるでしょう。ぼくがあなたの名前を呼ぶ。あなたは〝なに？〟と答える。それを梃子《てこ》にして、ぼくはあなたの口を閉じさせる。これはすべて、あなたがたベネ・ゲセリットが人を誑《たぶら》かすさいに使う手法です。ご自分の心の内に目を向けて、あなたが学んだこうしたやりくちを見つめてごらんなさい。それがせめてもの、あなたの娘にしてあげられる――」

「よくもそんなことがいえるものね！　あなたがなにを知っていると……」

ジェシカのことばは尻すぼみに消えた。もちろん、レトは知っているに決まっている！

「もういちどいう、心の内を見つめろ！」

　レトの声には有無をいわさぬ響きがあった。

　ジェシカはふたたび、声のなすがままになった。五感が停止し、呼吸が速くなっていく。意識のすぐ向こうには早鐘のように搏動《はくどう》する心臓が潜んでいる。あえいでいる自分……。唐突に、呼吸の速さも心臓の高鳴りもまやかしではなく、ベネ・ゲセリットの制御法では抑えようがないことに気がついた。事態を認識し、ショックのあまり、大きく目を見開く。自分自身の肉体が他者の指示にしたがっている！心の平静はゆっくりともどってきたが、支配されているとの認識は残った。この子供ならぬ子供は、話し合いをはじめたときからずっと、ジェシカを精巧な装置のように操ってきたのだ。

　レトがいった。

「これで、ご自分がどれだけ深く、お大事なベネ・ゲセリットに条件づけされていたかがわかったでしょう」

　ジェシカはうなずくことしかできなかった。ことばに対する信仰は粉微塵に砕け散ってしまった。レトはジェシカに対し、自己の肉体宇宙を正面から強引に見つめさせたのだ。揺さぶるようにして〝呪縛〟の状態から引きずりだされたジェシカの精神には、まったく新たな意識が走っていた。〝父の生《い》き身《み》を見せてください〟といったレトは、ジェシカに自分の生《い》き身《み》を直視させた。それが新生児の肉体でもあるかのように。これから自分はどうなるのだろうという思いに駆られて、身がわななくほどの不安感をいだいたのは——こんな気持ちになるのは——ワラックの学院で幼年時代を過ごしたとき以来——あるいは、公爵さまの買い受け人たちが自分を迎えにきたとき以来だ。

「あなたはご自分の誘拐を許容することになります」レトがいった。

「でも——」

「この点については、議論を求めているわけではありません。あなたはいやでも許容することになる。これはあなたの愛する公爵さまの命令と思ってください。そのときがきたら、あなたにも誘拐される意味合いがわかるでしょう。あなたはもうじき、きわめて興味深い教え子と出会うことになります」

レトは立ちあがり、こくりとうなずいて、こういった。

「行動のなかには、終わりがあっても始まりのないものがある。始めることはできるのに、終わらせられないものもある。それはひとえに、観察者の立ち位置によるんです」

それだけ言い残し、レトはくるりと背を向け、ジェシカの岩屋を出ていき、私用区画をあとにした。

二番めの控えの間に入ったとき、速足で自分たちの私用区画へ向かっていたガニーマと出くわした。レトに気づいて、ガニーマは足をとめ、こういった。

「アリアは聖職総会で忙しいわ」

そして、ジェシカの区画に通じる通路へ物問い顔を向けた。

「うまくいったよ」とレトは答えた。

暴虐というものへの認識は、受ける側も加える側も変わらない。接する距離に関係なく、暴虐を学ぶすべてのものにとっても変わらない。暴虐に言い訳は認められず、情状酌量の余地もない。暴虐は均衡をとることも、過去を正すこともしない。暴虐は未来に備え、いっそうの暴虐で武装するのみ。暴虐はみずからと交わって際限なく存続する――近親相姦の野蛮な形態である。暴虐を働く者はだれであれ、そうやって連綿とつづく暴虐を未来に継承する者にほかならない。

――『ムアッディブ外典』

正午をまわってすぐ、すずしい日陰やお神酒《みき》にありつける場所を求めて、巡礼の大半が休息を取りに立ち去ったのち、〈伝道者〉は〈アリアの大聖堂〉前に広がる広場に足を踏み入れた。片手は目の代わりを務める少年アサーン・タリークの肩にかけている。風になびくローブには内ポケットがあり、そこにはサルーサ・セクンドゥスでつけていた黒い薄物の面布を収めてあった。おもしろいのは、面布と少年の役割がまったく同じ――偽装であるということだ。目の代わりを必要としているうちは、この男はムアッディブとちがうのではないかと、だれもが疑念の目で見てくれる。

〈伝道者〉は思った。

(〈伝道者〉にまつわる神話は勝手に肥大させておこう。ただし、疑念は残るようにしておかなくてはなるまい)

この面布はただの布きれでしかなく、惑星イクス製の高機能製品などではまったくない。この事実はだれにも知られてはならないことだ。加えて、アサーン・タリークの骨ばった肩からは、けっして手を離さぬようにしなくてはならない。眼球がなく、眼窩《がんか》が露出しているにもかかわらず、〈伝道者〉が平然と道を歩きまわろうものなら、育ててきた疑念は消滅し、絶やさずにいた小さな希望はついえる。日々、〈伝道者〉が求めてやまないのは変化だ。自分をつまずかせる、予想外の変化だ。だが、サルーサ・セクンドゥスでさえも小石でしかなく、すべては観《み》て知っていることばかりだった。なにひとつ変わりはしない。なにものも変わりえない……いまはまだ。

〈伝道者〉はずらりと並んだ露店の前や、屋根つきの仲店通りを歩いていく。歩きながら、〈伝道者〉が右に左に顔を向けるさまを眺めていたおおぜいの者は、顔を向けられる先が戸口や人物にぴたりと合わせられていることに気がついた。その動きには、かならずしも目が見えない者のそれとは思えない特徴があり、それはますます神話を増幅させることになった。

　高くそびえる〈大聖堂〉の外壁の、はたからはそれとわからない覗き窓から、アリアはそんな〈伝道者〉のようすを観察していた。はるか下をゆく人物の、傷の走る顔に求めるものは、なんらかの見知った特徴、兄であることを確実に示す特徴だ。アリアのもとへはありとあらゆるうわさが逐一報告されてくる。そして、新しいうわさが入ってくるたびに冷や汗をかく。

〈伝道者〉をとらえよとの命令はまだ公になっていないはずなのに、昨今ではそれすらもうわさとして聞こえてくる始末だ。自分の部下のなかにさえ、守秘義務をまっとうできぬ者がいるらしい。アリアとしては、自分がさきほど出した命令を〈大聖堂〉の警固司祭が厳守し、ローブをまとう謎めいた男を公衆の面前で捕縛せぬようにと祈るばかりだった。そんな場面の目撃談が広まれば、面倒なことになる。

真昼の太陽に照りつけられた広場は、暑く、ほこりっぽい。〈伝道者〉を導く少年は、首まわりのスカーフを引きあげて、目から下をおおっている。スカーフの上には黒い目と、保水《スティル》スーツのフードの下に細く覗いた額しか見えない。スカーフに突きでた管状の突起は保水スーツにつながる鼻孔《ノーズ》チューブだ。そのいでたちからして、ふたりが砂漠からやってきたことは明らかだった。あの者たちはいったい、砂漠になにを隠しているのだろう？

〈伝道者〉のほうは、焼けつくような空気から頭部を保護するスカーフをつけていない。それどころか、保水スーツに鼻孔チューブを差す挿入口のフラップさえもはずしている。陽射しと熱波から顔をさえぎるものはなにもなかった。照りつけてくる酷熱の陽光により、広場の敷石からはゆらゆらと陽炎《かげろう》が立ち昇っているというのにだ。

〈大聖堂〉入口の石段には、九人からなる巡礼グループが立ち、辞去の礼を行なっているところだった。広場のはずれにある日陰では、もう五十人ほどの姿が見える。ほとんどは、司祭たちの勧めにしたがって、さまざまな悔悛の行に励む巡礼たちだ。それを眺めている者のなかには、待機中の先触れたちのほか、数はすくないながら、売り子の姿も見られた。日中でもひときわ酷熱の時間帯を迎えてなお引きあげていないところを見ると、それほど売上げがあがってはいないのだろう。

覗き窓から外を見おろしているうちに、自分が外気の熱暑に包まれているような錯覚をおぼえ、心が思考と感覚の狭間にとらわれるのを感じた。この状態には、兄がよく陥っていたものだ。内なる存在に相談したいという誘惑は、頭の中で不吉な背景音のように鳴りつづけている。男爵はそこにいる。いちおうは従順だが、アリアが合理的な判断に失敗し、まわりの状況に対する過去、現在、未来の感覚をなくしたと見るや、すぐにでも恐怖心につけこもうと手ぐすねひいて待っている。

　アリアは自問した。

(あれがポールだとして、あそこでなにをしているの?)

「あれがポールなものか!」内なる声がいった。

だが、〈伝道者〉の説法に関する報告の内容については誤解のしようがない。異端だ!自身の名において築きあげられた現体制を、ポール自身が壊そうとしているかもしれない——そう思うと、慄然とした。

(でも、ありえないことではないわ)

　アリアはけさの枢密院会議で発した発言を思い返した。あのとき自分は、コリノ家から贈られた正装を受けとるべきだとするイルーランに対し、手ひどいことばを浴びせかけた。

　イルーランの発言はこうだった。

「もちろん、双子に対する贈り物はすべて徹底的に検査するべきです、いつものように」

「検査して無害だとわかったらどうするつもり?」アリアは大声で問いを発した。

検査した結果、贈り物にはなんの脅威もないと判明する——なによりも恐ろしいのは、むしろその場合なのである。

結局、上等の正装は受けとることに決まり、議題は別件に移った。レディ・ジェシカに枢密院の席を与えるべきか否か。この件については、アリアはけさまでぐずぐずと票決を先延ばしにしてきた。

会議でのようすを思い返しながら、広場の〈伝道者〉を見おろす。

アリアの摂政政治に対していま起きていることは、この惑星に加えられている変化の、負の面に類似している。〈デューン〉はかつて、究極の砂漠の力を象徴するものだった。その力自体は物理的な面で縮小した反面、力にまつわる神話は急速な拡大を見た。現在、この惑星に残っている砂漠は大砂原《おおすなばら》——惑星の奥地に広がる広大な〈母なる砂漠〉のみだ。この大砂原の周辺地帯には、フレメンがいまも夜の女王《ダイリンチュウ》と呼ぶサボテンが群生しているが、この群生の内側には土を盛った緑の丘が連なっており、大砂原側はなだらかに傾斜して、砂漠へと融けこんでいる。この丘はすべて人間が築いたものだ。どの丘も例外なく植栽におおわれているのは、這いまわる昆虫よろしく、人間たちがせっせと植林を進めたおかげだった。丘をおおいつくす緑の景観は、灰褐色の砂に慣れ親しんできた者にとっては——

アリアもそんなひとりだ——衝撃的なものだった。すべてのフレメンと同じく、アリアの心の中では、〈デューン〉といえば大砂原というイメージが強固に固定されている。目をつむるだけで、まぶたの裏には砂漠の光景が見える。目を開いて砂漠の縁を見れば、緑豊かな丘陵という〝粘菌〟が、砂漠に緑の〝偽足《ぎそく》〟を伸ばしているように見えるが——心の中の砂漠はあいかわらず力強いままだ。

　アリアは左右に首をふり、眼下の〈伝道者〉を見つめた。

〈伝道者〉は〈大聖堂〉の入口に連なった、横に幅の広い石段の第一段に足をかけると、うしろをふりかえり、ほとんど人気《ひとけ》のない広場に顔を向けた。アリアは覗き窓の横にあるボタンを指先で押した。地上の音声が増幅されて聞こえるようになった。こんなところで、たったひとりで眼下のようすを観察しているかと思うと、自分が哀れになる。信用できる者はだれかいないのか？　スティルガーはいまも信用できるとは思うが、あの盲目の男に神秘性を感じてしまっている。

「あの男がどんなふうに数を数えるか、知っていますか？」先ごろ、スティルガーにそう問われたことがあった。「道導者に賃金を払うとき、貨幣を数えるのを耳にしたのですが。わたしのフレメンの耳には、はなはだ異様な音に聞こえました。異様な音とは、こうです。一枚《シュック》、二枚《イシュカイ》、三枚《キムサ》、四枚《チュスク》、五枚《ピチユカ》、六枚《スクタ》……。あれほど奇妙な数え方など、砂漠で生まれてこのかた、聞いたことがありません」

この報告を聞いたアリアは、スティルガーにはもはや、為《な》すべき仕事を為させることは無理だと判断したのだった。といって、衛士たちに仕事を頼むのもはばかられる。摂政がほんの軽い気持ちで持ちかけたことでも、絶対的な命令ととられる恐れがあるからだ。

あんなところでなにをやっているのだろう、あの〈伝道者〉は。

日除《ひよ》けも兼ねたバルコニーの下に並ぶ露店や、アーチ屋根の下に並ぶ常設店は、あいもかわらず売り物も看板もけばけばしい。店主が休憩に出ているあいだ、露台に陳列された商品を見張っているのは数人の少年だった。午睡もとらず、店に居残っている数すくない店主たちは、奥地のフレメンが香料《スパイス》で儲けた小金や、巡礼たちの財布で音を立てる貨幣をあてこんでいるのだろう。

アリアはふたたび〈伝道者〉に視線をもどした。いまにも講釈をぶちそうなようすだが、なにかが気になって始められずにいるらしい。

（なぜわたしはここに立って、あんなにも老いさらばえた老骨を見張っているのだろう）

アリアは自問した。（あそこにいる肉体の成れの果てが、かつてわたしの兄であったあの〝帝王の器〟であるはずがない）

怒りに近いいらだちが心を満たした。どうすればあの〈伝道者〉の正体がわかるだろう。

どうすれば正体をわからぬままにできるだろう。このままではなにもたしかめようがない。あの異端者については、一時的な好奇心を満たす以上の情報など知りたくなかった。

イルーランもその危うさを感じとっていたようだ。枢密院会議では、あの有名なベネ・ゲセリットの冷静さを失って、こう叫んだからである。

「わたくしたちは、自分たちを見つめる力を失ってしまったのです！」

あれにはスティルガーでさえショックを受けていた。

一同をわれに返らせたのはジャヴィードだった。

「このようなたわごとを検討している時間などないのですぞ！」

たしかに、ジャヴィードの指摘するとおり。当局者が自分たちのことをどう思おうが、どうでもいいことではないか。当局者にとって重要なのは、帝国の力をいかに保持するかなのだから。

しかしイルーランは、なおもいいつのった。しかも、いっそう声を張りあげて。

「わたくしたちはたいせつななにかを失ってしまった——そういっているのです。それを失うとともに、政府は適切な意思決定をする能力をも失ってしまいました。昨今の政府が下す決定は、敵を利するものばかり、でなければ、なにも決断せず、ひたすら待つばかり——漫然と待つことはあきらめのひとつの形であって、わたくしたちは他の勢力の決断に流されて動く状況に甘んじています。この流れに陥った元凶が自分たち自身であることを、あなたがたは理解しているのですか！」

この批判の根底にあるのは、コリノ家からの贈り物を受けとるべきか否かの問題だった。

ゆえに、アリアはいま、ついに腹を決めた。イルーランは排除しなくてはならない。

それにしても、あの老人、なにをぐずぐずしているのか。老人はみずから〈伝道者〉と名乗っている。なのになぜ、道を説こうとしないのか。

政府の意思決定過程については、イルーランはまちがっている——アリアは自分にそう言い聞かせた。

（わたしはまだ、適切な決定を下せるもの！）

人々の生殺与奪の権を持つ人間は、決断を下さなければならない。判断を留保すれば、どっちつかずのままとなる。ポールはいつも、自然ではない状態のうち、もっとも危険なものは現状維持だといっていた。永続するものは固定することなく流動する。なによりも重要なのは変化なのである。

（その変化はわたしが見せてやる！）

おりしも、〈伝道者〉が両手をかかげた。あたかも祝福を授けるかのように。広場に残っていた人間のうち、少数の者が〈伝道者〉に近づきだす。だが、その動きが妙に鈍いことにアリアは気づいた。〈伝道者〉がアリアの不興を買っているとのうわさが流布しているのはほんとうなのだろう。アリアは覗き窓の下にあるイクス製スピーカーにかがみこんだ。スピーカーが広場に残っている者たちのざわめきや、風の音、いくつもの足が砂を踏むジャリジャリという音を伝えてきた。

「みなに申し伝えたき口上は四つ！」〈伝道者〉は切りだした。

スピーカーから響いた割れ鐘のような大音声に、アリアは思わずボリュームを落とした。

「口上は各々、特定の個人に向けたもの」〈伝道者〉は語をついだ。「口上のひとつめを告げる相手は、アリア――この聖堂の主《あるじ》」

〈伝道者〉はそこで、背後にそびえる〈大聖堂〉壁面の、覗き窓があるあたりを指さした。

「心せよ、アリアよ。汝、子宮の内に果てしなき時の秘密を秘めたる者よ。汝は空手形と引き替えに、おのが未来を売りわたした！」

（なにを尊大な）とアリアは思った。だが、そのことばには肝を冷やすものがあった。

「口上のふたつめを告げる相手は」〈伝道者〉はつづけた。「スティルガー。フレメンの指導者《ナイーブ》にして、諸部族の力を帝国の力に変えうると信じる者。心せよ、スティルガーよ。あらゆる創造においてもっとも危険なものは、倫理の硬直的な運用なり。かような運用をなす汝に倫理は牙を剝き、汝を追放せしむるであろう！」

（とんでもないことを！）とアリアは思った。（急ぎ、衛士たちを差し向けなくては——たとえどんな結果になろうとも）

だが、アリアは手を脇におろしたまま、なにもしようとしなかった。

ここで〈伝道者〉は〈大聖堂〉正面に向きなおり、石段の二段めにあがると、ふたたび広場に面と向かった。その間《かん》ずっと、左手を道導者の肩にかけたままだ。ここでまたもや、〈伝道者〉は叫んだ。

「口上の三つめを告げる相手は、プリンセス・イルーラン。プリンセス！　受けた屈辱は何者も忘れえぬ。逃げよ！」

（いったいなにをいってるの？　たしかにわたしたちはイルーランに屈辱を味わわせた。けれど……なぜいま、イルーランに逃げろと？　イルーランを排除しようと決めたのは、ついいましがたのことなのに）

冷たいものが背筋を走りぬけた。〈伝道者〉はなぜ知っている？

「口上の四つめを告げる相手は、ダンカン・アイダホ」〈伝道者〉は大声で呼ばわった。

「ダンカン——忠誠心で忠誠心を買えると信じるよう教わった者よ！　おお、ダンカン、歴史を信じるなかれ、なんとなれば、歴史とは金の力で動くものなればなり。ダンカンよ、不貞の妻を持つ者よ！　額に生えし嫉妬の角の赴くがまま、汝が最良と知る行動をとれ」

アリアは右手の甲を噛んだ。

よほど手を伸ばし、警固司祭を呼ぶボタンを押そうかと思った。が、その手が動かない。

(不貞？　嫉妬の角ですって！)

「最後に物申す」〈伝道者〉はつづけた。「これは砂漠からの訓話なり。ムアッディブを信奉する司祭ども、剣による宗教統一主義《エキュメニズム》を実践する者どもよ、よっく聴け。おお、汝ら領土拡張主義の極みたる〝明白な運命《マニフェスト・デスティニー》〟を信じる者どもよ！　汝らは明白な運命説に、悪霊に取り憑かれたかのごとき側面があることを知らぬか。汝らはみずからを気高い者と叫ぶ。しかれどもその根拠とは、汝らがムアッディブに祝福されし世に生きた世代であることにすぎぬ。その汝らに向かって、われはいう——汝らはムアッディブを見捨てたではないか、と。聖性は汝らの宗教における愛に取って代わった！　かかるがゆえに、汝らは砂漠の復讐を受けるであろう！」

〈伝道者〉はそういうと、祈りを捧げるかのようにこうべをたれた。

アリアはようやくそれに気づき、全身に震えが走るのをおぼえた。地下なる神々よ《なんということだろう》！

あの声！　焼けつく砂の上で長らく過ごしていたせいか、嗄《か》れ声になってはいるものの、そこにはポールの声の残滓《ざんし》らしきものがたしかに聞きとれたのだ。

やがて〈伝道者〉はこうべをかかげた。過去から蘇った奇人の大声《たいせい》に興味をそそられて、広場には見物人が集まってきつつある。

「聖なる書にはかくのごとく書かれてあり」〈伝道者〉は叫んだ。「砂漠の縁にて朝露を請い願う者は大洪水を招くであろう！　そのような者は理屈の力で運命から逃れることもかなわぬ！　理屈の源は、悪事を働く人間が、このやりかたならばだれにもばれまいとのうぬぼれにある」

ここで〈伝道者〉は、ぐっと声を落として、

「ムアッディブは予知能力ゆえに死んだといわれてきた。未来の知識ゆえに命を落とし、この現実の宇宙をあとにして、すべての未来を収めたる神秘界、アラム・ル＝ミサールへ入滅したのだと。汝らに告げん。それは幻影《マーヤー》の虚妄にすぎぬ。そのような虚妄に独立した現実はあらず。虚妄が汝らから出《いで》て現実の行為を行なうことはありえぬ。ムアッディブはいった、自分には宇宙を暗号化するリハーニの魔法などないと。ムアッディブの言をゆめ疑うなかれ」

〈伝道者〉はふたたび高々と両手をかかげ、いっそう声をはげまし、大音声を発した。

「心せよ、ムアッディブの司祭どもよ！　断崖の上で燃える炎は汝らを燃やしつくさん！　狡猾にも自己を欺瞞《ぎまん》する術《すべ》を学んだ者は、欺瞞によって身を滅ぼすであろう。兄弟の血を拭いとることはできぬのだ！」

〈伝道者〉は両手をおろし、少年道導者を探りあて、石段をあとにした。衝撃的な言辞に、アリアはわなわなと震えたまま身動きもできず、ようやくわれに返ったときには、両者は広場を大きく横切ったあとだった。なんと恐れを知らない異端を口にするのか！　あれはポールにちがいない。警固司祭たちに〈伝道者〉には手出し無用と注意を喚起しなくては。このままでは手を出しかねないが、表立って手荒なまねをするのはまずい。広場の状況がそれを裏づけている。

あれほどの異端を叫んだにもかかわらず、去りゆく〈伝道者〉の前に立ちふさがる者はひとりもいなかった。取り押さえようとして飛びだす〈大聖堂〉警備の衛士もいなければ、押しとどめようとする巡礼もいない。それもこれも、あの盲者が持つカリスマ性ゆえだ！〈伝道者〉を見た者、ことばに触れた者はみな、その力を——神聖な威光を感じとる。

日中の猛暑にもかかわらず、アリアは急にぞくりとするのをおぼえた。帝国を掌握する自分の力が貧弱なものでしかないことをひしひしと感じる。おのが権力基盤の弱さを思い、力不足を補うかのように覗き窓の縁をぐっと握りしめた。帝国権力の核を構成するのは、領主会議《ラーンスロード》、ＣＨＯＡＭ《チョーム》、フレメン軍団、この三者の力関係だ。さらに、航宙ギルドとベネ・ゲセリットも陰でひそかに暗躍している。そのうえ、人類入植宙域の最外縁で発達した禁断の技術がじわじわと浸透し、中央権力を蚕食《さんしょく》しつつあった。イクスとトレイラクスの工場で製造を許容されている製品も、外縁からの技術浸透圧に抗しきれていない。そして、舞台の袖にはつねに、コリノ家の若き公子《プリンス》、ファラッディーンが――故シャッダム四世の地位と権利の継承者が――控えている。

フレメンの軍事力がなければ、そして抗老化作用を持った香料《スパイス》をアトレイデス家が独占していなければ、アリアには帝国を掌握しきれない。すべての権力は融けて消えてしまう。こうしているあいだにも、権力が逃げていくのが感じられるほどだ。民衆は〈伝道者〉を気にかけている。あの男を黙らせるのは危険だ。といって、きょう広場に向かって叫んだような辻説法をあのまま垂れ流させておくことも同じくらい危険だ。心の中には、自分の敗北を示す最初の凶兆が、そして自分の前に立ちはだかる問題のパターンが鮮明に見えていた。ベネ・ゲセリットはこの問題を以下のように文章化している。

〝大多数を占める民衆が、少数ながら強力な勢力の監督下に置かれることは、われわれの宇宙ではしごくありふれた状況である。そしてわれわれは、この大多数が少数の管理者に不満をいだいたときに起こる主要なパターンとその対処法を知っている。

パターン1　民衆が指導者を見いだした場合。これは権力者にとってもっとも危険な状況だ。権力者は民衆の指導者たちを丸めこむよう努める必要に迫られる。

パターン2　民衆が自分たちにかけられた鎖を認識した場合。ゆえに民衆は知らしむべからず、問わせるべからず。

パターン3　民衆が軛《くびき》から脱却できるという希望をいだいた場合。そもそも民衆には、脱却が可能であると思わせることすら許してはならない！

アリアはかぶりをふり、その動きで頬が震えるのを感じた。以上の徴候は、すでにもう、アリアが統べる民に見られるものだ。帝国全域に放ったスパイたちが送ってくる報告は、ひとつの例外もなく、すでに知っている事態を裏づけている。フレメンによる聖戦《ジハード》という終わりなき戦いは帝国じゅうに傷痕を残した。〝剣による宗教統一主義《エキュメニズム》〟の洗礼を受けたところでは、民衆には例外なく、被支配者層特有の態度が染みつく。当局に対する警戒心、隠蔽、はぐらかしが習い性になってしまうのだ。そして権威を――帝国の場合、本質的に宗教的な権威を――誇示すれば、それは怒りの対象となる。たしかに、巡礼たちは引きも切らず、何百万人もがアラキスへやってくるし、なかには信心深い者たちもいるだろう。しかし、大半の巡礼には信心以外の動機がある。その動機でありがちなものは、未来へのささやかな保証だ。うまくいくとの保証があればまわりの信用も得やすいし、信用保証は確実な権力の一形態となって、たやすく富に変換される。アラキスから帰還した巡礼《ハッジュ》には、新たな権威、新たな地位が身につく。巡礼《ハッジュ》には大きな儲けに結びつく経済上の決断が――母星の外へ出たことのない者にはとうてい踏みきれない、野心的な決断ができるのだ。

アリアの知る、広く普及した謎かけにいわく――。

〝〈デューン〉から帰るとき、からっぽの財布の中身はなんだ？〟

その答えは、

〝ムアッディブの目玉（火柱ダイヤモンド）〟

不穏の度を増していく社会不安への伝統的な対処法が、アリアの意識の中をつぎつぎによぎっていった。民衆には、不穏分子はかならず罰せられることを――それとは対照的に、支配者への貢献に余念のない者はかならず報いられることを――教えこまねばならない。帝国の軍事力は無作為に配置転換をする必要がある。帝国の権威を高めるための大々的な梃入れは秘密裏に行なわれねばならない。潜在的な攻撃に対抗するうえで摂政が取るべき行動は、例外なく、敵対者の態勢を崩しつづける繊細で微妙なタイミングを必要とする。

（そのタイミングの感覚を、わたしは失っていないだろうか）

「なにをつまらんことを考えておる？」心の中の声がいった。

アリアは自分がすっと冷静になるのをおぼえた。そのとおり。男爵の計画は申し分ない。予定ではレディ・ジェシカという脅威を排除しつつ、それと同時に、コリノ家の信用をも失墜させる。よくできた計画だ。

〈伝道者〉のことはあとで対処すればいい。あの男のスタンスは理解した。象徴しているものは明白だ。あれは奔放な思考に駆られた古くさい魂――アリアの中では廃《すた》れた伝統の枠内で存続し、機能する、異端の魂にほかならない。それはあの男の強みでもある。あの男がポールであるかどうかは関係ない……その正体が疑念の段階にとどまっているかぎり。そのいっぽうで、ベネ・ゲセリットの知識は、あの男の強みが弱みに通じる鍵も含んではいないかと告げていた。

〈伝道者〉には弱みがある。それをきっと見つけてみせる。あの男の行動は、二六時中、見張らせておこう。そして機会さえあれば、かならず信用を失わせてやる）

フレメンの主張のうち、自分たちが聖なる力に駆られ、宗教的な啓示を発信しているという主張については、ことさらに論ずる気はない。嘲笑を浴びせかけたい誘惑に駆られるのは、あの者どもの、もうひとつの主張のほう——イデオロギー的啓示のほうだ。いうまでもなく、フレメンがこのふたつの主張を行なうのは、フレメンの地位を高からしむとともに、その圧政が強まるいっぽうであることに気づきだした宇宙じゅうの臣民からの、糾弾をかわすためにほかならない。すべての抑圧された人々の名において、われはフレメンに警告を与える。一時しのぎの便法など、長い目で見ればかならず破綻すると心得よ。

——アラキーンの〈伝道者〉

レトはスティルガーをともない、夜のただなかへ歩み出た。いまいる低い岩の露頭には、頂に沿ってせまい岩棚がつきでている。ふたりがいるのはその岩棚だ。この露頭のことを、タブールの群居洞《シエチ》の者たちは〈随伴巌《ずいはんいわ》〉と呼んでいた。第二の月の薄れゆく白光《びゃっこう》のもと、岩棚からは雄大な光景が一望できる。北にそびえるのはアイダホ山を擁する〈防嵐壁《ぼうらんへき》〉、南に広がるのは砂でおおわれた大岩床《だいがんしょう》、東にそびえるハバニヤの尾根に向けて広がるのは重畳《ちょうじょう》する砂丘の連なりだ。嵐の名残《なごり》である砂旋風《すなつむじ》にさえぎられ、南の地平線は見えない。〈防嵐壁〉の上縁は銀色の月光を浴びてうっすらと白く見えた。

スティルガーは好き好んでこの露頭に同行してきたのではない。それでも、この秘密の冒険行につきあったのは、レトの行動に好奇心をかきたてられたからだった。なぜ夜間に、危険を冒してまで砂歩きをせねばならない？　それに、スティルガーがついてこなければ、自分ひとりで群居洞《シエチ》を脱けだして、この露頭へ赴く――そう威されては、ついてこざるをえないではないか。もっとも、こんな行動には深い懸念をいだかざるをえない。なにしろ、敵にとってかくも重要な標的が、たったふたりだけで夜の砂漠にいるのだから！

レトは岩棚にうずくまり、南の大岩床に顔を向けている。ときおりひざをたたくのは、いらだっているかららしい。

スティルガーは待った。声を殺して待つのは得意とするところだ。自分の保護責任下にある人物の二歩横に立ち、腕組みをしたまま、ただ待った。夜風を受けてローブが小さく揺れている。

レトにとり、この砂歩きは内なる戦いの捌《は》け口だった。こうでもしないと、これからの静かなる戦いに追われる時期に対して、覚悟を新たにできそうにない。これ以上はもう、ガニーマに危険を冒させるわけにはいかないことでもあるし。スティルガーをこの砂上の短い旅へと連れだしたのは、これからの日々に対する準備について打ち明けておく必要があったからである。

レトはまたも、いらいらとひざをたたいた。いつはじめるか、見きわめがむずかしい！ときどき自分が、あの数えきれない先人意識たち、どれもこれもリアルで自分自身と同じくらい馴じみ深い存在たちの延長部分であるような気さえする。内なる意識たちの流れにおいては、終点というものがなく、なにかを達成して終わるということもなく——たんに永遠の始点があるだけだ。あの内なる意識たちは暴徒にもなりうる。レトという、たったひとつしかない窓から自分だけが外を見ようと、こぞって押しよせてくるときがそうだ。そしてそこには、アリアを破滅させたのと同じ危険も潜んでいる。

地上を銀色に染める月光のもと、レトは嵐が残した光景を眺めやった。大岩床じゅう、ふだんよりずっと起伏のはげしい砂丘が重畳している。強風で巻きあげられた珪砂《けいしゃ》が降り積もり、荒々しい砂の波濤を形作っているのだ。丸砂、粗粒砂《そりゅうさ》、礫《れき》と、砂粒は大きさにも形にも幅がある。気がつくと、あたりは夜明けまぎわのにぎわいに目覚めはじめていた。時間は容赦なく追いたててくる。時はすでにアッカド月。はてしなくつづくかに思われた待ち時間は——長く暑い一日の、乾いた熱風が吹く日中と、今夜のように嵐が吹き荒れ、灼熱の〈タカの砂床〉から絶えず熱風が吹きよせる夜間とは——最終段階に入ろうとしていた。レトは肩ごしに〈防嵐壁〉をふりかえり、鋸歯《きょし》状の縁に大きくさえぎられた星空を見あげた。〈防嵐壁〉の向こうに広がる〈北の陥没地〉には、レトがかかえるさまざまな問題の焦点がある。

改めて大岩床を覆う砂漠を眺めやった。まだ熱を宿す暗闇を見つめているうちに暁光がきざし、たなびく砂塵の雲を割って朝陽が顔を見せ、嵐の余韻を残す赤い条雲《すじぐも》にかすかなライム色の彩りを添えた。目を閉じ、けさのアラキーンはどんなようすだろうと想像してみる。心の中に映った帝都は、朝陽と朝陽が生む新たな影とのあいだに散らばった無数の箱のように見えた。砂漠……多数の箱……砂漠……多数の箱……。

目をあけると、砂漠は依然としてそこにあった。強風で降り積もった砂の波濤が形作る黄褐色の広がり。ひとつひとつの砂丘の麓にねっとりと絡みつく影は、過ぎ去りし夜闇《やあん》の残滓のようだ。黒々とわだかまる影は、いまはまだひとつにつながりあっている。

レトは夜行《やぎょう》の経緯を顧みた。岩棚にうずくまる自分のそばで、終始落ちつかなげに立つスティルガーは、レトの沈黙と、ここへきた理由が明かされぬままであることが、ずっと気になっていたようだ。しかしスティルガーは、敬愛するムアッディブと何度もこうした夜を過ごしてきたにちがいない。スティルガーはいまも、まわりに油断なく視線を配り、危険がないかを確認している。スティルガーは陽光のもとに姿をさらすことを好まない。その点で、彼は根っからの古参フレメンといえた。

夜行の経緯や、処女砂を踏みしめる砂歩きの感覚から意識を放しがたく、レトの精神は回想をつづけた。ひとたびこの露頭に到達したあとは、夜はぬばたまの静寂《しじま》に包まれた。スティルガーが日中をきらう気持ちがよくわかる。暗闇は単一でわかりやすい——たとえさまざまな恐怖が潜んでいても。それに対して、光は多様であり、それゆえに恐ろしい。たしかに夜は恐怖のにおいを宿すし、闇に潜む生きものはずるずると不気味な音を立てて近づいてくる。夜は空間的広がりを分解するとともに、すべてを増幅させる——イバラの棘は鋭くなり、刃はさらに切れ味を増す。それでもなお、日中のさまざまな恐怖のほうが、夜よりもずっとたちが悪い。

スティルガーが咳ばらいをした。

ふりかえることなく、レトは話しかけた。

「とても深刻な問題をかかえているんだ、スティル」

「であろうと思っていました」レトのとなりに立つ男は、低く用心深い声で答えた。

この子の声にも口調にも、気味が悪いほど父親に似たところがある——スティルガーはそう思った。その点はなにやら禁断の魔法めいていて、嫌悪感をいだかずにはいられない。フレメンは憑依の恐怖を知っている。憑依されているとわかった者はただちに始末され、その水分は砂上に撒かれる。部族の貯水池を汚染させないためだ。憑依された者の水分は、他の者に継承させてはならない。親の特徴が子に受け継がれることを、ある種の不死性と見るのは正しい。しかし、その子供が直接知らないはずの親とそっくりの言動をするのは、およそ尋常ではない。

「ぼくの問題というのは、父が未解決のまま残していった案件があまりにもたくさんあることなんだ」レトはいった。「とりわけ、人間の生の焦点についてはなんとかしないと。このままでは、スティル、帝国は立ちゆかなくなる——人間の生にとって、適切な焦点がないかぎりね。ぼくがいっているのは生のことだ、わかるかい？　生だよ、死ではなく」

スティルガーは答えた。

「かつて幻視で苦しんでおられたお父上も、その趣旨のことをわたしに話されました」

レトは考えた。ここはあたりさわりのない答えを返し、スティルガーがにおわせた疑念混じりの恐怖をやりすごそうか。そろそろ朝食でも、と持ちかけてみてもいい。じっさい、ひどく腹がへっている。最後に食事をとったのはきのうの昼で、レトが主張したとおり、以後は断食したまま夜を明かしたからである。しかしいまは、別種の飢えがレトを襲っていた。

(ぼくの生の問題はこの場所にある)とレトは思った。(試験的な創造の機会などない。ひたすら過去へ、過去へ、過去へ、距離の概念がなくなるまで遡るのみ。地平線も見えず。ハバニヤの尾根も見えず。試練の地の始原における状態も見えないところまで)

「結局、予知に代わるものはないんだよ」レトはいった。「やっぱり危険を冒してでも、香料《スパイス》を大量に……」

「そして、お父上のように破滅されると?」

「ジレンマだね」

「以前、お父上はわたしに打ち明けられました。未来をあまり知りすぎれば、その未来にがんじがらめに固定され、変化をもたらす余地がまったくなくなると」

「そのパラドックスこそが、ぼくらの問題なんだ」レトはいった。「繊細だけれど強力なものなんだよ、予知という力は。未来は今になる。盲者の国で目明きでいれば、それ自体、危険がともなう。自分に見えているものを盲者に説明しようとするときは、目が見えないことで条件づけられた固有の動きが盲者にあることを忘れてしまいがちだ。盲者は自分の道を巨大な機械のように動く。固有の運動量を持ち、固有の制動で。ぼくは、スティル、盲者が恐ろしい。行く手にあるものをやすやすと踏みつぶしてしまうから」

スティルガーは砂漠を眺めやった。ライム色の夜明け空はすでに鋼《はがね》色の空になっている。

「なぜこの場所へきたのです？」

「ぼくが死ぬかもしれない場所を見せておきたくてさ」

スティルガーの顔に緊張が走った。それから、

「では、ついに幻視を観《み》たのですな！」

「ただの夢かもしれないけどね」

「ですが、なぜそんな危険な場所へ？」スティルガーは険しい顔になり、保護対象の子を見おろした。「そういうことなら、ただちに戻らなくては」

「きょう死ぬわけじゃないよ、スティル」

「きょうではない？　それはどんな幻視だったのです？」

「三つの道が観えた」レトは答えた。記憶をたどるため、声が眠たげな響きを帯びている。

「第一の道がつづくのは、ぼくが祖母を殺さざるをえなくなる未来」

スティルガーはタブールの群居洞《シエチ》に鋭く視線を向けた――砂漠を隔ててこれほど距離が

あるにもかかわらず、レディ・ジェシカにこの会話を聞かれているかのように。

「なんのために、そんなことを？」

「香料《スパイス》の独占が失われるのを防ぐためだよ」

「理解できません」

「ぼくにもだ。けれど、夢の中でナイフをふるったとき、頭にあったのはそれだった」

「なるほど」スティルガーもナイフをふるうことなら理解できる。深々と吐息をついた。

「では、第二の道は？」

「ガニーとぼくが結婚する。アトレイデスの血統を残すために」

「ばかな！」スティルガーは嫌悪もあらわに、吐き捨てるような口調でいった。

「大むかしは、王と女王があたりまえにやっていたことさ」レトは説明した。「ガニーもぼくも、そんなことはしないと決めているけどね」

「その決意は、断固として守っていただきたいものです！」スティルガーの声には剣呑な響きがあった。フレメンの掟では、近親相姦は死の三脚をもって処すべき大罪なのである。

「では、第三の道は？」

「父を等身大の人間に戻す義務を課せられる」

「わが友ですぞ、ムアッディブは」スティルガーはつぶやいた。

「むしろ、わが神だろう！　父は神から人間に戻してやらないといけない」

スティルガーは砂漠に背を向け、自分が愛してやまないタブールの群居洞《シエチ》と、その麓を取りまくオアシスを眺めやった。この話になると、スティルガーはいつも困惑を示す。だが、背を向けたその動きで、レトには汗のにおいが嗅ぎとれた。夜を迎えて、半日をかけ、こんなところまで歩いてきたのも、群居洞《シエチ》の中ではあまり重要な話を持ちだしたくなかったからである。むりに話せば、あたりさわりのない話から切りだして、ほんとうに重要な決断、自分たちが直面している喫緊《きっきん》の問題にはなかなか触れられなかっただろう。現時点で、コリノ家が自分たちの命にとり——自分とガニーの命にとり——緊急の問題になっていることはまちがいない。だが、いま自分が行なうべきすべてのことは、余人にはいえない必要性に鑑《かんが》みて、スティルガーに相談し、検討する必要がある。スティルガーはかつて、ファラッディーンを暗殺する計画に賛同したことがあった。飲みものに入れる毒、チャウマーキーを用いれば無理なく殺せる、ファラッディーンは特定の甘口リキュールを愛飲することが知られているからだ、という判断だった。しかし、そんなことが許されるはずもない。

「ぼくがここで死んだら、スティル」レトはいった。「くれぐれもアリアには気をつけて。あれはもう、きみの友人じゃない」

「死ぬだの、叔母上がどうの。これはいったい、なんの話です？」

　スティルガーはほんとうに腹をたてていた。

（レディ・ジェシカを殺す！　アリアに気をつけろ？　この場所で死ぬ？）

「小物はアリアの命令ひとつで豹変する」レトはいった。「支配者が予言者である必要はないんだよ、スティル。神のような存在である必要すらもない。支配者はたんに、敏感でありさえすればいいんだ。きみをここに連れてきたのは、ぼくらの帝国が必要としているものを明確にするためだと思ってほしい。必要なものは、分別ある政府だ。政府に分別があるかどうかは、法や凡例ではなく、統治する人間の個人的資質に負うところが大きい」

「摂政閣下は帝国の職務をきわめて良好にこなしておられます」スティルガーは反論した。「あなたさまが、しかるべき年齢に達した暁には――」

「そのしかるべき年齢にはもう達しているんだよ、ぼくは！　ぼくはこの惑星で最高齢の人間にほかならない！　ぼくにくらべたら、きみなどピーピー泣いている幼児だ。ぼくは五十世紀以上も前の記憶を持っているんだから。いいかい？　ぼくはわれわれフレメンが惑星サーグロッドにいたころのことすら憶えているんだぞ」

「なぜそんな空想にふけるのです？」スティルガーは語気を強めた。断定的な口調だった。

　レトは思った。たしかに、そういいたくなるのもわかる。じっさい、なぜなんだろう？

自分はなぜ、何世紀も前の記憶を掘り返しているのだろう？　取り組むべき問題は現代のフレメンではないか。彼らの大半はいまだ教化なかばの蛮族でしかなく、運の悪い無辜《むこ》の者を平気で嗤《わら》う。

「結晶《クリス》質ナイフは所有者の死とともに分解する」レトはいった。「フレメンのナイフともいうべきムアッディブは分解した。であれば、所有者たるフレメンも死んでいて当然だ。それなのに、なぜまだ存続している？」

例のごとく、いきなり思考の切り替えを強いられて、スティルガーは困惑した。自分が一時的に、阿呆になったような気分だった。このような問いかけには意味がある。だが、その意図がつかめない。

「ぼくは皇帝になることを求められている。しかしぼくは、奉仕者にならねばならない」レトはそういって、肩ごしにスティルガーを見あげた。「ぼくの名の由来となった祖父は、この〈デューン〉に移封させられてきたとき、盾形紋章に新たな標語《モットー》を書き加えさせた。〈われここにあり、われ存続す〉だ」

「ほかに選択の余地がなかったですからな」

「そのとおりなんだよ、スティルガー。ぼくにもほかに選択の余地はない。血筋の面でも、理解力の適切さの面でも、自分の中に数かぎりない先人記憶を宿しているという面でも、ぼくは皇帝の座につくべき人間だ。おまけに、帝国がなにを必要とするかも知っている。それは分別ある政府にほかならない」

「〝指導者《ナイーブ》〟にはそのむかし、いまとは別の意味がありました」スティルガーはいった。「〝群居洞《シエチ》への奉仕者〟です」

「きみがどんな訓練を受けたかは知っているとも、スティル。適切な統治機関を担保するうえで、部族にはしかるべき者を——その生き方が統治機関のあるべき姿を体現する者を——選ぶ手段がいろいろとあるわけだしね」

スティルガーはそれにこう答えた。フレメンとして、魂の奥底から出たことばだった。

「条件さえととのえば、あなたさまは帝位を継承することになる。ですが、そのまえに、まずは支配者にふさわしいふるまいができることを証明せねばなりません！」

思いがけなく、レトは笑った。声をあげて笑った。それから、こう問いかけた。

「ぼくの誠意を疑うのかい、スティル？」

「もちろん、疑ってなどおりませんとも」

「ぼくの生得の権利は？」

「あなたさまは正当な権利を持ったお方です」

「自分に期待されているようふるまうことが、ぼくの誠意のあかしになるんだね？」

「それがフレメンの慣行ですので」

「そうするとだよ、自分のふるまいを導く無数の内なる意識、こんなものを持っていてはいけないことにならないか?」

「なんのことをおっしゃっているのか、さっぱり――」

「もしもぼくが、思いのまま行動したい気持ちを抑えるため、多大な苦労を払い、つねに礼儀作法に則《のっと》ったふるまいをするなら、そのふるまいはぼくを評価する判断基準になる」

「それが自制の本質というものです、少年」

「少年?」レトはかぶりをふった。「そうか、スティル、きみは合理的な政治倫理を得る要諦を伝授しようとしているわけか。ぼくはつねに、不変の態度を貫き、ありとあらゆる行動を過去の伝統に則って行なわねばならない、と」

「それがあるべき姿です」

「しかし、ぼくが知る過去は、きみの知る過去よりもずっと長く、深い!」

「そこになんのちがいが――」

「ぼくには単一の第一人格なんてないんだよ、スティル。ぼくはきみに想像できるよりもはるかに古い無数の伝統に慣れ親しんだ、おびただしい先人記憶の容《い》れ物にほかならない。それがぼくの重荷なんだ、スティル。ぼくは過去に縛られている。ぼくの心は、新奇さと変化に抵抗する先天的な知識にあふれている。ところがムアッディブは、ここのすべてを変えてしまった」

レトはそういって、最初に砂漠を指し示し、そこから腕を大きく横に動かして、背後の〈防嵐壁〉をなぞってみせた。

スティルガーはふりかえり、〈防嵐壁〉を見やった。ムアッディブの治世以来、絶壁の麓には村が建設され、家々が立ちならんでいる。惑星学の研究者たちが植物生命を砂漠に広める活動の拠点、それがあそこだ。スティルガーは自然界に闖入《ちんにゅう》した人工物を眺めた。変化？　たしかに。あの村の佇まいはいつしかととのって、自然に馴じんだ風格がある。気にいらないのはそこだ。スティルガーは無言で立ったまま村を見つめた。保水《スティル》スーツの内部に入りこんだ砂の粒子であちこちがかゆいが、そんなことにかまってはいられない。あの村は、この惑星で古くから受け継がれてきたありかたへの挑戦なのだから。唐突に、こんな願いがこみあげてきた――旋風が勃然と湧き起こり、咆哮をあげて砂丘の連なりを飛び越え、あの村だけ消し去ってくれないものか。そんな思いをいだいたことで、全身がわなないた。

レトがいった。

「気がついているかい、スティル？　近ごろの保水スーツは作りが雑になっているんだ。

スーツから漏れる水分はばかにならない量になる」

　スティルガーは問い返そうとして、すんでのところで思いとどまった。

〝それは前に、わたしがいったことではないですか？〟

　かわりに彼はこういった。

「昨今では、フレメンも錠剤にたよる傾向が強くなってきています」

　レトはうなずいた。ここでいう錠剤とは、体温を変化させ、水分の蒸発を減らす薬物のことである。保水スーツよりも安あがりで使い勝手もいい。しかし、この錠剤は副作用をともなう。反応時間を遅延させる傾向があるし、ときに視界をぼやけさせることがある。

「そんな話をするためにここへきたのですか」スティルガーはたずねた。「保水スーツの粗製うんぬんの話をするために」

「べつに、かまわないだろう？」レトは問い返した。「どうせきみには、ぼくが話すべきことに耳を貸す気はないんだから、どんな話をしたっていいじゃないか」

「なぜ叔母上に気をつけねばならんのです」スティルガーの声には険があった。

「なぜなら、アリアがつけこんでいるからだよ、変化に抵抗したいというフレメン古来の欲求にね。じつのところ、当のアリアは、きみの想像をはるかに上まわる、深刻な変化をもたらそうともくろんでいるんだ」

「あなたは針小棒大な解釈をしているだけだ！　あの方は根っからのフレメンです」

「ふうん。では、根っからのフレメンだけに、古来の流儀を大事にしてくれるわけだ？　対するにぼくは、太古にいたるまでの長い過去を知りつくしている。いいかい、スティル、もしもぼくが意のままに統治するとしたら、過去の神聖侵すべからざる制度に依存した、閉じた社会を求めるぞ。この惑星に対する人の出入りも規制する。そのさい行なう説明は、〝人の出入りは新しい発想をもたらし、その新しい発想は生活の全体構造にとって脅威となるからだ〟というものになるだろう。各惑星ごとのささやかな地方警察は独自の方針で活動するようになり、その惑星に見あった形の組織になるはずだ。最終的にこの帝国は、多様性と差異の重みのもとに崩壊してしまう」

　スティルガーはごくりとつばを呑みこもうとした。いま聞かされたことばは、いずれもムアッディブがいいそうなことばかりだ。いかにもムアッディブらしい特徴が見られる。内容は逆説的で、恐るべきものではあった。とはいえ、もしもだれかが、多少とも変化を許容するのであれば……。かぶりをふった。

「過去は正しいふるまいを教えてくれるだろうさ、スティル、もし過去を引きずったまま生きるのであればね。しかし、状況は変化する」

状況が変化するということだけはスティルガーにも納得できた。では、その場合、人はいかにふるまうべきなのだろう。スティルガーは考えこんだまま、レトごしにぼんやりと砂漠を眺めやった。ムアッディブはあそこを歩いていった。大岩床をおおう砂丘の波濤は、太陽が昇るにつれて、ななめに射す朝陽があたる側は金色《こんじき》に、日陰側は紫に染まっていく。各砂丘の頂上には、降り積もった砂の上に粗《そ》粒砂《りゅうさ》の尾根ができている。いつもハバニヤの尾根の上にかかっている砂塵の雲が、きょうは遠くからはっきりと見えた。彼我を隔てる砂漠では、遠ざかるにつれて砂丘が低くなり、相互に融けあっていくかに見える。熱暑で立ち昇る陽炎を透かして砂漠を縁どる緑の植栽――あれこそはムアッディブが荒涼の地に生命を芽吹かせ、根づかせた結果だった。銅《あかがね》色、金色、赤色の花々、黄色の花々。錆色、朽葉色、灰緑色の葉《は》叢《むら》と棘。茂みの下には黒々と濃い影が刻まれている。一日の始まりにともなう気温の上昇により、空気が揺らいでいるのがわかった。

　ややあって、スティルガーはいった。

「わたしはフレメンの指導者のひとりにすぎない。あなたさまは公爵のご子息です」

「自分でも意味がわかっていないようだな、いまいったことの」レトがいった。

スティルガーは眉をひそめた。かつて、もうずいぶんむかし、やはりムアッディブに、同じような形で叱られたことがある。

「きみも憶えているだろう、スティル？」レトはいった。「われわれがハバニヤの尾根の麓にいたときのことだ。あのとき、サーダカーの大尉がいたな。あの男を憶えているか？アラムシャム大尉だよ。あの男は父の〈操《からく》り声〉に操られて友を殺した。あの日、きみは何度も、われわれの秘密の道を目撃したサーダカーたちを生かしておくべきではない、と警告したろう。最後には、サーダカーたちは確実に自分たちが見たものを報告するはずだ、だから殺さねばならない――そう主張した。それに対して、父はこういった。

〝自分でも意味がわかっていないようだな、いまいったことの〟

父のことばできみは傷ついた。それゆえ、きみは自分が〝フレメンの指導者のひとりにすぎない〟と答えた。公爵たる者、さぞかしもっと重要なことを知っているのだろう、という趣旨の皮肉を添えて」

スティルガーはうずくまるレトを凝視し、思った。

（〝われわれがハバニヤの尾根の麓にいた〟――〝われわれ〟だと？）

この……この子供は、あの日には母親の胎内にさえいなかったというのに、あの場所で起こったことを克明に知っている……その場にいた者でなければ知らないはずの細部まで、正確に。これもまた、このアトレイデスの子らが、通常の尺度では判断しきれないことの新たな証拠だった。

「さて、これで真剣に話を聞く気になっただろう」レトはいった。「ぼくが砂漠で死ぬか、砂漠で姿を消すかすれば、きみはただちにタブールの群居洞《シエチ》を脱出しなければならない。これは命令だ。連れていくのは、ガニーと、それから——」

「あなたは公爵ではない！　あなたは……あなたはまだ子供なんだ！」

「おとなだよ、子供の肉体に入っているだけで」レトは答えた。ついで、岩棚から見て下、岩の露頭の下方で口をあけているせまい裂け目を指さして、「ぼくがここで死ぬとしたら、あの裂け目の中だ。血も見える。そのとききみは、ぼくのことばの正しさを知るだろう。そうなったら、ただちに妹と——」

「警衛の者を倍に増やします」スティルガーはいった。「二度とここへはこさせません。いますぐこの露頭をあとにして、あなたには——」

「スティル！　きみにはぼくを押しとどめることはできない。もういちど過去を顧みて、ハバニヤの尾根の麓であった顛末をふりかえってごらん。思いだしたかい？　あのとき、砂漠のあのあたりに這行車《クローラー》が——移動式香料採取工場《スパイス・ハーヴェスター》がいて、大型の〈産砂《うぶすな》〉が近づいてきていただろう？　蟲《ワーム》から這行車《しゃこうしゃ》を助けられる見こみはまったくなくて、父はそのことに胸を痛めた。ところがガーニーは、砂上で失った部下のことしか頭になかった。そのときガーニーがいったことを思いだすといい。

〝お父上なら、救えなかった人員を気づかう物言いをしていたと思うぞ〟

スティル、きみには民衆を救うように命じる。人間はモノなどよりたいせつだ。そしてガニーは、なににも増して貴重な存在にほかならない。なぜなら、ぼくがいなくなれば、あとはガニーだけがアトレイデス家に残された唯一の希望になるからだよ」

「それ以上は聞きたくありません」

スティルガーはそういうと、くるりと背を向け、砂漠で隔てられたオアシスをめざし、岩の露頭を降りはじめた。うしろからレトがついてくる音が聞こえた。ほどなく、レトはスティルガーを追い越し、すこし進んだところでふりかえって、こういった。

「気がついているかい、スティル？　今年の若い女性は、ずいぶん美しいぞ」

一個人の生涯は、一家族や一民族の歴史と同じく、記憶として永続する。わが民族はこれをみずからの成熟過程の一部と見なすようにならなければならない。民族とはひとつの有機体であり、この永続する記憶において、いっそう多くの経験を意識下の貯蔵所に蓄積していく。人類は必要に応じ、転変する宇宙に対応すべく、この経験を引きだすことを期待する。しかし、そうやって蓄積された経験の多くは、われわれが〝運命〟と呼ぶ偶発的な出来事によって失われかねない。進化に関わる相互関係には集約されず、したがって進行しゆく環境の変化に対処する要素として評価されることもなく、対応する行動のきっかけになれないものも多いだろう。それゆえに、人間の身体は環境の変化に影響をおよぼされることにもなる。要するに、種《しゅ》は蓄積した経験を忘れうるということだ！　そしてここにこそ、ベネ・

ゲセリットが予想もしなかった〈クウィサッツ・ハデラック〉ならではの価値がある。〈クウィサッツ・ハデラック〉は忘れることがないのである。

――「レトの書」
ハルク・アル＝アーダ記

なぜかは自分でも説明できないが、レトが最後にいったさりげないひとことは、ひどくスティルガーの不安をかきたてた。砂漠を横切って、タブールの群居洞《シエチ》に帰りつくまでのあいだに、そのことばはスティルガーの心に深く染みこみ、〈随伴巌《ずいはんいわ》〉の上でレトが口にした他のすべてのことよりも重みを持った。

たしかに、今年、アラキスの若い女たちはずいぶん美しくなっている。同じことは若い男たちにもいえた。若者たちの顔は豊富になった水の恩恵で、しっとりと、つややかだ。それに、若者たちの眼差しは外世界へ、遠くへと向けられている。しかも、保水《スティル》スーツのマスクも水分回収用の鼻孔《ノーズ》チューブもつけるそぶりすらなく、平然と顔を露出させていることが多い。それどころか、屋外だというのに保水スーツすら着用せず、動きに合わせて生地の下のしなやかで瑞々しい肉体の躍動を誇示するような、この惑星では斬新な衣服を好んで着る者もめずらしくない。

こうした人間の美しさは、景観の新たな美しさとよく釣りあうものだ。古いアラキスと対比すると、赤茶色をした岩の露頭のあいだにもわずかに緑の植栽が見られて、わが目を疑いたくなる。古くからつづく群居洞《シエチ》の過密な暮らしと、そんな暮らしに基づいた文化、それらを成立させるすべての出入口に設置された精密な水分漏出防止機構――そういったものに代わって、外気に触れる町も築かれるようになった。その町の家々は日干し煉瓦で造られることも多い。なんと、日干し煉瓦でだ！

（なぜおれは、あの村が滅んでしまえばいいなどと思ったのだろう？）

心の中で首をひねったとき、歩みの途中でつまずいた。

スティルガーは自分が消えゆく老兵であることを知っている。自分は住み慣れた惑星で、浪費ぶりを呆然と眺めている老フレメンだ。いまや、水は建築用の煉瓦を成型するだけの目的でも浪費されている。さらには、群居洞《シエチ》の暮らし一年分をまかなうに足る水が、同じ一年間のうちに、一家族の住居一軒だけで野放図に使われている。

新しくできた村々の家には、なんと透明の窓までも使われているありさまだ。それも、陽光の熱を導き入れ、住居内の人体を乾燥させるために。そのような窓は、あろうことか、開いて外気を取りこむ作りになっている！

こういう事情だから、日干し煉瓦の家に住む新時代のフレメンは、屋外に対する抵抗がすこしもない。新生フレメンはもう群居洞《シエチ》に閉じこもり、密集して暮らしてはいないのだ。新しい視野が開けるところ、新しいイマジネーションも開けるものだとつくづく感じる。かつてのフレメンは、苛酷な環境に適応するのにせいいっぱいで、水の乏しいアラキスに縛りつけられていた。帝国に属する大半の惑星では、住民は進取の気性に富んでいるが、フレメンはそうした開放性を分かちあっていなかった。

スティルガーにとって、これらの変化は自分の疑念や恐怖とまったく相いれないものだ。そのむかしは、アラキスをあとにし、水の豊富な惑星のどれかに移り住み、新たな生活を送る可能性に思いを馳せるフレメンなど、きわめてめずらしい存在だった。そもそもが、アラキスを出る夢を見ることさえ許されないのが実情だった。

スティルガーは先に立って群居洞《シエチ》へ歩いていくレトの後ろ姿を見つめた。この惑星への出入りを制限する、とレトはいった。事実、大多数の惑星では、たとえ外星暮らしの夢が安全弁として許容されている惑星であっても、それが現実だ。しかしこのアラキスでは、農奴のように土地に縛りつけられる状況が極端に先鋭化している。フレメンは内へ内へと向かい、心に障壁を立てた——群居洞《シエチ》の出入口に障壁を立てたように。

シエチ本来の意味、〝危機にさいして集まる聖域〟という意味が極端に歪められた結果、群居洞《シエチ》はフレメンの全人口を閉じこめる異様な閉所と化してしまったのである。

レトの指摘はたしかに真実だ。ムアッディブがそのすべてを変えたことはまちがいない。

スティルガーは途方にくれた。長年、自分が信じてきたことが崩れ去っていく気がする。外星へ向かう新たな展望は、閉所から外へ出ることを志向する新たな生活様式を生んだ。

〝今年の若い女性は、ずいぶん美しいぞ〟

古い流儀は（おれの流儀だ！）歴史全体のうち、フレメンを内へ向かわせた歴史だけを――群居洞《シエチ》暮らしを余儀なくさせた歴史だけを――民族に押しつけた。旧来のフレメンが読まされたものは、辛苦に満ちた流亡をつづる歴史のみ。同様にして、旧来の惑星政府が採っていたのは、旧帝国の方針に則った政策であり、それは住民たちの創造性を抑圧して、進歩や発展の概念を全面的に否定するものだった。旧帝国とその権力者たちにしてみれば、各惑星が繁栄することは危険要素だったのである。

突然のショックとともに、スティルガーは悟った。いま進行している変化が、アリアのもくろんでいることと同じくらい危険であることを。

ふたたびスティルガーはつまずき、レトからさらに遅れることになった。

古い流儀も、古い宗教も、いっさい未来は考えない。無限につづく現在があるのみだ。スティルガーは知っている。ムアッディブが登場するより前、フレメンは成功するはずのない未来、実現する可能性のない未来を信じこまされていた。具体的には……フレメンはリエト＝カインズを信じていたが、その計画は四十世代にもおよぶ遠大なものであって、とうてい実現するはずがなかった。いまならわかる。それはしょせん、内向きの夢でしかなかったのである。

（しかし、ムアッディブは変化をもたらした！）

聖戦《ジハード》のあいだに、フレメンは旧帝国の帝王《パーディシャー》皇帝シャッダム四世についていろいろなことを学習した。コリノ家の当主、第八十一代パーディシャーとして〈金獅子の帝座〉に就《つ》いたあの人物は、おびただしい惑星で構成される帝国を治めるにあたり、非開化政策の実験場としてアラキスを利用した。いずれはその成果を帝国全体に敷衍《ふえん》したいとの思惑をこめてのことだった。シャッダム四世がアラキスに派遣した歴代惑星総督は、みずからの権力基盤を強化するため、絶えず抑圧を加えて住民たちに悲観主義を根づかせた。ためにアラキスの住民は例外なく――思いのまま自由に惑星上を往来するフレメンでさえも――数えきれない不当なあつかいを受け、無理難題を押しつけられる事態にいたった。そして、救いの手はどこからも現われず、自分たちは救済とは縁のない悲惨な民族だと思うように教えこまれた。

〝今年の若い女性は、ずいぶん美しいぞ〟

先をゆくレトの背中を見つめながら、スティルガーは考えた。あの少年には恐れいる。自分の心にこんな思考の流れを根づかせたのだから——それも、ほんのふたことみこと、口にするだけで。あのことばにより、スティルガーは枢密院会議におけるアリアと自分の役割が、これまで思っていたのとまったく異なる形に見えてきたことに気がついた。

アリアは〝古い流儀は徐々に退潮しつつある〟との表現を好む。スティルガーとしても、この表現が的確であることは、漠然とながらつねに感じていた。それは認めざるをえない。たしかに変化は危険だ。創造性は抑えこまねばならない。個人個人の意志の力は抑制する必要がある。個々の意志を抑えるうえで、司祭会ほどうってつけの組織があるだろうか。

アリアはいつも、公正な競争の機会は、管理可能なレベルにまで抑制せねばならないといいつづけてきた。しかしそれは、折にふれて現われる脅威的なテクノロジーが、民衆の自由を奪う方向にしか用いられないことを意味している。古代の支配者たちのやりかたがまさしくそれだった。使用を特別に許可されたテクノロジーは、儀式に基盤を置くものでなくてはならない。さもなければ……さもなければ……。

スティルガーはまたしてもつまずいた。気がつくと、灌漑用水路《カナート》はもう目の前だった。レトは水が流れる水路ぞいにずらりと並ぶアンズの樹の下で待っている。スティルガーは自分の足が、刈りこんでいない雑草のあいだを歩いていく音を耳にした。

(刈りこんでいない雑草！)

スティルガーは自問した。

(信じられるか、これが？)

個人というものは、自身の限界をしっかりと把握しておく必要がある――スティルガー世代のフレメンにとって、こうした信念はあたりまえのものだった。伝統とはたしかに、安定した社会をもたらすうえでもっとも効果の大きな要素だ。民衆は自分たちが所属する時代、社会、居住域の外縁を知らなくてはならない。総合的に見て、群居洞《シエチ》がまちがっているのはどこか？ 閉所に囲いこまれているという感覚は、個人が行なうすべての選択に浸透し――家族内でもコミュニティ内でも壁を立てさせ、分別ある政府が行なうすべての政策にも影響する。

スティルガーは立ちどまり、果樹の列ごしにレトを見つめた。少年はそこに立っている。微笑を浮かべてこちらを見ている。

(おれの頭の中に不安が渦巻いていることがわかっているのか？)

老いたフレメンの指導者《ナイーブ》は、自分の民族の伝統的な教義問答に立ち返ろうとした。生のさまざまな側面はそれぞれに形を必要とする。その特徴的な巡回性は、なにが有効であり、なにが有効でないかについて、公にはされない内なる知識に基づいたものだ。生のモデル

——コミュニティのモデル——政府という峰々に達して、さらにその向こうへとつづく、より大規模な社会のあらゆる要素を包含するモデル——それこそは群居洞《シエチ》であり、広大な砂漠にあっては群居洞《シエチ》と同等の地位を占める存在、シャイー＝フルードにほかならない。大型の砂蟲《サンドワーム》はたしかに侮りがたい強大な生きものだが、脅威を察知すれば、地表からはとどかない砂中深くへ隠れてしまう。

（変化は危険だ！）スティルガーは自分に言い聞かせた。

不変と安定は政府がめざす適正な目標といえる。

しかし、男も女も、若者たちは美しい。

そして若者たちは、ムアッディブがシャッダム四世を廃したときのことばを憶えている。

〝わたしが欲するものは長きにわたる皇帝の在位ではない。長きにわたる帝国の存続だ〟

（それは何度も、おれが自分にいってきたことばではないか？）

スティルガーは歩みを再開し、レトが立っている位置のやや右手にある群居洞《シエチ》の入口に向かいだした。だが、少年は行く手をはばむように、その入口の前に立ちはだかった。

そういえば、ムアッディブはこんなこともいっていたな、とスティルガーは思いだした。

〝人は誕生し、成熟し、子を儲け、死ぬ。同じことは社会にも文明にも政府にも起こる〟

危険であれ、危険でないのであれ、変化はいずれ訪れる。フレメンの美しい若者たちはそれを知っている。そして、外を向き、外を見すえ、外と相対する準備をととのえる。

前に立ちはだかられては、スティルガーとしても足をとめざるをえない。このまま歩を進めれば、レトと衝突することになる。

少年はしかつめらしい顔でスティルガーを見あげ、いった。

「わかったかい、スティルガー？　伝統は絶対的指標じゃないんだ。きみが思っていたのとはちがってね」

砂漠から長らく離れていたフレメンは死んでしまう。われわれはこれを〝水病《みずや》み〟と呼ぶ。

――『スティルガー註解』より

「あなたにこんなことをお願いするのは心苦しいのよ」アリアは切りだした。「けれどね……わたしには、この帝国をポールの子供たちに継がせる務めがあるの。わたしが摂政をつづける理由はほかにないわ」

ドレッサーの前にすわり、朝の化粧をすませたアリアは、鏡からうしろに向きなおった。いまのことばを夫がどう判断するか、見るためだ。こういう場合、ダンカン・アイダホの反応は傾注に値する。かつてアトレイデス家で剣術師範に従事していたころにくらべて、夫がはるかに狡猾で危険になっていることはたしかだった。外見は以前とそう変わらない。

くせの強い黒髪で、肌色は浅黒く、顔つきは鋭い。しかし、偶人《ゴウラ》状態から覚醒して以降の長い年月のうちに、ダンカンは内なる変貌をとげていた。

これまで何度もそうしてきたように、アリアは思った――偶人《ゴウラ》として死から蘇ったこの人物は、その心の内にいかなる密かな孤独を隠し持っているのだろう。トレイラクス会《トレイラクスー》により、巧緻な科学を用いた細工を施される前であれば、アトレイデス家に仕える者として、ダンカンの行動原理は明快の一語につきた。忠実なこと、傭兵業だった先祖たちの規範に異常なほどこだわること、かっとなりやすいがすぐ冷静さを取りもどすこと――これらだ。ハルコンネン家に対する復讐心の強烈さにかけては右に出る者がない。そんなダンカンが命を落としたのは、ポールたちをかばってのことだった。その遺体はサーダカーによって回収されたのち、トレイラクス会に購入され、変生胎《アホロートル》タンクに収められ、死んだ細胞からダンカン・アイダホの肉体へ培養・成長させられて、操り人形型ゾンビーの一種と化した。この時点で、意識と記憶まで復旧してはいない。復活後、ダンカンは演算能力者《メンタート》としての訓練を受けさせられ、人間演算機として仕えるべくポールに贈られた――表面上は有用な道具でありながらも、そのじつ、あるじを殺せという衝動強迫を催眠術的に仕込まれて。ダンカン・アイダホの肉体は、その衝動強迫に抵抗し、それにともなう圧倒的ストレスにより、細胞内に格納されていた意識と記憶が一気に戻ってきたのだった。

アリアはずっと前に、自分の胸の内では、この人物をダンカンと考えるのは危険だとの結論に達していた。むしろ偶人《ゴウラ》時代の名前、ヘイトとして考えたほうがいい。ずっといい。なによりも重要なのは、アリアの心の中にハルコンネン老男爵がいすわっていることを、ほんのすこしも気どられてはならないということだ。

ダンカンは自分を観察するアリアを見返し、ついと目をそらした。愛ゆえに、贔屓《ひいき》目に見がちとはいえ、それにも限度がある。こうもはっきりと変わってしまわれては、こうも露骨に思惑を露呈されては、気づかないほうがおかしい。トレイラクス会から与えられた人工の目、黒い微小孔が無数にあいた光沢ある金属の複眼は、容赦なく欺瞞を見ぬく力を備えている。その目がいまとらえているアリアのイメージは、ご満悦のていでほくそえむ、男と見まごうばかりの異様なものだった。目をそらしたのは、これほど変わってしまったアリアを見るのがつらかったからである。

「どうして目をそらすの？」アリアがたずねた。

「考えねばならないことがあるからさ」とダンカンは答えた。「レディ・ジェシカは……アトレイデスだ」

アリアがすねたような声でいった。

「あなたの忠誠はアトレイデス家に向けられているものね……わたしにではなく」

「勝手な解釈を当てはめないでくれ」

アリアは唇を噛んだ。すこし性急にことを進めすぎただろうか。

ダンカンは出窓へ歩いていった。そこからは〈大聖堂〉前広場の一角を見おろすことができる。下では巡礼たちが集まりだしており、その周囲から、草食獣の大群に襲いかかる肉食獣の群れのように、アラキスの商売人たちが売りこみ攻勢をかけていた。そのなかで、とある商売人の一団——片腕に香料《スパイス》入り繊維の籠をかけた一団が目を引いた。一団のすぐうしろには、護衛のフレメン傭兵たちがつづいている。一団は参集する巡礼のあいだを、無神経なほど強引にかきわけて前に進んでいた。

「あの連中が売っているのは、風蝕させた大理石の小塊だ」一団を指さして、ダンカンはいった。「知っていたかい？　大理石を砂漠に放置して、砂嵐に食刻させるそうなんだが。ときどき、大理石におもしろい模様が刻まれるという。名づけて、新芸術。とても人気が高い。なにしろ〈デューン〉産の、本場ものの砂嵐で食刻された大理石の逸品だからね。先週、ひとつ買ってみた。五つの房をつけた黄金の樹だったよ。見た目はいいが、ひどく脆《もろ》いしろものだった」

「話題をそらさないで」

「そらしてはいないさ。たしかに美しくはあった。だが、芸術作品ではなかった。人間が創る芸術というものは、みずからの情念により、みずからの意志で創りだすべきものだ」

ダンカンは窓枠に右手をかけた。「双子はこの都市を忌みきらっている。悲しいことだが、ふたりの気持ちはよくわかる」

「わたしにはわからないわ、それがこの件となんの関係があるのか。そもそもの話、母を誘拐するといっても、それはことばだけのこと。じっさいには、あなたのもとで、危害を加えることなく、安全に軟禁してもらうだけだもの」

「わからないというのか、この都市建設の一端を担ったほどのきみが」ダンカンは答えた。「ときに、聞いたかい？　先週、タブールの群居洞《シエチ》で、レトとスティルガーが夜の砂漠に出たそうだ。ひと晩じゅう外に出ていたという」

「報告は受けているわ。それで、砂漠に食刻させたという土産物——販売を中止させろということ？」

「商売振興という面で、それは悪手だな」ダンカンは窓から向きなおった。「なぜ夜間、ふたりきりで砂漠に出たのかとたずねたところ、スティルガーはなんと答えたと思う？　〝レトがムアッディブの魂と意思を疎通したがっていたから〟だ」

アリアは唐突に、パニックで背筋がぞくりとするのをおぼえた。一瞬、鏡を見たのは、立ちなおるきっかけを得るためだ。レトがそんなばからしい理由で群居洞《シエチ》から夜の砂漠に出るはずがない。いったいなにを企んでいるのだろう？

アイダホはアリアを見ずにすむよう、目の上に片手をかざした。

「スティルガーがレトに同行したのは、いまもあの男がムアッディブを信じているからだ——そうもいっていた」

「それはそうでしょうよ！」

アイダホは喉の奥で笑った。うつろな笑い声だった。

「いまなお信じているのは、ムアッディブがつねづね小市民のことを考慮していたからだそうな」

「それに対して、あなたはなんと答えたの？」アリアの声には恐怖がにじんでいた。

アイダホは目の上から手をおろした。

「こういったのさ——〝そうなると、きみは小市民にならざるをえないな〟」

「ダンカン！　それは危険なゲームよ、スティルガーを侮辱するなんて。あのフレメンの指導者《ナイーブ》につけこむ隙を与えてはだめ。へたをすれば、わたしたちみんなを滅ぼすけものを目覚めさせてしまいかねないわ」

「スティルガーはまだムアッディブを信じているんだ。それはセーフガードになる」

「それで、あなたのことばに、あの男はなんと？」

「自分の心は承知している、と答えた」

「そう。いかにもいいそうね、わかるわ」

「いいや……きみにわかるとは思えない。ほんとうに危惧すべき相手はスティルガーより長い牙を持っている」

「きょうのあなたは、なにをいっているのかさっぱりわからない、ダンカン。わたしはね、あなたにこのうえなく重要な仕事をお願いしているのよ。帝国の将来がかかったお願いを。それなのに……どうしてこんなたわごとばかり？」

なんと気短でいらだたしげなしゃべりかたをするのだろう。ダンカンはふたたび出窓に向きなおった。

「演算能力者《メンタート》として訓練を受けていたとき……自分の心との向きあい方を修得するのは、アリア、とてもむずかしいことだった。まず最初に、心が自立的に働くことを許容せねばならない。これはなかなかに奇妙なものでね。筋肉は動かせる。鍛えることも、強化することもできる。しかし、心は自立して働く。そういった特性を学んでしまったあとでは、心はときとして、わかりたくないものを自分につきつけることがある」

「それがスティルガーを侮辱しようとした理由？」

「正確には、スティルガーも自分の心を知っているわけじゃない。ただ心を野放しにしていないだけで」

「香料《スパイス》づくしの饗宴では別でしょう」

「いいや、饗宴のときにもだ。だからこそ指導者《ナイーブ》でいられるのさ。男衆のリーダーとして、彼は自分の反応を制御し、抑制する。そのうえで、自分に期待されているとおりのことをする。そこのところを理解してしまえば、スティルガーなる人物も、彼が持つ牙の長さもわかる」

「それはフレメンの流儀の話ね？　それで、ダンカン、どうなの、引き受けてくれるの、くれないの？　母は誘拐されなくてはならないし、それはコリノ家のしわざであるように見せかけなくてはならないのよ」

アイダホは返事をせず、アリアの口調と論法を演算能力者《メンタート》のやりかたで検討した。この誘拐計画が孕む極度の冷酷さと残酷さには、こうして打ち明けられてみると、ショックをおぼえずにはいられない。あんな理由で実母の命を危険にさらすだと？　それはうそだ。おそらく、アリアとジャヴィードについてささやかれているうわさはほんとうなのだろう。そう思うと、腹に氷のように冷たいしこりを感じた。

「この件について、わたしが信用できるのはあなたしかいないわ」アリアがいった。

「わかっている」

アリアはこれを承諾の意思表明と受けとり、鏡に映る自分にほほえみかけた。

「知っているとおり」アイダホはいった。「演算能力者《メンタート》はすべての人間を関係性の連鎖として見ることを学ぶ」

アリアは返事をしなかった。ドレッサーの前にすわったまま、個人的な記憶に埋没していたからだ。そのため、顔が無表情になった。肩ごしにようすをうかがったアイダホは、その無表情ぶりを見て慄然とした。まるで自分だけに聞こえる声とやりとりしているかのようではないか。

「関係性だよ」アイダホは小声でつぶやき、こう思った。

（人は古い苦しみを脱ぎ捨てねばならない――ヘビが脱皮するように。しかし、そうしたところで、新しい苦しみは生まれでるし、すべての限界を受け入れざるをえない。それは政府にしても同様だ。そして、摂政でさえも。古い政府は脱皮で残された皮のように検証することができる。この誘拐計画は実行せざるをえないが、それはアリアの指示する形のままであってはならない）

ややあって、アリアは肩を左右に揺すり、口を開いた。

「レトは夜間に砂漠へ出るべきではなかったわね、時期が時期でもあるし。あとで叱っておくわ」

「スティルガーがついていてもかい？」

「スティルガーがついていてもよ」

アリアは鏡の前から立ちあがり、出窓の前に立つアイダホに歩みよると、夫の腕に手をかけた。

アイダホは身ぶるいしそうになるのをこらえ、肉体的な反応を演算能力者《メンタート》の演算にまで落としこんだ。アリアの中のなにかにどうしても嫌悪を感じてしまう。

アリアの中のなにかに。

アイダホにはアリアを正面から見ることができなかった。おまけに、化粧とメランジのにおいが鼻をつき、反射的に咳ばらいをした。

アリアがいった。

「きょうはファラッディーンの贈り物を検証するので忙しくなるわ」

「あの正装かい？」

「ええ。あの男がすることが表面どおりであるはずはないから。それに、あの男の腹心を務める上級大佐《バシャール》のティエカニック——あの男が、チャウマーキー、チャウマス、そのほか、貴族の暗殺に使われる巧妙な毒物の達人であることも忘れてはならないわ」

「権力の代償か」アリアの手から腕を引きぬきながら、アイダホはいった。「とはいえ、こちらは自由に動けるが、ファラッディーン側は行動を制限されている」

アリアはアイダホの厳峻な横顔を観察した。ときどき、夫の心の働きが測りがたくなる。行動の自由のみが軍事力に活力をもたらすと考えているのだろうか。アラキスでの生活はあまりにも長いあいだぬるま湯状態がつづき、フレメンもかつての活力を失ってしまった。危険が日常的に遍在する暮らしで研ぎ澄まされた感覚も、使わなければ鈍《なま》るだけだ。

「そうね。わたしたちにはまだフレメンがいるものね」

「重要なのは、自由に動けることだよ」アイダホはくりかえした。「臨機応変に動けない白兵戦など、話にもならない。そんな白兵戦はばかげている」

夫の口調にいらだって、アリアはこう答えた。

「でも、わたしたちを滅ぼすためなら、ファラッディーンはどんな手でも使うわ」

「ああ、それか。それは一種の先制攻撃だな。かつてのわれわれにはその類いの苛烈さがなかった。正々堂々の軍律、アトレイデス家ならではの規範があったからだ。そのために痛い目を見てきたし、敵を利してもきた。とはいえ、いまはもちろん、そういった軍律に縛られてはいない。その手の苛烈さにかけても、アトレイデス家はコリノ家と五分に渡りあえる」

「母を誘拐すべき理由は、母を保護するためでもあるのよ、ほかにも理由はあるけれど」

アリアはいった。「わたしたちにはまだ公正な規範があるの！」アイダホは妻を見おろした。演算能力者《メンタート》に情報を与えて演算させる危険性はアリアとて心得ているはずだ。夫がなにを演算したのか、わかっていないのか？ そう……いまでもアリアを愛してはいる。アイダホは片手で金属の両目をひとなでした。アリアはいまも、なんと若く見えることだろう。レディ・ジェシカのいうとおりだ。いっしょになって以来、アリアは一日たりとも齢をとってはいないように見える。ベネ・ゲセリットの母親に似た顔は、まだ柔和さを残しているが、その目はアトレイデスのもの――タカのそれにも似て、相手を容赦なく観察し、隙あらば襲いかかる一族の目だ。そしていま、その目の奥には、なにか残酷な計算が取り憑いている。

長きにわたってアトレイデス家に仕えてきたアイダホは、同家の強みばかりではなく、弱みをも熟知していた。だが、アリアの中のこのなにか、このような要素には、はじめて遭遇する。アトレイデスの者は、敵を相手には狡猾な手を使うことも辞さないが、仲間や同盟者には控えるし、身内にそんな手を使うことは絶対にない。それはアトレイデス家の庭訓《ていきん》に組みこまれている。自領の民は全力を尽くして支援せよ。どれほど暮らし向きがよくなるか領民らに知らしめよ。友には誠意あるふるまいをもって友情を示せ。この方針は、アイダホの肉体と神経構造の隅々にいたるまで浸透している。

アリアの要求はアトレイデスらしからぬものだ。肉体と神経との、ひとつの分割不可能なユニットとして、アイダホはいま、アリアの態度に異質なものを感じていた。だしぬけに、アイダホの演算能力者《メンタート》としての機能が全開放され、その精神は凍てついたトランス状態に没入した。そこに〈時〉は存在しない。あるのは演算だけだ。アリアには夫がどのような状態に入ったかわかるだろうが、だからといって、なにかできるわけでもない。アイダホは演算にのみ全霊を捧げた。

演算開始――アリアの意識の中にはレディ・ジェシカの投影が擬似的に存在している。

自分の意識の中には、前偶人《ゴウラ》時代のダンカン・アイダホの投影がつねに存在しているのが見えるが、それと同様の感覚だ。アリアはこの投影を母親の胎内にいるあいだに獲得し、アイダホはトレイラクス会の変生胎《アホロートル》タンクにいるあいだに獲得した。ところがアリアは、母親の投影を拒否し、母親の命を危険にさらそうとしている。であれば、アリアは意識に投影されたジェシカと接触を持っていない。であれば、アリアは母親とは別の擬似人格に完全憑依されていることになる。それも、他の人格群を圧倒してしまえる存在に。

憑依！

他人格！

忌み子！

アイダホは演算能力者《メンタート》のやりかたでこの仮説を受け入れ、いまかかえている問題の別の局面に移行した。いまこのとき、アトレイデスを名乗る者はみなこの惑星に集まっている。コリノ家は宇宙から攻撃してくる危険を冒すだろうか。アイダホの精神は瞬時のうちに、原始的な形態の戦争を終焉《しゅうえん》に導いた各種協定を見直した。

1——すべての惑星は宇宙からの攻撃に弱い。それゆえ《エルゴ》、すべての大領家《だいりょうけ》は、惑星外に反撃／報復機構を用意している。ファラッディーンもアトレイデス家がこの種の基本的な警戒体制をなくしていないことは承知のはずだ。

2——力場を用いた防御シールドは非核型の発射体および爆発物に対する完璧な防御となる。対人戦闘において、白兵による闘いが再登場したことの基本的な理由がそれである。しかし、白兵戦の戦果には限界がある。加えてコリノ家側も、子飼いのサーダカー部隊をアラキーン宇宙港前の戦いより前のレベルに立てなおしているかもしれないが、それでもフレメンの並はずれた剽悍《ひょうかん》さには抗すべくもない。

3——惑星封建制度は技術者階級の大規模な集団により、絶えざる危機に瀕しているが、〈バトラーの聖戦《ジハード》〉の置き土産で、いまなお技術偏重に対する抑制効果は持続している。この点で脅威となるのは、イクスとトレイラクスのほかには、帝国外縁に点在する少数の辺境惑星しかない。帝国の他の諸惑星に連合して攻撃されれば、一惑星のみを拠点とするこれらの勢力はひとたまりもないだろう。〈バトラーの聖戦《ジハード》〉の教訓は、そうたやすくは消えないのである。機械化戦争は大人数の技術者階級を必要とする。アトレイデス帝国はそうした集団を戦争以外の面に注力させていた。監視がついていない技術者集団はいない。ゆえに、帝国は問題なく封建制度を維持できている。帝国が封建制度にこだわる理由は、広範囲に広がっている未開のフロンティアの新たな開拓惑星群を統括するうえで、これがベストの社会体制だからだ。

　アイダホは自身の精神が躍動するのを感じた。演算能力者《メンタート》ならではの意識がキラキラときらめきながら、みずからの記憶データ内を疾走していく。時間は微塵も経過していない。主判定経路を通り、コリノ家が違法な核攻撃に踏みきる恐れはないとの確信に達したのは、一瞬の演算でのことだった。もっとも、演算するまでもなく、この確信にいたる諸要素は全面的に把握していた。帝国が保有する核兵器と関連兵器の総数は、全大領家が保有する同等兵器の総数に匹敵する。コリノ家が〈大協約〉を破れば、大領家のうちすくなくとも半数は脊髄反射で懲罰に動くだろう。アトレイデス家の惑星外報復システムのもとへは、各大領家の大戦力が合流する。帝国が召集をかけるまでもない。恐怖に駆られて大領家のほうから参集してくるはずだ。サルーサ・セクンドゥスとその同盟諸惑星は、遠からず、灼熱の雲となって消滅するだろう。コリノ家がそんな破局を招く危険を冒すはずはない。

コリノ家は確実に、核兵器を保有する意義の堅持を表明する。核兵器を保有する理由は、ただひとつ。人類が〝人類以外の知性〟に遭遇して脅かされたとき、みずからを防衛するためなのである。

演算がもたらす思考はエッジが立っており、鋭いほど明晰で、あいまいなところがない。アリアが誘拐計画とテロリズムを選んだのは、別のだれか、アトレイデスならぬだれかになってしまったからだ。コリノ家はたしかに脅威だが、枢密院でアリアが主張した形とは脅威の性質を大きく異にする。アリアはレディ・ジェシカに退場してほしい。なぜなら、あの容赦ないベネ・ゲセリットの知性は、アイダホがようやく気がついた事態をとっくに予見していたからである。

アイダホは演算トランスから復帰した。目の前にアリアが立っていた——顔に冷たく、値踏みするような表情を浮かべて。

アイダホはたずねた。

「きみはむしろ、レディ・ジェシカが殺されたほうがいいんじゃないのか？」

アイダホの金属の目は、アリアの顔に異質な歓びの感情が走るのをとらえたが、それはほんの一瞬のことで、妻の顔はたちまち形ばかりの怒りの表情におおわれた。

「ダンカン！」

まちがいない。この見知らぬアリアは母親殺しを期待している。

「きみは母親を恐れているんだ、母親を案じているんじゃない」

値踏みの視線を揺らがせることなく、アリアはいった。

「もちろん、そうよ。母はわたしのことを修女会に報告したんだもの」

「どういう意味だ？」

「ベネ・ゲセリットにとって、〈究極の誘惑〉がなにか知らないの？」アリアは蠱惑的にアイダホにすりより、睫毛をすかして上目づかいに見あげた。「わたしはたんに、自分の権力を維持したいだけ。双子の安全にも注意しないといけないし」

「誘惑、か」アイダホは演算能力者《メンタート》特有の平板な声で答えた。

「それこそは、修女会がひた隠しにしているもの。もっとも恐れているものでもあるわ。だから修女会はわたしを忌み子と呼ぶのよ。あの組織の禁忌ではわたしを抑えられないと知っているから。誘惑。修女会はいつも、ことさらにこれを強調して、〈究極の誘惑〉と呼ぶけれどね。知ってのとおり、わたしたちベネ・ゲセリットの教えを身につけた人間は、体内の酵素バランスを意識的に調整して代謝に干渉することができるの。そうすることで若さを維持できる——メランジなどに頼るよりも、はるかに長いあいだ。それを行なったベネ・ゲセリットがおおぜい出たら、どんな事態になるのかわかるはずね？　不老の力があるとばれてしまうのよ。あなたなら、わたしのいうことの正確さが計算できるでしょう。

メランジのおかげで、アラキスの者はさまざまな陰謀の対象となっている。わたしたちが押さえているのは、寿命を延長する物質。では、ベネ・ゲセリットがメランジよりずっと効果の高い寿命延長の秘法を保有していることが知れたら、どんな事態になると思う？　わかるでしょう！　ひとりとして安全でいられる教母はいなくなる。ベネ・ゲセリットを誘拐して秘法を吐かせるために拷問する行為が日常的に横行するのよ」

「その酵素バランスの調整を実践したんだな、きみは」

アイダホのことばは、問いかけではなく、断定だった。

「わたしは修女会に挑戦しただけ！　母が修女会に行なった報告で、ベネ・ゲセリットはコリノ家のゆるぎない同盟者となるでしょう」

（もっともらしい理屈を述べる）

アイダホはそう思い、探りを入れた。

「しかし、相手はきみの実母だぞ。きみの足を引っぱるようなまねをするはずがない！」

「わたしの母になるずっと以前から、あのひとはベネ・ゲセリットだったわ。ダンカン、あのひとは、自分の息子、わたしの兄に、ゴム・ジャッバールの試練を受けさせたのよ！　あのひと自身が手配をして！　それも、兄が試練を生き延びられないかもしれないことを承知の上で！　ベネ・ゲセリットはいつも、信用を軽んじて実利を追う。修女会にとって大きな利益になると判断すれば、母はわたしに牙を剝くでしょう」

アイダホはうなずいた。じつに説得力がある。そう思うと、悲しさがこみあげてきた。

「主導権はこちらが握らなくてはならないわ」アリアはいった。「それがわたしたちの、最強の武器だもの」

「しかし、ガーニー・ハレックの問題がある。おれは旧友を殺さねばならないのか？」

「ガーニーは極秘の任務で砂漠に出かけているわ」アイダホもその件はすでに知っていた。アリアはそれを承知で極秘任務の話を持ちだしたのだろう。「計画の邪魔をするところにいない以上、殺すような結果にはならないわよ」

「妙な話だな。カラダンの摂政兼総督ともあろう男が、アラキスで使い走りとは」

「べつにおかしくはないでしょう？　ガーニーは母の愛人だもの。たとえ事実ではないにしても、ガーニーの妄想の中ではそう」

「ああ、それはそうだな」アイダホは形ばかりに答えた。

これが生返事だと、アリアは声から見ぬいたろうか。

「で、いつ母を誘拐してくれるの？」アリアがたずねた。

「それはきみも知らないほうがいい」

「そう……そうね、たしかにそうだわ。では、どこに連れていくつもり？」

「だれにも見つからないところへ。そこは安心してもらおう。レディ・ジェシカをここに残しておいては、きみの脅威になる」

アリアの目に浮かんだ愉悦は、見まがいようのないものだった。

「でも、いったいどこへ……」

「ほんとうに知らなければ、いざというとき、読真師《どくしんし》を連れてきて、レディ・ジェシカの居どころは知らないと証言できる」

「ああ……賢い人ね、ダンカン」

（これでアリアは、おれがレディ・ジェシカを殺すと信じただろう）

アイダホはそう思い、ことばに出してこういった。

「では、お別れだ、愛しい人」

アリアはその声が含む決別の意志に気づかず、立ち去りぎわに軽くキスをしさえした。

〈大聖堂〉の中の、群居洞《シエチ》内部に似た迷宮のような通路を歩いていきながら、アイダホは目をぬぐった。〈トレイラクスの目〉は、涙を流せるようにはできていないのに。

おまえはカラダンを愛し
その失われた軍勢を悼む
けれど苦痛は見つけだす
新たな恋人たちには消せない
永遠の亡霊を。

――「ハバニヤの嘆き」のくりかえし《リフレイン》部分

スティルガーは群居洞《シエチ》で双子の警衛につく者を四倍に増やしたが、こうして増やしても無意味だとわかってはいた。この少年は、名前をいただいた祖父のレトによく似ている。祖父の公爵を知る者で、そういわない者はいない。このレトにも、相手を見透かすような眼差しと用心深さがあったが、なによりも評価されてしかるべきは、内に秘めた野性とは裏腹に、危険な決断を敏感に察知する能力だ。ガニーマはむしろ母親に似ている。髪はチェイニー似の赤毛だし、目もチェイニー似で、困難に対処するさい、先を計算してことにあたる点でも同様だ。ガニーマはよく、自分は為さねばならないことを為しているだけだというが、結局はレトの主導にしたがっている。そして当のレトは、ガニーマをともなって、危険な道に乗りだそうとしている。

双子のお守りはアリアに委ねよう——そうスティルガーが思ったことも一度ではない。イルーランに委ねるのは論外だ。あの女はなんでもかんでもアリアに投げてしまう。だが、いざ決断に踏みきろうとするたびに、スティルガーは改めて思う。アリアに対するレトの評価は、やはり適正なのではないかと。

（アリアは民をぞんざいかつ冷淡にあつかう）とスティルガーは思った。（ダンカンすら同じあつかいだ。おれにいたっては見向きもされず、すっかり関心の埒外にある。おれは見切りをつけられたんだ）

警備を強化するいっぽうで、スティルガーはローブをまとった幽鬼のように群居洞《シエチ》内をさまよい歩き、あらゆる場所を覗いてまわった。その間《かん》ずっと、スティルガーの心には、レトに植えつけられた疑念が渦巻いていた。伝統に頼れないなら、自分の生の基盤となる岩はどこに見いだせばいいのか。

群居洞《シエチ》においてレディ・ジェシカの歓迎会が催された午後、スティルガーはさりげなくガニーマのようすを観察していた。少女が祖母とならんで大集会洞の入口前に立っていたときのことである。歓迎会ははじまったばかりで、アリアはまだ到着していなかったが、住民たちはすでに大集会洞の中へぞろぞろと入っていこうとしていた。どの者も、入口を通るさいには、ちらちらと少女と祖母を盗み見ていく。

スティルガーは人の流れからはずれ、影になった窪みに身を潜めてふたりを観察した。入っていく群衆のざわめきにはばまれて、ふたりが口にすることばは聞きとれずにいる。帰ってきた老教母を歓迎するために、きょうはさまざまな部族から代表団が訪れていた。しかし、スティルガーが目を離せない相手はレディ・ジェシカではなく、ガニーマのほうだった。あの目——しゃべるときにくりくりとよく動く目！　あの動きには魅了されずにいられない。深い青の、落ちつきはらい、透徹した目、人を見透かすような目——そんな目といい、軽く首を曲げて赤金色の髪を肩から払うしぐさといい、いずれもチェイニーを髣髴させる。その異様なまでの類似性は、チェイニーが亡霊となってよみがえったのではないかと思わせるほどだ。

スティルガーはゆっくりと入口に歩きだし、別の岩の窪みに身を潜めた。いまだかつて、ガニーマほどの観察力を持った子供にはお目にかかったことがない。例外はレトだけだ。

そのレトはどこにいる？　スティルガーは人でごったがえす通路をふりかえった。だが、なにか異常事態が起こっていれば、警備の者らが警告しないはずはない。かぶりをふった。あの双子にはほとほと参る。いつもいつも、心の平安を乱されてばかりだ。どうかすると、憎しみさえいだいてしまいそうなほどに。身内といえども憎しみの対象にならないことはないが、血には（血が含む貴重な水にも）たいていの懸念を超越して打ち消す働きがある。自分があの双子に負う責任は、他のどんな責任よりも大きい。

ガニーマとジェシカが立つ入口ごしに、大集会洞からは砂ぼこりで茶色い陰りを帯びた発光球の光があふれだし、ガニーマの肩と真新しい白ローブを照らしていた。大集会洞に入る群衆の流れを見ようと、少女が通路側を向いたとき、背後からその光を受けた赤毛が、後光が射したように明々と浮かびあがった。

（なぜレトは、こんな疑念をおれにいだかせて苦しめる？）

これが意図的な仕打ちであることはまちがいない。

（おそらくレトは、自分の精神が経験したことを、すこしでもおれに共有させたかったのだろう）

スティルガーはあの双子が他者と異質な理由を知っているが、自分のものの考え方では、どうしてもそれを受け入れられずにいる。もちろん、自分で経験したことはないが、子宮なるものは、その内部で覚醒した意識にとって——妊娠二カ月めで目覚めた意識にとって——監獄であるという。

レトは以前、自分の記憶は〝精神に宿るホログラムのようなもので、当初のショックに満ちた覚醒を経験してからこちら、サイズが拡張され、細部もきめこまかくなってきたが、形状というか、輪郭は変わっていない〟といったことがある。

複雑に交錯する記憶網に囲まれて、そこから脱け出すことも、精神内に安全な避難所を見つけることもできずに生きる——こうしてガニーマとレディ・ジェシカを眺めるうちに、スティルガーははじめて、それがどういうものかがわかりかけてきた。そのような状況に直面したとき、人は狂気を調整し、多彩な選択肢から——ただし、答えが問いと同じほど速く変化していく系に固有の選択肢から——取捨選択を行なう。

融通のきかない伝統などありえない。二面性のある問いに絶対的な答えはありえない。有効な選択肢とはどれか？　有効ではない選択肢だ。有効ではない選択肢とはどれか？　有効な選択肢だ。スティルガーにもパターンがわかってきた。これは古くからフレメンに伝わる謎かけと同じものなのである。

問い——〝死と生をもたらすものはなにか？〟

答え——〝コリオリの風〟

(なぜレトは、おれにこのことを理解させたがった?)

　慎重にようすを探ってみたところ、双子は自分たちの持つ差異について共通する見解を持っていることがわかった。この特殊性を、ふたりは深刻な重荷と感じているようだ。

(あの子たちのような存在にとって、産道は排水管のようなものかもしれんな)

つらい経験も、予備知識がなければショックも小さくてすむだろうが、双子はともに、世に生まれるのがどういうことかを知っていた。人生のいたるところ、蹉跌《さてつ》の罠だらけ。そんな知識をひととおり持って生まれてくるのは、どんなものなのだろう? さまざまな疑念との絶えざる戦いは避けられまい。他者たちとの差異に怒りをおぼえもするだろう。その差異を利用して他者を悩ますことに喜びを見いだしもするだろう。答えの得られない最初の疑問はこうだ。

「なぜ自分が?」

(それをいうなら、おれが自問してきたことはなんだ?)スティルガーの口元に苦笑いが浮かんだ。(やはり、〝なぜ自分が?〟ではないか)

　この新たな視点で双子を見ることで、スティルガーはふたりが未完成の肉体で挑もうとしている危険な賭けを理解した。ガニーマは以前、タブールの群居洞《シエチ》の切りたった西壁を頂《いただき》まで攀《よ》じ登ったことがある。それを知ったスティルガーは少女を叱りつけた。すると少女はこういった。

「どうして死ぬのを恐れなくてはならないの？　これまでにも死を経験しているのよ——何度となく」

（そのような子供たちに、おれがなにを教えられるというのか）スティルガーは自問した。

（そもそも、教えられる者がいるのか？）


奇妙なことに、孫娘と話をするうちに、ジェシカもまたスティルガーと同じ思考経路をたどっていた。成熟した精神を未成熟の肉体に収めることがいかにむずかしいかを考えていたのである。精神が可能だとすでに知っていることを、肉体は学んでいかねばならない——反応と反射を調整しながら。この調整は、むかしからベネ・ゲセリットで行なわれてきた神経と筋肉《プラーナ＝ビンドゥー》組織の制御でも可能だが、その場合でも、精神は肉体では不可能な制御を行なわねばならない。それだけに、ガーニーに実行するよう与えた命令は、このうえなく困難なものといえた。

「スティルガーがあの岩陰からこちらをうかがっていますよ」ガニーマがいった。

ジェシカはそちらに顔を向けようとはしなかったものの、ガニーマの声が含む響きにはとまどいをおぼえた。ガニーマはあの老フレメンを親同然に慕っている。あの男に軽口をたたいているときも、あの男をからかっているときも、そこにはつねに愛情が感じられた。そう認識したことで老指導者《ナイーブ》に対する見方は変わり、双子とスティルガーが分かちあっているものを、統一的全体に基づいた天啓によって理解した。スティルガーがいまの新たなアラキスにあまり馴じめていないことは知っている。それと同じく、孫たちもまた、この新しい宇宙に馴じめていないのだ。

どこからともなく、唐突に、ベネ・ゲセリットの格言がジェシカの心をよぎった。

〝おのが命に限りあることを漠然と察すれば、恐怖の始まりを知る。おのが命に限りあることを否定の余地なく知れば、恐怖の終わりを知る〟

そう、死の恐怖はさほど強い抑制力にはならない。だが、スティルガーと双子にとって、生はゆっくりと燃える炎だ。いずれも世界に身の置きどころのなさを感じ、他者と差異があっても脅威をいだかずにすむ生き方にあこがれている。三人はみな信仰の父《アブラハム》の子ら——これまでに書かれたどんな書物よりも砂漠の空を舞うタカから多くを学ぶ者たちだ。

レトに困惑させられたのは、ついけさがたのことだった。ふたりで群居洞《シェチ》の麓を流れる灌漑用水路《カナート》の前に立っていたとき、レトがこういったのだ。

「水は人をひとところから動けなくさせてしまうんです、おばあさま。人は水辺を離れて砂塵のような暮らしを送ったほうがいい。そうすれば風が、〈防嵐壁《ぼうらんへき》〉でもいちばん高い絶壁より高いところへ連れていってくれます」

この双子のこうした迂遠《うえん》でませた口のききようには慣れていたジェシカだが、そのときばかりは予想外のことばに面食らい、こう答えるのがせいいっぱいだった。

「それはいかにも、あなたのおとうさんがいいそうなことばね」

するとレトは、ひとにぎりの砂を空中に放りだし、それが地に落ちていくのを見ながら、

「ええ、たしかにいいそうですね。ですが、かつての父は、水がいかに早く万物を地面へ――水の出どころである地面へ固着させてしまうかに考えがおよんでいませんでした」

いま、群居洞《シエチ》の内部で、こうしてガニーマとなりあって立っていると、改めてレトのことばが浮かんできて、ジェシカはショックをおぼえた。横に向きなおり、通路の先まで連綿とつづく参集者たちを眺めやる。そのさいにさりげなく、岩の窪みに身を潜めているスティルガーの、影に埋もれた姿に目をやった。スティルガーはけっして飼い馴らされたフレメンではない。巣作りの材料に使う小枝を運ぶ――ただそれだけのために訓練された小鳥ではない。あの男はいまもタカだ。赤といわれてあの男が連想するのは、赤い花ではなく、鮮血にちがいない。

「急に黙ってしまいましたね」ガニーマがいった。「どうかしましたか？」

ジェシカはかぶりをふって、

「けさ、レトがいったことが気になったの。それだけ」

「植栽のところへいったとき？　なんていったのかしら？」

　ジェシカは朝方、緑地でレトの顔に浮かんだ表情を——成熟した叡知に裏づけられた、好奇の表情を思いだした。それと同種の表情が、いま、ガニーマの顔にも表われている。

「こうよ。〝思いだしていたんです、ガーニーが密輸業者のもとからアトレイデスの旗のもとへ帰ってきたときのことを〟」

「では、スティルガーの話をしていたんですね」

　なぜそう思ったかについては、ジェシカはたずねなかった。この双子には相互の思考を意のままに再生する能力でもあるのだろうか。

「ええ、そのとおり。スティルガーは、ガーニーがポールを〝わが公爵閣下〟と呼ぶのをよしとしなかったけれど、ガーニーがゆずらないものだから、フレメン全員がこの呼称を使うしかなくなったの。ガーニーはいまもポールを〝わが公爵閣下〟と呼んでいるわ」

「なるほど」ガニーマはいった。「それではもちろん、レトは自分がまだスティルガーにとっての公爵ではない、といったんですね」

「そのとおりよ」

「レトがそのとき、あなたになにを求めていたかはお気づきですよね、もちろん」

「さあ、よくわからないわ」

ジェシカは正直に認めたが、そう認めたこと自体が当惑をもたらした。それというのも、レトが自分になにかを求めていたなど、いまのいままで思いもしなかったからだ。

「レトはあなたを刺激して父の記憶を呼びださせようとしたんです」ガニーマは説明した。「レトはいつも、父を知る人たちの目に、父がどう映っていたのかを気にしているので」

「でも……レトには……」

「ああ、レトにも内なる意識たちの声は聞こえていますよ、当然。ただ、そういう声から聞くのと第三者の口を通して聞くのとでは、まったくちがいますから。あなたはもちろん、あのひとのことを——あのひとというのは父のことですが——ご自分の息子として話したでしょう?」

「ええ」

ジェシカはもうこの話題をつづけないことにした。いいようにあしらわれるこの感覚。気にいらない。この双子にはしじゅう、自在に翻弄され、観察するために記憶を開かされ、ふたりの興味を引く感情があればいじられる。いまガニーマがしているのもそれだ!

「レトがなにか、どぎまぎさせることをいったんですね?」ガニーマがたずねた。

ジェシカは怒りを抑える必要に駆られている自分に気づき、ショックをおぼえた。

「ええ……いったわ」

「レトが父のことを、母が父を知っていたように――母のことを、父が知っていたように知っているという事実、それが気にいらないんですね。そして、それが意味する含み――わたしたちが両親を知っているのと同様に、あなたのことを知っているという事実も」

「いままでそんなふうに考えたことはなかったの、ほんとうよ」

そう答えたジェシカは、自分の声がこわばっていることに気がついた。

「肉体関係に関わる知識をほのめかされたら、それはどぎまぎしてもしかたがないかな」

ガニーマはいった。「けれどそれは、あなたの思いこみ。あなたはわたしたちのことを、いくら努力しても子供としてしか見られないから、そういう反応になるんです。そもそも、両親がしていたことなんて、公の場でのことであれ、プライベートな場でのことであれ、わたしたちには知るつもりもないんだけれど」

ほんの一瞬ながら、灌漑用水路《カナート》のそばにいたときはかろうじて抑えた反応が、またもや頭をもたげかけた。その反応を向けている相手は、今回はガニーマだ。

「おおかたレトは、あなたの公爵さまに盛りがついた状態のことでもいったんでしょう」

ガニーマはつづけた。「ときどきレトの口には轡《くつわ》をかませる必要があるんです！」

（この双子には、遠慮というものがないの？）

ジェシカの心はショックから怒りへ、怒りから嫌悪へと移り変わった。よくもわたしの前で、わたしの〝公爵さまに盛りが〟などといえたものね。もちろん、愛しあう男女である以上、肉体の歓びは分かちあうもの！　けれどそれは、プライベートなものであり、美しいものであって、子供とおとなの日常会話で口に出していいものじゃない！

（子供と……おとな！）

唐突に、ジェシカは気づいた。孫のレトもガニーマも、日常会話のつもりで話してなどいない。あえて意図的にこちらを刺激している。

ジェシカが黙りこんだのを見て、ガニーマはいった。

「わたしたちはあなたにショックを与えました。そこはふたりを代表してお詫びします。レトのことはよく知っていますから、お詫びの必要なんて、頭をよぎりもしないでしょうけれど。ときどきレトは、特定の目的を求めるあまり、ついつい忘れてしまうんですよ。わたしたちがどれだけ異質であるのかを……たとえば、あなたとくらべて」

ジェシカは思った。

（だからあなたたちは、ふたりでこんなことをしている。そういうことね。あなたたちはわたしを教育しているんだわ！）そして、こうも思った。（わたし以外に教育した相手はだれ？　スティルガー？　ダンカン？）

「レトはあなたからものの見方を学んで、同じような形で対象を見ようとしてるんです」ガニーマはいった。「心の中の先人記憶に頼るだけでは足りませんから。とくに手ごわい先人にアクセスすると、たいていの場合、失敗してしまいます」

ジェシカはためいきをついた。

ガニーマは祖母の腕に手を触れた。

「あなたの息子は、告げておかねばならないことの多くを、あなたにすらも告げないまま行ってしまいました。わたしたちを赦してください。でも、父はあなたを愛していました。それは知っていたでしょう？」

ジェシカは顔をそむけた。目元に光る涙を隠すためだ。

「父はあなたに恐れられていることを承知していました」ガニーマはことばをつづけた。「スティルガーに恐れられていたことを承知していたのと同じように。愛しいスティル。父はスティルの〝動物のドクター〟で、スティルは殻の中に隠れたミドリマイマイ以上の立場にはなかったんです」

ガニーマはそういって、このフレーズの元になった歌を口ずさんでみせた。その歌詞はジェシカの意識に容赦なく入りこんできた。

おお、動物のドクターよ、
ミドリマイマイは殻の中、
卑小な奇跡にとりすがり
隠れて死に時待ってたら、
神のおまえがやってきた！
カタツムリでもご存じだ、
神々こぞって消えたいま、
治療に痛みはつきもので、
火炎の戸口の向こうには、
高みの楽土が見えている。
おお、動物のドクターよ、
おいらは人間カタツムリ
おまえのひとつの目玉《めんたま》が
おいらの貝殻のぞきこむ！
何の為に、ムアッディブ？
それはいったい、何の為？

そして、ガニーマはいった。

「残念ながら、わたしたちの父は、わたしたちのこの宇宙にたくさんの人間カタツムリを残していきました」

人類は、本質的に永続しない宇宙に存在する——これが仮定として成立するものならば、そのような仮定は、知性に対し、完全に覚醒して均衡のとれた装置となることを求める。だが、知性がかくのごとき装置たらんとすれば、一個の有機体全体を巻きこまずにはすまない。そうした有機体は、熱く燃える意欲的ふるまいでそれと識別できる。かかるがゆえに、社会はひとつの有機的組織体としてあつかえる。だが、ここでわれわれは旧弊な慣性に遭遇する。社会とは太古からつづく反動的な衝動に突き動かされるものなのだ。ゆえに社会は永続を求める。ゆえに宇宙が永続しないことを示すあらゆる試みは、拒否反応、恐怖、怒り、絶望を招く。それならば、予知が受け入れられている現状をいかに説明するのか？ 簡単だ。予知の幻視を与える者は、絶対的な（永続する）認識を語る。ゆえに、人類から歓迎される。たとえ提示される予言の大半が恐るべき事象であってもだ。

――「レトの書」

ハルク・アル＝アーダ記

「暗闇の中で戦っているようなものよ」とアリアはいった。

枢密院会議の会議室で、アリアは足どりも荒く歩きだした。いままで立っていた東側の窓を離れ、部屋の反対側に置かれた数脚の長椅子のもとへ歩いていく。東側の高い窓には銀糸を織った厚地のカーテンがかかっており、射しこむ朝陽のまぶしさを和らげている。長椅子のうしろの壁に施されているのは華麗な装飾だ。アリアが履いている履物《サンダル》が敷物や床の材質をつぎつぎに踏みしめていく。香料《スパイス》入り繊維のラグ、寄せ木張りの床板、大きなガーネットの床板、そしてまたラグ。とうとうイルーランとアイダホの前まできて立った。ふたりは灰色クジラの毛皮で被《おお》われた別々の長椅子に、それぞれ向きあう形で座していた。

タブールの群居洞《シエチ》から帰ってくるのを渋ったアイダホがここにいるのは、アリアが帰還命令を出し、強制的に連れもどしたからである。ジェシカ誘拐の件はかつてなく重要性を増しているが、すぐには実行に踏みきれない。それよりもいまはアイダホに、この帝都で演算能力者《メンタート》としての能力を発揮してもらう必要があった。

「諸悪の根源には同一パターンが見え隠れしているの」アリアはつづけた。「敵は遠大な計画を立てているわ——陰謀の悪臭を感じる」

「そうではないかもしれなくてよ」

イルーランは異を唱えたものの、アイダホにうかがうような視線を送った。

アリアの顔が侮蔑混じりの嘲笑に歪んだ。よくもこれほど無邪気なことばを口にできるものね。ただし、もしもイルーランの本心が……。アリアはプリンセスに問いただすかのような鋭い視線を向けた。イルーランが着ているのは質素な寛衣ローブ《アバー》だ。その黒い色は、香料《スパイス》で藍色に染まる目に宿る黒い影にマッチしている。ブロンドの髪はひっつめにして、うなじの上できつく巻いてあるため、アラキスにきてからの年月で削げた頬と、力強さを増した顔を強調していた。皇帝だった父、故シャッダム四世の宮廷で身についた尊大さはいまも残っている。アリアもしばしば感じてきたように、この誇り高い態度は、心の中でめぐらす陰謀を覆い隠す仮面としても使われているのだろう。

悠然と長椅子にすわったアイダホは、アトレイデス家近衛隊の黒と緑の制服を着用していた。徽章はいっさいつけていない。これは特異な立場の表明だと見なされて、アリアに直属する近衛隊衛士の多くから不興を買っている。とりわけ、近衛の徽章を栄光の象徴と見る女性衛士の反感が大きい。そもそも女性衛士たちは、偶人《ゴウラ》＝剣聖＝演算能力者《メンタート》であるアイダホの存在そのものに不信感をいだいているのが実情なのである。そのような人物が自分たちの女主人の夫であることも、反感に一段と拍車をかける原因となっていた。

　アイダホが口を開いた。

「要するに各部族は、レディ・ジェシカを摂政の枢密院に復帰させたい意向である、と。それがなぜ陰謀と――」

「全部族一致で要求しているのよ！」アリアはイルーランのとなりを指さした。長椅子の上に置いてあるのは紋章を箔押し加工した香料《スパイス》紙だ。「ファラッディーンも暗躍しているけれど、これにはまた……別口のにおいがぷんぷんするわ。陰謀の悪臭がね！」

「スティルガーはどう見ているのかしら？」イルーランがたずねた。

「その請願書に、あの男の署名もあるでしょう！」

「でも、もしもスティルガーが……」

「自分が崇める神の母親を否定できるはずがないじゃないの、あの男に！」

　アイダホはアリアを見あげ、思った。

（これ以上いつのれば、イルーランに対する一線を越えてしまう！）

　そして、アリアが自分を帝都へ呼びもどした理由を改めて考えた。

（誘拐計画を実行するとなると、おれはタブールの群居洞《シエチ》にいる必要がある。アリアにもそれはわかっているはずなのに。おれに〈伝道者〉からメッセージが届いていることを、アリアが聞きつけている可能性はあるだろうか？）

　そう思うと、もやもやしたものが胸にわだかまった。そもそも、あの謎多き托鉢者は、ポール・アトレイデスがいつも自分の剣術師範を呼びよせるにあたって用いていた秘密の合図をどうやって知った？　こんな意味のない会合などさっさと切りあげて、その疑問を解くための調査を再開したいところだが……。

「〈伝道者〉が惑星外に出かけていたことはまちがいないわ」アリアはことばをつづけた。「こういったことで、航宙ギルドがわたしたちにうそをつくはずはないもの。このさい、あの男の身柄を拘束して――」

「分別を欠いてはいけません！」イルーランがいさめた。

　アイダホも同意した。

「たしかにここは分別どころだな。この惑星の住民は、半数があの男のことを――」肩をすくめて、「――きみの兄だと信じている」

　いまのひとことを、ごくさりげない口調で口にできただろうか。そうであってほしいとアイダホは願った。あの男が秘密の合図を知っていたことが、どうにも気にかかる。

「けれど、あの男が敵の工作員かスパイだったら――」アリアがいいかけた。

「〈伝道者〉はいっさい接触していません。当地に在任するどのCHOAM《チョーム》職員ともね。コリノ家の手の者ともです」イルーランがいった。「その点は確実と思ってよいと——」

「確実なことなんて、なにひとつないわ！」

アリアは侮蔑を隠しもせずにそういうと、イルーランに背を向け、アイダホを正面から見すえた。その目はこう告げていた。

〝なんのためにあなたを呼びよせたか、わかっているでしょう！　どうして期待どおりに動いてくれないの！　あなたを枢密院に加えたのは、イルーランを牽制させるためなのよ。コリノ家のプリンセスをアトレイデス家の一員にした経緯は、けっして忘れてはならない。ひとたび忠誠の対象を変えた者は、また変える懸念がある。あなたを呼びもどしたのは、イルーランのふるまいにおけるミス——微妙なほころびを、演算能力者《メンタート》として検出させるためなのよ？〟

アイダホは身じろぎをし、イルーランを眺めやった。ときとして、演算能力者《メンタート》の能力に絶えず加えられる重圧が腹だたしくてしかたなくなる。アリアの腹は読めていた。それはイルーランも同様だろう。だが、ポール・ムアッディブの正妃であったこのプリンセスは、皇帝の愛妾だったチェイニーより下の立場に置かれる仕打ちを乗り越えた。帝家の双子に対するイルーランの忠誠に疑いの余地はない。コリノ家ともベネ・ゲセリットとも関係を断ち、ひたすらアトレイデスの双子に尽くしてくれている。

「この企みには母も一枚嚙んでいるはずなのよ！」アリアはいいはった。「さもなければ、修女会がこのタイミングで母をここに送りこむ理由なんかないわ」

「ヒステリーを起こしたところで、なんの役にもたたないぞ」アイダホはいった。

アリアはくるりと背を向けた。この反応もアイダホには読めていた。かつて愛した女《ひと》の顔は、いまは異物に憑依され、醜く歪んでいるはずだ。背を向けてくれたおかげで、その顔を見ずにすむのがありがたかった。

「そもそも」イルーランが口を開いた。「ギルドは全面的に信用していい組織ではないのですから——」

「それはそうよ、ギルドだもの！」アリアが鼻を鳴らした。

「ギルドもベネ・ゲセリットも、腹に一物いだいている線は排除できないが」アイダホはいった。「どちらも〝本質的には受け身の敵手〟という特殊な枠組みにカテゴライズするほかない。ギルドが拠《よ》って立つ大原則はただひとつ——〝統治するなかれ〟だ。ギルドは寄生型の組織であって、それは自分たちも心得ている。自分たちの生きる糧である宿主を殺すようなまねはけっしてしない」

「どの宿主を自分たちが生きる糧と見なすかについては、わたくしたちとは常識が異なるかもしれなくてよ」

イルーランのこのものうげなしゃべりかたは、彼女が見せるなかでもっとも冷笑に近い表現だった。そのゆったりした口調がほのめかしているのは、要するにこういうことだ。

〝失点ね、演算能力者《メンタート》〟

アリアはけげんな顔になっている。イルーランがこういう発想で切り返すとは思ってもいなかったのだろう。これは陰謀者に着目してほしくないたぐいの見解だった。

「たしかにそうだが」アイダホは答えた。「ギルドは正面切ってアトレイデス家とことをかまえはしない。それに対して修女会は、危険を賭してでもなんらかの政治介入を――」

「政治介入するとしたら、隠れ蓑《みの》として使える人物か組織を表舞台に立てるでしょうね」イルーランがいった。「ベネ・ゲセリットが何十世紀も存続してこられたのは、表立って動かないことの重要性を熟知していたからです。修女会は舞台裏で暗躍することを好むのですよ、表舞台に立つのではなく」

（表立って動かない？）アリアは心の中で首をかしげた。それがイルーランの選択？

「それはまさに、さっきギルドについて指摘したことと同じだな」

こうして議論と説明に時間を割く必要性は、それなりに有用ではあるな、とアイダホは思った。おかげでほかのやっかいな問題から意識をそらすことができる。

アリアは陽光の射しこむ窓へ大股に歩いて戻った。アイダホに弱点があることは知っている。それはどの演算能力者《メンタート》も例外なくかかえている弱点だ。演算能力者《メンタート》というものは、見解を口にせずにいられない。ゆえに、有限の限界を見きわめるため、絶対確実な情報に依存する傾向を持つ。それは当人たちも承知している。そういう訓練を受けたのだから。それにもかかわらず、演算能力者《メンタート》にはみずから限界を設けたパラメータを超えて行動する傾向が見られる。

（やっぱり群居洞《シエチ》に残しておくべきだったかしらね）アリアは思った。（イルーランから意見を聞くのはジャヴィードにまかせておいたほうがましだったわ）

アリアの頭の中で、深く響く声が相槌を打った。

［まさしく！］

（うるさい！　うるさい！　うるさい！）

当面、自分は危険なミスを犯しかねない状況にある。それがどのような危険かは見えていない。感じとれるのは危険が迫っていることのみ。夫にはこの窮地から脱する手助けを頼まねば。アイダホは演算能力者《メンタート》だ。演算能力者《メンタート》の存在は欠かせない。人間演算体である彼らは、〈バトラーの聖戦《ジハード》〉で破壊された演算機械に代わる存在なのである。

（〝汝、人心《ひとごころ》を持つがごとき機械を造るなかれ〟！）

しかし、いまアリアが必要としているのは従順な演算機械だ。機械であればアイダホに見られる限界に縛られることもない。機械はむしろ信用できる。

そのとき、イルーランがものうげな口調でこういうのが聞こえた。

「陽動の中の陽動の中の陽動の中の陽動。わたくしたちはみんな、権力に対してなされる既知の攻撃パターンを知りつくしています。アリアが疑いをいだくのもむりはありません。むしろ、すべての人間を疑って当然でしょう。わたくしたちふたりも含めてです。ですが、いまはしばし、そんな疑いはお忘れなさい。その場合、主要な動因として残るものはなにかしら? 摂政に対してもっとも強力な危険の源はなにかしら?」

「CHOAM《チョーム》だな」演算能力者《メンタート》特有の淡々とした口調で、アイダホが答えた。

アリアはあえて、凄絶《せいぜつ》な笑みを浮かべてみせた。公正なる高度貿易振興財団《コンビネ・オネト・オーバー・アドヴァンセー・メルカンティル》か! だが、アトレイデス家はCHOAM株の五一パーセントを保有している。ムアッディブの司祭会がもう五パーセントを。大領家《だいりょうけ》各家としては、測り知れない価値を持つメランジの独占権を〈デューン〉に認めるしかない状況なのだ。この香料《スパイス》がしばしば〝秘め通貨〟と呼ばれるのも由なきことではない。メランジがなかりせば、航宙ギルドは輸送母船を運用できない。メランジが誘発する〝航宙トランス〟は、航宙士が母船を誘導するのに先だち、超光速航路を〝予見〟させられるからである。また、メランジがなかりせば、ヒト本来の免疫系を強化できず、老いた富豪の平均余命をすくなくとも四分の一に縮めていただろう。帝国で膨大な数を占める中流階級の市民でさえ、日に一度は希釈したメランジを少量含む食事を摂っているのが現状だ。

しかしアリアは、アイダホの声に演算能力者《メンタート》ならではの誠意を聞きとっていた。いまのひとことが宿すのは、アリアが熱烈な期待をこめて待ち望んでいた響きにほかならない。ＣＨＯＡＭ——〈公正なる財団〉は、アトレイデス家よりも圧倒的に影響力が大きい。その影響力は〈デューン〉のそれをはるかに凌ぎ、司祭会もメランジも遠くおよばない。ＣＨＯＡＭが取り仕切るのは、奴隷使役鞭に使うインク蔦《づた》、クジラの毛皮、高い抗張力を誇る金属生成糸《シガワイヤー》、惑星イクスの工業技術製品とエンターテイナー、人材斡旋と土地売買、聖なる旅《ハッジュ》、そしてトレイラクス会《トレイラクスー》のそれに代表される非合法すれすれの技術が生む製品と、多岐におよぶ。さらに、中毒性の薬物や医療技術もだ。人員と物資の輸送をも傘下に収め（これは航宙ギルドが受け持つ）、何千という既知の惑星のほかに、辺境で秘密裏に保有する少数の惑星で欠かせないサービスを一手に担う。そんな複雑きわまりない商業帝国がこの財団なのである。アイダホがＣＨＯＡＭの名を口にしたとき、そこには複雑の上にも複雑をきわめる終わりなき財団内の競争——利払いが十二分の一ポイント変動しただけで惑星ひとつの所有権が移転するほどの、熾烈な権力闘争の存在をほのめかしていた。

アリアは長椅子のところへ引き返し、ふたりの前に立って問いかけた。

「CHOAMでなにか気がかりなことでもあるの？」

答えたのはイルーランだった。

「一部の領家による香料《スパイス》の投機的な大量備蓄は、つねに行なわれていることですよ」

アリアは両手で自分の太腿をぴしゃりとたたいてから、イルーランの横に置いてある、箔押しを施された香料《スパイス》紙を指し示した。

「その請願書に心を動かされたわけじゃないでしょうね？　そもそも、そんなもの——」

「もういい！」アイダホは急に大きな声を出した。「もうたくさんだ。きみが隠していることはなんだ？　データも与えずに演算能力者《メンタート》が能力を発揮できるとは、きみも思ってはいないだろう——」

「このところ、特殊な専門職の人材斡旋が目に見えて増えているの。専門職は四種類」

このふたりならもう知っているのではないかと思いながら、アリアは答えた。

「どのような専門職です？」たずねたのはイルーランだった。

「剣術師範。トレイラクス会謹製の捩《ねじ》け演算能力者《メンタート》。スーク医学院出身の特殊条件づけを施された医師。裏金作りに巧みな会計士。とくに会計士が多いわね。いまこのとき、なぜ不審な会計処理をする必要があるの？」

アリアの問いかけはアイダホに向けられたものだった。

（演算能力者《メンタート》としての働きを見せろということか）とアイダホは思った。

まあいい、変じはててしまったアリアの相手をしているより、まだましというものだ。

アイダホはアリアのことばに意識を凝らし、演算能力者《メンタート》流の手法で一語一語を反芻した。

（剣術師範？）

かつては自分もそう呼ばれていたことがある。剣術師範とはたんなる戦士以上の存在だ。防御力場《シールド》発生装置の修理もできれば、軍事作戦も立案できるし、武器の改良もできる。

（捩《ねじ》け演算能力者《メンタート》？）

トレイラクス会がいまもあの悪ふざけにかまけていることはまちがいない。みずからも演算能力者《メンタート》であるアイダホは、トレイラクス会が捩けさせた者たちの脆弱さと不安定さを知っている。あの手の演算能力者《メンタート》を購入する大領家は、連中を完全に御しきれるつもりでいるが、そんなことは不可能だ！　ハルコンネン家に仕えてアトレイデス家の襲撃作戦を立案したパイター・ド・フリースでさえ、あの男なりの絶対的な尊厳を貫き通し、自己の本質をなす内なる核を放棄させられるくらいなら死を選んだにちがいない。

（スーク医学院出身の医師？）

その者たちが施された条件づけは、自分たちの雇用主／患者に対する不実を可能にするものだろう。スーク医学院出の医師は抱《かか》えるのに大金を要する。スーク系医師のお抱えが増えているからには、そうとう巨額の資金が動いているはずだ。

以上の事実を、裏金作りに長けた会計士の雇用が増えている件と総合してみた。

「主演算結果」アイダホのことばには、導きだした事実に対するたしかな自信が含まれていた。「このところ、小領家《しょうりょうけ》のあいだに富の増加が見られる。一部の小領家が、大領家の地位を獲得しようと画策しているにちがいない。そのような富の出どころは、星際政治の派閥におけるなんらかの特殊な変動以外にありえない」

「ようやく領主会議《ラーンスロード》にたどりついたわね」アリアがわが意を得たりという口調でいった。

「次回の領主会議総会は、ほぼ二標準年先ですよ」イルーランがいった。

「とはいえ、政治的な取り引きがやむことはないわ。それに、請けあいましょう、そこの請願書を出してきた部族のなかには――」アリアはイルーランの横に置いてある請願書を指さして、「――派閥を鞍替えした小領主とつながりのある部族もいるはずよ」

「そうかもしれませんが……」

「領主会議。ベネ・ゲセリットにとって、これ以上都合のいい隠れ蓑はないでしょう？　それに修女会にとって、わたしの母以上に都合のいいエージェントはいないでしょう？」

アリアはアイダホの目の前に立った。「どう、ダンカン？」

（ここは演算能力者《メンタート》に徹するべきか？）アイダホは自問した。

いまならアリアが自分に疑いを持っている理由がわかる。なんといっても、自分は長年、アトレイデス家でレディ・ジェシカの護衛官を務めていた人間だ。

「ダンカン？」アリアがうながした。

「つぎの領主会議総会に向けて準備されている立法動議については、すべて入念に調べたほうがいい」アイダホは答えた。「法的立場を利用してくる恐れがある。摂政職には拒否できない種類の立法措置があるだろう。とくに、税率の調整や税カルテルの取り締まりに関してだ。ほかにもあるが、しかし……」

イルーランがいった。

「そういった法的立場をとることは、あまり現実的な方策とは思えませんね」

「同感だわ」とアリア。「サーダカーにはもう牙はなく、わたしたちにはまだフレメンの軍団がある」

「油断は禁物だぞ、アリア。われわれの敵たちは、われわれのことを化け物じみた存在に見せようと手ぐすね引いている。きみがいかに多くの軍団を動員できようとも、これほど広くまばらに広がった星間帝国を統治する権力は、つまるところ、信望に基づいた黙許がないかぎり成立しない」

「信望に基づいた黙許？」イルーランがけげんな声を出した。

「つまり、帝国が各大領家から統治を許容されているということね？」アリアがいった。

「では、われわれが相対することになる大領家――この新たな連合体に加わった大領家はいくつあるのか？」アイダホは問いかけた。「資金は不可解な場所に集まりつつある――それも、複数の場所に！」

「辺境ということかしら？」たずねたのはイルーランだ。

アイダホは肩をすくめた。この問いには答えようがない。いつの日か、トレイラクス会、または帝国辺境で技術革新にいそしむやからが、ホルツマン効果を無効化するときがくる。その日、防御シールドは無用の長物となり、星間封建制度を維持してきた危ういバランス全体が崩壊してしまう。

アリアはそういった可能性を考えることを拒否した。

「わたしたちとしては、手持ちの札で対処していくしかないわ。そして、手持ちの切札は――もしもCHOAMに無理難題を強いられれば、こちらは香料《スパイス》を破壊する挙に出る――そう認識されていることよ。これはCHOAM理事会の全員が熟知しているわ」

「またCHOAMの話に逆もどりね」イルーランがいった。

「ただしそれは、砂鱒《すなマス》＝砂蟲《サンドワーム》の循環系をだれも他の惑星で再現しなかった場合の話だ」

アイダホはそういって、じっとイルーランを見つめた。この点を指摘され、プリンセスは動揺した顔になっていた。「たとえば、サルーサ・セクンドゥスあたりで」

「現地の知己はいまも信用できます」イルーランは答えた。「サルーサではありません」

「だったら、答えは同じね」アリアはアイダホを見つめながら、「手持ちの札で対処するほかないでしょう」

(つぎはこちらの一手だな)とアイダホは思い、口に出してこう問いかけた。

「それなら、なぜおれを重要な役割から呼びもどした？　こんな問題くらい、自力で対処できただろうに」

「このわたしに向かって、よくもそんな口を！」アリアが急に声を荒《あら》らげた。

アイダホは目をむいた。つかのまながら、アリアの顔に異形の顔が覗いたからである。異様な顔つきにぎょっとした。イルーランに目をやったが、なんの反応も示していない。いまのを見なかったのだろうか、それとも異様とは思わなかったのか。

「初歩的な講釈などしなくともけっこう」アリアの声にはまだ異質な怒りが宿っていた。

アイダホはどうにか哀しい笑みを絞りだしたが、胸は痛んでいた。

「わたくしたちは富にことかかないし、権力をふるうにあたって、あれこれ隠れ蓑を使う必要もありません」イルーランがいった。「ポールは社会的突然変異であり、だからこそ、旧来の富の分布に変化をもたらしたことに留意しなくては」

「その突然変異が招いた変化は取りかえしのつかないものではないわ」アリアはふたりに背を向けた。まるで自分の恐るべき異形の顔を見せまいとするかのように。「この帝国で富が集中している場所では、だれもが知っていることよ」

「それに、このことも知っていますよ。その変化を維持できる者が、帝国には三人いる。ふたりはあの双子です。そしてもうひとりは……」

イルーランはそこでアリアを指し示した。

（正気か、このふたり？）とアイダホは思った。

「当然、わたしをも暗殺しにくるわ！」アリアの声はヒステリックな響きを帯びていた。

アイダホは愕然とし、黙したまますわっていた。演算能力者《メンタート》の意識が途方にくれている。アリアを暗殺？　なんのために？　アリアの権威を失墜させるのはたやすい。フレメンの軍団との結びつきさえ断てば、あとは好きに狩りたてられる。しかし、あの双子となると……。この件の分析については、自分は演算能力者《メンタート》としての適切な冷静さを欠いているが、それでも分析を試みねばならない。そして、できるだけ正確であろうと努めねばならない。それと同時に、正確な思考には未知の絶対的要素が含まれることも承知していた。自然は正確ではない。自己の身の丈に縮めて思考の対象とするとき、宇宙は正確ではなくなる。

それはあいまいで不確実で、予期せざる動きと変化に満ちている。この演算においては、総体としての人類を自然現象としてくりこまねばならない。そして、正確な分析の全体的プロセスは、宇宙という絶えざる流れのわずかな断片、微小な抽出部分として表わされる。その断片を得るためには流れの全体を俯瞰《ふかん》し、動きを見きわめなくてはならない。

「CHOAMと領主会議に着目したのは適切でした」イルーランが例のものうげな口調でいった。「そして、ダンカンの示唆は、行なうべき調査の糸口を――」

「エネルギー移動形態としての資金は、資金が表わすエネルギーと一体不可分のものよ」アリアがいった。「ここにいる者は全員、そのことを知っている。ただし、資金の移動に関する三つのWに答えを出さねばならないわ。〝いつ《フェン》〟？　〝どんな《ファット》〟武器を使って？　〝どこで《フェアー》〟？」

（双子……双子）アイダホは思った。（危地にあるのは双子だ、アリアではない）

「〝だれが《フー》〟や〝どうやって《ハウ》〟に興味はないのかしら？」イルーランがたずねた。

「コリノ家、CHOAM、そのほかの組織のいずれかが、この惑星で刺客を雇ったのなら――」アリアは答えた。「その刺客たちが行動に出る前に捕縛できる確率は、六割以上はあるでしょう。〝いつ〟、〝どこで〟動くのかがわかれば、確率はもっと大きくなるわ。〝どうやって〟？　それは〝どんな武器〟を使うのかという問いと同じよね？」

アイダホは心の中で首をかしげた。

（なぜこのふたりには、おれに見えているものが見えていないんだ？）

「なるほど」イルーランが答えた。「では、〝いつ〟？」

「だれかが衆目を集めるときよ」

「聖職総会が開かれたとき、あなたのお母上も衆目を集めたけれど――襲撃はありませんでした」

「〝どこで〟がちがっていたのね」

（アリアはなにを画策している？）アイダホは自問した。

「では、〝どこで？〟」

「この〈大天守〉の中でしょう」アリアは答えた。「ここはわたしがもっとも安心できて、ひときわ警護を手薄にできる場所だから」

「では、〝どんな武器〟で？」

「旧来型の武器だと思う――フレメンが個人的に持っていてもおかしくはない武器。毒を塗った結晶質《クリス》ナイフや、毒針発射銃《マウラー》や――」

「もうずいぶん長いあいだ、誘導ハンターで暗殺が試みられたことはありませんが……」

「人込みの中では使えないもの。襲撃が行なわれるなら、人がおおぜいいるところよ」

「生物兵器は？」

「感染力の強い病原体？」

信じられないという思いを隠そうともせず、アリアは問い返した。アトレイデス家の者ひとりひとりを保護する免疫バリアーを病原体がどうやって突破できるというのだろう。

「わたくしが懸念しているのは、動物を使う方法です」イルーランがいった。「たとえば、特定の標的だけを咬《か》むように調教した小型の愛玩動物。歯の毒物を注入させるのです」

「それなら、アトレイデス家で飼っている警備フェレットが未然に防ぐわ」

「では、そのフェレットの一頭が敵の手で調教ずみの場合は？」

「不可能よ。当家の警備フェレットは部外者を拒絶して殺してしまうもの。それは知っているでしょう？」

「わたくしは万一の事態にならないよう、さまざまな可能性を検討しているだけで——」

「警護の者に気をつけさせておくわ」

アリアが〝警護の者〟と口にしたとき、アイダホは自分の〈トレイラクスの目〉の上に片手をかざし、身内にあふれる強い当惑を退けようと努めた。それはラージア——生命が表わす無限の動きであり、あらゆる演算能力者《メンタート》が潜在的に持つ演算能力者《メンタート》意識への全面的没入だ。そうやって網状の宇宙に放りこまれたアイダホの意識は、下に落ちながら問題の輪郭をくっきりと浮かびあがらせていく――あたかも幻視のように。

やがて、暗闇の中にうずくまる双子と、そのそばで空《くう》を掻く大きな鉤爪が見えた。

「やめろ」アイダホはつぶやいた。

「なんていったの？」

アリアがけげんな声を出し、アイダホに目を向けた。まるでアイダホがまだここにいたことに驚いたような表情だった。

アイダホは目の上にかざしていた手をおろすと、

「コリノ家から送られてきた衣装があったな？」とたずねた。「あれはもう双子のもとに届けられたのか？」

「もちろんです」イルーランが答えた。「あの衣装は完全に無害でしたもの」

「タブールの群居洞《シエチ》にいるかぎり、だれもあの双子に危害を加えようなんてしないわよ。スティルガーが鍛えた護衛たちがまわりを固めているんだから」

アイダホはアリアを見つめた。演算能力者《メンタート》としての計算に基づく仮説を補強できそうなデータの持ち合わせはない。だが、まちがいない。あれは確実に起こる。いましがた見た幻視めいたものは、ポールが啓示で得た幻視に迫るものだ。だが、イルーランもアリアも、演算能力者《メンタート》の自分が見たといったところで信じはしないだろう。

アイダホは切りだした。

「宇宙港当局に、外来動物はいっさい通関させないよう、警告を発したいのだが」

「イルーランの懸念を本気にしているわけじゃないわよね？」アリアが否定した。

「危険の芽はつぶしておいたほうがいい」

「密輸業者にもそんな警告が通用するものかしら？　わたしとしては、動物対策はうちの警備フェレットにまかせたいわ」

アイダホはかぶりをふった。〝幻視〟で見たのは、あれほど大きな鉤爪を持つ猛獣だ。警備フェレットごときに太刀打ちできるわけがない。だがアリアのいうとおり――適切な部署の職員たちを買収し、無理を呑むギルドの航宙士を抱きこめば、アラキス上に広がる空無地帯のどこにでもこっそりと着陸できる。ギルド自体は、アトレイデス家に加えうるどんな攻撃の矢面にも立つのを厭《いと》うだろうが、大きな見返りさえ見こめるのであれば……攻撃に踏みきる可能性はある。ギルドは通常、宇宙空間の隔たりを盾にした守りの組織と見られがちだが、攻撃を行なわないわけではない。ただし、攻撃が露見しても、ギルドはつねに、自分たちはたんなる〝輸送機関〟でしかないと言いのがれられる。特定の荷物がどこでどう利用されようと、自分たちは知る立場にないというわけだ。

長びく沈黙に、アリアがいらだちを見せた。フレメン独特の親指を横につきだす形で、こぶしをふりあげてみせたのである。この動作でアリアが示そうとしたのは、フレメンの伝統的な憤懣《ふんまん》の表明――〝われ物申す、颱風《タイフーン》の如くに〟だ。アリアは明らかに、暗殺者の標的になりうるのは自分だけだと考えている。このしぐさは不当な脅威に満ちた宇宙への抗議にほかならない。そして、自分を攻撃する者には、だれであろうと死の風を見舞うと宣言するものでもある。

　これはいくら説得してもむだだな、とアイダホは察した。もうアリアに疑われていないことはわかった。これならタブールの群居洞《シエチ》に帰してもらえそうだし、ジェシカの誘拐が完璧に実行されるとアリアは確信している。しかし、長椅子から立ちあがったアイダホは、怒りによるアドレナリンが身内にあふれだすのをおぼえた。

（アリアが標的であってくれれば！　暗殺者たちがアリアのもとにたどりつければ！）

　つかのま、腰のナイフに手をかけた。そこで、暗殺をするのは自分の役目ではない、と思いとどまりはしたものの、信用を失って砂まみれの窮地に追いこまれ、みじめに生きるよりも、殉教者として死ぬほうがましではないかとの考えが浮かんできた。

「そうね」アイダホの顔に浮かんだ表情を、自分を気づかったものと誤解して、アリアはいった。「あなたは急ぎ、タブールに帰るのがいちばんだわ」

　そして、心の中でこう思った。

（ダンカンの忠誠を疑うなんて、われながら、ばかなまねをしたものだわ！　このひとはわたしのもの——ジェシカのものではないのに！）

各部族からの請願で、つい動揺してしまったのだ。アリアはそう思い、部屋を出ていくアイダホを、手をふって見送った。

枢密院会議室をあとにしたアイダホは、絶望に閉ざされていた。憑依されていることにアリアが気づいていないのも問題だが、危機に遭遇するたびに、アリアが狂気の度合いを増していく問題も深刻だ。すでにアリアは危機的と呼べる限界を越えて、破滅の領域まで踏みこんでいる。しかし、あの双子のためになにをしてやれるだろう？　だれならば説得できる？　スティルガーか？　そのスティルガーは、すでに打てるかぎり手を打っている。これ以上、あの男にできることはない。

（では、レディ・ジェシカか？）

そう、その線も検討してはみた。しかし、レディ・ジェシカもまた、修女会との企みに深く関わりすぎている。あのアトレイデス家の未亡人に対しては、これっぱかりも幻想をいだいてはいない。ベネ・ゲセリットの指示を受けたなら、レディ・ジェシカはなんでもするだろう——たとえそれが自分の孫たちに背《そむ》くようなことであろうとも。

良い政府はけっして法律に頼らない。統治する者の個人的資質に頼る。政治機構はつねに、その機構を牛耳る者らにしたがうものである。政治にとってもっとも重要な要素とは、したがって、指導者を選ぶ方法である。

——「法と支配」

『航宙ギルド便覧』

（どうしてアリアは朝の謁見にわたしを同席させようとするのかしら）ジェシカは心中で首をかしげた。（わたしを枢密院に復帰させないことは、全員一致で決まっているのに）

ジェシカは〈大天守〉構内の、広大な謁見の間に隣接する控えの間で立っていた。この控えの間自体、アラキス以外の惑星であれば、そうとう広い大広間として通用しただろう。アリア・アトレイデスの主導のもと、帝都アラキーンに立ちならぶ建築物は前にも増して巨大になり、いまや富と権力の集中を感じさせるものに変貌している。この控えの間にもジェシカの危惧は如実に表われており、あまりいい印象は持てなかった。床にタイル絵で描かれているのは、自分の息子がシャッダム四世に打ち勝った場面なのである。

　謁見の間に通じる繊維強化鋼鉄《プラスティール》でできた巨大扉の、鏡面状に磨きあげられた表面には、自分自身の顔が映りこんでいた。〈デューン〉へ帰ってくれば、いやでもこうして過去の自分といまの自分との差を見せつけられることになる。外見上の変化は卵形の顔に小皺ができていることと、藍色に染まった目からふつうの人間らしさが消えたこと、それくらいしかない。そのむかしは、青い虹彩のまわりに白目があったものなのに。赤銅色の髪は、専属の美容師による入念なケアのおかげで、昔日と変わらない色艶をたもっている。鼻はいまでも小さく、口は大きくて、唇はふくよかだ。肢体もあいかわらずスマートだった。とはいえ、ベネ・ゲセリット仕込みの筋肉といえども、時の経過とともに鈍《なま》りつつある。ふつうの人間であれば、いまのジェシカをひさびさに見たとき、きっとこういうだろう。「ちっともお変わりありませんね！」しかし、ベネ・ゲセリットの修行は諸刃《もろは》の剣《つるぎ》。その修行を受けた者は、わずかたりとも変化を見のがさない。

　そしてジェシカは見のがさなかった。アリアにほんのすこしも変化が見られないことを。アリアの聖具局長であるジャヴィードは、けさは謁見の間に入る大扉の前に、きわめて格式ばった態度で立っている。丸顔に冷笑的な笑みを浮かべたジャヴィードは、あたかもローブを身にまとった妖霊《ジン》のようだ。ジェシカにとっては、この男は矛盾の塊でしかない。なにしろフレメンなのに太っているのだから。ジェシカの視線に気づき、ジャヴィードはわけ知り顔で笑みを浮かべ、肩をすくめてみせた。この男がジェシカの随員に名を連ねていた期間は短い。本人も最初からそうなることを承知していたようだ。この男はアリア・アトレイデスを憎んでいる。それでもなお、アリアの愛人の座に収まっているのは、腹に一物どころか、二物も三物もかかえているためにちがいない――もしうわさが真実ならば。ジャヴィードの肩のすくめかたを見て、ジェシカは思った。

（老獪な肩のすくめかた。この男に関する風評を、わたしがひととおり耳にしている――そうと知っていて、それでも気にはしていないというわけね。この惑星の社会は、内憂で崩壊してしまうかもしれない。外患に屈するよりも早く）

砂漠に潜む密輸業者のもとへ出発するに先だって、ガーニーが配していった護衛たちは、ジェシカが護衛なしでこの場を訪ねることに難色を示した。しかしジェシカは、不思議に脅威を感じていなかった。何者かがここで自分を殉教者に仕立てあげたとしよう。そんな事態になれば、アリアの政権は持たない。それはアリアも重々承知しているはずだ。

肩をすくめてみせても、冷笑を投げかけてみても、ジェシカがなんの反応も示さないと知って、ジャヴィードは咳ばらいをした。いかにも喉の調子をととのえようとするようなこの咳ばらいは、練習を重ねて身につけたものにちがいない。それは秘密の言語でもあり、こうほのめかしていた。

〝この虚飾のなにもかもがばかげていることは承知しております、マイ・レディ。人間をここまで信仰にのめりこませられるとは、驚くべきことですな!〟

(まったくだわ!)

ジェシカは心の中で賛同したものの、思いを顔に出しはしなかった。

控えの間は、いまはもう人であふれんばかりになっている。全員、ジャヴィードの配下たちにより、謁見の間へ入室を許可された嘆願者だ。控えの間へと入ってくる扉はすでに閉じられている。嘆願者も係員もみな、ジェシカから丁重に距離をとってはいるものの、フレメンの教母がまとう正装として、黒い寛衣《アバ》ローブを着用していることには気がついているらしい。これを着てきたことは多くの疑念をかきたてずにおかないだろう。そもそも、ムアッディブの司祭会を表わす紋章を身につけていないのだから。あちこちでささやきが交わされるなか、一同が注目する先はふたつに分かれていた。ひとつはジェシカで、もうひとつは横手の小扉だ。あの小扉からはアリアが現われ、一同を謁見の間へと導いていく手はずになっている。その小扉と自分に注目が分かれている意味は、ジェシカには明らかだった。摂政の権力が拠って立つこれまでのパターンが揺らいでいるのである。

(原因はわたし。謁見の間を訪ねることで、権力基盤を揺らがせてしまったのだもの)とジェシカは思った。(けれど、わたしがここへきたのはアリアに招かれたからよ)

一同に動揺の兆しが見えはじめたことから、ジェシカは気がついた。アリアは意図的に出現の瞬間を先延ばしにして、嘆願者たちのあいだにささやかな不安を醸成しようとしているようだ。もちろんアリアは、いまこのとき、覗き窓から控えの間のようすを見ているだろう。アリアのどんなに微妙な行為であれ、ジェシカが見のがすことはない。そして、一分が経過するごとに、修女会に強要されたこの任務を受けたのは正解だったとの思いが新たになった。

「事態をこのまま放置しておくわけにはまいりません」あのとき、惑星カラダンを訪ねてきたベネ・ゲセリット代表団の長を務める修女長が切りだしたのは、そんなことばだった。「腐敗の兆しはあなたにも見えていることでしょう。あなただけではありません、だれの目にも腐敗は明らかなはず! あなたがわたしたちと袂《たもと》を分かった理由は承知しています。ですが、わたしたちはあなたがどのような修行を積んだかも承知しています。惜しみなく教育を施され、預言者講話《パノプリア・プロフェーティクス》にも精通するあなたならば、強大な宗教の腐敗が万民を脅かすことは熟知しているでしょう」

そのときジェシカは、唇をすぼめて考えにふけりながら、カラダン城の窓ごしに、春の訪れのおだやかな兆しを眺めやった。自分の思考をこうした論理的な形でめぐらせたくはない。ベネ・ゲセリットで最初に教えこまれることのひとつは、理屈を盾にしてくる者を相手にする場合、理屈はどうあれ、眉につばをつけて臨めということだ。だが、代表団の修女たちはそのことをも心得ていた。

けさの空気はなんとじっとりしているのだろう——控えの間を見まわして、ジェシカはそう思った。新鮮ではあるが、湿度が高い。ここの空気が含む汗ばむほどの湿り気には、不安をかきたてられる。

（フレメンの習慣に引きもどされたようね）

この〝平地の群居洞《シエチ》〟を満たす空気は湿度が高すぎる。湿度管理者はなにをしている？ ポールが君臨していたころは、こんなルーズなことはゆるさなかったろうに。

ジャヴィードのつやつやした丸顔は冷静さをたもち、室内に油断なく目を配っている。その顔つきから判断すると、控えの間の空気に顕著な湿度管理のミスには気づいていない。アラキス生え抜きにしては、なんと鈍いことだろう。

カラダン城を訪れたベネ・ゲセリット代表団の修女たちは、自分たちの主張の裏づけを知りたいかとたずねた。ジェシカはそれに対して、修女会教本の一節を持ちだし、険しい口調でこう応じた。

「〝裏づけなるものは押しなべて、なんの裏づけもなき主張を押し通さんがためのもの！万事はおのが信じたいものを押し立てるための方便にすぎぬ〟」

　代表団の長は反論した。

「ですが、いまお話しした疑念は、演算能力者《メンタート》に確認させたものなのです」

　ジェシカは啞然として修女長を見つめた。

「驚いたわね、あなたほどの地位に到達した人が、いまだに演算能力者《メンタート》の限界を把握していないとは」

　それを聞いて、修女長は安堵したようすを見せた。いまのは誘いで、どうやら試験には合格したらしい。ベネ・ゲセリットの修行の核をなすバランス感覚を、ジェシカが失っていないかと危ぶんでいたのだろう。それも当然ではあった。

　いま、ジャヴィードが巨大扉の前を離れ、自分に近づいてくるのに気づき、ジェシカはわずかに警戒の度を強めた。

　一礼して、ジャヴィードはいった。

「マイ・レディ。ふと気づいたのですが、〈伝道者〉につきまして、もしや最新の動向をお聞きおよびではないのでは？」

「当地の出来事は、日々、報告を受けているわ」

(こういっておけば、アリアにもそう報告するでしょう!)

ジャヴィードはほほえみを浮かべた。

「それでしたら、あの者がご一族を悪しざまにいったこともごぞんじであられましょう。つい昨夜、〈伝道者〉は南部の郊外で辻説法をしましたが、だれもあの者に触れようとはしませんでした。むろん、その理由はご承知のこととぞんじます」

ジェシカは意図的に、〝つまらぬことをきく〟という口調で答えた。

「民はみな、〈伝道者〉がわたしの息子であって、みなのために戻ってきたと思っている。だからでしょう」

「その疑問はまだ、演算能力者《メンタート》のアイダホどのに諮《はか》られてはおりませんが——おそらく、アリアさまはご諮問のうえ、しかるべく解決なさることでございましょう」

ジェシカは思った。

(この男、ろくに演算能力者《メンタート》の限界も知らないようね。もっとも、アイダホの妻を寝とるほど図太くはある——たとえそれがうわさで、本人の夢の中だけの話であったとしても)

「演算能力者《メンタート》は使う側の程度の低さに影響されるのよ。人間の心というものは、あらゆる動物の心と同じく、共鳴器なの。人の心はまわりの環境に共鳴してしまう。演算能力者《メンタート》は並行してループする多数の因果律に自分の意識を広げて、そのループをたどることにより、長い連鎖の果てにある多数の結果に到達するものだから」

（あなたにはわからないだろうけれど、この意味をじっくり咀嚼《そしゃく》なさい！）

「では、あの〈伝道者〉の言動は、お気にさわるものではないと？」

ジャヴィードの声が急によそよそしく、不穏さを感じさせるものになった。

「あれは社会が健全であることのあかし。あの者をわずらわせてほしくはないわね」

こうもそっけない答えが返ってくるとは予想もしていなかったらしい。ジャヴィードはほほえもうとしたが、うまくいかなかった。

「教会の統治評議会は、むろん、あなたさまのご子息を神格化申しあげておりますから、どのようなご意向にもしたがいます。しかしながら、多少のご説明をお許しいただけますならば――」

「むしろ、わたしがあなたの目論見にどう利用されるのか、わたしなりの見解を説明してあげましょうか？」

ジャヴィードはまじまじとジェシカを見つめた。

「マダム、なにしにもってあの〈伝道者〉の非難を拒絶なさるものか、わたしにはとんと理屈を見いだせません。あの者がマダムのご子息である可能性はないのですよ。わたしの要請は理にかなったもの。どうか〈伝道者〉をご批判ください」

（猿芝居ね）とジェシカは思った。（仕込んだのはアリア）

そして、ひとこと、こう答えた。

「しません」

「しかし、〈伝道者〉はご子息を冒瀆しているのですぞ！　罰あたりな言辞を撒き散らし、あなたさまの聖なるご息女を罵倒し、市井の者どもを煽導して、われわれに反抗させんとしている。あなたさまについて問われたとき、あの者はあなたさまでさえも罪深い性質をお持ちであり、したがって――」

「もうこんなたわごとはたくさん！　アリアにいいなさい、わたしは批判などしないと。この地にきて以来、ことあるごとに聞かされるのは〈伝道者〉の話ばかり。あきあきだわ、もう」

「前回の辻説法では、あなたさまがあの者を批判することはない、などと不敬なことばを口にした由。それでもまだ、マダム、あきあきだとおっしゃいますので？」

「罪深いのは事実だもの。批判のしようがないでしょう」

「これは冗談ごとではないのですぞ、マダム！」

ジェシカは険しい顔で手を横にひと薙ぎした。

「下がりなさい！」

相手がいやでもしたがわずにいられない――その程度の強制力を声にこめた。

ジャヴィードはじろりとにらみはしたものの、ぎくしゃくとこうべをたれ、巨大扉前の定位置に戻っていった。

いまのやりとりは、これまでの観察で把握した状況とみごとに一致する。アリアの名を口にするとき、ジャヴィードの声には愛人特有の、〝おれの女〟的な響きがあった。聞きちがいではない。やはり、うわさはほんとうだったのだ。アリアは慄然とする形で自身を堕落させようとしている。そうと確信したジェシカの心には、アリアが進んで忌み子化の道を歩んでいるのではないかとの疑念が芽生えてきた。それは自滅を求める歪んだ意志のなせるわざなのか？　アリアがみずからを滅ぼし、自分の兄の教えに基づいた権力基盤を破壊しようとしている以上、そう考えるほかはなさそうだ。

このころになると、控えの間で徐々に醸成されていた不安が歴然と顕在化しはじめた。この場に集《つど》った常連の嘆願者たちは、アリアの登場があまりにも遅いことに気づいているはずだ。ジェシカがアリアの気に入りを無下に退けたことも、すでに全員が聞きおよんでいるだろう。

ジェシカはためいきをついた。自分の魂はここになく、肉体だけがこの場に入りこんだような気がする。嘆願者たちの行動はあからさまもいいところだった。穀物畑を吹きぬけ、作物の茎を揺らす風のように、重要人物と見ればまといつく嘆願者たちは、すっかりこの場に馴じんでいると見えて、周囲に目を光らせ、この場にいる者ひとりひとりを打算的に品定めしている。ジェシカがジャヴィードの願いをにべもなく撥ねつけたため、あの男の重要度は落ちたのだろう、話しかける者はほとんどいない。しかし、ジャヴィード以外に目を向ければ！　あちこちに人の輪ができている。修行を積んだジェシカの目には、輪の中心にいる権力者に点《とも》った重要度の点数が数字として見えるかのようだった。

（わたしに近づいてこようとしないのは、危険な存在だからだわ）とジェシカは思った。（わたしはアリアが恐れる対象であり、悪臭を放っているも同然だもの）

　室内を見まわすと、視線を向けた先にいる者たちが、さっと目をそらす。どの者もみな、なんの存在価値もない者たちだ。無為の生を送るための陳腐な正当化などは捨ててしまえ――そう叫んでやりたい衝動に駆られた。ああ、もし〈伝道者〉が控えの間のこの惨状を見たならば！

　そのとき、付近で交わされている会話が注意を引いた。背が高く細身の司祭がまわりの嘆願者たちに語りかけている。あれはどう見ても、司祭が面倒を見ている取り巻きたちだ。

「ときに人は、思ってもいないことを口にする必要にせまられるもの」と司祭はいった。

「これをして、外交といいます」

このことばにより、司祭のまわりで湧き起こった笑い声は大きすぎたし、消え去るのも早すぎた。一団の者たちは、ジェシカが耳をそばだてていることを知っているのだ。

（わたしの公爵さまなら、あのような男など、行ける範囲でいちばん遠い僻地《へきち》に追放していたでしょう。やはり、もっと早くに帰ってくるべきだったわ）

いまならよくわかる。遠くカラダンに住んでいたために、自分はアリアの暴走が招いた悪影響のうち、とくに極端な被害しか受けていなかったのだと。

（夢見るような状態に甘んじていたんだわ、わたしは）

カラダンにいるということは、ギルド輸送母船の格納船倉に安全に収容された第一級の哨戒艦《フリゲート》にいて、さらにその緩衝カプセルで厳重に保護されているも同然の状態にある——そういうことだったのだ。よほど急激な機動でないかぎり、艦の動きを感じることはなく、感じたとしても、ごくかすかなGの変化でしかない。

（平和な環境で生きるというのは、なんとすばらしいことなんだろう）

アリアの宮廷の惨状を知れば知るほど、ジェシカはあの盲目の〈伝道者〉が口にしたとされることばに共感をいだくいっぽうだった。そう、自分の統治した帝国がこんな状態になってしまったのを見れば、ポールならああいうことを口にしもするだろう。もうひとつ気になるのはガーニーの件だった。ガーニーが密輸業者から探りだした思惑は、いったいどんなものなのか。

　アラキーン到着時に自分がとった行動は、顧みれば適切だった。ジャヴィードとともに、迎えの車で帝都に乗りこんださい、ジェシカの目を引いたのは、住宅の周囲に立てられた防壁と、小道や路地の厳重な防備、辻々で油断なく目を光らせている見張りの姿だった。防壁が高いということは、地下深くまで基礎杭を打ちこんであり、地下にもしっかりした構造物が設けられていることをうかがわせる。とげとげしい雰囲気の中で、アラキーンはすっかり不寛容な場所、制約の多い場所、理不尽な場所、独善的な場所になってしまっていた。

　そのとき、突如として控えの間横手の小扉が開かれた。最初になだれこんできたのは、警固司祭女の一団だった。人の盾に護られる格好で入ってきたアリアは、いかにも傲岸な雰囲気をただよわせており、その動きの端々には、本物の恐るべき権力を掌握しているという意識がにじんでいた。アリアの表情は冷静そうに見える。母親の視線をとらえて受けとめたその眼差しには、なんの感情も浮かんでいない。だが、双方ともに、すでに戦いがはじまっていることに気づいていた。

　ジャヴィードの指示により、謁見の間に通じる大扉が開きだした。巨大な両開きの扉が音もなく開いていくさまは、どこかにこれを動かす高度な機構とエネルギーがあることを感じさせずにはおかない。

アリアがジェシカの横へやってきた。当然、ジェシカも警固司祭女たちに囲まれる形になった。

「では、謁見の間に入るとしましょうか、おかあさま?」アリアがうながした。

「ころあいね」

ジェシカはそう答えるとともに、アリアの目に浮かぶ満足げな色を見て、こう思った。

(この子、わたしに仇《あだ》なして無傷でいられると思っている! 正気の沙汰じゃない!)

だが、アイダホの意図は、アリアとは別のところにあるのかもしれない。というのは、事前にアイダホからメッセージが届いていたからである。応えるひまはなかったものの、謎めいたそのメッセージはこういうものだった。

〈危険。会いたし〉

使われていた言語は古チャコブサ語の一変形で、〝危険〟を意味する単語には、とくに陰謀にともなう危険を示すものが選ばれていた。

(タブールにもどったら、至急、アイダホに会わなくては)

これは〝力〟に対する謬見《びゅうけん》である。つきつめれば、力は絶対的な宇宙、限定された宇宙においてのみ有効であるということではないか。しかるに、われわれの相対的な宇宙について得られた基本的な教訓によれば、万物は変転する。いかなる力も、やがてはより強大な力に遭遇する運命にある。ポール・ムアッディブはサーダカー軍に対し、アラキーンの砂原《すなばら》においてその教訓を与えた。同じ教訓を、ムアッディブの後継者たちも身をもって学ぶことになろう。

――アラキーンの〈伝道者〉

けさの謁見で最初に嘆願を許されたのは、惑星カデシュ出身の、抒情詩人《トルバドゥール》の男だった。なんでも、聖なる旅《ハッジュ》で巡礼として〈デューン〉を訪ね、アラキーン在住の傭兵たちに金を巻きあげられて一文なしになったのだそうだ。謁見の間の床には、水面《みなも》を連想させる淡いグリーンのタイルが敷きつめてある。その床の、嘆願区画に立った抒情詩人には、慈悲にすがろうとするようすがまったくなかった。

　七段を数える階段の上で、アリアとならんで台座の椅子席にすわるジェシカは、詩人の大胆さに感心した。母と娘のために用意された聖断者席は、どちらも作りがそっくりだ。ただし、嘆願者から見て右側の席――つまり、男がすわる側の席にアリアがついているという事実に、ジェシカは特段の関心を持って注目した。

　ジャヴィードと手の者がカデシュの抒情詩人を嘆願者に認めた理由はひと目でわかる。いま見せている特徴――その大胆さが評価されたのだ。この抒情詩人、謁見の間に集《つど》った廷臣たちのため、なんらかの見せ場を提供する手はずと見える。一文なしになったいま、芸と引き替えに旅費でももらえることになっているのだろう。

　担当弁護司祭の陳述によれば、この抒情詩人は着の身着のままの状態で、革ひもで肩に九弦楽器《バリセット》をかけて当局を頼ってきたという。

「この者が申しますに、なにやら黒っぽい酒を飲まされた由」薄笑いで口角があがるのを隠そうともせずに、弁護司祭はいった。「アリア聖下のおんために付言をいたしますと、その酒でからだは麻痺したものの、財布を盗《と》られるあいだ、意識はあったとのことで」

ジェシカが抒情詩人を観察するあいだも、弁護司祭は形ばかりに卑屈な態度を装いつつ、徳義のひとかけもない下劣さに満ちた声でだらだらと説明をつづけた。カデシュの詩人は背が高く、背丈はゆうに二メートルを超えている。あちこちに向けられる目には、知的な用心深さとユーモアが覗いていた。金髪を肩までたらしているのは、出身惑星ならではの様式だ。広い胸と逆三角形の体軀には、グレイの巡礼《ハッジュ》用ローブでは隠しきれない力強さがうかがえた。名前はタジール・モハンディスといい、商船機関士一族の裔《すえ》とのことだった。祖先を誇りに思っているだけでなく、自身も誇り高い。

アリアがとうとう手を横にひと薙ぎし、弁護司祭を黙らせ、母親には顔を向けようともせずに宣言した。

「アラキスへ帰還されたことに敬意を表し、本日最初の聖断はレディ・ジェシカに下していただく」

「配慮に感謝します、娘よ」

全員に聞こえるよう、上下関係を示すことばをはっきりと口にして、ジェシカは思った。

(〝娘よ〟! みんな、聞こえたわね)

それでは、このタジール・モハンディスなる男が企みの一部なのだろうか。それとも、陰謀とは関係ない、ただの間抜けなのか。いずれにせよ、ここで下す聖断は、どのようなものであれ、公然と自分を攻撃するためのきっかけにされると見ていい。アリアの態度でそれとわかる。

抒情詩人の肩にかかった九弦楽器《バリセット》を指し示し、ジェシカは声をかけた。

「その楽器、どれほど弾きこなせるの？」

「かの名手、ガーニー・ハレックそのひとにも引けはとりません！」

タジール・モハンディスは、謁見の間じゅうの人間に聞こえるほど大きな声で答えた。

そのことばが含む名は、廷臣たちに興味深い動揺をもたらした。

「旅費を無心したいとのことだけれど」ジェシカはいった。「その旅費を使って、つぎはどこへいくつもり？」

「サルーサ・セクンドゥスに渡りまして、ファラッディーンさまの宮廷に仕えるつもりでございます。聞けばあの方は抒情詩人や吟遊楽士を歓待されるとか。芸術の後援をなさり、洗練された大いなる復興文化を周囲に構築しておられる由、うかがっております」

ジェシカはアリアに目を向けそうになるのをこらえた。むろん、モハンディスがどこへいこうとしていたのかを、アリアたちは最前から把握していたにちがいない。だが、この突発的な脇芝居はむしろ楽しめそうだ。アリアたちは教母たる者がこの程度の不意打ちに対処できないと思ったのだろうか。

「では、ひと節《ふし》ご披露いただけるかしら」ジェシカはうながした。「わたしの裁断方法はフレメン式。もしもあなたの楽曲が気にいったなら、無聊《ぶりょう》の慰みとして、あなたを当地に留めおきましょう。気にいらなかった場合は砂漠に送って、日雇い労働に従事させるまで。そうやって旅費を稼げばよろしい。いっぽう、あなたの楽曲がファラッディーンのもとで――アトレイデスの敵と見なされる人物のもとで奏でるにふさわしいものと判断すれば、わたしの祝福を添えて、あの男のところへ送りとどけさせましょう。この条件でよければ、演奏してみますか、タジール・モハンディス？」

　抒情詩人は頭をのけぞらせ、豪快な笑い声をあげた。ついで、金髪を躍らせながら肩のバリセットをおろし、慣れた手つきで弦をジャランと鳴らしてみせた。ジェシカの挑戦を受けるという意志表示だ。

　謁見の間にひしめく嘆願者たちが、すこしでも抒情詩人に近づこうとしだしたものの、廷臣と衛士たちに阻まれた。

　ほどなく、モハンディスはバリセットの太いほうの弦を数本押さえると、聞く者の耳を引きつけずにはおかない、深く響く和音を奏でてから、やおら魅惑のテノールで高らかに歌いだした。即興であることはまちがいないが、熟練の歌いぶりに、ジェシカはすっかり魅了された。歌詞の内容に意識が向いたのはそれからのことである。

おまえは託《かこ》つ、カラダンの、大海原を懐かしみ、
かつて彼《か》の地を、アトレイデスよ、
遠き過去より治めたおまえも——
母星《くに》を追われて異郷に住まう！

おまえは託つ、天も地も、苛酷で人はみな猛《たけ》く、
シャイー＝フルードの夢を売る、
味なき糧《かて》を得るために——
母星《くに》を追われて住む異郷では。

おまえはアラキス弱らせた、
蟲《ワーム》の進みも静まって、
自身の治世も今は昔——
母星《くに》を追われて住む異郷にて。

　アリアよ、おまえは人呼んで、
　目に見えぬ死霊〈コアン・ティーン〉！
　それが姿を見せるとき――

「もういい！」アリアが叫んだ。摂政座からなかば腰を浮かせている。「おまえのような者は、即刻――」

「アリア」

　ジェシカは適切な声の大きさを選び、高飛車に命じるのではなく、それでいてしっかり注意を引くように調整した口調で呼びかけた。これは熟練した〈操《からく》り声〉の使い方であり、室内で耳にした者はみな披露された技倆のすごさを――修行に裏づけられた大いなる力を感じとった。アリアが摂政座に腰をもどす。そのようすを見たジェシカは、娘がわずかな狼狽も見せていないことに気がついた。

（これもまた予想どおりね）ジェシカは思った。（とても興味深いわ）

　ついで、アリアにこう語りかけた。

「最初の嘆願については、わたしが判断をまかされたのではなかったかしら？」

「いいでしょう」アリアはほとんど聞きとれないほどの、小さな声で答えた。

「この者はファラッディーンへの贈り物にふさわしいと判断します」ジェシカはいった。「この者の舌鋒は結晶質《クリス》ナイフのように鋭い。いともたやすく流血をもたらすその舌も、わたしたちの宮廷でなら健全な毒ですむところ、コリノ家に送りつけた場合、ほんとうに血を見る結果を生むのではないかしら」

謁見の間に軽い笑いの波紋が広がった。

アリアは公衆の面前で鼻を鳴らすことをみずからに許した。

「聞こえなかったのですか、あの者がわたしをなんと呼んだのか」

「あの者が呼んだわけではないでしょう、娘よ。自分なりほかのだれかなりが路上で耳にした呼び名をこの場で報告しただけ。巷間ではあなたのことを、〈コアン・ティーン〉と……」

「足なくして歩きまわる女の死霊ですよ、それは」アリアはうなるような声でいった。

「正しい報告をもたらした者を遠ざけるなら、身のまわりにはあなたが聞きたいことしか報告しない者だらけになってしまうでしょう？」ジェシカは耳に心地よい声で指摘した。「自分自身の鏡像が放つ悪臭の中で腐っていく——どんな毒物にも、これほど酷《ひど》い効果はないわ」

台座の階段を降りきった付近から、何人もが息を呑む音がはっきりと聞こえた。

ジェシカはモハンディスに意識をふりむけた。抒情詩人はまったく臆するようすもなく、無言でその場に立っている。どんな裁断が下されようと、どうでもいいといわんばかりの態度だった。

ジェシカは思った。

（このモハンディスという男、わたしの公爵さまなら、有事のさいにはそばに置いておくタイプね）

これは自分自身の判断に自信を持って行動するが、その行動の結果については、たとえそれが死であろうと、おのが運命に文句をいうこともなく、従容と受け入れる種類の男だ。では、なぜモハンディスはこの場に立つ道を選んだのか？

「どうしてことさらに、あのような歌詞を？」ジェシカはたずねた。

モハンディスははっきりと声が届くよう、壇上のジェシカをふりあおいだ。

「アトレイデス家の方々は誉れ高く、心が広いと聞きおよんでおりましたので、試させていただきました。反応しだいでは当地に残り、お仕えできるやもしれぬと愚考したしだい。さすれば、わたしの金を奪ったやからを探す時間も持てましょうし、わたしなりの流儀で返報することもできましょう」

「わたしたちを試したですって？」アリアがつぶやいた。

「べつに、かまわないでしょう、アリア」

ジェシカは娘に釘を刺し、好意を持ったことを示すため、抒情詩人にほほえみかけた。この詩人は新たな冒険の機会を得たい、自分の宇宙を広げる新たな機会を得たいという、ただそれだけの目的で謁見の間に出向いてきた。できることなら自分の随員に加えたいと思わないではないが、アリアの反応からすると、そうすれば物怖じしないモハンディスの身が危ぶまれる。加えて、何者かの差し金もほの見えた。〝レディ・ジェシカであれば、度胸も美貌も備えた抒情詩人をそばに置くはずだ、恐れを知らないガーニー・ハレックを取りこんだのと同様に〟――そんな読みが働いたふしがある。なにより、モハンディスを手元に置いておきたいのはやまやまだが、それはファラッディーンをいらだたせる格好の手駒を活用できないということでもあった。

「ファラッディーンのところへいかせるべきね」ジェシカはいった。「旅費なら用立ててあげなさい。コリノ家を引っかきまわさせてなお、この者が流血沙汰を生き延びられるかどうか、楽しみに待つとしましょう」

アリアは床に立つ抒情詩人をねめつけたのち、遅まきながら笑みを浮かべた。そして、

「レディ・ジェシカの叡知はかく示された」

と告げ、手をひとふりしてモハンディスを下がらせた。

（どうやら、期待どおりの裁断ではなかったようね）

ジェシカはそう思ったものの、アリアの態度からは、もっと効果的な罠を用意しているふしがうかがえた。

つぎの嘆願者が呼びだされた。

その間《かん》に、ジェシカは娘の反応に対し、新たな疑念がこみあげてくるのをおぼえていた。これからは双子に学んだ教訓が必要になる。忌み子になったとはいえ、それでもアリアは誕生前に覚醒した者のひとりであり、自身のことと同じくらい母親のことを知っている。したがって、あの抒情詩人に対する母親の裁断を事前に読みちがえるとは思えない。

（なのになぜ、アリアはああも喧嘩腰だったの？　わたしの気をそらすための策略？）

だが、考えているひまはなかった。第二の嘆願者が、階段の下、一対の聖断者席を仰ぐ位置に立ったからだ。となりには、さっきとは別の弁護司祭がついていた。

こんどの嘆願者はフレメンだった。老齢の男で、顔には砂漠生まれ特有の砂傷ができている。背こそ高くないが、からだは引き締まってたくましい。長いディシュダーシャ型のローブをまとっているので――ふつう、これは保水スーツの上から着るものだ――堂々として見えた。そのローブが、細い顔とワシ鼻、青の中の青に染まるぎらぎらした目によく似あう。ただし、保水スーツを着ていないことで、居心地悪そうではあった。謁見の間の広大きわまりない大空間は、自分の肉体からかけがえのない水分を奪いとる危険な虚空に思えているにちがいない。部分的にうしろへずらしたフードの下からは、イカールで——つまりヘッドバンドで——飾ったかぶりもの、ケフィーヤが見えていた。あれは指導者《ナイーブ》が使うものだ。

「わが名はガーディーン・アル＝ファリー」老フレメンは語りだした。片足を台座に昇る階段の一段めにかけたのは、自分がその他大勢の嘆願者より位が上であることを誇示する意図だろう。「かつてムアッディブの決死コマンド《フェダイキン》に属せし者。こうして罷《まか》り越したは、砂漠事項について訴えんがためだ」

アリアがごくかすかに身をこわばらせ、わずかながら内心の懸念を露呈させた。アル＝ファリーの名は、ジェシカを枢密院に加えてほしいとする請願書の連名にあったのである。

いっぽう、ジェシカの心の中では、アル＝ファリーのあることばがこだましていた。

（砂漠事項！）

弁護司祭が正式の嘆願を申述するより早く、ガーディーン・アル＝ファリーが提起したフレメンの格式ばった用語は、この人物が〈デューン〉すべてに関わる問題を携えてきたこと——そして、ポール・ムアッディブと肩をならべて戦ったフェダイキンの一員として、その権威をもって語っていることを意味している。ジェシカの推測するところ、おそらくこの老フレメンは、確実に謁見許可を取りつけるため、ジャヴィードにも弁護司祭長にもフェダイキンであったことを伏せていたのだろう。その推測は、司祭のフードをかぶった廷吏のひとりが、裁断の中断をうながす黒い布をふりつつ、謁見の間のうしろのほうから駆けてきたことで裏づけられた。

「聖下ならびに聖母さま！」廷吏は大声で叫んだ。「その者のことばにお耳を貸されてはなりません！　その者は、偽の――」

ジェシカは自分たちに向かって駆けてくる司祭を見ると同時に、目の隅でアリアの手が動くのをとらえた。古くから使われているアトレイデス家の戦闘語で合図したのだ。

〝いま！〟

どこへの合図かはわからぬまま、ジェシカは本能的に、聖母座もろとも左へ倒れこんだ。音高く倒れた聖母座から横に転がって起きあがったとたん、プシュッという発射音を耳がとらえた。これは毒針銃《マウラー》の発射音だ。ついで、もう一発。だが、一発めの発射音を聞いた時点で動きだしていたため直撃はまぬがれ、右袖の生地になにかがあたったことを感じただけですんだ。すぐさま台座の床を蹴り、台座の基部へ駆けてくる嘆願者と廷吏の集団にダイブする。そのさい、アリアが摂政座からすこしも動いていないことに気がついた。

人込みに埋もれると同時に、動きをとめる。

ガーディーン・アル＝ファリーは台座の反対端に移動している。弁護司祭はいまだ元の場所に立ったままだ。

奇襲を受け、すべてがめまぐるしく過ぎていった。だが、謁見の間のだれもが、手練《てだれ》の暗殺者であれば、不意をついた時点で標的を仕留めているはずであることを知っている。室内が混乱するなか、アリアと弁護司祭はすこしもその場を動いていない。

そこでジェシカは、謁見の間中央で揉み合いが起きていることに気がついた。人込みをかきわけてそちらへ急ぐ。近づいてみると、四人の嘆願者がさっきの廷吏司祭を四方から取り押さえているのが見えた。裁断の中断を求める黒い布は廷吏司祭の足元に落ちており、布のひだからマウラー銃が覗いている。

ここで、アル＝ファリーがジェシカを押しのけるようにして現場に近づき、まず最初にマウラー銃を、ついで廷吏を見すえたと思うと、大きく怒声を発し、ベルトにかけていた左手を抜くなり、電光の速さで司祭の喉をわしづかみにし、鉄の指で強烈に締めつけた。息が詰まった司祭の全身から力が抜けていく。ほどなく老指導者《ナイーブ》は左手を放し、始末した司祭には目もくれず、台座の上に険しい顔を向けた。

「これこそ神意《ダラーイル・アン・ヌブワー》のあかしだ！」アル＝ファリーは叫び、両の手の平を額に押しあててから、下におろした。「〈祖霊の審判者《カーディー・アッ＝サラーフ》〉たちがおれの口を封じることなどありえぬ！　おれが妨害者を殺さなくとも、他の者が殺していただろう！」

（自分が狙われたと思っているんだわ）

　ジェシカは右袖を見おろし、マウラー銃の針が貫通したまんまるい孔を指先で探った。毒針であったことはまちがいない。

　嘆願者たちから手を放され、喉頭をつぶされた廷吏司祭はいつしか床に転がっており、ひくひくと痙攣していた。ジェシカはすぐ左で呆然と立ちつくしている廷吏二名に合図し、指示を出した。

「救命措置を。訊問します。あの男が死ねば、あなたがたの命もないと思いなさい」

　ふたりがためらい、台座の上を仰ぎ見たので、ジェシカは〈操《からく》り声〉を用いた。

「**救命を！**」

　ふたりは指示にしたがった。

　ジェシカはつかつかとアル＝ファリーに歩みより、肩をつついた。

「なんと愚かなまねをしたの、指導者《ナイーブ》！　狙われたのはわたしなのよ、あなたではなく」

　周囲にいる何人かがそのことばを耳にした。アル＝ファリーは愕然とした顔で黙りこみ、台座の上を見あげ、横に倒れた聖母座と、摂政座にすわったままのアリアを目に収めた。常人にはわからないだろうが、その顔に理解の色が兆した。

「フェダイキン」自分の一族に対する往年の忠誠を思いださせるため、ジェシカはあえてこの名で呼びかけた。「かつてともに辛酸を舐めたわたしたちです。背中を合わせて戦うことは知っているはずね」

「承った、聖母どの」指導者《ナイーブ》は即座にジェシカの意図を察した。

そのとき、背後でぐえっという声があがり、ジェシカはくるりとふりむいた。すかさず、アル＝ファリーが背中合わせになり、背後を固める。見ると、都市住みフレメンの派手な衣装を着た女が、床に倒れている廷吏司祭のそばから立ちあがったところだった。指示を出したふたりの廷吏はもうどこにも姿が見えない。女はジェシカに目もくれず、伝統的に遺体取水器のそばで発するかんだかい呼びかけの声を――取水室に集まり、遺体の水分を回収して部族の貯水池に蓄える作業に加われと呼びかける声を――発した。こんな装いの女が口にすると、やけに不釣り合いに感じられる声だった。じっさい、古くからの流儀に反射的に反応しかけたものの、これがふりであることはすぐにわかった。派手なドレスに身を包む都人《みやこびと》ふうの女は、たったいま廷吏司祭を殺したのだ。口封じのために。

（なぜわざわざ、そんなまねを？　すこし待つだけで、司祭は窒息死していたろうに）

それでも殺したとなると、よほどせっぱつまっていたにちがいない。背景にはそうとう根深い恐怖があるようだ。

　アリアが摂政座についたまま前に身を乗りだし、状況を見きわめようと目をこらした。三つ編みを後頭部で束ねた細身の女が——この髪形はアリア直属の衛士であることを示すしるしだ——大股にジェシカの横を通りすぎ、こときれた司祭の上にかがみこんでから、立ちあがって台座の上をふりあおいだ。

「死んでいます」

「かたづけなさい」アリアは命じた。ついで、台座の下に控えている衛士たちに手ぶりで合図を出して、「レディ・ジェシカの聖母座を起こすように」

（では、鉄面皮にも無関係を装うつもりなのね）とジェシカは思った。この場にいる者全員をごまかせると、本気で思っているのだろうか。アル＝ファリーは〈祖霊の審判者〉の呼称を口にした。これは自分の守護者として、フレメン神話の聖なる父祖を崇めているということだ。しかし、いかなる武器の持ちこみも厳に禁じられている大広間にマウラー銃を持ちこんだのは、超自然的な存在ではない。ただひとつの答えは、ジャヴィード一味が陰謀を企んだとすることだろう。動揺も関心も示さない態度からして、アリアもその陰謀に関わっている。それはだれの目にも明らかだ。

　老指導者《ナイーブ》はふりかえり、肩ごしにジェシカに語りかけてきた。

「詫びを申しあげる、聖母どの。われら砂漠住みの者一同、聖母どのに面会いただきたく、最後の光明にすがりつく思いでおれをここへ送りだしたしだい。聖母どのにおかれては、どうやらいまも、われらの力を必要としておられるごようす」

「母親殺し未遂の悪名、娘に着せるのは忍びないけれど……」

「この一件、各部族にかならずや周知しましょうぞ」

「すがりつく思いでわたしに会いたかったのなら、どうしてタブールの群居洞《シエチ》で開かれた部族総会で接触してこなかったの？」

「スティルガーが許可しませんでしたので」

（なるほど、指導者《ナイーブ》の掟！　タブールでは、スティルガーのことばは法に等しい）

倒れた聖母座が起こされた。アリアは戻ってくるようにと母親に手招きし、謁見の間に集う一同に語りかけた。

「この場にいる者はみな、叛逆者である司祭の死を目《ま》のあたりにしたであろう。わたしを脅かす者はあのような末路を迎えると知るがよい」そこで、アル＝ファリーに目をやって、

「そなたの尽力に謝す、指導者《ナイーブ》よ」

「それはおれのヘマに対する礼か」アル＝ファリーはつぶやき、ジェシカに視線を向けた。

「まっこと、おことばのとおりでしたな、聖母どの。わが短慮によって、みすみす訊問の機会を逸してしまった」

ジェシカはささやいた。

「わたしがさっき指示を出した廷吏二名と、あの派手な色のドレスを着た女、あの者らに目を光らせておきなさい、フェダイキン。あの三人を確保して訊問したい」

「委細、承知」

「生きてここを出た暁には、わたしのもとへくるように。群居洞《シエチ》に戻って、双方ともに、果たすべき役割を果たしましょう」

「御意に、聖母どの」

ふたりはそろって台座の下に歩いていった。ジェシカは階段を昇り、ふたたびアリアのとなりの席に腰をおろした。アル＝ファリーは床の嘆願者区画にとどまっている。

「では、嘆願を」アリアがうながした。

「お待ちなさい、娘よ」

ジェシカはそういって右袖をかかげ、そこにあいた孔に指を通してみせた。「さっきの襲撃はわたしを狙ったもの。とっさに椅子ごと倒れて回避はできたものの、もうすこしでマウラー銃の餌食になるところだったわ」

ジェシカはそこで、謁見の間にいる者全員に語りかけ、倒れている司祭を指さした。

「みなも見てのとおり、あの兇漢が持っていたマウラー銃が、いまは見当たらない。では、だれが持っているの？」

　反応はなかった。

「もしかすると、重要な証拠になるかもしれないものね」ジェシカはいった。

「なにをばかなことを！」アリアが反論しかけた。「わたしは――」

　ジェシカはなかば娘のほうを向き、左手で台座の下を指し示して、

「あそこにいる者のうち、だれかがあのマウラー銃を隠し持っているかもしれないのよ。そんな危険な状態を放置して――」

「持っているのは、わが衛士のひとりです！」

「それなら、その衛士にマウラー銃を持ってこさせなさい」

「すでに持ち去ったあとなので」

「ずいぶん手ぎわよくことが運ぶのね」

「なにがいいたいの！」アリアが語気を強めた。

　ジェシカは見る者を慄然とさせる笑みを浮かべてみせた。

「いいたいのはね、わたしがあなたの廷吏のふたりに、あの叛逆者の司祭を生かしておく使命を与えたということよ。司祭が死ねば当人たちも死んでもらうという条件つきでね。こうなったからには、あのふたりに死んでもらうわ」

「そんなこと、許さない！」

　ジェシカは肩をすくめただけだった。

「ともあれ、いまは勇敢なるフェダイキンを待たせているので――」アリアはそういって、アル＝ファリーを指し示した。「あのふたりの件はあとまわしにしましょう」

「なんなら、永久にあとまわしにしてもいいのよ。もう決まったことだもの」

　ジェシカが用いたのはチャコブサ語だった。どれほど議論を尽くそうと、あのふたりの処刑がくつがえることはない――アリアにしっかりと、そう釘を刺したのである。

「いずれわかるわ！」アリアはアル＝ファリーに向きなおった。「おまえは何用できたの、ガーディーン・アル＝ファリー」

「こうして罷り越したは、ムアッディブのお母君にお目通りせんがため」指導者《ナイーブ》は答えた。「フェダイキンが――お母君のご子息に仕えし魂の兄弟たち《バンド・オブ・ブラザーズ》の数少ない生き残りどもが、とぼしい蓄えから費用を捻出しておれをここへと送りだしたのだ。強欲な取り巻きどもがアトレイデス家から隠しているアラキスの現実を、聖母どのにお伝えするために」

　アリアが応じた。

「フェダイキンの望むものは、なんでも――」

「この者が面会しにきたのは、ほかならぬこのわたしですよ」ジェシカは娘をさえぎった。

「すがりつく思いで携えてきた用件とはなんなの、フェダイキン」

「母上！　わたしはアトレイデス家を代表してここにいます！　なんの権利が――」

「おだまりなさい！　人殺しも辞さぬ忌み子が！」ジェシカは声を荒《あら》らげた。「あなたはわたしを殺させようとしたのよ、娘なのに！　この場にいる者すべてに知れわたるよう、あえて声高にいうわ。さすがに謁見の間にいる者全員を口封じで殺させることはできないでしょう――あの司祭ひとりなら始末させられてもね。そこの指導者《ナイーブ》による喉頭つぶしで、あの司祭も瀕死にこそなったものの、まだ命を救うことはできたし、訊問することだってできたはず！　あの者が口封じされたことについて、あなたは無関係を装っているけれど。抗議したければいくらでもしなさい。あなたの仕込みであることは、あなたの行動自体が証明しているのだから！」

　アリアは蒼白になり、黙したまま、凍りついたようにすわりつづけていた。そんな娘の顔に去来するさまざまな感情を観察するうちに、ジェシカはふと、アリアの左手が慄然とする形で動いていることに気がついた。このしぐさには見覚えがある。アトレイデス家の恐るべき仇敵が無意識のうちによく行なっていた指の動き――あれとそっくり同じなのだ。アリアの指は一定のリズムを刻んで太腿を軽く打っている。小指で二回、人差し指で三回、薬指で二回、小指で一回、薬指で二回……そしてまた、同じことを最初からくりかえす。

老男爵！

ジェシカの視線に気づいたアリアは、自分の左手を見おろし、指の動きをとめ、母親の目を見返して——ジェシカが恐怖の認識にいたったことを見てとった。ほくそえむような笑みがアリアの口元に浮かびあがった。

「するとあなたは、わたしたちに報復しているというわけね」ジェシカはささやいた。

「気でも狂われたのかしら、母上さま？」アリアが問うた。

「そうだったら、どんなによかったことか」ジェシカは答え、心の中で思った。

（この者は知っている。わたしがこの件でベネ・ゲセリットに確認することを。この者は知っている。この件をフレメンに報告し、憑依審問にかけようとすることまで読んでいる。であれば、わたしを生かしてここから帰すはずがない）

「どうしたの？　われらが勇敢なフェダイキンを待たせているわよ」アリアがいった。

ジェシカはむりやり意識を指導者《ナイーブ》に戻すと、自身の反応を制御下に置き、語りかけた。

「わたしに会いにきたといいましたね、ガーディーン」

「いかにも、聖母どの。われら砂漠住みの者、恐るべき事態の進行を目《ま》のあたりにして、注進すべく罷り越したしだい。最古の予言にあるとおり、〈小産砂《こうぶすな》〉がこぞって砂中より消えてしまったのです。シャイー＝フルードの姿は、もはや奥砂漠の空無地帯のみにしか見られぬありさま。このままいけば、われらはわれらが友である砂漠を捨てざるをえなくなりましょう」

ジェシカはちらりとアリアに目をやった。アリアは手ぶりで、聴取をつづけるようにとうながしただけだった。ジェシカは謁見の間の群衆を見わたした。どの顔も緊張しつつ、けげんな表情を浮かべている。ついいましがた見せられた母娘の確執が頭を離れておらず、なぜいまだに謁見をつづけているのかと不思議に思っているのだろう。

ジェシカはアル＝ファリーに注意を戻した。

「ガーディーン、その〈小産砂《こうぶすな》〉と砂蟲《サンドワーム》が去った件をくわしく」

「〈水分の母〉よ」アル＝ファリーはフレメン社会におけるジェシカの古い称号で答えた。「かくなる事態は『教訓《キターブ・ル＝イバル》の書』の中で警告されていたもの。ゆえに、ここに請い願わん、ムアッディブが世を去った日、アラキスがみずからの変容における方向性を変えたことを世に忘れさせたもうな！　われらには砂漠を捨てることなどできぬのです」

「ははん！」アリアが鼻で笑った。「奥砂漠の迷信深い下民どもときたら、生態系改造を恐れるばかり。この者どもは――」

「訴えはわかりました、ガーディーン」ジェシカはいった。「蟲《ワーム》がいなくなれば、香料《スパイス》もなくなってしまう。香料《スパイス》がなくなれば、この先、どうやって収入を得るというのです」

場内に驚きの声があがった。息を呑む音、驚いてささやきあう声が、謁見の間じゅうに広がっていく。ざわめきが広い場内にこだました。

アリアが肩をすくめた。

「そんなの、迷信じみたたわごとよ！」

アル＝ファリーが右手をあげ、人差し指をアリアに突きつけた。

「おれは〈水分の母〉に申しあげているのだ、〈コアン・ティーン〉にではない！」

アリアは摂政座の肘かけをぐっと握りしめたが、立ちあがろうとはしなかった。

アル＝ファリーはジェシカに視線をもどした。

「かつて砂漠はなにも育たぬ地でありました。それがいまや、植物だらけ。まるで傷口にたかるシラミのごとく、砂原に広がっている。砂漠帯には雲が湧き、雨が降るありさま。雨ですぞ、聖母どの！　おお、いと気高きムアッディブの母君よ、眠りが死の兄弟であるように、雨もまた砂漠帯にとっては死の兄弟。そしてさらに、われらすべてに死を与えるものと思し召せ」

アリアが反論した。

「われわれは、リエト＝カインズとムアッディブそのひとが、われわれのために起こした設計にしたがっているにすぎぬ。さっきから、おまえの迷信深いたわごとはなにごとか？

われわれに教えをたれたリエト＝カインズのことばを、われわれはおおいに尊重している。〝わたしはこの惑星全体が植物に覆いつくされるさまを見てみたい〟。ゆえにわれわれは、そのことばを実践しているのだ」

「では、蟲《ワーム》と香料《スパイス》の件はどうするつもり？」ジェシカはたずねた。

「砂漠はつねに、どこかにあるものよ」アリアは答えた。「蟲《ワーム》は生き残るわ」

（本音ではないわね）ジェシカは思った。（なぜうそをつくの？）

「なにとぞご助力を賜りたい、〈水分の母〉よ」アル＝ファリーが嘆願した。

老指導者《ナイーブ》の嘆願を耳にしたとたん、ジェシカは突如として、視界が二重にぶれたような感覚に襲われ、意識がゆらぐのをおぼえた。これはまぎれもなく、アダブ——ひとりでに思いだされる強烈な記憶だ。いっさいの制限がなく、一気になだれこんできた記憶により、感覚が金縛りにかかったようになったところへ、過去の教訓が意識にのしかかってきて、精神を呪縛された。ほとんど網にかかった魚だった。それでいて、過去の教訓が要求するものはきわめて人間的な瞬間であり、そのひとつひとつが創造を連想させるものとしても感じられる。その教訓＝記憶のあらゆる要素は、実在でもあると同時に、絶えず変転して実体を持たない。ジェシカはそれが、自分に経験しうるかぎりにおいて、息子をさんざん苦しめたあの能力——予知による見得《けんとく》にもっとも近いものであることを知った。

（アリアがうそをついたのは、アトレイデス家を滅ぼそうと目論む者に取り憑かれているから。そしてアリア自身が、その最初の餌食になったのね。では、アル＝ファリーのいうことは真実なんだわ。砂蟲《サンドワーム》は絶滅してしまう。生態系改造の方向性を変えないかぎり）

啓示の圧力のもと、ジェシカの目には謁見の間に集まった者たちがスローモーションで動いているように見えた。おかげで、どの人物が自分をここから生かして帰さない役目を負っているのかが識別できるようになった。しかも、その間隙をぬって脱出するルートが、明るい光で照らされているかのごとく、意識の中にくっきりと浮かびあがって見えている。だれもが混乱しており——なかにはつまずいたふりをして、他の者にもたれかかっている者もいる——どのグループもつれあった状態だ。だが、うまく謁見の間を脱出できたとしても、外にはアリアの別動隊が待ちかまえているだろう。たとえ殉死者が出ようとも、アリアは一顧だにすまい。いや、一顧だにしないのはアリアの中にいる存在か。

いま、凍てついた時のなかで、ジェシカは老指導者《ナイーブ》の命を救い、メッセンジャーとして送りだすルートを選別した。嘆願者のあいだを通りぬけるルートは依然としてくっきりと見えている。なんと簡単なことか！　アリアの配下は目に十字メイクをした道化のように、はっきり識別できる。どの者の肩も鉄壁のディフェンスを形成していた。広大な床に立つひとりひとりの位置は、壊死した肉がはがれて覗く骨格のように、避けるべき場所として見えている。それぞれのからだ、衣服、顔には、剣呑さがにじみでていた。胸には害意を秘め、きらめく宝石の留め具を鎧代わりとし、各々の口が発するのは絶対的な宗教権威に対する怯えが生んだ断定であり、大聖堂のアーチ窓を思わせる形の眉が表わしているのは下半身と相いれぬ高慢な宗教的感傷だ。

ジェシカはアラキスにきて以来、自分を枷にはめていた圧力がゆるみだすのを感じた。アル＝ファリーの声は、ジェシカの魂に神経刻印《ディストランス》された始動キーででもあったかのように、心のもっとも深い部分にある獣を目覚めさせつつある。

まばたきひとつするあいだに、ジェシカはアダブから動きのある宇宙に復帰していた。しかしそれは、ほんの一瞬前に自分が注意を向けていたのとは別の宇宙だった。

口を開こうとするアリアの機先を制して、ジェシカはいった。

「口を閉じよ！　このなかにはわたしが修女会に対して条件をつけることなくアラキスに戻ってきたことに関し、恐怖をおぼえている者もいよう。しかし、あの日――フレメンがわたしとわが息子に対し、生命の賜物《たまもの》を授けてくれたあの日からこちら、わたしはずっとフレメンでありつづけた！」

ついでジェシカは、謁見の間にいる者のうち、理解する者のみが利得を得られる、古い言語に切り替えた。

「アンサル・アハーカ・ザーラマン・アウ・マズルーマン！」

〝汝の兄が必要とするときは、万難を排して兄を支えよ、たとえ兄が正しくとも、過っていようとも！〟

ジェシカの呼びかけは期待どおりの効果をあげた。謁見の間じゅうの者がみな、吐胸《とむね》をつかれたように身じろぎしたのだ。

ジェシカはなおも、ことば鋭く呼びかけをつづけた。

「それなる廉直なフレメン、ガーディーン・アル＝ファリーは、他の者らが疾《と》く報告しておくべきことを告げんとて、はるばるここまでやってきた。本件を何者にも否定させてはならぬ！　生態系改造は制御不能な大嵐と化した！」

室内の多くの者に、無言で同意するようすが見られた。

「しかも、わが娘は、その大嵐を楽しんでいる！」ジェシカは語をついだ。「マクトゥブ・アル＝マッラー！──傷だらけにしたわが肉体に、塩もて文字を書きこむかのように！　なぜアトレイデス家は当地を拠点としたのか？　それはわれらにとって、〈融和《モーハラタ》〉こそが自然な関係であるからだ。アトレイデス家にとり、政府とはつねに民衆を保護し、民衆と協調関係を結ぶもの。それが〈融和《モーハラタ》〉にほかならぬ。古《いにしえ》より、フレメンはつねにそれを承知していた。しかるに、この者を見よ！」

ジェシカはアリアに指をつきつけた。

「この者は夜な夜な、ひとりほくそえんでいる――邪悪な企みに思いをめぐらしながら！香料《スパイス》生成は無に帰すか、従前の産出量に比してごく少量しか穫れなくなろう！　そして、その事実が惑星外に知れたとき――」

ここで、アリアが叫んだ。

「宇宙一貴重な産物の独占権は、今後もわたしたちに残るわ！」

「残るのは地獄よ！」ジェシカは声を張りあげた。

アリアは最古のチャコブサ語に切り替えた。これはアトレイデス家伝統の秘匿言語で、発音のむずかしい声門閉鎖音や吸着閉鎖音をともなう。

「思い知るがいい、母なる女よ！　生まれるよりも早く、おまえがわが意識にねじこんだ数かぎりない先人の人生を、ハルコンネン男爵の孫娘がありがたがるとでも思ったか？おまえがわたしにしたことに対し、どうにもがまんならなくなったとき、わたしとしては〝男爵だったらどうしただろう〟と自問するほかなかった。するとどうだ、男爵は応えてくれた！　わたしを理解してくれたのだ、アトレイデスの下種《げす》な女よ！　男爵はわたしに応えてくれたのだ！」

アリアのことばに満ちた毒を聞くにつけ、ジェシカは推測が正しかったことを確信した。

（忌み子化している！）

　アリアは内なる人格に圧倒され、あの悪の権化《カフーイト》、ウラディーミル・ハルコンネン男爵に取り憑かれてしまった。いまアリアの口を通じてしゃべっているのは、男爵そのひとだ。もはや正体を知られることを気にもしていない。男爵がしたいのは自分の娘に復讐の念を見せつけることだ。自分をアリアの心から追いだせないことを知らしめることだ。

　ジェシカは思った。

（わたしが自分の知識にとらわれて、立ちすくむのを狙ってのことばね）

そう思った瞬間に、ジェシカはアダブが示したルートを走りだしていた。走りながら、アル＝ファリーに呼びかける。

「フェダイキンよ！　つづけ！」

　謁見の間には、都合六人のフェダイキンがいたことがわかった。アル＝ファリー以外の五人も、即座に人波をかきわけて駆けつけ、ジェシカのあとにつづいた。

わたしがあなたより弱ければ、あなたに自由を請い願おう。あなたにはそうするだけの力があるからだ。わたしがあなたより強ければ、あなたの自由を剝奪する。わたしにはそうするだけの力があるからだ。

――ある古代の哲学者のことば

(ハルク・アル＝アーダはこれをルイ・ヴィヨーなる者のことばとしている)

レトは群居洞《シエチ》の隠し戸口から身を乗りだし、頭上にそびえる絶壁の屈曲部を見あげた。角度的に制約はあるが、午後も遅くの太陽が、絶壁に走る多数の縦溝に長い影を落としている。その影に、一羽の網の目蝶《スケルトン・バタフライ》がひらひらと出たり入ったりしているのが見えた。レース編み状の翅脈《しみゃく》が走る透き通った翅《はね》が陽光に映えて美しい。レトは不思議に思った。あれほど繊細な生物が、よくもここのような苛酷な環境に棲息できるものだ。

まっすぐ前方にはアンズの果樹園が広がっており、そこで子供たちが落ちた果実を拾い集めている。果樹園の向こうに流れているのは灌漑用水路《カナート》だ。レトとガニーマは、以前、おおぜいで外に出ていく果樹園労働の子供たちにまぎれて護衛の目をくらまし、群居洞《シエチ》を脱けだしたことがあった。空気孔はせまいが、隠し戸口にいたる階段につながっており、子供のからだなら通りぬけるのは比較的たやすい。ひとたび屋外に出てしまえば、ほかの子供たちといっしょに灌漑用水路《カナート》へたどりつき、並木の陰になった用水路に入りこめる。侵入した砂鱒《すなマス》が包嚢に部族の用水を取りこむのを防ぐため、水路には肉食魚が放ってあり、そこからは魚といっしょに水路を下っていくことになる。水中に身を沈めるような危険を冒す人間がいるとは、フレメンにはまったく想定外のことだった。

いま、レトは目隠し通路の外に出た。左右に岩壁が広がって、首をかたむけて見ると、絶壁が水平になったような錯覚をもたらす。

ガニーマはレトのすぐうしろからついてきている。ふたりとも、香料《スパイス》入り繊維で編んだ小さな果物籠を携えてはいるが、双方の籠に入れてきたのは必要な道具の包みしかない。包みの中にあるのは、砂漠サバイバル用の保命《フレム》キット、毒針銃《マウラー》、結晶質ナイフ《クリス》……そして、ファラッディーンが送ってきた例の正装用ローブだ。

ガニーマは兄のあとについて果樹園まで歩いていき、働き手の子供たちに加わった。

どの子供も保水《スティル》スーツのマスクをつけていて、顔が見えないので、同じ格好をしていれば、ふたりはほかの子供たちと見分けがつかない。これより先、自分たちの人生は、保護してくれる領域とよく知っている日常から切り離されることになる。そのためのこの行動に、ガニーマは感慨をおぼえた。こんなにあっさりと、ひとつの危険から別の危険に踏みだすことになるなんて！

たがいの籠に入っている新しいローブ、ファラッディーンからの贈り物。これがなんのために送られてきたのかを、ふたりとも充分に理解している。ガニーマはそれを強調するため、ふたりだけの標語《モットー》〈われらは分かちあう〉を、それぞれの服の左胸、タカの紋章のすぐ上に、チャコブサ語を用いて縫い取っていた。

じきに日は昏《くら》くなる。群居洞《シエチ》の植栽境界を示す灌漑用水路《カナート》の向こうに、宇宙のどこにも比するものとてない独特の夕暮れが訪れるのも間近だ。陰りを帯びた陽光のもと、砂漠の世界は孤独の相を深め、砂漠に棲む生物の一体一体が、新たな宇宙で唯一の存在であるという感覚に満ちていく。

「見られたわ」

兄のそばで腰をかがめ、作業をするふりをしながら、ガニーマはささやきかけた。

「護衛たちに？」

「ううん――ほかの者たちに」

「ならいい」

「急いで行動しなきゃ」

レトはことばで同意するかわりに、果樹園を通り、絶壁から離れだした。歩きながら、父の思考をたどる。

（砂漠ではあらゆるものが動きつづける。でないと死んでしまうから）

砂漠のずっと遠くに、岩の露頭が連なった〈随伴巌《ずいはんいわ》〉が見えていた。動きつづけないとどうなってしまうのか、その実例があれだった。その場に硬直し、じっと動かずなにかを見つめる岩の露頭群は、風沙《ふうさ》の襲撃を受けつづけ、年々縮んでいくばかりだ。いつの日か、〈随伴巌〉は砂になってしまうだろう。

灌漑用水路《カナート》へ向かう途中、群居洞《シエチ》の高みにある出入口から音楽が聞こえてきた。演奏に使われているのは、古式ゆかしきフレメンの楽団構成に則《のっと》った、それぞれ複数の二穴縦笛、手太鼓、香料《スパイス》性塑材の胴に皮を張った半球太鼓だ。それほど大量の皮を、この惑星に住むどの動物からとったものであるのかは、暗黙の了解になっている。

レトは思った。

（スティルガーは〈随伴巌〉の裂け目について、ぼくがいったことを思いだすだろうな。

そして、暗闇の中、ぼくを探しにくるが、そのときにはもう手遅れ――そこでようやく、あの警告の意味を悟ることになる)

やがて灌漑用水路《カナート》にたどりついた。ふたのない昇降用の縦坑内にすべりこみ、検査用のはしごをつたって保守用の横桟に降りる。灌漑用水路《カナート》は薄暗く、湿度が高く、ひんやりとしていた。肉食魚たちが水面で跳ねている音が聞こえる。ここの水を盗もうとする砂鱒《すなマス》はすべて、水でふやけた表皮を肉食魚に食われてしまう。人間もこの魚には気をつけないといけない。

「気をつけて」

すべる横桟の上を歩きだしながら、レトはいった。自身の肉体が経験していない時空の記憶に意識を凝らす。ガニーマもあとからついてくる。

灌漑用水路《カナート》の末端までたどりつくと、ローブを脱いで保水《スティル》スーツ姿になり、携えてきた新しいローブをまとった。着てきたフレメンのローブはその場に残し、前とは別の検査用縦坑を昇って地上に出る。そこから手近の砂丘へ歩いていき、頂《いただき》を乗り越えて向こうの斜面を降りた。これでもう群居洞《シエチ》からは姿が見えない。そこで腰をおろし、マウラー銃と結晶質《クリス》ナイフをストラップで固定し、保命《フレム》キットのバックパックを背負った。音楽はもう聞こえなくなっている。

レトは立ちあがり、砂丘と砂丘の谷間にそって歩きだした。ガニーマもあとからついてくる。開けた砂漠を歩くとき独特の、リズムをとらず、極力音を立てない歩法は、もうすっかりお手のものだ。

砂丘を乗り越えるときは、頂の付近で身を低くし、風下側の斜面にそっと這いずりこみ、そこでいったん動きをとめ、追跡者はいないかと砂丘の頂ごしに背後のようすを探った。追跡者の姿は見当たらないままに、ふたりはようやく〈随伴巌〉のいちばん手前に連なる露頭群に到達した。

露頭群の陰に入ると、ふたりは〈随伴巌〉をまわりこみ、砂漠を一望する岩棚の上まで登った。遠い砂床《さしょう》にはまだ色彩が消え残っている。冥々《めいめい》と昏さを深めゆく空気は、繊細なクリスタル細工のような脆さを帯びている。ふたりが視線を向けている地形は容赦というものを知らず、一瞬も静止することがなければ、いっさいのためらいを見せることもない。ふたりの視線は、苛酷で広大な砂漠を、けっして一カ所にとどまることなく、ひそやかに動くものを警戒して舐めていった。

(これは永遠の地平だな)とレトは思った。

いっぽう、ガニーマは兄のとなりにうずくまり、こう思った。

(襲撃はもうじきだわ)

ごくかすかな音も逃がさず、耳をそばだてる。全身が一個の精密なセンサーと化した。

レトもうずくまったまま、同様に神経を張りつめさせている。精神の中で密接に分かちあってきた先人たちの鍛錬のすべてが、いま、極限まで研ぎ澄まされているのがわかった。この苛烈な環境にあって、人は自分の感覚に——それも、すべての感覚に対し、確固たる自立性を発達させた。生とは営々と蓄積された知覚力の発露であり、生のひとつひとつがそのときどきの生存にのみ結びついている。

やがてガニーマが岩壁を攀じ登り、小さな裂け目ごしに、自分たちがきた方向を見た。群居洞《シエチ》の安全が別の人生のものと思えるほど遠くに感じられた。そそりたつ巨大な絶壁は、距離が開いたことで紫がかった茶色にくすみ、上縁付近は砂塵にけぶっている。その縁を幾本もの銀色の条《すじ》となって照らすのは、最後の陽光の箭《や》だ。だが、現在地と絶壁を隔てる砂漠には、いまだに追手の姿が見られない。ガニーマはレトのとなりに降りた。

「くるのはたぶん、猛獣が一頭だ」レトはいった。「ざっと演算したところではね」

「演算をはしょりすぎたんじゃないの？」ガニーマがいった。「すくなくとも二頭はいるはずよ。コリノ家は、ひとつの袋にありったけの希望を詰めこんではだめなことを、身をもって思い知ったはずだもの」

レトはうなずき、同意を示した。

同時に、急に心が重くなった。胎内で覚醒したことにより、レトに宿ったおびただしい先人の人生が一気にのしかかってきたからである。どれもこれもが、レトが生まれる前の、はるか遠い過去の人生だ。数々の人生にどっぷりと浸かったレトは、自分自身の意識から脱出してしまいたかった。内なる世界は自分をひと呑みにできる大型獣にほかならない。

落ちつかない思いで立ちあがり、いましがたガニーマが覗いた裂け目に登っていくと、群居洞《シエチ》を擁する絶壁のようすをうかがった。絶壁のふもとには灌漑用水路《カナート》が見えている。あれは生と死を隔てる境界線だ。緑地帯の外縁部分には、キャメル・セージ、ワイルド・ガーリック、ゴビハネガヤ、ワイルド・アルファルファなどが見える。薄れゆく光のもと、シルエットになった鳥たちが飛びはねながら、アルファルファをついばんでいるようすも見えた。遠い穀物畑では無数の穂が風になびき、揺れ動く影は果樹園付近におよんでいる。その動きのなにかが意識に引っかかった。流動的な影の動きに融けこんで、もっと大きななにかが動いているような気がする。そしてその大きななにかは、銀色の砂塵がきらめき、無数の虹が渦を巻く空をはばかってか、はなはだ用心深く動いているように思える。

（さあ、ここでなにが起こる？）レトは自問した。

自分が死ぬか、死を偽装するか、どちらかになることはわかっている。標的は自分だ。生きて群居洞《シエチ》に帰り、顚末を報告するのは、ガニーマの役目になるだろう。自分が死んでしまったら、見たことをそのままみなに報告するだけだし、死を偽装することになれば、兄がほんとうに殺されたと思いこむ深層催眠を発動させ、本心から事実と信じこんでいる〝死〟を伝える手はずになっている。

この地に潜む未知数が気になってしかたなかった。予知の要求に屈伏し、不変で絶対の未来に向け、自分の意識を放つ危険を冒すのはいともたやすい。だが、夢の中に現われた局所的な幻視だけでも充分に悪いものだった。もっと長い幻視を観《み》る危険は冒さぬほうがよさそうだ。

ほどなくして、ガニーマのそばに戻った。

「まだ追ってきていない」

「わたしたちに差し向けられる猛獣は大型のはずよ」ガニーマがいった。「近づいてくるところを目視できる余裕はあるかもしれないわ」

「日が暮れてからは目視のしようがないだろう」

「しかも、もうじき真っ暗になるしね」

「うん。そろそろ、ぼくらの隠れ家に腰をすえるころあいだ」

レトはそういって、左下の岩壁を指し示した。そこに、風沙が玄武岩を削ってできた、小さな裂け目が口をあけていた。双子がいっしょに入ることはできても、大型の猛獣にはとても入れないサイズの裂け目だ。レトとしては、あそこに入るのは気が進まなかったが、そうせざるをえないことはわかっている。以前、スティルガーとここへきたときに示した裂け目、それがあれだった。

「ほんとうに殺されるかもしれないな」

「いやでもこの危険は冒さないと」ガニーマがいった。「とうさまに対する務めだもの」

「いやだといってるわけじゃないよ」

レトは答え、こう思った。

(この道が正解なんだ。ぼくらは正道をゆく)

しかし、この宇宙で〝正道〟がどれほど危険な道であるかはよく知っている。この先を生き延びるには、気力、的確な行動、一瞬一瞬における限界の把握が必要になる。最強の鎧になってくれるのはフレメンの生存ノウハウだが、ベネ・ゲセリットの知識も補助的な役にたってくれるだろう。レトもガニーマも、いまはアトレイデス家で戦闘訓練を積んだ歴戦の戦士としてものごとに臨んでいる。子供の体格や上等な身なりからはとても想像のつかない、屈強なフレメンのしぶとさも身に宿している。

レトは腰に差した結晶質《クリス》ナイフの柄《つか》をまさぐった。ナイフの切っ先には毒が塗ってある。無意識のうちに、ガニーマも同じことをした。

「もう降りる？」

まさにそうたずねた瞬間、ガニーマは遠い砂上に動きをとらえた。じりじりと近づいてくることに加えて、まだ距離が遠いこともあり、さほどの脅威には見えない。ガニーマが急に身をこわばらせたことで、警告されるまでもなく、レトは事態に気づいた。

「トラか」

「人狩り虎《レイザ・タイガー》よ」ガニーマは訂正した。

「こちらが見えてるな」

「急いだほうがいいわ。マウラー銃程度では、あれは防げない。今回の襲撃にそなえて、しっかり訓練を積んできているだろうし」

「どこかそこらに人間の調教師がいるはずだ」

いいながら、レトは左下の裂け目をめざし、急いで斜面を降りだした。

ガニーマも同感だったが、体力を温存するため、自分のペースで着実に斜面を降りた。付近に人間がいることはまちがいない。あの種のトラは、適切な機会が訪れる瞬間まで、自由な行動を許されないものと相場が決まっている。

薄れゆく残照のもとで、二頭のトラは動きを速め、岩場から岩場へと飛び移っている。人狩り虎《レイザ・タイガー》は視覚で獲物を狩る捕食獣だ。じきに夜のとばりが降りれば、聴覚で獲物を狩る時間がはじまる。それを強調するかのように、〈随伴巌〉の頂で一羽の夜鳥が声高に鳴き、時間帯が切り替わることを告げた。すでにもう夜の生きものたちが、黒々と影を刻まれたあちこちの裂け目で活動しだしている。

　そんな薄闇のもとでも、駆けていく双子の目は二頭のトラの姿をとらえていた。二頭は力強く、どの動きにも自信に満ちた躍動感をあふれさせ、急接近してくる。

　レトは自分が〈随伴巌〉までやってきた理由が、自分の魂から解放されるためだったと感じていた。一心に走ってはいるが、自分とガニーマが〈時〉のせまい隙間にたどりつき、間一髪のところで裂け目の中に飛びこめることはわかっている。しかしそれでも、視線はついつい、急迫してくるトラたちの魅惑的な姿に吸いよせられてしまう。

（つまずきでもしたら、ぼくらは終わりだ）

　そう思うと、頭ではだいじょうぶとわかっていながら、確信が揺らぎ、レトはますます足を速めた。

おまえたちベネ・ゲセリットは、保護伝道《ミッショナーリア・プロテークティウァ》団の活動を指して〝宗教科学〟と呼ぶ。なるほど、異なる系統の科学者を探求する身として、それが適切な定義であることは認めよう。じっさい、おまえたちは独自の神話を構築している。それはすべての社会が行なっていることでもある。だが、おまえたちに警告しておかねばなるまい。おまえたちのふるまいは、勘違いした多くの他系統科学者が見せたふるまいとなんら変わるところがない。おまえたちの行動は、おまえたちが生命からなにかを得ようとする（奪おうとする）意志を表わしている。そろそろ、おまえたちがしきりに公言していることを思いだすべき頃合いではないのか。すなわち、対立者なくして、人はなにものも得られぬということだ。

——アラキーンの〈伝道者〉

修女会へのメッセージ

夜が明ける一時間前、ジェシカは香料《スパイス》入り繊維の擦《す》りきれたラグの上でじっと動かずにすわっていた。周囲を取りかこむ剝《む》きだしの岩壁は、ある古くて貧しい群居洞《シエチ》——最古の居住地のひとつに属するものである。群居洞《シエチ》があるのは〈赤い峡谷〉の手前に盛りあがる隆起の風下で、ために砂漠西部からの風沙に襲われることはない。ガーディーン・アル＝ファリーと魂の兄弟たちがジェシカを保護して連れてきた場所、それがこの群居洞《シエチ》だった。いまはスティルガーの連絡を待っているところだが、フェダイキンのアル＝ファリーは、用心の上にも用心を重ねて連絡の取り方を工夫し、スティルガーにさえ自分たちの所在がわからないようにしていた。

アル＝ファリーはもう、自分たちがプロセ・ヴェルバルに——帝国に対する犯罪行為の公式報告書に載る立場になったことを知っている。母親が帝国の敵に買収された——そうアリアが告発する挙に出たからだ。修女会の名前こそ出してはいないが、アリアの権力が持つ高圧的で暴政的な性質は、ここにとうとう牙を剝いた。司祭会を支配している以上、フレメンも支配できているというアリアの思いこみは、いよいよこれから試されることになる。

ジェシカがスティルガーに宛てたメッセージは、簡潔にして要を得たものだった。

〝娘は憑依されている。審問にかけなくてはならない〟

とはいえ、恐怖はさまざまな価値観を破壊する。そして、すでに実例を見てきたように、一部のフレメンはこの非難を信じない道を選ぶだろう。この非難を免罪符に使おうとするジェシカたちの試みは、とにもかくにも二度の戦いを引き起こしたものの、アル＝ファリーとその仲間たちは、夜のうちに数機の羽ばたき飛行機《オーニソプター》を奪取し、この強固とはいえない安全地帯、〈赤い峡谷〉にある群居洞《シエチ》までジェシカを連れてくることができた。ここから各地のフェダイキンに向けて蜂起の檄《げき》を飛ばす手はずだが、そうはいっても、アラキスに残るフェダイキンは二百人に満たない。ほかのフェダイキンは帝国じゅうの重要ポストに散らばってしまっている。

この事実に鑑みて、ジェシカは自分が死地に飛びこんでしまったのだろうかと思案した。フェダイキンのなかには、死地に踏みこんだと覚悟している者たちも見受けられる。だが、元決死コマンドたちはこの状況をたやすく受け入れてしまった。アル＝ファリーにしても、手下《てか》の若者たちが恐怖を口にしたとき、ジェシカに向かってにやりと笑ってみせたほどだ。

そのとき老指導者《ナイーブ》が口にしたことばはこうだった。

「神が一個の生物に特定の死に場所をお与えなさるときには、その生物がくだんの場所へ自身の意志で赴くようにしむけられるものですからな」

　そして、いま——岩屋の戸口にかかった、つぎあてだらけの掛け布が擦れる音がして、当のアル＝ファリーが中に入ってきた。老指導者《ナイーブ》の風焼けした細面はやつれており、目はぎらついていた。一睡もしていないことは明らかだ。

「何者かが近づいてくるもようで」

「スティルガーの使者かしら？」

「おそらく」

　アル＝ファリーはここで目を伏せ、左に視線をそらした。これは悪い報告を携えてきた古株のフレメンに見られるしぐさだ。

　それに気づいて、ジェシカは悪い知らせの内容をたずねた。

「なにがあったの」

「タブールより連絡が。聖母どののご令孫がおふたりとも、行方不明になった由」

　アル＝ファリーは依然として目を合わせようとしていない。

「まさか、アリアが……」

「アリアは双子どのを自分の保護下に置くよう通達を出したそうで。しかし、タブールの群居洞《シエチ》によれば、双子どのは彼《か》の地におられぬとのこと。それ以外は、まだなにも」

「スティルガーがふたりを砂漠に避難させたのね」

「その可能性もなくはなけれど、スティルガーが夜を徹して捜索していたことはわかっております。あるいはそれも、スティルガーの目くらましやも……」

「それはスティルガーのやりかたではないわ」ジェシカは否定し、心の中で思った。

（ただし、あの双子がスティルガーにそうさせたのなら話は別）

だが、それもちがうような感触がある。自分の心を探ってみても、抑えるまでもなく、パニックそのものがこみあげてはこない。怖いのはむしろ、双子が意表をつく行動に出ることのほうだ。それはガニーマと話していたとき思い知らされた。ふとアル＝ファリーに視線を向けると、老指導者《ナイーブ》は同情の目でこちらを見つめていた。

ジェシカはいった。

「あの子たち、ふたりだけで砂漠に出たと見るべきね」

「ふたりだけで？　まだ幼子ですぞ！」

その〝まだ幼子〟が、いま生きているたいていのフレメンよりも砂漠での生存知識では勝っている——そう見なしてよいことは、あえて説明せずにおいた。そんなことよりも、ジェシカの意識は、以前、レトが口にした奇妙なことばに——〝あなたはご自分の誘拐を許容することになります〟という不可解な主張に——集中していたからである。これまで棚上げにしていた記憶だが、いまは正面から見すえなくてはならない。あのときレトは、〝そのときがくれば、あなたにも誘拐される意味合いがわかるでしょう〟といった。

「例の使者らしき者、もうここに着いたころですな」アル＝ファリーがいった。「どれ、連れてくるとしましょうか」

指導者《ナイーブ》は、つぎだらけの掛け布を押しのけ、岩屋から出ていった。

ジェシカは揺れる掛け布を見つめた。掛け布の主体は香料《スパイス》入り繊維を織った赤い布だが、つぎあてにはすべて青い布が使われている。この配色からうかがえるのは、この群居洞《シエチ》が前々から〝ムアッディブの宗教〟による恩恵を拒んでいたということだ。その結果として、アリアの司祭会に目をつけられてしまった。この群居洞《シエチ》はむかし、体格が小型馬ほどある犬、子供たちの番ができるほど賢い犬を育種するべく、資本を集中させていたといわれる。だが、犬はすべて死んでしまった。毒餌《どくえ》を与えられたとの説があり、司祭会は非難の的になったそうだ。

ジェシカはかぶりをふり、無用の考えをふりはらった。そのような背景は、ガフラ——アブが飛んできたことで気を散らす程度の瑣末事でしかない。

双子はどこへいってしまったのだろう。ジャクルートゥーか？ ふたりになにかしらの計画があったことはたしかだ。

（あの子たちは、わたしに受け入れられると思う範囲でわたしを啓発しようとした）

そして、これ以上説いてもむだだと判断すると、問答無用でしたがうように命令した。

（このわたしに、命令を！）

レトはアリアの目論見に気がついていた――そこまでは明白だ。双子はどちらも叔母の〝葛藤〟を口にしていた。叔母に同情的な口調のときでさえ。アリアは摂政政治における自分の正統性に懸けている。双子を保護下に置くという要請もそれを裏づけている。気がつくと、ジェシカの胸は辛辣な笑いで揺れていた。教母ガイウス・ヘレネ・モヒアムなら、教え子であるジェシカに対し、アリアのミスを得々としてこう説明しただろう。

〝自分の正統性にのみ意識を集中させておれば、敵対勢力につけいる隙を与えてしまうぞ。これはありがちなミスでな。おまえの師たるこのわたしでさえも、その種の愚行を犯したことがある〟

ジェシカはみずからにささやきかけた。

「そして、あなたの教え子であるわたしでさえも、同じ愚行を犯しました」

そのとき、掛け布の外の通路から衣ずれの音が聞こえてきた。入ってきたのはふたりの若いフレメンだった。夜のうちに、ジェシカの随員として選ばれた者のうちのふたりだ。両人とも明らかに、ムアッディブの母親に目通りがかなって恐懼《きょうく》していた。ジェシカにはふたりの心の内が完全に読めた。この者たちはなにも考えず、心酔する権力者の側仕えとなることに舞いあがり、その立場から得られるアイデンティティをありがたがっている。ジェシカの照らす光を受けないかぎり、このふたりはからっぽだ。それだけに、かえって危険な存在といえた。

若いフレメンの片方がいった。

「お心の準備をなさるようお伝えせよ、とアル＝ファリーに申しつかってまいりました」

ジェシカは胸に大きなつかえをおぼえたものの、平静な声で応じた。

「心の準備？　なんのための？」

「スティルガーのよこした使者がダンカン・アイダホだからでございます」

ジェシカは髪の上から寛衣ローブ《アバー》のフードを引きかぶった。無意識の行動だった。

（ダンカン？）

しかし、ダンカンはアリアの道具ではないのか。

いま口をきいたフレメンが半歩進み出た。

「アイダホが申しますには、あなたさまを安全な場所へお連れするために罷り越したとのことで。アル＝ファリーは、そんなことが可能とは思えぬと申しておりますが」

「たしかに、奇妙な状況ではあるけれど……わたしたちの宇宙には、もっと奇妙なことがたくさんあるものよ。連れてきなさい」

ふたりは顔を見交わしたが、指示にしたがった。急いで出ていったので、つぎだらけの掛け布に新たな裂け目が生じた。

ほどなくして、アイダホが掛け布を押しのけて入ってきた。背後にはあのふたりの若いフレメンがつづき、しんがりにはアル＝ファリーが詰めている。指導者《ナイーブ》は結晶質《クリス》ナイフの柄《つか》に手をかけていた。

アイダホはいたく冷静に見えた。着用しているのはアトレイデス家近衛隊の略式制服だ。十四世紀以上ものあいだ、この制服はほとんど変わっていない。アラキスにきてからは、腰の物が剣から――柄が黄金拵《こがねごしら》えで、剣身が繊維強化鋼鉄《プラスティール》の剣から――結晶質《クリス》ナイフへと改められたが、変更というにはごくささやかだ。

「わたしに助力したいとのことね？」ジェシカはすわったままたずねた。

「奇異に聞こえるかもしれませんが」アイダホは立ったままで答えた。

「アリアにわたしを攫《さら》うよう命令されてきたのではないの？」

アイダホの黒い眉が両方ともかすかにあがった。表面に表われた驚きはそれだけだった。多数の小孔におおわれた〈トレイラクスの目〉は、光沢を宿したまま、じっとジェシカを見つめている。

「それがアリアの命令ではありました」

結晶質《クリス》ナイフの柄を握るアル＝ファリーの手に力が入った。が、ナイフはまだ抜かない。

　ジェシカはいった。

「夜どおし省みていたの、娘と相対したさいの過ちを」

「たくさんありましたね」アイダホは同意した。「その多くはわたしも犯したものです」

このとき、アイダホのあごの筋肉が震えていることにジェシカは気づいた。

「道をまちがえる原因がなんであったのか。その原因ならわかりきっているわ、わたしはこの惑星にいたくなかった……あなたは……あなたのほうは……わたしを若くしたような娘といっしょにいたかった」

　アイダホはこの指摘を無言で受け入れた。

「孫たちはどこ？」ジェシカはたずねた。口調がひとりでにきつくなった。

　アイダホは目をしばたたいた。それから、

「スティルガーはおふたりが砂漠にいったものと見ています——どこかに隠れるために。おそらくおふたりは、この危機が訪れることを悟っておられたのでしょう」

　ジェシカはアル＝ファリーに目を向けた。老指導者《ナイーブ》は〝事前におっしゃっていたとおりでしたな〟といわんばかりにうなずいてみせた。

「アリアはどうしているの？」

「内戦も辞さない構えです」

「そこまでの事態になると思う？」

アイダホは肩をすくめた。

「おそらく、ならないでしょう。いまはもう、むかしの殺伐とした時代ではないですから。耳に心地よいことばを聞きたがる者はずっと多くなっています」

「同感ね。時代だもの、それはしかたがないとして——孫たちのことは？」

「スティルガーが見つけるでしょう——ただ……」

「ええ、わかるわ」では、あとはほんとうに、ガーニー・ハレックに託すしかなさそうだ。

ジェシカは横を向き、左の岩壁に目をそらした。

「いまごろアリアは、権力を全面的に掌握しているでしょう」

そこで、アイダホに視線をもどして、

「その含みがわかる？　権力とは軽く手をかけてふるうもの。強く握りしめてふるえば、その権力にふりまわされて、ついには権力の餌食になってしまうのよ」

「わが公爵閣下がよくそうおっしゃっておられました」

なんとなく、ジェシカにはわかった。アイダホがいう公爵閣下とは先代のレトであり、ポールのことではない。ジェシカはたずねた。

「では、わたしはどこへ連れていかれるの？　この……誘拐で？」

アイダホはジェシカを見おろし、フードの作る影ごしに表情を見きわめようとするかのごとく、じっと顔を見つめた。

アル＝ファリーが進み出た。

「聖母どの、よもや本気で、誘拐に……」

「自分の運命を決めるのは、自分の権利ではなくて？」

「ですが、この者は……」アル＝ファリーはアイダホにあごをしゃくった。

「この者はアリアが生まれる前からの、近衛の忠臣です。わが息子とわたしの命を救って死ぬ前の話だけれど。われわれアトレイデスは、そのような忠節をつねに誉れとします」

「では、いっしょにきてくださると？」アイダホがたずねた。

「聖母どのをどこへ連れていく気だ？」これはアル＝ファリーだ。

「あなたは知らないほうがいいでしょう」答えたのはジェシカだった。

アル＝ファリーは渋面を作ったものの、沈黙した。その顔に表われているのはためらいだった。ジェシカの賢明なことばは一理あると理解するいっぽうで、アイダホの信頼性にいまひとつ確信を持てずにいるのだ。

「わたしを助けてくれたフェダイキンはどうなるの？」ジェシカはアイダホにたずねた。

「タブールにたどりつければ、スティルガーが後ろ盾になるでしょう」アイダホは答えた。

「命じます。タブールへゆきなさい、わが友よ。スティルガーならば、わたしの孫たちを探すうえで、フェダイキンを役だててくれるでしょう」

老指導者《ナイーブ》は視線をおろした。

「ムアッディブのお母上の命ぜられるままに――」

（この者はまだ、ポールに忠誠を誓っているのね）とジェシカは思った。

「大至急、ここを出なければなりません」アイダホがいった。「追手はここにもきます。それも、かなり早いうちに」

ジェシカは前のめりになり、鮮やかに立ちあがった。いまもベネ・ゲセリット仕込みの身体制御が維持された、流麗で優美な動作だった。もっとも、多少年齢を感じてはいる。じっさい、一夜の逃避行で老けこんだように感じてもいた。しかし、こうして動いているあいだにも、孫息子との特異な会話が心によみがえってくる。レトはいまどうしているのだろう。

かぶりをふった。フードをととのえなおすふりをして、その動きをごまかす。ついついレトを過小評価しそうになってしまうが、外見にだまされてはいけない。ふつうの子供に見えても、あの双子の頭には先祖から受け継いだ膨大な知識が詰まっているのだから。

そこでジェシカは、アイダホの独特の姿勢に気がついた。右足を前に出し、左足を引き、いつ襲われても対処できるよう、力みを抜いてゆったりと構えている。これはジェシカが教えた姿勢だった。ジェシカはまずふたりの若いフレメンに、ついでアル＝ファリーに、ちらと視線を向けた。老指導者《ナイーブ》の目はまだ不信を宿し、若いふたりもそれに気づいている。

「わたしはこの者を信頼しています。それこそ命を預けてもいいほどに」ジェシカはアル＝ファリーに語りかけた。「命を預けるのは、今回がはじめてではないの」

アル＝ファリーは食いさがった。

「聖母どの、そうはおっしゃるが……」そこでアイダホにぎろりと目をやって、「これは〈コアン・ティーン〉の夫ですぞ！」

「わたしの公爵さまとわたしのもとで修行を積んだ人物でもあるわ」

「とはいえ、これは偶人《ゴウラ》だ！」アル＝ファリーは悲痛な声になっていた。

「偶人《ゴウラ》ですとも、わたしの息子専属のね」

そのむかし、命を賭してムアッディブに仕えると誓いを立てた元フェダイキンにとり、このひとことは決定的だった。アル＝ファリーは嘆息し、一歩脇にどくと、若者ふたりに掛け布をあけるよう、身ぶりで指示した。

すぐうしろにアイダホをしたがえて、ジェシカは岩屋の外に出た。が、出てすぐに足をとめ、戸口に立ったアル＝ファリーに語りかけた。

「あなたはスティルガーのところへおいきなさい。彼は信用できます」

「御意……」だが、老人の声にはまだ疑念が残っていた。

アイダホがジェシカの腕に手をかけ、うながした。

「急いで出発しなければなりません。とくにお持ちになりたいものはありますか？」

「自分の常識かしら」

「なぜそんなことを？　なにか失敗しないかと恐れておられるのですか？」

ジェシカは長身のアイダホを見あげた。

「あなたはいつも、当家で最高の羽ばたき機《ソプター》パイロットだったわね、ダンカン」

アイダホはこのことばに気を悪くしたらしく、ジェシカを追いぬくと、先に立ち、きた方向へ足を速めた。アル＝ファリーがジェシカのとなりにならんで歩きだした。

「どうしてあの者がソプターできたとおわかりに？」

「保水《スティル》スーツを着ていなかったもの」

これほど明白なことに気づきそこねた自分を恥じたものの、アル＝ファリーはそれでも口を閉じず、疑念を口にした。

「あの者をここへ連れてきた使いの者は、スティルガーのところから直接やってきました。途中で目撃されているやもしれません」

「ダンカン、目撃された可能性は？」ジェシカはアイダホの背中に問いかけた。

「そんなヘマはしません」アイダホは答えた。「砂丘の頂のあいだをぬって低空飛行してきましたから」

横手の通路へ曲がると、その先は下へ降りる螺旋《らせん》階段で、降りきった先は広大な空洞になっていた。茶色の岩天井に配置された発光球によって、内部は明るく照らされている。床には突きあたりの壁に機首を向けて、一機の羽ばたき飛行機《オーニソプター》が駐機していた。こうして見ると、いまにも飛びたとうとする昆虫のようだ。機体の向きからすると、突きあたりの壁は岩に見せかけた作りもので、砂漠に通じる大扉らしい。ここほど貧しい群居洞《シエチ》でも、洞の秘匿性と移動の機動性を維持する仕組みはしっかり保守されているのだろう。

アイダホがオーニソプターのドアを開き、ジェシカが右側の助手席に乗りこむのに手を貸した。見ると、その額には汗がにじみ、ひとふさの黒い癖毛がもつれて張りついている。反射的に、あの戦いの音があふれる洞窟で、この額が血にまみれていたときの姿が脳裏によみがえってきた。そのイメージを打ち消したのは、金属の眼球〈トレイラクスの目〉だ。

その目を見ただけで、なにもかもが変わってしまったような気がして、ジェシカはシートベルトを締めることに集中した。

「最後にわたしを乗せて飛んでから、もうずいぶんになるわね、ダンカン」

「はるか遠いむかしですね」アイダホはすでに計器のチェックをはじめている。

アル＝ファリーとふたりの若いフレメンは岩壁を模した扉を開閉する装置の前で待機し、いつでも扉をあけられる態勢をとっていた。

ジェシカはおだやかな声でアイダホに問いかけた。

「いまでもわたしがあなたを疑っていると思う？」

アイダホは飛行前のチェックに神経を注いでおり、返事をしない。ほどなくエンジンに点火し、計器の針が動きだすのを見まもった。その口に微笑が浮かび、つかのま、歴戦の面構えに不敵な色が走ったが、それはすぐに消え失せた。

「わたしはいまもアトレイデスだけれど」ジェシカはいった。「アリアはちがうわ」

「恐れることはありません」アイダホはすこしいらだったような声で答えた。「わたしはまだアトレイデス家に仕えています」

「アリアはもうアトレイデスではないのよ」ジェシカはくりかえした。

「いわれるまでもない！」アイダホは声を荒《あら》らげた。「すこし黙っていてくれませんか、こいつを飛びたたせるのに集中しなくては」

アイダホの声に含まれる必死の響きは、まったく予想外のものだった。ジェシカの知るアイダホとはとても思えない。新たにいだいた恐怖を抑えて、ジェシカはたずねた。

「どこへ向かうの、ダンカン？　もう話してくれてもいいでしょう」

だが、ダンカンは無言で、アル＝ファリーと岩壁風の扉にあごをしゃくっただけだった。

扉は外へ開いていき、まばゆい銀光あふれる外界に向けて開放された。オーニソプターは即座に屋外へ飛びだし、懸命に翼をはばたかせて上昇に転じると、推進ジェットの轟音を轟かせて大空に駆け昇った。そこでアイダホは南西方向に針路を変え、サハーヤの尾根に向かった。砂漠の彼方に黒い線となって見えているのがそれだ。

ややあって、アイダホは口を開いた。

「わたしをあまり胡乱《うろん》な目で見ないでいただけますか、マイ・レディ」

「あなたを胡乱な目で見たことなどないわ——もうずいぶん長いあいだね。最後にそんな目で見たのは、香料《スパイス》入りビールでべろんべろんになって、アラキーンの大広間に乱入してきたときだったかしら」

ジェシカは冗談めかしてそういったものの、相手の妙なことばで新たに警戒心をいだき、いつでも身を護れるよう全身の力を抜いて、神経と筋肉《プラーナ＝ビンドゥー》組織を完全な制御下に置いた。

「あの晩のことはよく憶えています。わたしはまだまだ若僧で……経験不足でした」

「でも、わたしの公爵さまの側近では最強の剣士だったでしょう」

「それほどではありません、マイ・レディ。ガーニーなら、十本に六本はわたしに勝っていました」そこで、ちらりとジェシカを見て、「ガーニーはどこに？」

「わたしの命令を遂行中よ」

アイダホは首を左右にふった。

「連れていく先はわかっているのね？」ジェシカはたずねた。

「はい、マイ・レディ」

「では、話しなさい」

「かしこまりました。わたしがアリアに約束したのは、アトレイデス家に対するいかにもそれらしい反乱計画を立案するというものでした。そのような反乱計画は、じつのところ、ひとつしか成立しえません」

ここでアイダホは操縦ハンドルのボタンを押した。たちまち、助手席の左右から無数の拘束糸が飛びだし、やわらかいが切断不可能な繭となってジェシカの全身を包みこんだ。包まれていないのは首から上だけだ。アイダホは語をついだ。

「お連れするのは、サルーサ・セクンドゥス——ファラッディーンのところです」

ジェシカにはめずらしく、抑えがたい衝動に突き動かされ、拘束繭を押し破ろうとした。だが、かえって強く締めつけられる結果となり、力を抜くとようやく締めつけはゆるんだ。力を抜くまぎわに感じたのは、拘束糸の保護被膜の芯にあるものが圧倒的な抗張力を持つ金属繊維、シガワイヤーだということだった。

「シガワイヤーの解除機構は配線をはずしてあります」

ジェシカのほうを見ないようにして、アイダホがいった。

「ええ、そうです。それから、〈操《からく》り声〉は使っても意味がありません。あの声で操れた当時のわたしからは、もう大きく変わっていますので」

ここでやっと、アイダホはジェシカに目を向けた。

「トレイラクス会《トレイラクスー》は、あの手の力に対する防衛機構をわたしに組みこんだのです」

「やはりアリアの手駒だったのね」ジェシカはいった。「すると、アリアは——」

「アリアではありません。われわれが命にしたがう相手は〈伝道者〉です。〈伝道者〉はあなたにファラッディーンを教育してもらいたがっているのですよ……ポールを教育したときのように」

ジェシカは凍りついたように沈黙し、レトのことばを思いだしていた。

〝あなたはもうじき、きわめて興味深い教え子と出会うことになります〟

ややあって、ジェシカはたずねた。

「その〈伝道者〉とは――わたしの息子？」

アイダホの声は、はるか遠くから聞こえてくるようだった。

「それがわかればいいのですがね」

宇宙はすぐそこにある。一個のフェダイキンが宇宙を眺め、それでなお自己の感覚のあるじでありつづけるには、そのような見方をするほかない。宇宙は脅かすことも約束することもしない。宇宙はわれわれの手の届かぬ彼方で万事を掌握する。隕石の落下、前香料塊の爆発的成長、老いること、死ぬこと、すべてをだ。これらはこの宇宙における現実であり、いかなる感情をいだこうとも、人はこれらを正面から見すえねばならぬ。こうした現実をことばで撥《は》ねのけることはできない。これらはことばなく人を訪《おとな》う。そのとき人は、そのとき人は、〝生と死〟がなにを意味するか悟ることになる。そのことさえ理解していれば、フェダイキンは幸福に満たされよう。

――フェダイキンに対するムアッディブのことば

「わたくしたちが仕掛けたことの内容は、以上です」ウェンシシアはいった。「そしてね、これはすべて、あなたを思ってしたことなのよ」

　ファラッディーンは母親の居間で、母親と向きあう椅子にすわり、微動だにせずにいた。公子《プリンス》のうしろからは金色《こんじき》の朝陽が射しこみ、白いカーペットを敷いた床に影を投げかけている。向かいの壁に反射する照り返しは、母親の頭髪のまわりに後光を浮かびあがらせていた。母ウェンシシアがまとっているのは、いつものように、金糸の縁どりがある純白のローブだ。帝室時代がいまも忘れられないのである。ハート形の顔は冷静そうに見えるが、ファラッディーンは知っていた——母親が自分の反応をつぶさに見まもっていることを。いましがた、朝食をしたためてきたところだが、奇妙に腹が空虚に感じられた。

「気にいらないようね？」ウェンシシアがたずねた。

「なにが気にいらないと思うんです」

「そうね……いままであなたに黙っていたこと？」

「ああ、それですか」

　ファラッディーンは母親をじっと見つめながら、この一件における自分の複雑な立場を考えようとした。頭に浮かんできたのは、このところ、ティエカニックは母上のことを、〝わがプリンセス〟とは呼ばなくなったな、ということだった。では、なんと呼んでいただろう? 〝次期ご当主の母君さま《クィーン・マザー》〟だったか? (なぜ喪失感をおぼえるのだろう?) ファラッディーンは自問した。(おれはなにを喪失しようとしている?)

答えは明白だった。失われようとしているのは、勝手気ままな暮らし、自分を魅了してやまない芸術性の追求だ。母のめぐらした陰謀が実行に移されたなら、そのようなものは永遠に失われてしまう。そして、新たな責任がなにかとのしかかってくる。それを思うと、腹だたしくてしかたがない。どうして母上たちは、おれの時間を勝手に奪おうとするのか。おれにひとことの相談もなく!

「いいたいことがあるのなら、吐きだしておしまいなさい」母親がうながした。「なにがどう気にいらないのかしら」

ファラッディーンは真っ先に心に浮かんだ疑問を口にした。

「この計画が失敗したらどうする気です」

「どこに失敗する要素があって?」

「それはわかりませんが……どのような計画も失敗の芽は孕んでいるものです。この件でアイダホをどう使うつもりです?」

「アイダホ? どうしてアイダホのことを……ああ、なるほど——あの得体の知れない男、ティエクがわたしにひとことも相談せずにここへ連れてきた男。ティエクの悪いくせだわ。あの謎めいた男がアイダホのことを話したのでしょう？」

母上はこれでとぼけているつもりらしい。気がつくと、ファラッディーンは愕然として母親を凝視していた。自分はずっと〈伝道者〉の来訪と言動を知っていたくせに！

「いや、偶人《ゴウラ》というものの実物を見たことがないものですからね」

ウェンシシアはこのごまかしを受け入れ、答えた。

「アイダホについては、ある重要な役割のために囲ってあるのよ」

ファラッディーンは無言で上唇を噛んだ。

ウェンシシアはそのしぐさから、ファラッディーンの父親を連想した。亡夫ダラクも、よくこのしぐさをしていたものだ。ひどく内向的で複雑で、考えの読めない人物だった。そういえば、とウェンシシアは思いだした。ダラクはハジミア・フェンリング伯爵の縁者だったわね。ふたりとも男ぶりがよくて、どこか狂信的なところがあった。この子もあのふたりと同じようになるのかしら？　アラキスの宗教に勧誘するようティエクに強要したことは失敗だったかもしれない。この子があれにはまれば、どうなるかわかったものではない。

「ティエクはいま、あなたをなんと呼んでいます？」ファラッディーンはたずねた。

「なんなの、いきなり」急に話題を変えられて、ウェンシシアは面食らった。

「気がついているんですよ。ティエクはもう母上のことを〝わがプリンセス〟とは呼んでいませんね」

（よく見ているわね）なぜこの問いがこんなにも心を乱すのか、ウェンシシアは心の中で首をかしげた。（この子、わたくしがティエクを愛人にしたとでも思っているのかしら。そんなはず、ないわね。愛人であろうとなかろうと、どうでもいいことだもの。とすれば、なぜこんな問いを？）

「〝マイ・レディ〟と呼んでいるわ」ウェンシシアは答えた。

「なぜです？」

「なぜって、それが全大領家《だいりょうけ》の習慣だからですよ」

（そのなかにはアトレイデス家も含まれているな）とファラッディーンは思った。

「この呼びかけは無難なの、第三者に聞かれたときに。プリンセスという呼びかけでは、わたくしたちが法的な立場をわきまえていないと勘ぐる向きもあるでしょうから」

「だれがそんな馬鹿な目で見るというんです」

ウェンシシアは唇をすぼめ、これは受け流そうと決めた。ささいな問題だが、大問題はささいな問題の積み重ねで起こるものだ。

ファラッディーンはつづけた。

「レディ・ジェシカはカラダンを離れるべきではありませんでした」

ウェンシシアは鋭くかぶりをふった。これはいったい、どういうこと？　この子の精神、血迷ったようにあちこちへ飛躍している！

「どういう意味かしら」

「レディ・ジェシカはアラキスに戻るべきではなかったんです。あれはじつに悪手でした。だれもが首をかしげてしまう。むしろ孫をカラダンに招くべきでしたね」

（たしかに、そのとおりだわ）とウェンシシアは思った。

そこに思いいたらなかった自分に腹が立つ。大至急、ティエクにそのへんの事情を調べさせなくては。だが、そこでふたたび、かぶりをふって、

（まどわされてはだめ！）

ファラッディーンはなにを意図してこんな問いかけを？　司祭会が危険を冒してまで、双子をふたり同時に宇宙空間へ送りだすはずがない。それはこの子も知っているはずだ。

ウェンシシアはその旨を告げた。

それに対して、ファラッディーンは問いを重ねた。

「送りださないのは司祭会でしょうか、それともレディ・アリアでしょうか」

これは母親の思考が狙いどおりの方向へ進んでいることを踏まえての問いかけだった。新たな重責にも痛快な面はある。心理戦は政治的な駆け引きでも役にたちそうだ。母親の精神構造に関心を持つようになってからずいぶんたついま、母親を操るのはごくたやすい。

ウェンシシアがたずねた。

「アリアが権力を自分だけのものにしたがっていると思うのね？」

ファラッディーンは母親から目をそらした。当然だ。アリアが権力を自分だけのものにしたがっているか？　決まっているじゃないか！　あのいまいましい惑星からの報告は、すべてがそれを裏づけている。ファラッディーンの思考は新たな飛行経路へ離陸した。

「このところ、アラキスの惑星学者が書いた文献を読んでいたんですよ――うまくすれば、現地の砂蟲《サンドワーム》と半数体《すなマス》に関する手がかりがつかめるかもしれないと思い……」

「それはほかの者にまかせておきなさい！」ウェンシシアは思わずきつい口調になった。息子の奇妙な受け答えにがまんがならなくなってきたのだ。「あなたのためにしたことに対して、そんなことしかいえないの？」

「わたしのためにしたわけではないでしょう」

「なん……ですって？」

「母上がしたことはコリノ家のため。そしていまは、母上がコリノ家そのもの。わたしのためになされたことはなにひとつありません」

「あなたには責任があるのよ！　あなたを恃《たの》みにするおおぜいの人をなんと心得るの！」

母親のことばに物理的重さでもあるかのように、コリノ家に仕える者たちの期待と夢が肩にずしりとのしかかるのをおぼえた。

「たしかにそうです。みなの気持ちは理解していますとも。しかし、わたしの名においてなされたことのなかには、好ましからざることがあります」

「好ましからざる……よくまあそんな口がきけたものね？　わたくしたちは家勢の浮沈をかけて、どの大領家もしていることをしているにすぎないのですよ！」

「そうでしょうか。それにしては少々やりくちが汚い気もするが。しかし、そんなことはどうでもよろしい！　話の腰を折らないでいただきたい。わたしが帝位に就《つ》くのであれば、母上もわたしのことばに耳を傾けるすべを学ぶことです。わたしが行間を読めないとでも思っているんですか？　あのトラはどうやって訓練したんです！」

息子が痛烈な形で見せた洞察力に、ウェンシシアはしばしことばを失った。

「やはりそうですか」ファラッディーンはつづけた。「ティエクをわたしのそばに置いているのは、母上があの男をこの件に引きずりこんだとわかっているからです。たいていの状況下では、あれは優秀な将校ですが、得意な分野にこだわり、自分に有利な戦場でのみ戦いたがるのが困る」

「得意な……分野？」

「優秀な将校にあって凡庸な将校に欠けるもの。それは個性の強さと即断力です。挑戦を受ければ、ティエクはかならず自分の規範にこだわります。そして、暗殺に動く」

「あのトラは必要悪だったのよ」

「首尾よく目的を果たせるなら、そこは信じもしましょう。しかし、トラの訓練において母上がしたことは、断じて許容できるものではありません。抗弁はご無用に。すでに判明していることなので。二頭のトラは条件づけされている。ご自分でそうおっしゃったではありませんか。その条件づけはどうやって行ないました？」

「……なにをするつもり？」

「このままようすを見ます」ファラッディーンは答えた。「たぶん、わたしは皇帝になるでしょう」

ウェンシシアは片手を胸にあて、安堵の吐息をついた。一瞬だったが、身の縮む思いをさせられた。もうすこしで自分を告発する気かと思ったほどだ。得意な分野ですって！

しかし、どうやら息子は腹をくくったようだ。それはわかる。

ファラッディーンは立ちあがり、戸口まで歩いていくと、ハンドベルを鳴らして母親の

侍女たちを呼んだ。それから、母親にふりかえって、

「以上で意図は伝わりましたね？」

「ええ」ウェンシシアは片手をあげて、立ち去ろうとする息子を引きとめた。「これからどこへ？」

「図書室へ。最近、コリノ家の歴史にはまっているんです」

それを最後に、ファラッディーンは居間をあとにした。新たに負った責任の重さを噛みしめながら。

（母上にも困ったものだ！）

これでもう、退路は断たれた。しかし、細線記憶媒体《シガワイヤー》に記録された領家の正史と趣味で読む歴史のあいだには、情緒的に深い隔たりがある。正史と人の息吹を感じさせる歴史のあいだには、大きな差異があるのだ。さらに、目新しい生きた歴史、いま自分のまわりに集約されつつあるとおぼしき歴史には、不可逆の未来へと向かって突き進んでいく感覚がつきまとう。ファラッディーンがいまいだいているのは、自分と運命をともにする者たち全員の希望により、自分が強制的に突き動かされているという感覚だ。そこに自分自身の希望を織りこめないのも、奇妙な話ではあった。

一説によれば、かつてふたつの岩の隙間で伸びようとしている草を見たムアッディブは、いっぽうの岩を取り除いた。のちにその草が生い茂っているのを見たムアッディブは、残っていた岩で草を押しつぶし、こう説明したという。「これがこの草の運命だったのだ」

——『註解』

「きた!」ガニーマが叫んだ。

ガニーマに二歩先行し、岩場の斜面に口をあけるせまい裂け目にたどりついたレトは、一瞬も逡巡することなく裂け目に飛びこみ、下につづく傾斜路を奥に向かって這いおりた。全身が闇に包まれたとき、すぐ背後でガニーマが倒れる音がした。唐突にたれこめた静寂。つづいて聞こえたガニーマの声には、あわてたようすも恐怖しているようすもなかった。

「引っかかった」

レトは身を起こし、向きを変えた。この位置だと、裂け目に鉤爪を突っこまれれば頭に届く。が、それを承知で、せまい傾斜路を這いもどり、突っこまれているガニーマの手を握れる位置まで戻った。

「ロープが」ガニーマがいった。「岩にはさまって」

すぐ外の斜面をいくつもの岩が落ちていく音がする。それを聞きながらガニーマの手を引っぱった。が、わずかしか裂け目の中に引きずりこめない。

おりしも、斜面の下のほうから荒い息が聞こえてきた。そして、唸り声も。

レトは裂け目の岩肌に尻を押しつけ、それを梃子の支点に、全身の力をこめて思いきりガニーマの腕を引っぱった。布の裂ける音とともに、ガニーマが大きく裂け目に引きずりこまれた。苦しげな息づかいからすると、どこかを痛めたようだ。それでもレトは、もういちど、もっと力をこめて引っぱった。ガニーマがさらに大きく裂け目に引きずりこまれ、完全に中へ入り、レトの横に倒れこんできた。が、ここではまだ裂け目の入口に近すぎる。レトは向きを変え、四つん這いになり、裂け目の最奥部を目ざして傾斜路を這いおりた。ガニーマもすぐうしろから這ってくる。動くたびにつらそうな息をしていることからして、どこかを怪我したのはまちがいない。最奥部にたどりつくと、レトはうしろに向きなおり、聖域の細い入口を見あげた。入口はここから二メートルほど上にあり、星空が見えている。その星空が、唐突に、なにか大きなものに覆い隠された。

つぎの瞬間、血も凍る低い唸り声が双子の周囲の空気を震撼させた。深く響く、聞いただけで総毛立つ音——古来、獲物を前にした猛獣が発する音だ。

「怪我はどの程度？」声を平静にたもちつつ、レトはたずねた。

ガニーマはレトを見やり、これも平静な声で答えた。

「一頭の鉤爪にやられたの。保水《スティル》スーツごと左脚の肉を裂かれた。血が出てる」

「出血の度合いは？」

「静脈出血。止められるわ」

「止血帯を使ってくれ。じっとしているように。お客さんの応対はぼくがする」

「気をつけて。想定より大きいわよ」

レトは結晶質《クリス》ナイフの鞘を払い、片手に構えて傾斜路を這い登った。トラはこの時点で、巨体の入らない裂け目に前肢《ぜんし》をつっこみ、鉤爪で中を探っているだろう。

そろりそろりとナイフを突きだす。だしぬけに、なにかがナイフの切っ先にぶつかった。強烈な衝撃が腕全体を走りぬけ、あやうくナイフを取り落としそうになった。ほぼ同時に、柄《つか》を握る手が鮮血で赤く染まり、返り血が顔にかかった。耳をつんざく咆哮がほとばしる。

ふたたび星空が見えるようになった。悲鳴とも怒声ともつかない壮絶な音を発しながら、なにかが下の砂漠をめがけ、外の斜面を勢いよく駆けおりていく。

と思ったとたん、またもや星空が覆い隠され、猛獣の唸り声が聞こえた。第二のトラが入口に覆いかぶさったのだ。相棒がたどった運命は気にもしていないらしい。

「しつこいやつだな」レトはつぶやいた。

「でも、一頭は仕留めたでしょ」ガニーマがいった。「ほら、聞いて！」

下から聞こえる苦悶の声とのたうつ音がしだいに弱々しくなっていく。だが、二番めのトラは依然として入口にいすわり、星空をさえぎる掛け布となっている。

レトはナイフを鞘にしまい、ガニーマの腕に手をかけた。

「きみのナイフを貸してくれ。そっちの毒は未使用だから、確実に仕留められる」

「予備に三頭めを用意しているかしら？」

「それはないよ。人狩り虎《レイザ・タイガー》はペアで狩りをするものだろう」

「わたしたちとおんなじね」

「ぼくたちとおんなじだ」

レトは答え、暗闇の中、結晶《クリス》質ナイフの柄が手にすべりこんでくるのを感じた。それを握りしめ、再度、用心深く傾斜路を這いあがっていく。だが、そっと刃先を突きだしても空《くう》を切るばかり。危険を冒し、鉤爪で抉《えぐ》られかねないところまであがっても、切っ先には触れるものがない。レトはあとずさり、対策を考えた。

「見つからなかった？」

「さっきのやつと反応がちがう」

「でも、まだ外にいるわ。においがするでしょ？」

レトはつばを呑みこもうとしたが、口の中がからからに乾いていた。たしかに、肉食獣特有の悪臭に満ちた吐息と、この種独特の麝香《じゃこう》じみた臭気がねっとりとただよっている。星空はまだ閉ざされたままだ。一頭めはもはやなんの音も立てていない。結晶質《クリス》ナイフの毒が役目を果たしたのだろう。

レトはいった。

「どうやら、立ちあがらなきゃいけないようだ」

「だめよ！」

「切っ先がとどく範囲までおびきよせないと」

「それはそうだけど、どちらか負傷せずにすんだほうが……」

「きみはもう負傷してる。だから帰るのはきみのほうだ」

「でも、あなたが重傷を負ったらどうするの。ひとり残しては帰れないわ」

「ほかにいい方法があるかい？」

「ナイフを返して」

「脚を怪我してるのにか！」

「怪我してないほうの脚で立てるわよ」

「あの巨体だ、ひと薙ぎで頭をもがれてしまう。毒針銃《マウラー》なら……」

「トラを操っている者が近くにいたらどうするの？　発射音を聞かれたら、わたしたちがしっかり準備してきたことに気づかれて――」

「きみにそんなリスクを負わせたくない！」

「外に何者がいるにせよ、こちらがマウラー銃を持っていると知られてはだめなのよ――まだ早いわ」ガニーマはレトの腕に手をかけた。「充分気をつける。頭も低くするし」

　レトが黙っているので、ガニーマはつづけた。

「わかっているでしょう？　これをしなきゃいけないのがわたしだということは。さあ、ナイフを返して」

　不承不承、ナイフを持っていないほうの手で暗闇の中を探り、ガニーマの手を見つけてナイフを返した。ガニーマに託すほうが理にかなってはいる。だが、この理屈はすべての感情と相反するものだ。

ガニーマが離れていくのが感じられた。ローブが岩肌にこすれる音も聞こえる。そこで小さくうめき声があがった。ガニーマが立ちあがったのだ。

（うんと注意してくれよ！）

もうすこしでガニーマを引きもどし、やっぱりマウラー銃を使うべきだといいかけた。だが、銃声は確実に、外にいる何者かに聞きつけられ、こちらに武器の用意があることを悟られてしまう。もっと悪いことに、銃声でトラが手の届かないところへいってしまえば、ここから出られなくなる。マウラー銃で負傷したトラが岩のあいだのどこに待ちかまえているかわからないのだから。

　ガニーマは大きく深呼吸をすると、裂け目の中でいっぽうの岩肌に背中を押しつけた。

（手早くやらなきゃ）

　ナイフの切っ先を上に伸ばし、ゆっくり立ちあがる。左脚の鉤爪で引っかかれた部分が疼いていた。血糊が皮膚にこびりついている感触があり、さらにじくじくと生あたたかい血が流れつづけている。

（一瞬で、手早く！）

　ベネ・ゲセリットの〈観法〉に則《のっと》って、危険に備え、心を冷静にたもち、痛みその他の気を散らす要素を意識から締めだした。もういまにもトラが前肢で襲ってくるはずだ！

開口部からゆっくりと切っ先を突きだし、端から端にかけ、そうっと空《くう》をなぞった。あの忌まわしいトラはどこ？ もういちど空をなぞる。やはり反応がない。早いところトラをおびきよせ、襲いかからせなくてはならないのに。

嗅覚を働かせ、用心深くにおいをたどった。左のほうから熱い吐息がただよってくる。ガニーマは腹に力をこめ、大きく息を吸うと、声を張りあげた。

「タクワー！」

これはフレメンに伝わる古くからの喊声《かんせい》だ。最古の伝説に見つかるその意味は、

〝自由の価値〟

喊声とともに、ガニーマはナイフの切っ先を傾け、裂け目の暗い開口部に突きだした。ナイフがトラの肉を刺すよりも早く、相手の鉤爪がガニーマのひじをとらえた。鉤爪の先端が接触すると同時に、すばやくそちらへ手首をひねる。つぎの瞬間、ひじから手首にかけてざっくり切り裂かれ、激痛が走った。その激痛のなか、毒を塗った切っ先がトラの肉に刺さる感触が伝わってきた。感覚を失った手からナイフを撥ねとばされはしたものの、裂け目の入口にまた星空が見えるようになるとともに、死にゆくトラの悲痛な声が夜気を満たした。それにつづく、断末魔の声、外の斜面をなにかが悶えながら転げ落ちていく音。ほどなくトラは息絶え、あたりは静寂に包まれた。

「腕を抉《えぐ》られた」裂けたローブの布を腕に巻きつけながら、ガニーマはいった。

「重傷か？」

「と思う。手の感覚がない」

「いま明かりをつける、傷口を——」

「遮光の被いをかぶせるのが先！」

「すぐにやる」

ガニーマの耳に、レトが身をひねって保命《フレム》キットを取りだす音が聞こえた。すぐさま、すべりのいい素材でできた黒い遮光幕を頭からかぶせられ、背中側で閉じられた。水分の漏出を防止するほどきちんと閉じる手間はかけない。

「わたしのナイフ、ここに落ちてる」ガニーマはいった。「ひざのそばに柄がある」

「いまはいい」

レトが小型の発光球を灯した。突然の光がまぶしくて、ガニーマは目をしばたたいた。レトは発光球を裂け目の底に積もった砂の上に置き、ガニーマの傷口を見て息を呑んだ。鉤爪の一本により、ひじから手の平の付け根にかけて外周を螺旋状に切り裂かれた傷が、ぱっくりと口を開いていたのである。ガニーマがトラの前肢にナイフの尖端を向けるさい、どのように腕をひねったかがよくわかる傷だった。

その傷を見るなり、ガニーマは目をつむり、〈恐怖を退ける連禱《れんとう》〉を唱えはじめた。レトも同じく連禱を唱えたいところだったが、そんな気持ちを押し殺し、傷口に繃帯《ほうたい》を巻きにかかった。出血をとめるだけではない。ガニーマが片手だけを使い、自力で手当てしたように見せかけるため、あえて不器用に繃帯を巻く必要がある。仕上げとして繃帯の一端をガニーマにくわえさせ、ぶじなほうの手で反対端と結ばせた。

「つぎは脚の傷だ」レトはうながした。

ガニーマは向きを変え、左脚の傷を見せた。脚は腕ほどひどくはなく、鉤爪による浅い引っかき傷がふたすじ、ふくらはぎを走っているだけだった。とはいえ大量に出血して、保水スーツの中は血まみれになっている。レトはできるだけ血をぬぐうと、保水スーツの下の傷に繃帯を巻いた。それから、スーツ自体の裂け目を補修パッチで塞いだ。

「傷口に砂が入ってしまった」レトはいった。「帰りついたら、できるだけ早く手当てをしてもらってくれ」

「傷口に砂はつきものでしょ。フレメンのむかしばなし」

レトは笑みを絞りだし、腰をおろした。

ガニーマは深々と吐息をついた。

「なんとか凌《しの》いだわね」

「まだだよ」

ガニーマはごくりとつばを呑み、怪我を見たショックの余波から回復しようと試みた。発光球の光に浮かぶ自分の顔は蒼ざめて見えることだろう。

ガニーマは思った。

（そうね、迅速に行動しなくてはね。あの二頭を操っていたのが何者であれ、そう遠くはないところにいるはずだから）

そんな妹をじっと見つめるうちに、レトは突然のすさまじい喪失感にさいなまれ、胸が張り裂けそうなほどの痛みを心におぼえた。とうとうガニーマと別れなくてはならない。生まれてこのかた、ふたりはずっと、一心同体で過ごしてきた。しかし、ふたりで立てた計画にしたがうなら、そんな生き方はここで変えなければならない。これまでは、別々の経験をしても同日中に共有することで、また一心に戻ることができた。だが、これからはそれぞれが別々の道を歩いてゆかねばならなくなる。

レトは必要最低限のやりとりに逃げ道を求めた。

「ぼくの保命《フレム》キットと交換しよう。繃帯はこっちのを使ったから。だれかに中を見られたときの用心だ」

「そうね」ガニーマは保命《フレム》キットを交換した。

「外にいる何者かはトランスミッターであの二頭を操作していた」レトはいった。「その何者かは、十中八九、灌漑用水路《カナート》の付近で待機しているはずだ。首尾を確認するために」

ガニーマは保命《フレム》キットの上に載せてあるマウラー銃に手を伸ばし、持ちあげ、ローブの下の腰帯に差した。

「わたしのローブ、裂けてる」

「うん」

レトはうなずき、語をついだ。

「もうじき捜索隊がここへくる。そのなかに叛逆者もいるかもしれない。きみはひとりでこっそり帰ったほうがいい。ハラーにかくまってもらうんだ」

「わたし……わたし、帰ったらすぐ、その叛逆者を探すね」

ガニーマはそういって、兄の顔を覗きこみ、この時点から相互の差異が蓄積されていくことへの、胸のつぶれそうな悲嘆を分かちあった。もう二度と、ふたりが一心同体になることはない。余人には絶対にわからない形で知識を共有することは、もはやなくなる。

「ぼくはジャクルートゥーへいく」レトはいった。

「ええ、フォンダクへ」

レトはうなずいた。ジャクルートゥー／フォンダク。この両者は同じ場所であるはずだ。

伝説の地を隠すには、別の名前をつけてしまうしか方法がないだろう。別名をつけたのは、もちろん密輸業者だ。名前のラベルを張り替えるなど、密輸業者にとってはお手のもの。自分たちの存在を許容させている秘密協定のもと、簡単に張り替えてしまえる。一惑星を統治する一族は、万一のさいに脱出できるよう、かならず星外脱出ルートを用意している。その脱出ルートをいつもオープンにしておくには、常日ごろから密輸業者に多少の便宜を図っておくにしくはない。当の密輸業者たちはフォンダク／ジャクルートゥーの群居洞《シエチ》を乗っとり、惑星の住民に微塵も干渉されることなく、勝手気ままに活動できる場所を手に入れた。そして、フレメンが忌避するタブーのもと、何人もけっして近づかない場所に、公然とジャクルートゥーを隠してのけたのだ。

「そんな場所へぼくを探しにくるフレメンはいないからね」とレトはいった。「もちろん、密輸業者たちを訪ねてまわりはするだろう。でも……」

「合意したとおりにするわ」ガニーマはいった。「ただ、やっぱり……」

「わかってる」自分自身の声から、レトはふたりとも、一心でいられる最後のひとときを引き延ばしていることに気がついた。その口元が苦い笑みを刻んだ。何歳も年上に見せるその笑みを見て、ガニーマは自分が〈時〉のヴェールを通して兄を見ているのだ、年齢を重ねた兄を見ているのだと知った。涙で目頭が熱くなった。

「亡骸に水を手向《たむ》けるのはまだ早いぞ」

レトは妹の頬を濡らす液体を指先でぬぐった。

「まず、だれにも声の聞こえない遠くまでいって、そこで蟲《ワーム》を呼ぶ」

いいながら、自分の保命《フレム》キットの外側に結わえつけられた、磨耗した〈産砂《うぶすな》〉フックを指し示した。

「二日後の夜明け前には、ジャクルートゥーにたどりつけるだろう」

「強行軍ね、わが旧友」ささやくように、ガニーマが答える。

「かならずきみのもとに帰ってくる、わが唯一の友よ。忘れないで、群居洞《シエチ》に戻るときは、灌漑用水路《カナート》付近で十二分に気をつけるように」

「良き蟲《ワーム》に恵まれんことを」ガニーマはフレメンの別れのことばを口にした。

それから、左手で発光球を消し、衣ずれの音を立てて遮光幕をはがすと、折りたたんで自分のキットにしまった。訪れた闇の中、レトが去っていくのがわかった。裂け目の外に出て、用心深く、斜面を砂漠へ降りていく音が聞こえる。ごくかすかなその音は、じきに聞こえなくなり、しーんとした静寂が訪れた。

ガニーマは意志の力をふりしぼり、しなくてはならないことに着手した。自分にとって、レトはもう故人でなくてはならない。それを自分に信じこませねばならない。自分の心にジャクルートゥーの存在などあってはならないし、フレメン神話で失われた彼《か》の地を探す兄がいてはならない。いまこのときより、レトが生きていると考えてはだめだ。そして、兄が死んだことを——人狩り虎《レイザ・タイガー》に殺されたことを——心の底から信じこむように、自分に対して条件づけをしなければならない。読真師《どくしんし》をだませる人間はけっして多くはないが、自分にならそれができることはわかっていた。いや、できるできないではない、やらねばならないのだ。その方法は、自分とレトが共有する無数の先人から教わったものだった。古くはシバの女王の時代にも存在した自己催眠法である。もっとも、シバの女王の実像を記憶として持つ人間など、双子のほかにはいないだろうが。

　このときのために、強迫的な刷りこみはしっかり作りこんでおいた。レトが去ってからそうとう長いあいだ、ガニーマは自己認識を徹底的に洗いなおし、自分が双子の兄と死に別れた孤独な妹であるという自覚を構築していって、信じこめるだけの無謬《むびゅう》さを獲得した。そうしているうちは、先人たちも意識に浸透してこようとせず、内なる世界がひっそりと静かなことに気がついた。これははじめて経験する副次的効果だった。

（レトがあのとき死ななかったなら、このことを分かちあえたのに）

　この時点で、ガニーマはもう、この思考に事実と差異があるとは思わなくなっている。立ちあがり、トラがレトを引きずっていった先を見おろした。彼方から音がしだしたのはそのときだった。しだいに大きくなっていくこの轟きは、フレメンには馴じみ深い音——蟲《ワーム》の移動音だ。近ごろでは、蟲《ワーム》はめったにこの地域までやってはこないが、それでもくることはある。おそらく、一頭めのトラが殺されたときの断末魔に引かれてきたのだろう。そう、レトは一頭めを殺した——二頭めに殺されるその前に。トラを殺した音で蟲《ワーム》が引きよせられるというのも、やけに象徴的な話だった。自己に植えつけた深層催眠ははなはだ強力なものだったので、砂上には黒い点が三つ見えていた。ひとつはレトが殺したトラの、ひとつは自分が殺したトラの、もうひとつはレトの死体だった。

やがて蟲《ワーム》の姿が見えた。砂表を割って、巨大な砂の波濤をかきわけながら、シャイー＝フルードがそう遠くない場所を通過していく。とくに巨大な個体ではない……が、充分に大きい。体節環を連ねたその巨体には、背中にひとつの小さな人影が乗っていた。しかし深層催眠は、ガニーマの目に人影を認識することを許さなかった。

悲しみと戦いながら、ガニーマは保命《フレム》キットを閉じ、用心深く裂け目から外に這い出た。片手にマウラー銃を持ち、一帯のようすを目で探る。トランスミッターを所持した人間がいる形跡はない。そこからは傾斜した岩壁を登り、尾根の向こう側に出ると、月の落とす影を選んで進み、ときどき立ちどまっては、行く手に暗殺者が潜んでいないことを入念にたしかめた。

開けた砂漠ごしにタブールを見やれば、たくさんの松明《たいまつ》の火が揺れている。捜索活動が行なわれているのだ。黒々とした集団は、砂漠をよぎって〈随伴巌〉へと近づいてくる。ガニーマは接近してくる集団のずっと北に通じるルートを選び、岩場から砂上に降りると、砂丘の影に入った。蟲《ワーム》の注意を引かないよう、不規則なリズムの歩法をとって、まだ遠いタブールめざし、レトが殺された場所に背を向け、砂漠を単身で歩きだす。灌漑用水路《カナート》のあたりで十二分に警戒せねばならないことは肝に銘じてあった。兄がトラから自分を救うため、いかにして命を落としたか——それをみなに語るまでは、だれにもじゃまさせてはならない。

政府というものは、そうするだけの余力があるとき、例外なく貴族的な形態への傾倒を深めていく。歴史上のいかなる政府も、この傾向を逃れた例《ためし》はない。そして貴族性が強まるほど、政府はますます支配階級の利益を専一に考えてふるまうようになる。たとえその支配階級が世襲制の王族であろうと、経済帝国の寡頭制執政者らであろうと、既得権に凝り固まった官僚機構であろうとだ。

――『反復する現象としての政治学』
ベネ・ゲセリットの修行教本

「やつはなぜこんな申し出をしてきたんだ?」ファラッディーンは問いかけた。「これは重要きわまりない問題だぞ」

ファラッディーンとティエカニック上級大佐《バシャール》は、プリンスの私用区画にあるラウンジに立っていた。青系色の低い長椅子には、一端に母ウェンシシアがすわっている。ふたりの議論に加わるというよりも傍聴するのに近い立場で、そのことに憤りをおぼえてはいたが、暗殺計画を打ち明けた朝以来、ファラッディーンの変貌ぶりには慄然とするものがあった。

　午後も遅い時刻のため、コリノ城内にあるラウンジの心地よく静謐《せいひつ》な空間には、陽光がななめに射しこんでいる。壁面の棚には、薄葉樹脂《プラスティーノ》で再製した本物の書物がずらりと並ぶ。ほかにも大量の再生スプール、データ・ブロック、シガワイヤー・リール、記憶増幅器がぎっしりと詰めこんであった。部屋のいたるところには、使いこんだようすが見られる。書物はあちこち擦りきれ、増幅器の金属部分は磨耗して光っており、データ・ブロックの角も丸くなっている。長椅子は室内に一脚しかないが、ひとり掛けの椅子は何脚も置いてあり、そのすべてが、さりげなく快適さを追求するよう設計された体形自動フィット型の浮揚椅子だった。

　ファラッディーンは窓の一面に背を向けて立っていた。着用しているのはサーダカーの制服で、グレイと黒の略装にあしらわれた装飾は、左右の襟を飾る黄金の獅子《しし》爪紋《づめもん》のみ。上級大佐《バシャール》と母親をこの部屋に呼ぶことに決めたのは、格式ばった部屋よりもここのほうが気楽に話しあう雰囲気を作りやすいと思ったからだが、ティエカニックがことあるごとに

〝わが君《マイ・ロード》〟や〝お母君《マイ・レディ》〟をつけるので、堅苦しさが残ることは避けられなかった。

そのティエカニックがいった。

「マイ・ロード、実行不可能なことならば、あの者が申し出てくるとは思えません」

「あたりまえよ！」ウェンシシアが口をはさんだ。

ファラッディーンはじろりと一瞥して母親を黙らせ、上級大佐《バシャール》にたずねた。

「アイダホに圧力を加えた事実はないのだな？〈伝道者〉の約束に基づいてこの惑星に連れてくるよう働きかけた事実はないのだな？」

「ありません」

「それではなぜ、あのダンカン・アイダホが――アトレイデス家に対する狂信的なまでの忠誠心で有名なあの男が――レディ・ジェシカをわれわれのもとへ連れてくると申し出てきたのだ？」

「うわさでは、アラキスで悶着があったとか……」ウェンシシアがまた口をはさんだ。

「それは未確認です」ファラッディーンは母親の差し出口を退け、上級大佐《バシャール》にたずねた。

「〈伝道者〉が働きかけた可能性は？」

「あります。しかし、その場合、動機が見当たりません」

「アイダホはレディ・ジェシカを預けられる施設を求めている。とすれば、あのうわさが事実である可能性も……」

「そのとおりよ」母親がいった。

「あるいは、なんらかの策略かもしれません」とティエカニック。

「いくつかの線が考えられる。順次検証していこう。まず、アイダホがレディ・アリアと不仲になった線はどうだ」

「それだと、いろいろ辻褄《つじつま》が合うわね」ウェンシシアがいった。「でもアイダホは——」

「密輸業者からは、まだなにも報告がないのか？」ファラッディーンは母親をさえぎった。

「なにをぐずぐず——」

「この時節、通信はいつも遅れがちになるのです」ティエカニックが答えた。「それに、秘密保持の観点からも……」

「それはそうだろうが、しかし……」ファラッディーンはかぶりをふった。「この想定はどうにも釈然としない」

「切り捨てるのは早計ではなくて？」ウェンシシアがいった。「それに、不倫のうわさも流れているのでしょう？　アリアとあの司祭、なんという名前だったかしら……」

「ジャヴィードです」ファラッディーンは答えた。「しかし、あの男は明らかに——」

「わたくしたちにとっては重要な情報源ね」

「わたしがいおうとしたのは、あの男は明らかに二重スパイだということです。そうでもなければ、このような事態を招いているはずがない。あの男は信用できません。疑わしい徴候が山ほど……」

「どこが疑わしいのか、わたくしにはさっぱりだわ」

母親の鈍さに、ファラッディーンは思わず声を荒《あら》らげた。

「そこは黙って受け入れなさい、母上！　徴候は山ほどある。あとで説明します」

「失礼ながら、マイ・レディ、それにはわたしも同感です」ティエカニックも同調した。

ウェンシシアは傷ついた顔になり、黙りこんだ。よくもこんなふうに爪はじきにできるものね？　まるでわたくしが頭の弱い夢見がちの女みたいに――

「母上、アイダホがかつて偶人《ゴウラ》であったことをお忘れなきよう。トレイラクス会《トレイラクスー》は……」

ファラッディーンはその先をいわず、横目でティエカニックを見た。

「その線、洗いなおさせます」

ティエカニックは心中、ファラッディーンの気働きに感嘆していた。目配りがきくし、探求心にも富み、着眼点が鋭い。じっさい、トレイラクス会のことだ、アイダホに生命を付与するにあたり、自分たちに都合のいい強力な釣り針を仕掛けている可能性がある。

「とはいえ、トレイラクス会の動機がわからない」ファラッディーンがいった。

「われわれの運命に対する投資ではないでしょうか」ティエカニックは答えた。「先々、便宜を図ってもらうためのささやかな布石では？」

「それはそうとう思いきった投資といわざるをえないな」

「危険でもあるしね」これはウェンシシアだ。

この点ばかりは、ファラッディーンも母親に同感だった。レディ・ジェシカの有能さは、帝国全体で知らぬ者がない。なんといっても、あのムアッディブに修行をつけた人物なのだから。

ファラッディーンはいった。

「レディ・ジェシカがわれわれの懐に匿《かくま》われていると世に知れては、たしかに危険だ」

「おっしゃるとおり、これは両刃の剣です」ティエカニックがいった。「ですが、なにも公にする必要はないのではありませんか」

「とりあえず、この申し出を受けるものとして話を進めよう。レディ・ジェシカの価値はどれほど高い？　われわれにとって、もっと重要なものと交換できそうか？」

「おおっぴらには無理ね」とウェンシシア。

「いわずもがなのことを！」

ファラッディーンは母親を一喝し、ティエカニックにうかがうような目を向けた。

「それはおいおい見ていくしかありますまい」

上級大佐《バシャール》の答えに、ファラッディーンはうなずいてみせた。

「そうだな。ともあれ、この申し出を受けるなら、レディ・ジェシカを使途未定の巨資と見てあつかうべきだろう。特定目的のために用途を限定された資金ではないということだ。ただ……潜在的な価値が大きいというだけで」

「きわめて危険な人質ではありますが」

「まさに、そこが考えどころだ」ファラッディーンはうなずいた。「レディ・ジェシカが身につけているベネ・ゲセリットの〈観法〉は、特殊な声色で人を操れると聞く」

「要注意なのは彼女の肢体もよ」ウェンシシアがいった。「むかし、イルーランがベネ・ゲセリットで学んだことの一部を打ち明けてくれたの、そのときは話だけで、実演してはくれなかったけれど。いろいろな状況証拠から、ベネ・ゲセリットは目的を達するために肉体を使う。これは確実と見ていいわ」

「母上はつまり、こうおっしゃっているのですか」ファラッディーンは母親にたずねた。

「レディ・ジェシカがわたしを誘惑するかもしれないと？」

ウェンシシアは肩をすくめただけだった。

「そのような行為に出るには、少々齢を取りすぎてはいませんか」

「ベネ・ゲセリットが相手では、確実にいえることなどありません」上級大佐《バシャール》がいった。

ファラッディーンは興奮で身内がぞくぞくするのをおぼえたが、ただしそこには恐怖も少々混じっていた。コリノ家を帝家に返り咲かせるためのこのゲームは、魅力的であると同時に、嫌悪感をいだかせるものでもある。こんなゲームからは手を引き、愛する興味の対象に没頭できれば――歴史の研究にふけったり、ここサルーサ・セクンドゥスの統治に必要な各種の務めを学んだりできれば、どんなにかいいだろう。サーダカー戦力の再整備だけでもかなりの大業なのである。もっとも、ことその点にかけては、ティエクも依然として優秀な道具になってくれている。ひとつの惑星を統治することには、結局のところ、とてつもない重責がつきまとう。帝国の統治ともなると、責任の重さはその比ではない。とはいえ、権力の道具として見れば、はるかに魅力的ではあった。そして、ムアッディブ／ポール・アトレイデスの関係資料を読めば読むほど、ファラッディーンは権力の行使に対し、ますます大きな魅力を感じるようになっていた。コリノ家の次期当主として、またシャッダム四世の跡継ぎとして、当家をふたたび〈金獅子の帝座〉に復帰させられれば、これは大いなる偉業といえる。帝位がほしい。帝位がほしい！　ファラッディーンはいま、それをはっきりと自覚した。心の中で連禱《れんとう》のようにその思いをくりかえすことで、当面のさまざまな疑念も乗り越えることができた。

　気がつくと、ティエカニックがしゃべっていた。

「……そしてもちろん、ベネ・ゲセリットの教えによれば、平和は侵略行為を誘発して、戦争の火種となります。ここに見られる逆説は――」

「なぜこんな話題になった？」

　思索に没頭していたファラッディーンは、現実に返って問いかけた。

「だからね」ウェンシシアがにこやかに答えた。息子の顔つきから、考えごとにふけっていることに気がついていたのだろう。「わたくしは、修女会の原動力となる哲学を知っているのかと、ティエクにたずねただけなのよ」

「哲学に相対するさいには、不遜な態度で臨まねばなりません」ファラッディーンはそういって、ティエカニックに顔を向けた。「アイダホの申し出についてだが、もっと調べる必要があると思う。なにかがわかったと思ったときこそ、もっと深掘りするべきときだ」

「そのように取りはからいます」

　ティエカニックは答え、腹の内ではこう思った。この用心深さは好ましい――ただし、迅速さと正確さを求められる軍事的判断にまでは、それを持ちこんでほしくないがな。

　表面上、不遜にも思える口調で、ファラッディーンは上級大佐《バシャール》に問いかけた。

「アラキスの歴史において、わたしがなによりも興味深いと思ったことはなにか、きみにわかるか？ 未開の時代、すでにフレメンは保水《スティル》スーツを着ていた。ひと目で識別できる、あの独特のフードが備わったスーツをだ。そして、保水スーツを着ていない者と見れば、問答無用で殺す習慣ができていた」

「保水スーツのどこにご興味をそそられたのです？」ティエカニックはたずねた。

「やはり……きみも気になっていたか？」

「だれだってそうよ、気にならないはずがないでしょう」ウェンシシアがいった。

ファラッディーンはいらだちの目でじろりと母親を見た。この女《ひと》はなぜ、こんなふうに、いちいち嘴《くちばし》をつっこんでくるのだろう。

上級大佐《バシャール》に注意を戻して、プリンスはつづけた。

「保水スーツはアラキスの性質を見ぬく鍵なんだ、ティエク。あれこそは〈デューン〉の象徴にほかならない。人は保水スーツの物理的特徴にばかり目がいく。あのスーツは肉体から発散する水分を保持し、再処理し、あのように乾いた惑星で生きることを可能にする。一族の成員一名につき一着の保水スーツを持つのがフレメンの習慣だ。その事実はきみも知っているだろう。食料調達員ともなると、予備のスーツを持っているという。しかし、スーツについては、むしろこちらの要素に着目してほしい。あなたもですよ、母上――」

ファラッディーンは母親の注意を引く手ぶりをした。「一見、保水スーツのようでいて、じつはそうではない服装は、帝国じゅうの上流社会で流行っている。征服者のまねをするというのは、人類の大きな特徴なんだ！」

「そのような情報に価値があると、ほんとうにお考えですか？」

ティエカニックの口調には当惑の響きがあった。

「ティエク、ティエク――そういった情報なくして統治することなどできるものか。いま、保水スーツこそはアラキスを知るための鍵だといっただろう。事実、そのとおりなのさ！　あれは伝統にこだわった産物だ。フレメンが犯す過ちは伝統に基づくものといえる」

ティエカニックはウェンシシアを眺めやった。そのウェンシシアは眉根を寄せ、危ぶむような目で息子を見つめている。上級大佐《バシャール》が思うに、ファラッディーンに特有のこうした論調は、魅力的であると同時に、不安の種でもあった。シャッダム老とはまったくちがう。先代は本質的にサーダカーであり、禁忌など無用、殺戮《さつりく》もいとわぬ軍人だった。ところが、そのシャッダム老は、あの忌むべきポールが率いるアトレイデス家の前に倒れた。そして、上級大佐《バシャール》が読んできた資料からうかがえるポール・アトレイデスの特徴には、まさにいま、ファラッディーンが見せている特徴に通じるものがある。必要に応じて苛烈な軍事行動をとることにかけては、ファラッディーンもアトレイデスほどには逡巡しないかもしれない。しかしそれは、サーダカーの訓練で身についたものだ。

ティエカニックはいった。

「その種の情報を知らずとも統治してきた為政者はおおぜいおります」

ファラッディーンはまじまじと上級大佐《バシャール》を見つめてから、ややあって、こういった。

「統治はできても、結局は失敗しただろうが」

ティエカニックは顔をこわばらせ、口を引き結んだ。いまのひとことがシャッダム老の失敗をほのめかしていることは明らかだ。それはサーダカーの失敗でもあった。そして、痛恨の念をいだかずにあの苦杯を思いだせるサーダカーは存在しない。

論点の指摘がすむと、ファラッディーンはつづけた。

「いいか、ティエク、惑星がその住民の集合的無意識に与える影響はきちんと調査されたことがない。アトレイデス家を打倒するためには、カラダンだけではなく、アラキスをも理解する必要がある。カラダンが住みやすいのに対して、アラキスは容赦なき決断をする機会にことかかない。アトレイデスとフレメンの結婚とは、なんと珍奇なできごとであることか。それがどのような効果を生んだのかを見きわめなければ、とても対抗することはできないぞ。ましてや打ち破るなど論外だ」

ウェンシシアが強い口調でたずねた。

「それがアイダホの申し出と、いったいなんの関係があるの?」

ファラッディーンは哀れみの眼差しで母親を見おろした。

「われわれは、先方の社会に加わりつつある固有の抑圧につけこんで切り崩すところからはじめなくてはなりません。きわめて強力な道具なんですよ、抑圧というものは。それに、抑圧がないこともまた大きな問題となる。アトレイデス家が現地の各種事情を軟弱にしてくれたおかげで、当家が手を打ちやすくなっていることにお気づきですか？」

ティエカニックは思わずこくりとうなずき、賛意を表わしていた。これはいい着眼点だ。サーダカーは軟弱になりすぎることを許容されない。それに対して……。そうはいっても、アイダホからのこの申し出には、依然として引っかかるものがあり、上級大佐《バシャール》は提言した。

「この申し出、退けるのが最善ではないでしょうか」

「決めるのは早計よ」ウェンシシアがいった。「目の前にはさまざまな選択肢が広がっているのだもの。わたくしたちの仕事は、その幅広い選択肢をできるかぎり読み解くこと。たしかに息子のいうとおりだわ。わたくしたちには、もっと情報が必要なのよ」

ファラッディーンは母親を凝視し、いまのことばが持つ表面上の意味はもとより、その裏に潜む真意を見きわめようとした。そして、たずねた。

「ですが、ほかの選択肢を選べる時機を逸していないかどうかは、どうすればわかるのでしょうね？」

苦い笑いがティエカニックの喉から漏れた。

「それに関して申しあげれば、もはや引き返せる時機はとうに逸しております」

ファラッディーンは頭をのけぞらせ、声をたてて笑った。

「しかし、われわれにはまだ、選べる選択肢がいくつもあるからな、ティエク！　万策がつきたとき――そこではじめて重要な決断を下せばいいのさ！」

人類の輸送手段が、深宇宙空間の広大な隔たりを跳躍時間内で踏破する装置、そして事実上通過不可能な惑星表面の地形をすみやかに飛び越えて人を運ぶ装置、そのようなものがあたりまえになっている時代において、徒歩で長い旅に出ようとするのは、奇妙な考えに思えるかもしれません。しかし、アラキスではいまなお、徒歩が主要な移動手段となっています。ひとつには、徒歩という手段が好まれるからでもありますが、ひとつには、この惑星がありとあらゆる機械類に対し、強烈な洗礼を受けさせるからにほかなりません。アラキスの苛酷な環境においては、聖なる旅《ハッジュ》——巡礼を行なうにあたって、もっとも耐久性と信頼性に優れるものは、依然として人間の肉体なのです。おそらく、この事実が暗黙のうちに了解されているからこそ、アラキスは魂の究極の鏡となっているのでしょう。

——『巡礼《ハッジ》ハンドブック』

ゆっくりと、用心しつつ、ガニーマはタブールへ引き返していった。各砂丘のひときわ濃い影だけを選んで移動し、捜索隊が南側を通過していったときには、息を殺してじっと影にうずくまった。意識は数々の恐ろしい認識に苛まれている。トラたちとレトの亡骸をひと呑みにしていった蟲《ワーム》のこと、行く手に待ち受ける危険のこと。レトが逝ってしまったこと。双子の兄がこの世を去ったこと。涙をぐっとこらえ、怒りをかきたてる燃料にする。この点において、ガニーマはまぎれもなくフレメンだ。その自覚はあるし、そんな自分が誇らしくもあった。

フレメンについて、とかくの言があることは知っている。いわく、フレメンには良心というものがないらしい、長年のあいだ、自分たちを惑星から惑星へ追いたてた者たちへの燃えるような復讐心に凝り固まるあまり、失ってしまったようだ——。もちろん、そんな馬鹿なことはない。良心を持たないのはひときわ原始的な未開人のみ。フレメンは民族としての幸福を中心にして、高度に発達した良心を持つ。粗暴に思われる行動も、民族外の者にはそう見えるだけで、フレメンにしてみれば、粗暴なのは他民族のほうなのである。すべてのフレメンは、他民族に蛮行を働こうと毫《ごう》も罪悪感をおぼえることはなく、それを充分に承知している。それが原因で他民族から悪感情を持たれようとも、やはり罪悪感をおぼえることはない。儀式により、フレメンはそんな罪悪感から解き放たれているからだ。もしもその種の儀式がなかったら、彼らの精神は崩壊していたかもしれない。フレメンは意識のもっとも深い部分で知っている――どのような罪業も、すくなくとも部分的には、広く周知された〝情状酌量するべき多様な要因〟に求められるものだということを。その要因とは、たとえば〝権威の失墜〟や、あらゆる人間が共有する〝自然の悪しき傾向〟、すべての知的生物が〝定命《じょうみょう》の身体〟と〝宇宙の外部的混沌〟との衝突として認識する〝不運〟などである。

こうした考え方を是とする点で、ガニーマは自分も生粋のフレメンであると感じていた。部族の蛮風《ばんぷう》を洗練した形で拡張させた存在、それが自分だ。いま必要なものは標的のみ。そして、それは明らかにコリノ家だった。足元で血の海に沈んだファラッディーンの姿を早く見たくてしかたがない。

灌漑用水路《カナート》のそばで待ちかまえている敵はいなかった。捜索隊も姿の見えないところへいってしまっている。ガニーマは水路にかかる岩の橋を渡り、丈の高い植物をかきわけ、ひそかに群居洞《シエチ》の隠し入口へ向かった。そのとき、行く手にいきなりまばゆい光があふれ、ガニーマはとっさに身を伏せた。背の高いジャイアント・アルファルファの茎をすかして前方を探る。強烈な光は隠し入口からのもので、ひとりの女が中へ入っていくのが見えた。あらゆる群居洞《シエチ》の入口でとるべき警戒措置を、あの入口でもとるべきだと思いついた者がいたらしい。波乱の時期にあっては、群居洞《シエチ》は入口を訪ねてきた外来者に強い光をあてて迎える。訪問者の目が眩《くら》んでいる隙に、入口を固める側は敵か味方かを識別できるからだ。しかし、このような出迎えは、本来、砂漠側に出入口の場所を知らしめるものではない。さらに、入口からああして光があふれているということは、外部気密扉が開放されていることを意味する。

ガニーマは群居洞《シエチ》の安全を軽んじるこの措置に憤りをおぼえた。入口からあふれる光。それはタブールにさえ、レース飾りのシャツを着た危機感のないフレメンが増殖していることを意味する！

入口は依然として、絶壁の基部から広がる岩場に扇形の光を投げかけている。そのとき、果樹園の暗闇から若い女が飛びだしてきて、光の中に飛びこむのが見えた。その動きにはどこかしら剣呑なものが感じられた。ほどなく、入口の内側でまばゆい光を放ち、無数の小虫がたかる発光球の手前に、ふたつのシルエットが浮かびあがった。男のシルエット。それと、さっきの女のシルエットだ。ふたりは手をとりあい、たがいの目を見つめあっているかに見える。

だが、男女にはなにかおかしなところがあった。捜索の合間をぬってつかのまの逢瀬《おうせ》を楽しむ恋人同士にはとても見えない。ふたりの上方、洞穴の奥側に浮かんで、アーチ状に光を投げかけてくる発光球を背景に、ふたりはなにごとかを話しあっている。光が屋外に落とす影の動きは、暗い岩場によく目だった。ときおり男の片手が光の中に浮かびあがり、鋭く荒々しい動作をする。それがすむと、また手がシルエットに戻る。

夜行性生物たちの発するわびしい音が周囲の暗闇を満たしているが、ガニーマはそんなノイズを心から閉めだした。

あのふたり、なにをしているんだろう？

男の手の動きはいつも同じで、いつも乱暴だ。

そのとき、男が向きを変え、女のローブが放つ照り返しでその容貌があらわになった。赤ら顔に、吹出物だらけの鼻——。小さく叫びそうになるのをこらえて、ガニーマは息を呑んだ。あの顔は知っている。パリンバシャだ！　さる指導者《ナイーブ》の孫息子で、その指導者《ナイーブ》の息子は全員、アトレイデス家の軍役で戦死している。パリンバシャの顔を見たとたん——そして向きを変えたさい翻ったローブの下に覗くものを見たとたん——絵図全体が完全に見えた。パリンバシャはローブの下にベルトをつけており、そのベルトには複数のキーやダイヤルが並んだボックスが装着されている。あれはトレイラクス会《トレイラクスー》製かイクス製の装置だろう。そしてあれこそは、トラを操ったトランスミッターにちがいない。パリンバシャ。それはすなわち、指導者《ナイーブ》の部族がまたひとつ——あの男が属している部族がまるごと——コリノ家に鞍替えしたことを意味する。

では、あの女はだれだろう。だれでもいい。あれはパリンバシャに利用されている女にすぎない。

ベネ・ゲセリット流の思考が自然とガニーマの心に浮かびあがってきた。

(個々の惑星には絶頂期というものがある。それは個々の人生も同じこと)

女と入口に立ち、トランスミッターをかかえ、片手でいらだたしげな動作をくりかえす姿を眺めているうちに、パリンバシャのことを克明に思いだした。あれは群居洞《シエチ》の学校で教師を務める男だ。教えているのは数学——そう、あの男は数学馬鹿なのである。かつてムアッディブを数学的見地から解明しようとして、ついに司祭会から批判を受け、中止に追いこまれたことがある。パリンバシャは奴隷使い的な思考でものごとに対処する。あの男がなにかを奴隷化する過程を理解するのはいともたやすい。代償を支払うことなしに、技術的な知識を手に入れようとするのだ。

(もっと早くあの男を疑っておくべきだったわ)とガニーマは思った。(徴候はそろっていたのに)

そこで、腹のうちを苛む憤りとともに、こんな思いがこみあげてきた。

（あいつがにいさまを殺したんだ！）

だが、ガニーマはみずからに冷静さを強いた。パリンバシャの前を通り、隠し入口から群居洞《シエチ》に入ろうとすれば、あいつは確実にわたしも殺しにかかる。フレメンらしくもなく、無防備に隠し入口を開放し、明かりを灯している理由がやっとわかった。あのふたりは、獲物のどちらかが窮地を脱してきた場合に備え、明かりでおびきよせようとしているのだ。獲物の生死がわからぬままに、これまでずっと、ああして戦々兢々《きょうきょう》としていたのだろう。トランスミッターを目にしたいま、ガニーマは手の動きがなにを意味するかも理解した。パリンバシャはいらだち、トランスミッターのキーのひとつをたたきつけるように押していた——それがあの動作だ。

ふたりの存在から、ガニーマは多くを悟った。群居洞《シエチ》に入るすべての入口と内奥部には、同じような見張りが配されているにちがいない。

砂塵でむずむずする鼻をかく。負傷した左脚はいまも疼《うず》いている。利き腕はつねに痛み、ときに焼けつくような激痛が走る。指はいまも感覚がない。ナイフをふるわざるをえない状況になれば、左手を使うしかないだろう。

毒針銃《マウラー》を使おうかとも思ったが、独特の発射音は無用の注意を引く。なにかしらほかの方法を見つけなくては。

パリンバシャがまた入口に背を向けた。いまは光をさえぎる黒々としたシルエットだ。女はしゃべりながらも、屋外の暗闇に注意を向けている。その挙動には訓練を受けている者特有の的確さが見てとれた。周辺視野を用い、暗い影での動きをとらえる方法を心得ているらしい。そうだとしたら、あの女はたんに便利な道具以上の存在ということになる。思ったよりも深くこの陰謀に関わっているのかもしれない。

ここでガニーマが思いだしたのは、パリンバシャがカーイム・マカーム職に――摂政を補佐する政府要職に――つきたいと熱望していたことである。とすれば、あの男はかなり大規模な陰謀に加わっていると見ていい。加担者はほかにもおおぜいいるだろう――このタブールの中にさえ。うっすらと見えてきた問題の片鱗を見きわめたうえで、ガニーマは対策を検討した。あそこで見張っているふたりのうち、片方を生きたまま確保できれば、加担者の多くは手を引くのではないか。

おりしも、背後の小さな音がガニーマの意識をとらえた。灌漑用水路《カナート》へ水を飲みにきた小動物が敏捷に動く音だ。自然な音、自然な存在。精神の中の、奇妙に静かな障壁ごしに、あまたの先人が持つ記憶を調べてみたところ、アッシリアでセンナケリブ王につかまったジョウフの司祭女《しさいじょ》にいきあたった。その司祭女の持つ記憶が、ここですべきことを教えてくれている。あそこにいるパリンバシャと女など、むら気で危なっかしい子供にすぎない。ふたりとも、ジョウフのことなどなにひとつ知らないし、センナケリブ王とその司祭女が塵と消えた惑星の名前すら知りもしない。これからあの陰謀者ふたりの身に起こることは、当人たちにしてみれば、起こった瞬間の——始まった瞬間のことしかわからないだろう。

そして、気がついたときにはもう終わっている。

ガニーマは横向きになり、背中の保命《フレム》キットを降ろすと、金具から砂中シュノーケルを——砂に埋もれた保水テントに砂上の空気を取りこむ吸排気器具を——はずし、そこから長い換気フィルターを抜きとった。これで中空の長い筒が手に入ったことになる。ついで、補修パックから針を一本取りだし、結晶質《クリス》ナイフを鞘から抜いて、ナイフの切っ先にある毒液溜めの細孔に針先を刺した。ナイフ全体を貫くこの孔は、砂蟲《サンドワーム》の歯の神経が通っていた部分だ。右腕に重傷を負っているので、作業は困難をきわめた。慎重に、ゆっくりと動き、保命《フレム》キットの収納スペースに入っている香料《スパイス》入り繊維の塊をすこしちぎってから、ナイフの毒液溜めに刺しておいた針を用心深く抜きとって、針の頭にしっかりと繊維塊を巻きつける。繊維塊の直径は筒の内径にかろうじて収まる程度の太さしかない。こうしてできた間にあわせの吹矢を、針先側から砂中シュノーケルの筒状フィルターに押しこんだ。

吹矢筒を水平に構え、明かりに向かってじりじりと這い進んでいく。ゆっくり動くのは、アルファルファの茎をなるべく揺らさないようにするためだ。そうやって這い寄りながら、発光球のまわりにたかる羽虫の群れに目をこらす。思ったとおり、虫のなかには羽毛蝿《ピウメバエ》が混じっていた。あのハエは人を刺すことで悪名高い。毒つきの吹矢が刺さったら、ハエに刺されたと思い、その場所をぴしゃりとたたいてくれるだろう。あとは決断を下すだけだ。ふたりのうち、どちらを狙うか——男か、女か。

（ムリーズ）唐突に、ひとつの名前が心に浮かんできた。

そう、あの女の姓はムリーズだ。名前が浮かんだことで、あの女の背景も思いだされた。あれは発光球に群がる羽虫のように、パリンバシャに群がる女のひとりで、警戒を要する相手ではなく、たやすくつかまえられる。

これならいい。パリンバシャは今夜、見張りのパートナー選びをまちがえたのだ。

ガニーマは筒の一端を口にあてがい、意識の中で、ジョウフの司祭女が経験した記憶を鮮明に思いだしながら、入念に狙いを定め、思いきり筒に息を吹きこんだ。

パリンバシャがぴしゃりと頬をたたき、その手を放して、手の平に血がついているのに気がついた。手を放した拍子に、針は抜けてどこかへ飛んでしまったのだろう。

女がなにか慰めのことばをかけ、パリンバシャは笑った。笑っているうちに、ひざから力が抜けて、女にもたれかかった。女はパリンバシャを支えようとした。ぐったりとした相手の重みで女がぐらついている。その隙をついて、ガニーマは隠れ場所から飛びだし、一気に距離を詰め、鞘を払った結晶質《クリス》ナイフの切っ先を女の腰にあてがった。

ごくふつうに会話する口調で、ガニーマはいった。

「急な動きはするな、ムリーズ。このナイフには毒が塗ってある。パリンバシャなら放りだしていい。もう死んでいる」

あなたがたは見いだすでしょう、すべての主要な社会的力は例外なく、ことばを用いて権力を獲得し、維持しようとする動きをその根底に秘めていることを。呪医、司祭、官僚にいたるまで、なにもかもがそうなのです。統治された民衆というものは、条件づけしなければなりません。権力者の言を実効あるものとして受け入れるように、また象徴化されたシステムが宇宙の実態に即したものだと錯誤するようにしむけるのです。そのような権力構造を維持するには、特定の象徴を民衆の理解がおよばないところに祭りあげておく必要があります。たとえば経済活動の統制に関する象徴や、健康に対する地域の解釈を定義する象徴などがそうです。こういった形の秘密めいた象徴は、その社会でのみ通じる特殊言語の発達をうながします。そのような言語を用いることすなわち、影響力を増しつつあるなんらかの権力と関わりがあることを示すことだからです。権力の醸成にこのような要素があるのだと肝に銘じるなら、われらが帝国治安維持軍が特殊言語の形成に目を光らせなければならない意味がわかるでしょう。

――プリンセス・イルーラン
アラキーン軍大学校での講義

「このようなことは、ご両人にはいうまでもないだろうが」ファラッディーンはいった。「万が一にも過ちが起きぬよう、言明しておく。室内には耳の聞こえぬ者を配してあり、わたしがすこしでも魔術に操られるようすを見せたなら、即刻、ご両人を殺すよう命じてある」

ファラッディーンもこれで相手が動揺するなどとは思っていない。じっさい、レディ・ジェシカもアイダホも、配慮を多とすると答えただけだった。

ファラッディーンははじめて両人を品定めする場所を入念に選定した。シャッダム四世時代に使われていた旧謁見の間である。とりたてて豪壮でないとはいえ、ここの異郷的な雰囲気はそれを補ってあまりあった。一歩外に出れば冬の午後なのに、窓のない室内には永遠につづく夏の一日を模した照明が施してある。室内に金色《こんじき》の光を投げかけているのは、不純物のないイクス製クリスタル・ガラスで造られ、芸術的に配された発光球だ。

アラキスからの知らせはファラッディーンの心に静かな興奮を呼び起こしていた。あの双子の男のほう、レトが死んだという。暗殺虎《アサシン・タイガー》に殺されたのだそうだ。生き残った妹ガニーマは叔母の保護下に置かれ、人質にされているとのうわさもある。くわしい報告を聞くにつけ、アイダホとレディ・ジェシカがここにいることにも納得がいった。ふたりは避難場所を求めてきたのである。コリノ家のスパイによれば、アラキスでは不穏な情勢がつづいているらしい。アリアは自身が〝憑依審問〟を受けることに同意したものの、その目的は充分に説明されていない。そして、開催日時は決まっておらず、コリノ家スパイのうちのふたりは、審問は開かれずじまいになると踏んでいた。それは確実にそうだろう。砂漠住みフレメンと帝国軍に属するフレメンとのあいだでは戦闘が発生し、蜂起は失敗におわったが、政府は一時的に機能停止状態に陥っている。スティルガーの拠点は、いまは中立地帯に指定され、それに先だって人質の交換がなされたと聞く。その人質のなかには、確実にガニーマが入っていると見られるが、実態は明らかではない。

　ジェシカとアイダホは、浮揚椅子に縛りつけられた状態で謁見の間に連れてこられた。ふたりを椅子に固定している極細の高張力金属繊維《シガワイヤー》は、ごくわずかに抗っただけでも肉を切り裂いてしまう。ふたりを連れてきたサーダカー兵二名は、シガワイヤーの固定状態を確認したのち、無言で立ち去った。

しかし、いましがたファラッディーンが発した警告は無用だった。ジェシカはすでに、自分から見て右の壁際に立った聾者《ろうしゃ》の武装兵が、年代物だが強力な実弾発射武器を片手に持っていることに気づいていたからである。ジェシカは室内の異郷的情緒に富んだ内装に視線をめぐらせた。稀少な鉄木《クロガネボク》の柱は――広い葉には蛇の目真珠がちりばめてある――丸天井にまでそそりたち、天頂部で絡みあって、三日月形を構成している。足元の床には、金剛樹《コンゴウジュ》の板材とカブーズの殻材を市松状に敷きつめてあった。自分たちがいる矩形区画はパサケの骨で囲ってある。レーザーで加工された骨は磨きあげられ、杭のようにして縦に埋めこまれていた。壁に飾ってあるのは、厳選された硬材を巧みに組みあわせて描いた、四つの姿勢をとる獅子紋だ。いずれも、故シャッダム四世の子孫たちが受け継いだ地位を表わすもので、獅子自体の素材には未精錬の金塊が用いられている。

ファラッディーンは立ってふたりの捕虜を迎えることを選んだ。穿《は》いているのは軍服の半ズボン、金色の軽装ジャケットは精霊シルク仕立てで、開襟《かいきん》型のデザインになっている。身につけた装飾は、左胸に輝く星形紋――高貴なコリノ家のプリンスであることを表わす徽章ひとつだけだ。すぐそばにはティエカニックを控えさせている。上級大佐《バシャール》の装いは、サーダカーの黄褐色の軍服とごつい軍靴《ぐんか》で、ベルトのフロント・ホルスターには装飾的なレース銃を差していた。ジェシカもベネ・ゲセリットの報告書で知っていたが、この男の顔つきはいかめしい。立っているのはファラッディーンから左へ三歩、やや後方の位置だ。ふたりの真うしろの壁際には、領主用に設置されたダークウッドの椅子が一脚あった。

「さて」ファラッディーンはジェシカに語りかけた。「いいたいことはおありかな?」

「なぜこんなふうに縛られているのか、おききしてもよろしいかしら」

ジェシカはそういって、シガワイヤーをあごで指し示した。

「いましがたアラキスより、あなたがたがなぜここへきたのか、その理由をうかがわせる報告があった。もうじき拘束を解いてさしあげられるかもしれない」ファラッディーンはほほえんだ。「ただし、もしもあなたがたが――」

そこでことばを切ったのは、捕虜の背後にある儀式用扉から母親が入ってきたからだ。ウェンシシアはジェシカとアイダホには目もくれず、ふたりの横をつかつかと通りすぎ、ファラッディーンに小型メッセージ・キューブを渡して再生させた。ファラッディーンはキューブの発光面に目をやり、ときおりジェシカを見ては、また発光面に目を戻すということをくりかえしていた。しばらくして発光面が暗くなると、母親の手にキューブを返し、ティエカニックにも見せるよう、手ぶりで指示した。母親がいわれたとおりにしたのち、プリンスは眉根を寄せてジェシカを見つめた。

ほどなく、ウェンシシアはファラッディーンの向かって右に立った。片手には発光面の暗くなったキューブを、なかば白いガウンのひだに隠すようにして持っている。

ジェシカは自分の右にいるアイダホに目をやったが、剣聖はあえて視線を合わせようとしなかった。

「どうやらわたしはベネ・ゲセリットの不興をこうむったらしい」とファラッディーンはいった。「孫息子どのの死亡は、このわたしに責任があると思われているようだ」

ジェシカは顔を無表情にたもち、思考をめぐらした。

（ガニーマの話は信用していい。ただし……）

犯人はいまひとつ判然としない。そこがどうにも気にいらない点だった。

アイダホはいったん目を閉じてから、改めて開き、ジェシカを見た。ジェシカはずっとファラッディーンを見つめている。この状況は、ラージア——演算能力者《メンタート》が潜在的に持つ意識への全面的な没入状態で観《み》た擬似的幻視にあったとおりだ。この状況が招く危険性はジェシカにも教えてあったが、当人は意にも介していないらしい。アイダホには、感情を欠いたジェシカの表情をどう分類すればいいかわからなかった。しかし、ジェシカがまだ明かしていないなんらかの情報を持っていることは明らかだ。

「われわれは、以上のような状況だと理解している」アラキスについて知りえた事態を、ファラッディーンは包み隠さずひととおり語り、締めくくりにこう告げた。「孫娘どのは生き延びられたが、レディ・アリアの保護下にあるという。これには安堵されただろう」

「わたしの孫息子を殺したのは、あなた?」ジェシカは問いかけた。

ファラッディーンは正直に答えた。

「わたしではない。暗殺計画を知ったのはつい最近のことだ。わたしが仕組んだことではない」

ジェシカはウェンシシアに目を向けた。ハート形の顔には満足げな表情が浮かんでいる。

(この女のしわざね! この牝獅子が仔獅子のためにしでかしたんだわ!)

この軽挙を、牝獅子には死ぬまで悔やませてやる。

注意をファラッディーンにもどして、ジェシカはいった。

「けれど、修女会はあなたのしわざだと信じているわよ」

ファラッディーンは母親に顔を向けた。

「そのメッセージをお見せしなさい」

ウェンシシアがためらっているので、プリンスはすこし怒気を孕む声で命じた。あとで利用するため、ジェシカはこのようすを心に刻んだ。

「お見せしろといってるんです!」

ウェンシシアは蒼白になり、ただちにキューブの発光面をジェシカに向け、再生させた。

発光面に文字が現われ、ジェシカの目の動きに合わせて流れだした。

〈ワラック第九《IX》惑星のベネ・ゲセリットは、レト・アトレイデス二世暗殺の容疑に鑑み、コリノ家に対して正式の告発を提起した。論拠と証拠の提示は、領主会議《ラーンスロード》の治安委員会に対してなされることになる。中立的審理地選定ののち、全党派の承認を受けるべく、担当裁判官全員の氏名が公表される。ついては貴家の迅速な反応を求む。領主会議治安委員会、サビト・レクシュ記〉

ウェンシシアはふたたび息子のとなりに立った。

「どう応えるおつもり？」ジェシカはたずねた。

答えたのはウェンシシアだった。

「わが息子がまだ正式にはコリノ家の家督を継いでいない以上、わたくしが——ちょっと、どこへいくの？」

最後のことばはファラッディーンに向けられたものだった。勝手に答えた母親を残して、プリンスは向きを変え、聾者の衛兵がそばに立つ横手の扉へ向かっていく。

母親に問われて、ファラッディーンは足をとめ、肩ごしにふりかえった。

「愛しい書物や、こんなことよりもずっと興味がある対象のところへ」

「よくもそんな勝手なまねを！」

ウェンシシアはきつい声でなじった。首から上が赤く染まり、頬にまでおよんでいる。

「自分の名においてなにをしようと、わたしの勝手でしょう」ファラッディーンは答えた。「あなたはわたしの名において決断を下した——わたしがなによりも嫌悪をいだく決断を。それは看過しがたい。ゆえに、いまこのときより、自分の名において下す決断は、すべて自分で行ないます。それがいやなら、ほかの者にコリノ家を継がせるがよろしい！」

　このやりとりのあいだ、ジェシカはすばやく関係者に目を走らせ、ファラッディーンの怒りが本物であることを見てとった。当主付きの上級大佐《バシャール》は身をこわばらせ、直立不動の姿勢をとったまま、なにも聞こえてはいないふりを装っている。ウェンシシアはいまにも怒鳴りだしそうなようすを見せつつ、そこまで踏みきれずにいた。ファラッディーンには、自分の発言がどう転ぼうと、その結果を受け入れる覚悟が見える。ジェシカはその姿勢を高く評価し、公子《プリンス》と母のやりとりから、自分にとって価値ある要素をいくつも拾いだした。孫たちに暗殺虎《アサシン・タイガー》を差し向けるという決定は、ファラッディーンの与《あずか》り知らぬところでなされたもののようだ。手遅れになってからはじめて暗殺計画を知ったということばには、嘘いつわりはなかったらしい。その場に立つファラッディーンの目に浮かぶ怒り、そして母親のいかなる決定をも受け入れるという覚悟の強固さ、これらは見誤りようもなかった。

ウェンシシアは身をわななかせ、大きく吐息をついた。それから、

「いいでしょう。正式の就任式はあすだけれど。ここは前倒しして、いまから当主としてふるまってもいいことにしましょう」

そこでティエカニックに目を向けたが、上級大佐《バシャール》は視線を合わせようとしない。

（この部屋を出たら、母親と息子のあいだで怒鳴りあいになるでしょうね）とジェシカは思った。（けれど、すでに息子の勝ちは固い）

そう確信して、思考を領主会議《ラーンスロード》のメッセージにもどした。修女会はベネ・ゲセリットの名に恥じない、優秀なメッセンジャーを選任したようだ。正式の抗議書に秘められた真の目的は、メッセージをジェシカの耳目に触れさせることにあったのである。メッセージの内容からは、修女会のスパイたちがジェシカの置かれている状況を把握していることや、修女会がファラッディーンをきわめて精妙に評価していて、メッセージの内容を捕虜にも見せると判断していることがうかがえた。

「わたしの問いに対するあなたの答えをうかがいましょう」ジェシカは語りかけた。

その言を受けて、ファラッディーンはジェシカに視線をもどし、いった。

「領主会議《ラーンスロード》には、今回の暗殺にわたしがいっさい関与していない旨を報告する。加えて、この暗殺事件については修女会と嫌悪感を共有するものだが、その結果にはかならずしも

全面的に不快感をおぼえるものではないとも付言しよう。わたしの見解に多少とも悲憤をいだかれたようなら謝罪する。しかし、〝奇貨、居《お》くべし〟だ」

（奇貨、居くべし！）

ジェシカは虚をつかれた。これはわたしの公爵さまが好んで口にした格言ではないか。ファラッディーンの口調からすると、本人もそれを知っていたらしい。ジェシカは意志の力をふるい起こし、レトがほんとうに殺された可能性を除外した。ガニーマがレトの身をあんなに案じていたことからしても、双子の兄が殺されたように見せかける計画は入念に準備されていたと見るのが妥当だろう。ガーニーは密輸業者の手引きでレトと合流できる場所へ向かっているはずだ——修女会の求めに応じて検証する者とともに。レトのことは検証しなくてはならない。かならず検証しなくてはならない。検証しておかなければ破滅する恐れがある。アリアと同じ道をたどる恐れがある。それに、ガニーマは……。いいや、あの子についてはあとまわしにしよう。いまとなっては、誕生前に覚醒したあの子を教母ガイウス・ヘレネ・モヒアムに検証してもらう手段はないのだから。

ジェシカはみずからに深々と吐息をつくことを許し、

「遅かれ早かれ」といった。「だれかが気づくでしょう。あなたとわたしの孫娘が双方の領家を統合して、古傷を癒す可能性にね」

「その可能性をわたしに提示した者は、すでに存在する」ファラッディーンはそういって、ちらりと母親を見た。「それに対するわたしの反応は、〝最近、アラキスで起きた一連のできごとに結果が出るまでは、判断を控えるほうが望ましい〟というものだった。拙速に判断を下す必要はない」

「あなたがすでに、わが娘の手の平で踊らされている可能性はあるのよ」

ファラッディーンは身をこわばらせた。

「説明したまえ！」

「アラキスでのできごとは、あなたの目に見えているであろうものとは性質を異にするの。アリアは独自のゲーム、忌み子のゲームに興じているのよ。孫娘は危険な立場にあるわ。アリアがあの子の利用法を思いつかないかぎり」

「あなたとあなたの娘が対立している、アトレイデスとアトレイデスが反目している——そんな話を信じるとでも思うのか？」

ジェシカはウェンシシアを見やり、視線をファラッディーンにもどした。

「コリノとコリノも反目しているわね」

ファラッディーンはにやりと片頬をよどませた。

「これは一本とられた。では、わたしがどのようにしてご令嬢の手の平で踊らされるのか、ご説明いただけるかな？」

「孫息子の暗殺に関与したとされることで。そして、わたしを誘拐したことでも」

「誘拐……？」

「こんな魔女を信じてはだめよ！」ウェンシシアが横から口をはさんだ。

「だれを信じるべきかはわたしが決めます、母上」ファラッディーンはぴしゃりといった。

「失礼だが、レディ・ジェシカ、その誘拐うんぬんについてはまったく意味がわからない。あなたとあなたの信頼厚き護衛どのは——」

「——アリアの夫よ」ジェシカはいった。

ファラッディーンはアイダホに値踏みする目を向け、ついで上級大佐《バシャール》に視線を向けた。

「どう思う、ティエク」

上級大佐《バシャール》はジェシカが告白した事情に類する考えを持っていたと見えて、こう答えた。

「筋が通っているように思います。お気をつけを！」

「この男は偶人《ゴウラ》＝演算能力者《メンタート》だ。死ぬまで訊問しようが、信用に足る答えは得られまい」

「ですが、われわれがだまされているかもしれないとの想定は、安全策として有効かと」

いまこそ動くべきときだ、とジェシカは判断した。アイダホが悲嘆に暮れて、みずから選んだ役割を自分に課しているのなら、それはそれでしかたない。こんな形でアイダホを利用したくはなかったが、大局を考えればやむをえまい。

「まず最初に」ジェシカは切りだした。「これは公言しておかなくてはならないでしょう。わたしはここへ、自分の自由意志できたのです」

「それは興味深い」とファラッディーン。

「わたしを信用し、サルーサ・セクンドゥスにおける完全な自由を保証してもらう必要があります。わたしの発言が強制されていると見える可能性などないように」

「冗談じゃないわ！」ウェンシシアが否定した。

ファラッディーンは母親を無視して、

「それはまた、いかなる理由で？」

「わたしが修女会から全権を与えられてここに派遣されてきたからです。あなたに教育を施すために」

「しかし修女会は、わたしを告発――」

「凶行の裏にあなたの意志決定があったわけではない以上、告発は無効でしょう」

「信じてはだめ！」ウェンシシアが声を張りあげた。

ファラッディーンは母親を見やり、このうえなく丁重な態度で、きっぱりと告げた。

「あと一度でも口をはさんでごらんなさい、ティエクに命じてあなたをつまみださせます。

ティエクはあなたが家督の継承に同意するのを聞いていた。それはすなわち、ティエクがわたし付きの武官になったことを意味します」

「この女は魔女よ、何度もそういってるでしょう！」

ウェンシシアはそこで、横手の壁際に立つ聾者の衛兵に目を向けた。

ファラッディーンはためらいを見せた。

「ティエク。どう見える？　わたしは魔女に操られているか？」

「わたしの目にはそのように映っておりません。レディ・ジェシカは――」

「あなたたちはふたりとも、操られているのよ！」

「母上」

ファラッディーンの口調は平板で、これが最後通告であることを物語っていた。

ウェンシシアは両手を握りしめ、抗議しようとしたものの、そこでくるりと背を向け、つかつかと部屋を出ていった。

ふたたびジェシカに向きなおって、ファラッディーンはたずねた。

「ベネ・ゲセリットがそれを承諾すると？」

「しますとも」

ファラッディーンはその含みを呑みこみ、こわばった笑みを浮かべた。

「そうすることにより、修女会が望むものは？」

「あなたとわたしの孫娘との結婚」

アイダホはジェシカに物問いたげな視線を向けて、なにかいいたそうになったが、口は開かなかった。

それを見て、ジェシカはうながした。

「なにかいいたいことがあるようね、ダンカン」

「わたしがいおうとしたのはこういうことです。ベネ・ゲセリットが望むものは、つねに望んでやまなかったもの——すなわち、自分たちに干渉しない宇宙だと」

「そう仮定するのはもっともな話だ」ファラッディーンはいった。「しかし、なぜきみが介入しようとするのか、その理由がわからない」

シガワイヤーで拘束されて、からだが動かないため、アイダホは眉で肩をすくめるのに相当するしぐさをした。そして、とまどいぎみにほほえんでみせた。

ファラッディーンはその笑みを見逃さず、正面からアイダホに向きなおった。

「わたしがなにか可笑《おか》しいことをいったか？」

「可笑しいのはこの状況全体ですよ。あなたの一族の何者かが、航宙ギルドに話をつけ、アラキスに暗殺の道具を運ばせた。その目的を隠しようのない、あからさまな道具をです。

そして、あなたがたはベネ・ゲセリットが血統計画に組みこもうとしていた少年を暗殺し、それによって修女会を怒らせた――」

「わたしを嘘つき呼ばわりする気か、偶人《ゴウラ》」

「いいえ。あなたが陰謀を知らなかったことは信じています。しかし、いまはひとまず、この状況に焦点を与えることが重要だと思うのです」

「この者が演算能力者《メンタート》であることを忘れてはいけませんよ」ジェシカが警告した。

「わたしもまさに、これは演算能力者《メンタート》だなと思ったところだ」ファラッディーンは答え、ふたたびジェシカに顔を向けた。「あなたがたを自由にし、あなたがその旨を公言するとしよう。その場合でも、孫息子どのの死という問題は残る。そこはたしかに演算能力者《メンタート》のいうとおりだ」

「糸を引いていたのはご母堂ね？」ジェシカが問うた。

「マイ・ロード！」ティエカニックが警告の声を発した。

「かまわん、ティエク」ファラッディーンは片手で上級大佐《バシャール》をいなした。「では、もしもそうだといったら？」

へたにコリノ家内部の亀裂をつつけば、すべてが失われることを覚悟して、ジェシカはいった。

「ご母堂を弾劾のうえ、追放していただきましょう」

「マイ・ロード」ティエカニックがいった。「ここには策略の中の策略がほの見えます」

口をはさんだのはアイダホだった。

「むしろ、策略にかけられたほうですよ、レディ・ジェシカとわたしはね」

ファラッディーンのあごがこわばった。

それを見て、ジェシカは思った。

(刺激してはだめよ、ダンカン！　まだ早い！)

だが、アイダホの発言をきっかけに、自身が持つベネ・ゲセリット仕込みの論理能力が働いて、ジェシカは考えはじめた。いまのことばはショックをもたらした。自分の理解を超えたなんらかの形で、自分は踊らされているのではないだろうか。ガニーマとレト……誕生前に覚醒したふたりは、先人たちの膨大な経験を精神に宿し、現代に生存するどんなベネ・ゲセリットよりはるかに広範囲におよぶ助言の宝庫となっている。それにもう一点、気になることがあった。自分が所属しているはずの修女会は、自分に完全な信用を置いているのか？　いまだに信用されてはいない恐れがある。なんといっても、一度は修女会を裏切り……公爵さまのもとに走った身だ。

ファラッディーンは眉根を寄せ、当惑顔でアイダホを見すえた。

「演算能力者《メンタート》よ、あの〈伝道者〉とやらがきみにとっていかなる存在であるのか、まずはそれを知っておかねばならない」

「あの方はこの地にいたる道筋を用意してくれた人物です。わたしは……〈伝道者〉とは十語とことばを交わしたことがありません。意を受けて動いている者はほかにもいます。あの人物は……ポール・アトレイデスかもしれませんが、確証を得るのに充分なデータがありません。確実にわかっているのは、あれがアラキスを出るべきベストのタイミングであり、あの人物にはそのための手段があったということです」

「策略にかけられたというのは、どういう意味だ」

「アリアが期待しているのは、あなたがわれわれをひそかに抹殺し、その証拠を湮滅《いんめつ》してしまうことです」アイダホは答えた。「レディ・ジェシカを排除してしまえば、わたしはもう無用の存在でしかありません。それに、レディ・ジェシカにしても、修女会の目的を果たしてしまったからには、もはや無用の存在です。アリアはベネ・ゲセリットの責任を問うでしょうが、勝つのは修女会でしょう」

　ジェシカは目を閉じ、考えに集中した。たしかに、そのとおり！　演算能力者《メンタート》の声にはゆるぎない確信が――本心からいっている響きが聞きとれる。そのパターンはなんの音も立てず、収まるべきところに収まった。ジェシカは二度、深呼吸をして、記憶トランスに入り、記憶の中のデータを閲覧すると、トランス状態を脱して目をあけた。そのあいだに、ファラッディーンはジェシカの前から移動して、アイダホまで半歩のところに立っていた。ジェシカの位置からは三歩と離れていない。

「それ以上はやめなさい、ダンカン」

ジェシカはアイダホを制し、哀しみとともに、レトからベネ・ゲセリットの条件づけについて警告されたときのことを思いだした。

なにかいおうとしかけていたアイダホは、これを受けて口を閉じた。

「この場を仕切るのはわたしだ」ファラッディーンがいった。「つづけろ、演算能力者《メンタート》」

アイダホは沈黙をまもっている。

ファラッディーンは半身をひねり、ジェシカのようすを探った。

ジェシカは奥にある壁の一点を見つめ、アイダホのことばと記憶トランスによって得た内幕について考えた。もちろん、ベネ・ゲセリットはアトレイデスの血統をあきらめてはいない。だが、〈クウィサッツ・ハデラック〉を制御する夢を失ってはいないし、長年におよぶ人類血統改良計画に精力も資金もつぎこみすぎている。修女会としては、表立ってアトレイデス家とコリノ家が衝突してくれることが望ましい。そのような状況になれば、調停者として介入できる。そして、この点もダンカンのいうとおり、修女会はガニーマとファラッディーンをともに操ろうとするだろう。レトがいないとなれば、それが唯一妥協できる代替策なのだから。不思議なことに、アリアにはそれが見えていない。ジェシカはごくりと、喉のつかえを呑みこんだ。それはアリアが……忌み子と化しているからだ！ ガニーマがアリアを哀れんだのもむりはない。しかし、そのガニーマを、こんどはだれが哀れむ立場にあるのか？

ジェシカはいった。

「修女会はあなたを帝位につけると約束してきたのでしょう。ガニーマと結婚させて」

ファラッディーンは一歩あとずさった。この魔女は心が読めるのか、という顔だった。

「修女会はひそかに話を持ちかけてきたはず。ご母堂を通してではなく」ジェシカは語をついだ。「わたしがその計画に関与していないともいったはずね」

答えはファラッディーンの顔にはっきりと書いてあった。なんとわかりやすい男だろう。ともあれ、全体の絵図がそのとおりであることはわかった。アイダホは演算能力者《メンタート》として優れた能力を発揮し、断片的でしかないデータから遮蔽幕の向こうを透視してみせたのだ。

「では、修女会は双方に通じていて、あなたにも裏を伝えていたのだな」

「わたしにはなにも伝えてはいないわ、この件ではね」ジェシカは答えた。「ダンカンのいったとおりよ。わたしは策略にかけられたの」

自分のことばに合点して、ジェシカはうなずいた。自分がはめられた策略は、修女会の伝統的手法における、古典的な時間稼ぎ戦術だ。最初に、まことしやかな嘘を吹きこむ。それは聞く者の願望に見合った内容であるがゆえに、たやすく受け入れられる。しかし、今回の場合、修女会としてはジェシカを排除してしまいたい――いちど裏切り、修女会を失望させた失敗作なのだから。

ティエカニックがファラッディーンのそばに歩みよった。

「マイ・ロード、このふたり、相手にするには危険すぎるかと……」

「すこし待て、ティエク。ここには裏の裏がある」ファラッディーンはさっとジェシカに顔を向けた。「われわれには、アリアがみずからを花嫁としてわたしに差しだすと信じるたしかな根拠があるんだ」

アイダホが反射的に動きかけ、すんでのところで自制した。左の手首から血がしたたりだしたのは、シガワイヤーで切れたからである。

ジェシカはといえば、小さく目を見開く反応を抑えきれなかった。夫であったレトを、恋人であり、自分の子供たちの父親であり、信頼できる親友として知っているジェシカは、婚姻を横からかっさらおうとする忌み子の申し出のうちに、夫の冷徹な計算高さに通じるものを感じたのである。

「それを受け入れるのですか？」アイダホがたずねた。

「検討中だ」

「ダンカン、黙っていなさいといったはずよ」ジェシカは改めて釘を刺してから、これはファラッディーンに向かって問いかけた。「アリアは代償として、ふたりの人物の横死を求めてきたのね？　つまり、わたしたちふたりの横死を？」

「われわれは裏切りを疑った」ファラッディーンは答えた。「裏切りは裏切りを生む、といったのは、あなたの子息ではなかったかな？」

「修女会はアトレイデス家とコリノ家双方を掌握しようともくろんでいるの。それは明白ではなくて？」

「われわれとしては、あなたの申し出を受けるかどうか検討しているところだが、レディ・ジェシカ、ダンカン・アイダホは愛する妃どののもとへ送還せねばならない」

愛する妃どののもとへ——。これを聞いて、アイダホは腹をくくった。

（痛みは神経の働き。目が光をとらえて像を作るがごとく、痛みは神経が作りだすもの。肉体の作用は筋肉の働き、神経の働きにてはあらず）

これは演算能力者《メンタート》に古くから伝わる覚悟のことばだ。ダンカンは呼吸ひとつする間《ま》に、心中で一気にこれを唱えると、右の手首を曲げ、シガワイヤーに押しあてて動脈を切った。

とっさに浮揚椅子へ駆けよったティエカニックが、解除機構をたたいて留め金を解除し、大声で軍医を呼んだ。それによって、謁見の間周辺に衛兵を伏せてあったことが明らかになった。各壁の隠し扉がいっせいに開き、衛兵たちがなだれこんできたのである。

ジェシカは思った。

(ダンカンにはいつも、無謀なまねをしでかすところがあったけれど……)

軍医たちがアイダホの手当てにかかるかたわら、ファラッディーンはしばしジェシカを観察してから、こういった。

「あの男に、アリアを受け入れるといった憶えはないのだがな」

「それで手首を切ったわけではないわ」ジェシカは答えた。

「ほう? てっきり、自分がいなくなることで事態を収めようとしたのかと思ったが」

「あなたはそこまで愚かではないでしょう。わたしの前でとぼけるのはおやめなさい」

ファラッディーンはほほえんだ。

「アリアがわたしを滅ぼしにかかることは重々承知している。ベネ・ゲセリットでさえ、わたしがアリアを受け入れるとは思うまい」

ジェシカは相手の視線を受けとめ、品定めの目で見返した。コリノ家に生を受けたこの貴人は、いったいどのような人物なのだろう? 馬鹿のふりはあまりうまくない。ここでふたたび孫息子レトのことば――〝あなたは興味深い教え子と出会うことになります〟ということばを思いだした。それは〈伝道者〉も望んだことだとアイダホはいっていたが。その〈伝道者〉とやらにも、ぜひ会ってみたいものだ。

「ウェンシシアを追放するの？」ジェシカはたずねた。

「取引上、必要のようなのでね」ファラッディーンは答えた。

　ジェシカはアイダホに目を向けた。軍医たちによる手当てはおわり、シガワイヤーほど鋭利ではない拘束具で浮揚椅子に固定されている。

「演算能力者《メンタート》たる者、無謀は慎むべきよ」

「もう疲れました」アイダホは答えた。「わたしがどれだけ疲れているかは、おわかりにならないでしょう」

「酷使が過ぎれば、忠誠心でさえ、いつかは磨耗するものだ」これはファラッディーンだ。

　ジェシカはふたたび、品定めの視線をプリンスに向けた。

　その視線を受けて、ファラッディーンは思った。

（この女《ひと》はいずれ、わたしの人柄を克明に把握するだろう。それはけっして価値なきことではない。ベネ・ゲセリットを抜けた女性が自分のブレインとして手に入るのだから！この女《ひと》の息子にはあって、わたしになかったものがそれだ。しかし当面は、人柄の一部を

かいま見させるにとどめておこう。残りはあとでじっくり見きわめさせればいい)

「これは公平な取引だ」とファラッディーンはいった。「言い値で申し出を受ける」

そこでプリンスは、壁際で控える聾者の衛兵に対し、複雑な形で指を動かしてみせた。衛兵がこくりとうなずく。ファラッディーンは浮揚椅子のコントロール装置にかがみこみ、ジェシカを縛めから解放した。

ティエカニックが不安の声をあげた。

「マイ・ロード、ほんとうによろしいのですか?」

「きみもこうすることに賛同したではないか」

「それはそうですが、しかし……」

ファラッディーンはくっくっと笑い、ジェシカに語りかけた。

「ティエクのやつ、わたしの情報源を危ぶんでいるんだ。しかし、書物とリールからしか学んだことのない者にできることには限りがある。自分で実地に学んでこそ、ほんとうになにかが身につくというものだろう」

ジェシカはこの発言の意味を考えながら、椅子から立ちあがった。さらに気になるのは、ファラッディーンが見せた手の動きだった。あれはアトレイデス家の戦闘語で使う手信号ではないか！　それは背景に、アトレイデス家について入念な分析がなされていることを意味する。だれかが意識して、継続的にアトレイデス家を研究しているのだ。

「もちろん、あなたが望むのは」とジェシカはいった。「わたしから学ぶことでしょう？ ベネ・ゲセリットが施すのと同じ教育を」

ファラッディーンは顔を輝かせ、ジェシカを見つめた。

「その申し出は、とても断わりきれないな」


本書は一九七八年十一月から一九七九年一月に三分冊でハヤカワ文庫ＳＦから刊行された〈デューン〉『砂丘の子供たち』の新訳版の二分冊のうちの上巻です。

訳者略歴　1956年生，1980年早稲田大学政治経済学部卒，英米文学翻訳家　訳書『宇宙（そら）へ』『火星へ』コワル，『書架の探偵』ウルフ，『七王国の騎士』マーティン，『デューン 砂漠の救世主〔新訳版〕』ハーバート（以上早川書房刊）他多数

HM=Hayakawa Mystery
SF=Science Fiction
JA=Japanese Author
NV=Novel
NF=Nonfiction
FT=Fantasy

デューン 砂丘《さきゅう》の子供《こども》たち
〔新訳版〕
〔上〕

〈SF2437〉

二〇二四年三月　十　日　印刷
二〇二四年三月十五日　発行
（定価はカバーに表示してあります）

著者　フランク・ハーバート
訳者　酒《さか》井《い》昭《あき》伸《のぶ》
発行者　早川　浩
発行所　株式会社 早川書房
郵便番号　一〇一 - 〇〇四六
東京都千代田区神田多町二ノ二
電話　〇三 - 三二五二 - 三一一一
振替　〇〇一六〇 - 三 - 四七七九九
https://www.hayakawa-online.co.jp

乱丁・落丁本は小社制作部宛お送り下さい。
送料小社負担にてお取りかえいたします。

印刷・株式会社亨有堂印刷所　製本・株式会社明光社
Printed and bound in Japan
ISBN978-4-15-012437-3 C0197

本書は活字が大きく読みやすい〈トールサイズ〉です。